最后一个村庄

王选 著

图书在版编目（CIP）数据

最后一个村庄 / 王选著. —南京：江苏凤凰文艺出版社，2021.6（2022.4重印）
ISBN 978-7-5594-5789-9

Ⅰ.①最… Ⅱ.①王… Ⅲ.①故事－作品集－中国－当代 Ⅳ.①I247.81

中国版本图书馆 CIP 数据核字（2021）第 066904 号

最后一个村庄

王 选 著

出 版 人	张在健
责任编辑	唐 婧 李 黎
责任印制	刘 巍
出版发行	江苏凤凰文艺出版社
	南京市中央路 165 号，邮编：210009
网 址	http://www.jswenyi.com
印 刷	苏州市越洋印刷有限公司
开 本	880 毫米×1230 毫米 1/32
印 张	12.75
字 数	261 千字
版 次	2021 年 6 月第 1 版
印 次	2022 年 4 月第 2 次印刷
书 号	ISBN 978-7-5594-5789-9
定 价	49.00 元

江苏凤凰文艺版图书凡印刷、装订错误，可向出版社调换，联系电话 025-83280257

目 录

粉红衫儿青丝帕　1

魇子魇脖子　14

日头日头晒我着　25

喝喊一声绑帐外　35

春姑娘，红翎翎　64

正月里的冻冰立春消　76

星宿星宿挤眼哩　87

彩凤开花在三月里　98

一个字，一条箭　108

燕儿燕儿吱吱　117

骑马要骑花点点　131

玉米地里的高粱花　162

二月二晴　176

烟筒眼，冒冒烟　187

粽子香，香厨房　197

古今古，打老虎　207

1

菜籽开花渗金黄　216

红心桃儿两半个　227

欺寡人霸朝纲下压众僚　238

正月里来打罢春　248

奇哉怪哉　260

二月二，炒豆豆　268

猫儿念经　278

云朝西　290

拍花花手，卖凉酒　311

打灯蛾儿打黄灯　327

一盏灯什么灯　356

后记：去博物馆看故乡　380

村庄概况

村　　名：麦村

户　　数：28 户

人　　口：130 余人

地理位置：北纬 34.48°、东经 102°左右，位于黄土高原南缘，西秦岭山脉末端。属于西南高寒阴湿山区，黄河、长江流域的分水岭

耕　　地：500 余亩

海　　拔：1880 米

气候特征：全年最高气温 34.4℃，最低气温－23℃，年无霜期 145 天，年平均降雨量 680 毫米

地理特征：位于黄河流域，黄土梁峁沟壑带，属秦巴山区西秦岭北缘。全村总面积约 3.5 万平方米

种植作物：农作物有小麦、玉米、洋芋，复种少量荞麦；经济作物有胡麻、油菜

收入类型：务工、农业

粉红衫儿青丝帕

粉红衫儿青丝帕,妹唱歌儿为了啥?
唱得渴了唱饿哩,唱我心上的难过哩。
想唱歌儿给郎听,高山挡住不传音。
菜油倒到瓷碗里,唱着叫你心软哩。

——山歌

我总是搞不清父亲为什么把海明叫海明娃。按理说,他们是一辈的。但这么一叫,感觉海明就成小一辈的人了。再说,他已经三十好几了。

我们跟着父亲把海明也叫海明娃。从来不会叫海明叔。一是这么叫好玩,二是因为他是光棍,我们多多少少有点看不起他。反正父亲这么叫,我们是学来的。当我们伸着脖子喊海明娃时,他总是举着一双鞋垫佯装追赶而来,要打我们。末了他还会说,真是龙生龙,凤生凤,老鼠的儿子会打洞。

但海明娃总算还是麦村的厉害人物——他会绣鞋垫。村里会绣鞋垫的男人,就他一个。

绣鞋垫,先要有鞋垫。他到村里和他关系好的女人们跟前要一些旧衣服、破布头,堆在炕角。然后把玉米面黴成糨糊,我们叫"面然"。旧衣服,拆了线,剪成布块。铺一层布,刷一层糨糊。再铺一层布，再刷一层糨糊。跟配套练习册一样大。糊了二十来层，最后糊白洋布，就行了。再糊一个，这样就是一双。把糊好的鞋垫料压席子底下，热炕烘，三四天就干了。料子上印着细密的席子纹，硬邦邦的，像一面干牛皮。从旧课本里翻出鞋底的样子，用针线把样子固定在料子上。一把快剪刀，沿着样子小心翼翼剪掉多余的部分，鞋垫就成型了。

然后是绣。花线是从走村串巷的货郎担那里买来的。货郎挑着挑子，吆喝着"头发换针换线来——"经过他门口。他一个男人，没剪下的长发。只好用槖粮食的现钱，买了十来样花色的线。有酒红、水红、粉红、大红、大黄、明黄、橘黄、鹅黄、草绿、墨绿、粉绿、浅绿、深蓝、冰蓝、天蓝等，一个颜色一小股。

绣鞋垫，是腊月里农闲时间的活。大雪落了两天，封了山野。男人们凑一堆，暖着热炕，喝酒、划拳、游胡。女人们凑一堆，干点手工活，拉呱点鸡毛蒜皮。海明娃不爱跟抽烟喝酒、吵吵嚷嚷的死男人坐一起，就喜欢钻进女人堆里。人家做鞋子、打毛衣，他绣鞋垫。他绣得最好的是荷花。他趴在炕上，先用铅笔在鞋垫的白洋布上轻轻画上轮廓，没画好的地方，细细擦掉，再画。成型了，用圆珠笔描一遍。然后开始绣。绣鞋垫是个慢活，得一针一针来。鞋垫厚，用顶针使劲推，才能钻透。不小心，还会打了针尖。

半个月时光，在一坨热炕和一堆唾沫里打发掉了。

雪落了一场又一场。不觉间，一双鞋垫绣好了。粉红的瓣儿，明黄的蕊，墨绿的杆儿，草绿的叶。一朵荷花开得艳，还有几个花骨朵。两只蝴蝶，一只蓝、一只黄，扇着翅膀，流连忘返。他干的得心应手，映着窗外的雪，飞针走线。女人们时不时瞅瞅海明娃的鞋垫，满眼羡慕，啧啧不已，恨老天把自己生得心笨手粗。

　　海明娃的女人缘好，大家都爱跟他在一起，有说有笑，还能听他打山歌。打山歌是他除绣鞋垫之外的另一项本事了。如果说绣鞋垫是硬功夫，那打山歌就是软实力。这个，满村的男人不会，女人们，也不会。

　　干一阵手工，指头就酸麻了，得歇歇。有人提议，海明娃，给我们唱一个。海明娃还推辞。唱一个呗，好长时间没听了。唱一个。忸怩了半天，禁不住怂恿，他边剪鞋垫背面的线头，边说，那唱一个：

　　天空的云彩黑下了，地上的雨点儿下大了。
　　睡到半夜哭开了，记起你说下的话了。
　　天发白雨天变黑，我成了草上的露水；
　　连来了三趟着没见上你，一辈子留下的后悔。
　　山不远着隔河远，河水响着叫不喘；
　　我有心和你见个面，没有桥着不能见。
　　烟雾收起雨来了，尕妹妹寻着我来了；
　　天发白雨着哩，我把花儿领进庙哩。
　　你搂哩吗我抱哩，把佛爷吓得张口哩。
　　佛爷本是泥菩萨，咱二人坐下白不咋（不会怎么样）。

　　女人们红着腮帮子，不知是炕太热，还是心里热。嘴上嚷嚷道，唱得好，再来一个。再来一个。

想哩想哩实想哩，想得眼泪大淌哩。

想哩想哩不想了，浑身称不下一两了。

一把拉住绵绵手，心里有话难开口。

女人们稀里哗啦笑了，脸更红了。

打山歌，是海明娃从小在他母亲那里学来的。母亲一直想要个姑娘。但没有，就把海明娃当姑娘带。六岁前，穿花布鞋，穿裙子，穿碎花衬衫，头上扎"刷刷"。在厨房做饭，他烧锅，母亲擀面。母亲就给他教，一句一句。母亲怎么会的？母亲是舅婆教的，舅婆怎么会的？得问舅婆的舅婆了。海明娃记性好，教六七遍，就记得差不多了。

五月里，胡麻花儿开。蓝格盈盈的花，像一面海，映照着蓝格盈盈的天。风吹来，胡麻花儿微波荡漾，溅起了几只黄蝴蝶、紫蝴蝶。

海明娃蹲在地埂上给猪挑菜。他前年腊月里买的老母猪，快要下崽了，最近口刁，胡麻衣子用开水烫了，撒上玉米面，也不好好吃。成天哼来哼去，就爱吃青菜。这家伙，跟人一样，一怀胎，就嘴馋。好在洋芋地的草锄了，玉米苗匀了，割麦子尚早，是个空档，还能挑趟菜。

菜挑满了，压得很瓷实。海明娃坐在草坡上，歇缓一阵。眼前是成片的胡麻花，蓝得发紫，蓝得晃眼，蓝得让人想起隔山的妹妹，被河坝里的溪水打湿了花衬衫。想起隔山的妹妹，心里就有说不出的委屈。

那一年腊月，他去镇子上赶集。在猪羊市场来来回回半上午,硬是花了二百元买了头猪娃,就是现在养的母猪。卖猪的一手提起猪娃后腿,塞进化肥袋。猪娃在袋子里拧来扭去,吱哩哇啦叫个不停。付了钱,海明娃揪起袋子,扛在背上就走了。快出集市时,肚子有点饿,才想起早上走得急,没吃。便挤到一家小吃摊前,坐在长条凳上,要了一碗面皮,把猪娃放在一边。面皮刚端到手,一口还没咽下去。袋子口没系紧,猪娃一挣扎,从袋子里钻出来,跑了。他赶忙丢下碗,撵猪娃去了。

集市上人多,你拥我挤,猪娃在人缝里钻来跑去,海明娃拨开人,追赶着。但人实在太多,流水一般,拨不及。眼看着猪尾巴在人们腿缝里一晃,不见了。他心急如焚,满头冒汗,像蒸包子的汽。在人群里找来找去,依旧没有猪影子。他想着要么跑丢了,要么被别人捉走了。这么大的集,这么多的人,就是丢个背篓都找不见了,何况还是一只会动弹的猪。他有点丧魂落魄,心里咒骂着该死的猪,放慢了脚步,无精打采地东瞅西看。正当他准备放弃寻找时,突然看见不远处一个女的站在台阶上,手里倒提着一头猪。正是他的猪,他认识,因为那猪肚子上有一大块黑斑。猪还在挣扎着,吼叫着,踢腾着。

海明娃和那女的就这么在集市上认识了。

那女的就叫妹妹。他们总是在集市上能见到面,说话也投机。时间久了,海明娃就有了追求妹妹的想法。村里人都说海明娃不正常,会绣鞋垫,会打山歌,爱钻女人堆,是个"二意子",对女人没兴趣。但人们都错了,海明娃也会喜欢女人,只是以前没遇上合适的。

他问妹妹,我想和你好,你觉着咱们能不能在一搭?妹妹

5

脸一红，没点头，也没摇头。那就算同意了。他在集上给妹妹买了一件新衬衣。那时候，已经不时兴扯布缝衣服了。妹妹抱着衬衣，脸红的啊，像抱着个煤炉子。临走时，海明娃还塞给她一双绣花鞋垫。这一次，不是荷花，不是五瓣梅，是一对凫水的俊鸳鸯。鲜红的嘴，鹅黄的脚，白色的眉纹，紫蓝的胸，蓝绿相间的羽冠，在雪白的布面上，游动着，游进了妹妹的心窝里。

海明娃的心意是明摆着的，妹妹也是满心欢喜的。

海明娃说，我给你唱个山歌吧。妹妹点点头。

你是谁家的女子娃？两肩吊着长头发，
红板立柜双抽匣，想死不能到一搭。

不许胡唱，你过几天到我们家来一趟，知道吗？妹妹扑闪着黑眼珠，说完就走了。

海明娃提着两瓶酒，请上媒人赵桂喜去说亲事了。但结果让人失望。女方家父母一个是嫌海明娃年龄大，另一个嫌他没有父母，孩子嫁过去要受罪。能说会道的赵桂喜，说了半辈子媒，基本都是一说一个准，但这一次，他费尽口舌，还是没有说服妹妹的父母。

这事就这么一直拖着，也没有眉目。海明娃再没找，也没托人介绍。妹妹赶集少了，也不知道啥情况。

海明娃揪了一把屁股边的草，看着胡麻花，自然勾起了伤心事。他心里一直放不下妹妹，总是梦见他们在地里割韭菜。但妹妹父母态度坚决，好话说尽，不听，也是枉然。妹妹毕竟是个乖姑娘，长了二十来岁，啥事都是父母做主。父母不同意，她也只能偷着哭几场，不敢说半个不字。他已经三四个月没见着妹妹了。这满眼的蓝，让他想起了妹妹。那股惆怅，像五月的风，在他心尖上刮来刮去。他不由得唱了起来：

> 月亮上来锅盖圆，把你缠了整两年。
> 心里话儿千千万，多咋能给你说完？
> 双轮磨儿转圆了，把你缠了两年了。
> 年时个（去年）缠你到今年，看不上人吗没姻缘？
> 黄杨木的香筒子，想死不得两口子；
> 黄杨木的立柜儿，想死不得一对儿。
> 爱你爱到心里了，想你想到命里了。
> 假若和你见一面，今晚死了也心甘。
> 今生今世不见面，黄泉路上等百年。

七月里，麦子进场。

八月里，麦子晾干，就要碾场了。碾场是个吃力活，大都是村里对路的人互相帮工。你给我家碾，我给你家碾。从胡麻花儿落了，结上豆大的小铃铛开始，海明娃就没消停的时间了。他人缘好，每天都有人叫去帮工。海明娃爱去，一来凑个热闹，二来混一顿饭。反正他光棍一条嘴一张，也懒得做饭，能凑合一顿算一顿。加之时间一长，没见着妹妹，心里老是垫着一疙瘩东西，不舒坦，就更没心思做饭了。

前天晚上，赵耕田捉着一根旱烟锅，吧嗒吧嗒吸着，来请海明娃，帮着明天碾场。海明娃应了。

第二天，主人家起大早，把早已被拖拉机碾压得光溜溜的麦场再扫一遍。然后站在梁上，朝村子里大声吆喝：摊场了——摊场了——，听到吆喝声，帮工的人扛上木叉或者铁叉，来到场里。有人上麦垛子，从顶上把成捆的麦子丢下来，几个人用叉推到场中间。海明娃一叉扎进麦捆，感觉软绵绵的，提起麦捆一抖，四五只没长毛的老鼠儿子掉了下来，红兮兮的身上，透着暗蓝色的血管，在地上蜷成一堆，蠕动着，发出吱吱声。海明娃用铁锨铲起，丢在了麦场下面的荒地里。他感到一阵莫名的恶心和不安。

在麦场中间的人，把麦腰拆开，麦穗朝上，一圈圈均匀地摊开。最后像波纹，一环套着一环，摊满了麦场。

摊完场，大概十点，拖拉机就进场了。麦村人少，没人开拖拉机。碾场，得请其他村子的拖拉机，完了给人家掏点油钱和人工钱，差不多二百元。碾第一遍，拖拉机不挂铁辘轳，因为麦子没压平，挂上辘轳，会被颠翻。拖拉机从外向里，一圈一圈，织布一样，细密均匀地碾着。突突突地叫声混合着蓝色的柴油烟，在村子边上，没有休止地缠绕着，缠绕着，伴随着那些扬起的灰尘，挂满了村庄的每一根树枝。

帮工的人到赵耕田家吃晌午饭。油饼用大铁盆装着，放在地上。谁要吃，随手抓。汤是鸡蛋汤，鸡蛋打得多，搅得匀，白是白，黄是黄。地桌上摆着白菜炒粉条、凉拌胡萝卜丝、炒洋芋丝和咸菜。人们围成一堆，蹲在地上，稀里呼噜喝着汤，开着玩笑。两碗汤，三个油饼，几筷子菜下肚，饱了。

海明娃不爱和男人们在一起，和几个帮工的女人在院子里围着一个小板凳吃。

　　吃毕晌午饭，大家又到场里，开始抖场。拖拉机歇了，颤抖着身躯，哈着粗气，停在场边。司机回去喝汤了。人们在外面，站成一圈，用叉把碾过的麦秆挑起来，抖动一阵，将碾出的麦子抖落在地上。再将麦秆翻到外面。人们从外向里，有规律地依次转着圈，像指针一般。第一遍抖完了。拖拉机进场，接着转圈碾。人们躲在没有碾的麦垛子下，藏在阴凉里。赵耕田提着西瓜来了。大家在灰尘里一人端一牙西瓜，哼哧哼哧啃了起来。

　　海明娃和一帮女人坐在一堆没有搭起的麦草里，闲聊着猪的事。聊了一会，有人问起妹妹的消息。海明娃叹了一口气，说，没那个缘分，我也不指望了。女人们不知该怎么安慰他。有人后来说，不行就算了，说不准后面还有更好的等你呢。海明娃苦笑着，说，像我这情况，要人，人长得也不攒劲；要钱，手头没几个子儿；要房，几间塌房烂院；要父母，两个早早就死了。你说人家看上我的啥？我还是把光棍打好就成了。有人说，别说这丧气的话了，我们大家都给你留意着，有合适的再介绍，来，给咱们唱一个吧。

　　　　高山的烟雾缠山嘴，我照妹妹在担水，
　　　　照着山上照不着人，照不见妹妹急坏了人。
　　　　再往高处走一走，朝着妹妹去的地方瞅，
　　　　照着窗子照着院，狠心的妹妹不闪面。
　　　　盘盘路来路盘盘，哥在门前打转转，
　　　　哥在门前打一转，妹在屋里点灯盏。

灯盏点着你没来，把你坏了良心的。
花儿担水扁担响，不由我的眼泪淌。
豌豆开花吊着呢，看见花儿笑着哩。
人有几个十七八，花儿能开几次花？

第二轮抖场，是从里向外，还是一圈圈，逐渐扩大。麦子经过反复碾压，麦粒脱了，混在麦衣里。麦秆也被压扁了。人们用破毛巾捂着嘴，戴着草帽，只留一对眼睛。麦场的灰尘扬起来，雾腾腾一片。眼睫毛上，像落了厚厚的霜。

第二遍抖结束。拖拉机挂上辘铲，接着满场转圈碾了。

帮工的人，到赵耕田家吃午饭了。人们在瓷脸盆里洗手、洗脸，洗得脸盆里的水黑乎乎，脏兮兮，快成泥了。有人蹲在大门口，捏着鼻子，哼哧哼哧擤鼻涕，一串串灰尘又黑又粘，在鼻孔里费了九牛二虎之力才擤出来。有人用毛巾掏耳朵，一掏一疙瘩土。有人脱了鞋子，往外倒着麦子，饱满的麦子顶得脚趾头发红。

午饭是黄瓜凉面。凉面泼的油多，油光光，滑溜溜，浇上黄花臊子，撒上黄瓜丝。人们蹲在廊檐下，狼吞虎咽。一个男人三四碗。最后，主家提来了三扎啤酒，放开喝。男人们端着瓶，仰着头，咕咚咕咚灌，喉结上粘着麦衣，上下滚动。女人们用碗喝，可能是渴了，也可能是乏了，女人们酒量也分外好，一碗接着一碗，直喝得两颊杏红，两眼冒花。海明娃也喝了五碗。他酒量很差劲，两碗就晕，三碗脚底下拌蒜，五碗眼皮子直接就搭在了一起。

吃完午饭。再回场里，抖最后一轮场。这次一抖，麦穗上碾压掉的麦粒就全脱落在地上了。

拖拉机吼叫着，跑着最后几圈。人们分成几堆，围坐在场边，有的抽烟，有的瞎聊，有的提着酒瓶，还在喝。

女人们和海明娃在一起。或许是酒喝多的缘故，她们眼珠子发红，嘴皮子耷拉，咧开笑着的嘴，忘了收回去。她们显得异常吵闹，异常兴奋，时不时冒出一句荤话。有人提议海明娃打一个山歌，要那个点的。海明娃眯缝着眼，假装不懂。问，啥样的？

就那样的，你看，这样的。有女人伸着大拇指，碰了碰另一根大拇指。

其他女人一看，立马哗啦啦笑倒在了麦草堆里，被灰尘呛得差点咳断了气。

海明娃故作难为情，说，我可唱不了那样的。

你把啥不会，来唱，再不唱，我们就教你了。有人凑上前，在海明娃肩膀上使劲掐着，打着，笑着。

行吧，我唱，我唱，给各位妃子们打一个山歌听。

女人们又是一阵哗笑。

八月里来八月八，我和阿哥拔胡麻。
阿哥一把我一把，阿哥和我并肩拔。
一拔拔到地埂下，阿哥给我梳头发。
日头下山牛进圈，我俩回家吃黑饭，
吃着吃着心变了，窗户关上门闩了。
丝绒裤带扯断了，花鞋后跟蹬烂了。
手扒肩膀脚蹬墙，耳环子摇得当啷啷，

11

叫声哥哥你算了，三魂六魄都散了。

这一次女人们彻底笑翻了，大家一个个倒在麦草里，捂着肚子，蹬着腿子，张着嘴巴，笑声压住了拖拉机的突突声。笑到最后，有人咳嗽着，快把心脏咳出来了。有人眼泪扑簌簌落在腮帮子上，哈喇子在下巴上扯了一尺长。有人又是拍打着大腿，又是捶胸顿足，笑得差点晕厥了过去。

等大家笑得差不多了，有人说，海明娃，你太坏了。有人说，来把海明娃闪了（抬起来，丢到空中，再接住，如此反复）。大家一哄而上，把海明娃压在下面，他使劲挣扎，也无济于事。光那些丰硕的奶子就把他压展了，更不要说那些长年累月干活的胳膊大腿了。有人抓着海明娃的手腕脚腕，有人揪住他的衬衣，有人扯住他的裤腿，更多的人抓在他的裤带和裆里，他仰面朝天。有人喊，起。海明娃被高高抛起来，他看到了蓝格盈盈的天，像极了蓝格盈盈的胡麻，那胡麻，让他想起了妹妹。他心里一阵怅然。但紧接着，他又坠落、坠落，背后被抓住，又抛起，又坠落……妹妹在胡麻花里朝他挥手，又消失，又挥手，又消失……

最后，女人们听见了怪异的破碎的声音。

海明娃落下来，像一摊泥，女人们没抓住，落在了地上。扑通一声，溅起了白花花的灰尘。

海明娃再也没有睁开眼睛。他的腰像一只虾，弓了几下，绷直不动了。女人们吓傻了。拖拉机碾完了最后一圈，停在场边，熄了火。世界一下子陷入了巨大的寂静，像抽空了一般。

接下来，就是起场，把麦秸抖成堆，三四人一组，抬到场边，码成草垛子。最后就是扬场了。

扬场，要等风来。但没有风，人们等来的是女人们的惊愕和尖叫。

海明娃死了。

有人说，海明娃是被女人们不小心捏破了蛋，疼死的。男人们说，海明娃，终究还是死在了女人手里。

三天后，妹妹和她舅舅来了。听说是家里人拗不过妹妹，只要一反对，她就睡炕上，两天不吃不喝，父母怕出个三长两短，只好同意了，先让亲戚带着去见见面，谈谈结婚的事，等腊月里，如果有日子，就把这婚事办了。

但妹妹再也没有见上会拉鞋垫、会打山歌的海明娃了。

魇子魇脖子

　　魇子（痣）魇脖子，骑马压骡子

　　魇子魇下巴，金银吊下一串搭

　　魇子魇腔子（胸部），顿顿喝清汤

　　魇子魇胳臂，提的罐罐要凉水

　　　　　　　　　　　　——儿歌

魇子魇眉毛呢？

不知道啊，儿歌里没唱过。

马猴的左眉毛上就有一颗大魇子。

多大？

大豌豆一样大，还是血红色的，上面长着几根毛，一寸长。

　　这大概是我们很小的时候，第一次见到上门客马猴后，常常议论的话题。关于魇子的儿歌，我们早已滚瓜烂熟。麦村人把痣叫魇子，不知啥原因。村里人有很多魇子，但也就芝麻粒大小，最大，也就像颗黄豆，挂在颧骨上，黑漆漆的，像只苍蝇。可马猴的魇子，那么大，红蜘蛛一样，似乎跃跃欲试，要拨开眉毛跳下来。而且那几根毛，栽上去一样，招摇着，炫耀着，总有种风吹草动的感觉，恨不得让人想上去拔掉。

　　马猴的魇子给我留下了深刻的印象。马猴的魇子给所有麦村人都留下了深刻的印象。我们从来没有见过那副德行的魇子，实在让人受不了。

马猴，赵翠叶的男人。赵翠叶，赵望祖二爸的女儿。赵望祖二爸一辈子虽然经过几番努力，但只生了一个娃，还是个女的。这让他极度失望。膝下无子的现实让他对多年以后女儿外嫁后，他的一脉将要在麦村断绝深感担忧。他曾经试图领养一个男娃，也确实领养过一个远房亲戚的男娃，但那娃长到七八岁之后得病殁了。啥病？没人说得上。最后，他打消了领养的念头，开始给赵翠叶张罗上门女婿。

赵翠叶，人长得倒是心疼（漂亮），干活也麻利，就是大大咧咧，说话大声大嗓，走路大步流星，吃饭大口吞咽，花钱大手大脚。当然，个子也高大，奶子大，屁股大，手大，脚大。正是因为这些大，让赵翠叶的婚事颇为坎坷。周围村子的小伙，有一荏，但都对赵翠叶望而却步。为啥？就是因为赵翠叶啥都大，小伙子们怕驾驭不了。就像一匹大骡马，挥着鬃，摇着铃，打着响鼻，在梁顶的酸梨树下站着，哪头小叫驴敢凑上去？都不敢，生怕那大骡马把碗口大的蹄子扬起来，把自己扣在底下。

赵翠叶二十四五岁的时候，还没找到男人。除了小伙子惧怕她的大之外，还有一个最关键的因素，就是要当上门女婿。上门，古已有之。西秦岭一带，也常见。但在落后、封闭的西秦岭，人们觉得这毕竟是一件不光彩的事。谁也不愿意把自己的儿子打发出去，给人家当顶门的。除非万不得已。可赵望祖二爸一直没找到这万不得已。

在我很小的时候，赵望祖二爸就带着满腔悲苦和无奈离开了人世。我们去他的白干事上吃席啃蒸馍时，赵翠叶穿着雪白的孝衫，在灵堂前扬着大嗓门，哭得天昏地暗。我们看着也心里难过，一口蒸馍，架在喉咙，咽不下去。

当麦村人一边为赵望祖二爸的去世感到痛惜，一边为赵翠叶的婚事感到无望，觉得她这一辈子可能要打光棍时，事情有了转机。赵翠叶姑姑到处托人打听，最后竟然找了一个愿意嫁给赵翠叶当上门女婿的男人。这个人就是马猴。

马猴，河南人。原名听说叫马厚。但麦村人分不清入声和去声，加之带有调侃之意，再者河南人耍猴的多，顺嘴便叫成了马猴。

马猴除了那颗明目张胆的魇子外，很多地方都和麦村人相差甚远。首先是身高。麦村的男人，个子最矮的要算赵闰牛，他绰号赵大郎。站直了还没根扁担高。可马猴的到来，再一次拉低了麦村男人的高度。他站直只到赵闰生的耳朵处。村里人又赠他绰号：马大郎。其次是瘦。麦村瘦人一茬，但像他一般黑瘦的不多。人们怀疑他身体有毛病时，他总是挎着个黑背心，向人们展示着他的青筋和鸡大腿一般的肌肉。第三是说话。他操一口河南腔调，叽里咕噜，说半天，人们一头雾水，而他急得脸如猪肝。好多年以后，我只对他骂儿子赵富有的话印象颇深。他站在土台上，搓着脖子上的垢甲，用一口地道的河南话喊道：富有，富有，回来吃饭，再不回来我揍死你。尤其"揍死你"三个字，成了麦村人开玩笑的口头禅。因为麦村人的字典里没有揍这个字。另外，他对麦村人的一套耕种和收获方式，一窍不通。他在一马平川的中原大地上开惯了翻耕机，一到山大沟大的麦村，看着地垄里拉犁的黄牛，束手无策。他在平坦的大路上开拖拉机，拉惯了麦子。一到路陡坡紧的麦村，看着毛驴背上驮着的两捆麦子，绞尽脑汁也没办法把零散的麦件用绳子捆成垛。他用一个外来户的眼光，看待着麦村的一切，觉得陌生、离奇、不可思议。

好在麦村人包容，并没有对上门客马猴产生过多排斥。几年下来，他已经和麦村的男女老少打成了一片。

而作为女人的赵翠叶，在家里依旧占据着主导地位。她用大大咧咧的方式应对着生活的各种困苦。有时候，因为马猴对农事的生疏，反而让她变成了一个男人。她耕地、撒籽、施肥、锄草、收割、驮运、打碾、晾晒、粜卖。偶尔，太苦太累，她窝一肚子气，没处撒，也会把马猴揍一顿。马猴骨头硬，不怕揍。再说，他毕竟是个上门女婿，他没有给人家带来任何东西，还吃住在人家，咋好意思反抗。挨一顿，牙一咬，也就过去了。

别看赵翠叶粗枝大叶。可她是村里做吃食的一把好手。什么馓饭、浆水面、锅鲫、凉粉、甜醅、扁食、搅团、洋芋叉叉，都不在话下。村里有红白喜事，后厨里帮忙的女人，赵翠叶是必请的一个。

小时候，我们常端着空碗，在赵翠叶家借着游玩的名义，蹭饭吃。也不是自己家没饭，也不是饿，就是觉得她做的饭特别香。尤其扁食，能把人的咽咽（腭垂）馋得掉下来。某个深秋的傍晚，薄雨落了一层，又落了一层，蛛网一般。麦子进仓，玉米上架，刨洋芋，还有些时日，加之下雨，地里烂泥，下不了锄。人们没有农活要干，闲在家里，寻思着做点好吃的。我

17

提着空碗，去赵翠叶家时，她正坐在炕上，借着窗口昏暗的光包扁食。她的面前，铺着一张报纸，一边是几沓手掌大的梯形面片，一边是塑料盆装着的馅。韭菜、黄花、豆腐、鸡蛋，剁了肉臊子，拌在一起。她用她的大手拿起一张面皮，放在手心，右手加馅，适中后，双手像挽兰花指一样，一捏，一挽，一撮，便成了一颗。金元宝一般，肚腹鼓鼓，耳朵翘翘，大小统一的扁食，脸蛋上擦着白面粉，整整齐齐坐在簸箕里。

马猴去找人下象棋，整整半天，才回家，心虚，偷偷钻进厨房烧水去了。

我在地上，看着赵翠叶包扁食。她用粘着面粉的手指把落在眼前的头发捋起来，别在耳后。白面粉粘在了她的额头上，一溜子。我说，翠叶姑姑，你的额头上有白胡子。她瞪我一眼，笑着说，又来解馋了。我嘻嘻笑着，不作声。她打发我去厨房，帮着马猴架柴烧火。马猴来了好多年，还不会烧火，麦村三岁的小孩都会。真不害臊。嘻嘻。

赵翠叶家吃扁食，有用胡麻油炒的大葱、洋芋丁、芹菜、木耳等混合的汤。捞好扁食，浇上油汪汪的汤，调醋，放辣椒、蒜泥。一搅拌，一口一颗。赵翠叶能吃三碗，马猴蹲在门槛上，一口大蒜，一口扁食。我端着蹭来的半碗扁食，舍不得咽。

马猴在麦村生活了七八年。他和赵翠叶的日子就这样风平浪静地过着。但村里的风水赵贵子却说，马猴，这人，咱们麦村这狗窝窝，留不住。

为啥留不住？

因为那颗魔子？

魇子？谁还没颗魇子，他的不就大了一点。

人家的在眉毛里，这叫草里藏珠，人不住屋。

人们对赵贵子的预言不屑一顾，觉得他一个看风水的，弄算命的事，不专业，大腿上扎刀子——离心远着呢，毕竟是两码子事嘛。

后来，也就是二十世纪九十年代中期。村子里兴起了搞副业，那时候还不叫打工。村民的主业是务农，副业就是农闲时进城务工。当时麦村的年轻人，搞副业都扎堆，不去建筑队，也不进酒店，而是去兰州拉煤。马猴是村里最早去拉煤的一拨人，这里面也包括我父亲。他们聚集在伏龙坪一带，从煤厂拉一架子车蜂窝煤，穿过兰州的大街小巷，最后送到人家门口，又挑进屋，一颗颗码起来。跟现在送矿泉水一样，不过现在用的是电三轮，速度快，省力气。有时，是自己进一批煤，自己联系顾客，送过去。但这毕竟是少数，大家没钱进得起一批煤。所以基本还是给煤厂干活挣钱，拉一车煤，煤老板赚够剩下的，给大家分一点边角料糊口。

拉煤，完全靠力气吃饭。一架子车煤，上千斤，装得小土山一样。肩膀上把拉绳一搭，弓着腰，闷着头，完全靠人力往前拉。平路，好说。上坡路，也没个人搭一把，全靠自己，跟牛拉车一样，拼了命往上扯，有时挣得眼珠子滴血，有时跪在地上一寸寸往前挪。几天下来，肩膀上脱了一层皮，拉绳刚搭上去，就疼。下坡路，车子有惯性，往前冲，得老用胳膊卡住车把，往上抬着，用车尾的刮圈蹭着地面，起到刹车的作用。

胳膊不能松，一松，车子跑起，便会人仰车翻。可胳膊老往上抬着用力，一天下来，酸得不行，连个碗都端不起。

马猴和麦村出去的其他人，都能吃苦。不管刮风下雨，不管多脏多累，他们都穿梭在兰州城，用血汗之躯，喂养着城市的火焰。

当然，完全靠煤老板剥削后发的一点钱，日子是很难过得宽裕的，甚至半年下来，连个化肥钱都挣不够。这就逼得大家想出了歪主意。大家从煤厂把煤称好，装车后，拉出来，然后半路找个地，卸下一小部分，中间的煤，码得稀松一点。煤拉过去，买煤的人，看着差不多高，也不会数，卸下，码整齐就行了。这半路卸下的煤，就属于自己，卖了，落的钱，装进自己腰包。

用马猴的话说，人无横财不发，马无夜草不肥。关于卸煤这事，马猴充分发挥了他河南人的聪明才智。别看他黑瘦，尤其拉煤以来，更是黑瘦成了一颗煤球，就连那颗大魇子都染黑了，浑身只有牙齿是白的，可他的脑瓜子是胜过麦村人的。麦村人老实、胆小、笨拙，稍微做点手脚，就心虚、腿抖。可马猴艺高人胆大，他深知半路卸煤的秘诀，有时把一车煤卸掉一半，看上去还和当初一样，甚至更多。他叽里呱啦的河南话哄得买煤人屁颠屁颠地给他端茶倒水送啤酒。这也成了每个难得的消闲日子里，他在麦村人面前吹牛的资本。

在兰州不多几年，马猴就走在了麦村人前头。当麦村人还在为化肥、农药、孩子的学杂费、打春后买猪娃的钱、女人害病吃药的钱犯难时，马猴通过倒卖半路卸掉的煤赚来的钱，已经让腰包慢慢鼓了起来。他成了二十世纪九十年代末期，麦村最有钱的人之一。

进入2000年以后，拉煤这副业进入了急剧滑坡期。最关键的是随着社会的发展，老百姓的生活好转，从前的做饭、取暖用煤，后来逐渐换成了电磁炉、煤气灶和小太阳取暖器、空调等。加之兰州城市污染严重，据说曾一度在卫星监测中"消失"，当地政府开始整治煤炭市场，关停了大量煤厂。这两者，无疑断送了拉煤人的饭碗。大家守着破烂不堪的架子车，等着零星的活。然后在某个晚上，七倒八歪地坐在滔滔不绝的黄河边，喝着廉价的黄河啤酒，闷声抽着烟，对暗淡不堪的前景一片忧虑。而唯独马猴在椅子上腰杆挺得笔直，品咂着啤酒，遥望着灯火盛大的兰州城。

他是那么自信。他应该自信。就在一两年前，他已经意识到这一天的到来。煤被逐渐淘汰，用电替代，拉煤人将无饭可吃，这是必然。为此，他丢下架子车，开始转型，找了几个人，寻一些零碎的小活，当起了包工头，正式进军建筑行业。

某一年的腊月，人们趁着回家过年这个借口，揣着干瘪的口袋，黯然回到了麦村，这里面，也包括我父亲。临走时，马猴在他租来的一室一厅楼房里，招待了这帮老乡。他提了猪头肉、白酒、花生米，供大家放开吃喝，他用河南人的划拳法轮流打关，他眉毛上的魔子，焕发着光彩，像一颗十五瓦的灯，点亮在丛林里。最后，他把一屋子人，全放翻了，大家东倒西摊，呕天吐地，痛不欲生。唯独马猴，斜坐在茶几上，看着这帮所谓的老乡出尽了洋相,他满意地笑了。

那一年过年,马猴没有回来。年后,麦村人,再也没有人上兰州拉煤搞副业去了。

赵翠叶,还在村里,守着两个孩子和十来亩山地。过着自己的日子。有人开玩笑,说翠叶,这马猴过年不回来,估计进山当猴王了。赵翠叶摘着裤腿上黏着的苍耳,咧着大嘴,笑着应道,他那副德行,要是能当上猴王,那我就成母老虎了。赵翠叶虽这么说着,轻描淡写,但这几年她一个人受的罪大家都清楚。起早贪黑,秋种夏收,还有一堆家务,一头母猪,两头毛驴,两个娃娃,都要她操劳。

在麦村,如果一家两口子,其中一个常年不在家,留下的一个,守家务农,这个人就叫单膀子。在麦村人的意识里,男人和女人就像一个人的两条胳膊,在一起,才是完整的。一方不在,就是单膀子,不完整。单膀子人,操持一个家庭有多难,可想而知。

赵贵子曾私下里说过,手大的女人命苦,脚大的女人走四方。他是暗指赵翠叶。因为他曾准确地预言过马猴的未来。我们对他这一次的预言,有所信服。

自从赵贵子预言大脚大手的赵翠叶必将离开麦村后,麦村人开始对她特别亲热,人们生怕有一天,赵翠叶走了,村子里再没有这个好女人,心里该是多么空落落啊。走在路上,人们跟她说话,口气很暖心。家里做了好吃的,会打发孩子端一碗。她家有重活,男人们会上去帮一把。从赵翠叶嘴里,人们得知,马猴已由原先带着四五个人的小包工头，变成了带二十来人的大包工头，一年收入少说几十万，最要命的是，他在兰州东岗买了一套房。

麦村人已好多年没有见过马猴了，只有他眉毛里的魇子，还在人们陈旧而黯淡的记忆里闪现着。

麦村人已把赵翠叶当兰州人看了。她虽然还带着孩子守在村里，但离开是迟早的事。

直到数年后的一个秋天，白露过后，天气转凉。马猴回来了。他依旧那么黑，但胖多了，眉毛里的魇子，泛着暗红的光泽，像一簇火焰，把麦村的巷道都照亮了。他套着宽大的西装，蹬着油光的皮鞋，回到了麦村，风光透顶。第二天，他把麦村所有的男人，请到他家，喝酒吃肉。人们放下农活、放下家务、放下仇恨、放下嫉妒、放下操蛋的日子，从秋雨绵密的上午开始，就放展喝开了。人们划拳、笑骂、争吵的声音，能把屋顶掀翻，能把沟壑填满，能把余生遮蔽。赵翠叶也为大家包了一顿扁食。最后，大家都醉得七倒八歪，不省人事。作为成功者，马猴也醉了，倒在厕所门口，嘴里嘟囔着，衣襟上挂着呕吐物。

好多年以后，人们依旧怀念着那场酒，那是麦村多少年来唯一一次一村男人聚在一起喝的酒，真是好酒，醉得那么痛快那么彻底那么撕心裂肺。

几天后，马猴带着赵翠叶和孩子，离开了麦村。人们抹着眼泪，送走了他们一家子。秋雨婆娑，天地阴沉。马猴一家是最早离开麦村的人，人们心里空落落的，那么难过。

再后来，好多年好多年以后，听说马猴当了大老板，一次饭局上喝酒，过量，喝死了。麦村人派了几个代表，去兰州给他烧了一张纸送了一程。他的两个孩子，都长大了，一个在北京，一个在深圳。

偌大的兰州城，黄河日夜不休流过的兰州城，曾经被拉煤的架子车染黑岁月的兰州城，只留下了赵翠叶一个人。

日头日头晒我着

> 日头日头晒我着，我给你装烟打火着；
> 你吃着，我晒着，肚子饿了强忍着；
> 娃娃趴下我打整，房子塌了我顶着；
> 娃娃娃娃不要哭，引到湾里拾馍走；
> 拾了半个花馍馍，你半个，我半个，留下半个喂老婆。
>
> ——儿歌

小雪就下雪，翻年雨不缺。雪，粉末状的，扑簌簌落。依着节气，像打过招呼似的，按着点到了。小雪下雪，翻年的雨，到底缺不缺，在没有庄稼汉的城市，是无关紧要的了。

雪落着，也就那样落着罢了。

我去赵虎家闲坐。下雪天，赵虎不去跑车送货，在家里捣罐罐茶。我们说起货车的行情，说起渐远的农事，说起一些几乎被遗忘的人。雪在嘴唇间奔走，往事被雪埋掉了手脚。后来，我们说到了赵耕田。其实是赵虎说，我听。

前几天我去给福利院送货，在里面见着了耕田，人胖得变形了，脸圆得跟凉水泡胀的馒头一样。

我问他认识我不？他点了点头。我问他我叫啥名字？他含含糊糊地说，虎娃。

我以为他会失忆一辈子。

我问，儿子来看你不？他说，来得少。

我给他买了一盒牛奶，放下就走了，不知道他能喝到嘴里不。

耕田，1960年生，六十六岁。六六大顺，可耕田过了2012年，就没有顺过。村里人常拿耕田的事感慨人这一辈，他们说："隔山看见个骑马的，世事真的人假的。"

耕田，媳妇张菊花，生有两子：黑娃、白娃。

在村里，耕田家的日子算是中上游的。除了十来亩地，种小麦、洋芋、胡麻、葵花、油菜等外（唯独不种玉米），还养着一匹大骡马、一头叫驴。马是栗红马，浑身油亮，体壮，鬃长，蹄子碗口大，能一蹄了踩死 头猪娃。马脖子上戴一串拳头大的黄铜铃铛，铃上系着红布索。马一走，尾一甩，红布索飘起来，铃声顿响，神采飞扬。叫驴黑背白肚，黑白分明。体大，高过人头，脊背上四季盖一个棉褥子，四角从肚子下绑着，听说是怕凉。叫驴肌肉发达，脖子处的肉一嘟噜一嘟噜的，一走路就发抖。叫驴也戴一串铃，不过比骡马的小。

大骡马和叫驴性子暴烈，又踢又咬，村里旁人是不敢近身的。两头牲畜拴在他家门口左右两株水泥电线杆子粗的洋槐树上，缰绳拴得很屈，牲畜头被悬起，像吊着。就这，树根下还落着一层笼头磨掉的干树皮。两头牲畜几乎常年拴着，不敢放牧，怕惹了祸端。

耕田是村里唯一能镇住两头牲畜的人。牛大有整牛的法，马和驴一样，再烈，也有法。这法，只有耕田会，外人就不懂了。他一解缰绳，大骡马后蹄立起，似要骑在耕田头上，耕田右手一扯缰绳，半转身，左拳一挥，大呼一声：再跳骟了你。马乖乖前蹄落地，腾起一股土雾。

马是种马，驴是种驴。两个牲畜，动不动亮出二尺长的"黑兵器"，在两胯间晃荡，羞得村里女人不敢正眼直视。方圆十里，七八个村，就只有这两头种马、种驴。有人开玩笑说，在西秦岭，耕田的马和驴是最幸福的，女人数千，儿孙上万，比皇帝老儿都攒劲啊。

每当午后，黄铜铃铛一响，大家就知道它们有活干了。只见耕田左手牵马，右手扯驴，气势汹汹，来到了打麦场。要配种的人按着驴头，乖乖等着。耕田拴了叫驴，牵着马，围着草驴转圈，一圈，两圈，三圈……有娃娃看，耕田捡一块土疙瘩扔过去，骂道，看你娘的胯子，远处去，有啥看的。娃娃们一哄而散，不一会，又聚成一堆。耕田也就懒得理会了。不知转了多少圈，骡马来了"感觉"，"兵器"如棒，跃跃欲试，草驴躲躲闪闪，不太情愿。马前蹄一起，驴一躲，一头打翻了驴主人，驴主人顶了一头驴粪，拾起来，咒骂着驴。如此三番五次，驴渐渐有了兴致，不再躲闪。马跃起，爬上驴背，压得驴背弯成了一张弓，四腿打战，龇牙咧嘴，似乎稍一泄气，就被压垮，一屁股瘫在地上。耕田一手扶住骡马屁股，一手伸入骡马胯下相帮。他那瘦脸紧绷，生汗直冒。娃娃们嗷嗷怪叫，你推我搡。一口旱烟的功夫，骡马前蹄落地，桀骜嚣张之势褪尽，双眼潮湿。完事后，耕田给骡马披上花褥子，怕凉。然后牵着马满场散步，待马慢慢放松。

马配马,生马驹,马配驴,生骡驹,驴配驴,生驴娃。驴不能配马,为什么?不知道。骡子命苦,不能生育,无儿无后。在西秦岭,人骂人"你个骡子转世的",是恶毒透顶的话。

在乡下,配种,是不兴收钱的,只收粮食,粮食里只收玉米。玉米,一来是牲畜的料,二来余出的粜了钱,也是收入。一次几升玉米,大家都知道行情,马和驴,也不是一个档次,有差别。玉米不是现付的,等秋后,玉米上架,晾干,冬天里,取下来,一粒粒搓掉,在炕上烘干,装进化肥袋,称好,踩着毛雪,背到耕田家,才算是一次交易彻底结束了。

在村里,除了庄农,耕田还有粜玉米的额外收入,家底也算是相对宽绰的。一家人,比上不足,比下有余,吃喝不愁,逢年过节,能扯一身新衣裳。大儿子黑娃初中毕业,常年打工;二儿子白娃学习勉强凑合,上了高中,反反复复补习考大学,最后考了个职业学校去上了。一家四口,平平淡淡,日子就这样,也算是合人心意的。

2012年,和任何一个年份一样,耕种、锄草、喂养牲畜、配种收料。然而,对于赵耕田一家,2012年,却注定是一个灾祸之年,这一年,是他家的分水岭,也再一次证明了老人们的口头禅"世事真的人假的"。

世事真切,历历在目,天天月月。但人生无常,虚幻难测。

这一年老历十月,寒衣节刚过,人们在地里捡头遍没刨净的洋芋,还清楚地记着几天前给娃娃念叨的"十月里,十月一,孟姜女,送寒衣。走一里,哭二里,哭倒长城十万里"。耕田牵着叫驴,驮回来一口袋洋芋,刚到窖口,还没来得及倒下,就瘫在了窖门口。在厨房涮锅的菊花出门帮手时，却发现耕田像空口袋一样丢在地上。她赶紧叫了邻居，把耕田抬到炕上。又遣人请了村里的先生（大夫）赵善财。六十多岁的赵善财提着两瓶药，迈着八字步进了屋。歇缓了半天之后，才问情况、把脉、量血压、掐人中，末了挂了两瓶水。至于啥病，他也没个底，看了一辈子头疼脑热、咳嗽感冒的乡村先生，是对付不了这种超出他能力的病症的。即便如此，在村里，无论啥病，都会请他来把把脉、治一治，至于效果，也就另当别论了。去镇子上的卫生院，大家也不太信得过，毕竟那里的先生用村里人的说法也是"半瓶水"。去城里，没车，交通不便，折腾来折腾去，花三四个钟头，估计人也就快被折腾死了。

　　当然，耕田的病终究没有看好，彻底瘫痪在了炕上。不能动，不能说话，只是昏睡，跟植物人一样。后来，菊花才知道耕田得的是脑溢血。这病，急，猛，谁也没辙。

　　耕田瘫痪以后，菊花、黑娃、白娃，一家三口的全部精力都放在照顾耕田身上了。一个农村家庭，男主人的瘫痪，就如同屋梁倒塌，对一家人的打击是不言而喻的。但他们还是怀着满满的信心，要让耕田早点康复，于是，按摩、说话，三个人轮番守护着。

　　从此以后，家里的境况开始变得糟糕，首先是大骡马和叫驴的喂养成了一个大问题。两个牲畜性子太烈，家里三人不敢近身，就连添草都害怕，这可咋办？还有就是太能吃，隔三岔五就要铡草，家里失去了主劳力，铡草这个力气活谁干？当然，最要命的还有两个儿子，都没有成家立业，家里突遭变故，说两个媳妇恐怕比登天还难了,这又咋办?翻年开春,五六亩秋田咋种到地里?这一疙瘩问题突然摆在了张菊花跟前。张菊花,一个妇道人家,平日里男人操惯了心,突然遇着这乱麻样的一摊子事,实在束手无策,夜夜难眠。

小雪过了,离大雪还有一周,下了点雪,村里冷得能冻烂缸。张菊花托娘家弟弟找人,卖掉了大骡马和叫驴。她想着,大牲畜养不住了,翻过年,看匹草驴养吧。那天中午,外地人给牲畜戴着笼头,并排牵着,两头牲口似乎也通人情,不再暴躁,心事重重,蔫不拉几,出了村,上了路,过了梁。村子的雪地上,留着几溜蹄印,毛雪落下,盖住了。村口的一串驴粪蛋,起初冒着热气,慢慢的,也凉透了,冻住了。

从此以后,村子里,就再也没有种马、种驴了,甚至大半个西秦岭也见不到几头种马、种驴了,人们配牲畜,要到很远很远的地方去,花一天时间。在村庄日渐凋敝直至消亡的光景里,牛、马、驴、羊、猪等家畜也一天天消失掉了,曾经的驴嘶马叫、鸡犬相闻,都已成为过去。人们消失在村庄之前,家畜们先行一步,消失在了村头田野。没有了草驴、母马,种马、种驴也就失去了存在的价值。

当人们渐渐在繁杂的光阴里忘掉耕田家的灾祸时,2012年腊月底,离过年不足半月,张菊花突发怪病,去世了。这一年,她四十五岁,正值壮年,却猝然离世,让这个家庭彻底陷入绝境。接连不断的变故让二十五岁的黑娃和二十二岁的白娃茫然无措,甚至连悲恸都来不及。他们跟木头一样,在村里人的帮助下,埋葬了母亲。他家从一个原本宽裕安宁的家庭变成了村里最可怜的一户。那一年的春节，鬼知道他们是怎么过的。事后，人们在各种猜测中一致认为，张菊花本来常年有病，不过吃点药尚能维持，但耕田的瘫痪和随之而来的困难让她的精神几近崩溃，人一旦精神塌了，就没救了。就这样，张菊花在赵耕田瘫痪两月之后去世了。至于她的病因，没有人能具体说清楚。

父亲瘫痪，母亲病亡，在村里，这个家庭可以说已经走向绝路了。

2013年，白娃去了学校，继续着他的学业，他还有一年才能毕业，听说学校免了学费。家里的一摊子留给了黑娃，说是一摊子，其实也就照顾瘫痪在炕的父亲。吃，黑娃每天得做两顿饭，中午、晚上各一顿，让一个没干过家务的男人爬锅爬灶，无疑是痛苦的，尤其是日复一日，年复一年，没有出路的日子，让人绝望。每天，他都像给猪和食，烧着浆水拌汤，只要熟，能填饱肚子，就行了。拉撒，也是每天头疼的事，父亲吃了，毫无知觉，常常排泄到被窝里，都要黑娃拾掇。起初，他难以面对，但又一想，他不干谁干，再说这是生他养他的人，一把屎一把尿把他拉扯大，有什么不能干的。还有洗，也是少不了的家务，不洗，屋子里就难以进入。后来，这些他都干了，他常说，英雄是逼出来的。但他不是英雄，他只是一个二十五岁的未婚青年。

在村里人口里，黑娃是个孝子。

2013年春天，清明前后，黑娃决定把家里的秋田撂荒，到夏天，一料麦子割完后，麦田也撂荒。因为他实在顾不过来再种十来亩地了，再说，他也没有种地的手艺，连个犁把子也扶不住，何况家里准备要看的草驴也没机会了，种地没头牲畜，用手是种不进土里的。家里还有一满仓麦子，吃着看吧，吃完了再说，以后的事，事到临头了再看情况吧，况且不知道还有没有以后呢，难说。

2013年整整一年，黑娃在家里照顾父亲，原先一个偏胖的人，一年下来，瘦得只有一把骨头。低眉瞌睡，萎靡不振。白娃毕业了，去了南方打工，再没有回来，偶尔寄来三五百元。

2014年，黑娃二十七岁了，岁月已经把他折磨成了三十七的样子，胡子一把，皱纹一堆，白发一头，瘦得脱了人形。他开始思考新的活法。他觉得在村子里继续待下去，日子将是一片黑暗，甚至黑得一塌糊涂。窝在村里，没有收入，一件像样的衣服也没有，甚至连一片感冒药也买不起。更没有姑娘愿意嫁给他，哪怕是一个缺胳膊少腿的也没有。因为所有姑娘都知道，跟上黑娃，光一个瘫痪的公公就会被拖累一生，更别说砖房、彩电、首饰了。什么都没有，只有一副烂摊子。

到底该怎么过？留下吧，伺候父亲终老，但这是死路一条，不用费半点脑子去想。可他不想一辈子窝在这五间将倾的烂瓦房里，他还年轻，他不想过了一年又一年，最后过成了一个光棍。离开吧，可如果就他一人的话，还好说，他屁股一拍，两手吊到胯子上，随便在城里就能混一口饭吃；但还有一个瘫痪的父亲，他走了，谁去管？总不能把父亲丢下活活饿死吧。他不是动物，还做不出这事。那到底该怎么办？苍天啊，难道真是瞎了眼，要把一个人活活熬死吗？

有一段时间,他是恨父亲的,恨他为什么成了他的累赘,他甚至都希望他早点死去,第二天一醒来就看见他死得展展的,这样他就解脱了。他恨母亲,为什么要把自己带到这世上遭这一茬孽,为什么家里出了变故她自己却早早离开人世不管不问儿子的死活了,这是多心狠的母亲啊。他也恨白娃,恨他作为亲兄弟却躲到了外面,也不想想当哥的日子咋过。

黑娃就这样纠结着,迷茫着,困苦着,无助着。直到有一天他不知从哪听说城里的福利院可以接手像他父亲这样的病人。他特意跑到城里打问了一下,确实可以。每个月交1500元的看护费和伙食费,就再不用管了。黑娃觉得解放了,熬到头了,真有雄鸡一唱天下白的错觉。

2014年后半年的一天,他粜了仅剩的半仓麦,雇了车,把瘫痪在炕两年的父亲拉进了城,送进了福利院。随后,他在一家电子厂找了份工作,三班倒,计件活,一月能挣两千多,给福利院交过,剩余的,仅够维持生活。即便如此,他也觉得这比守在那个穷途末路的麦村强一万倍。当然,在电子厂,姑娘多,他还想着瞅机会哄一个媳妇,他马上就要奔三了。拥有一个女人,是他最大的需求,只要不瓜不傻。这是他宁愿在电子厂少挣点也不愿去工地的主要原因。至于白娃,毕业以后,就再也没有回来过,除了偶尔打点钱表表孝心,他好像忘了那个坍塌的家了。

那一天,从黑娃把父亲背进车,锁上大门的那一刻开始,就彻底锁上了跟麦村的联系。从此,他就再也没有回来,也再不想回来。无常世事逼迫他离开了这个祖祖辈辈生活的地方,

33

村庄,已不能给他任何东西,除了痛苦和黑暗。在别处,他或许能找到一丝活着的生机。

赵耕田一家,就这样,彻底在麦村消失了。

喝喊一声绑帐外

> 喝喊一声绑帐外,
> 不由得豪杰泪下来。
> 小唐儿被某把胆吓坏,
> 马踏五营谁敢来。
> 敬德擒某某不怪,
> 某可恼瓦岗众英才。
> 想当年一个一个受过某的恩和爱,
> 到今儿委曲求全该不该?
> 单童一死心还在,
> 二十年报仇某再来。
> 刀斧手押爷法场外,
> 等一等小唐儿祭奠来。
>
> ——秦腔《斩单童》选段

村里人常说:前有豹子,后有虎皮。他们是麦村几百年出的两架"烟雾",一个杀人,一个被杀。当人们提及他们的往事时,依然牙缝里刮着寒气。虽然他们已成了麦村的历史,但他们曾给村里留下的惊心动魄的天昏地暗的震荡,至今让人心惊肉跳,两胯打战。

豹子在西秦岭一带兴风作浪的时代，应该是二十世纪九十年代初期。那时候，我们还穿着开裆裤，耷拉着牛牛，在泥土里滚爬，不懂世事，不知日月。多年以后，当我们嘴唇上长着一溜猪鬃一样刚硬的胡子，在青春期的狂风里不知天高地厚，浑身血液沸腾，总想搞点事情时，我们只能通过赵贵子含糊不清的讲述，来拼凑我们心目中一代枭雄豹子的精彩事迹。

我们坐在巨大的杏树下，围在赵贵子身边。他每一次讲述之前，都有要求，就是我们每人给他带一片白面馍。那个年代，粮食依然紧缺，我们从笸篮里偷偷摸出一片馍，战战兢兢揣进衣服，贴在肚皮上，带出门，交给赵贵子。他用嘴撮一口唾沫，然后举起馍，一嘴下去，半片馍就没有了。他一边咀嚼着馍，一边开讲了。剩下的馍，他一一装进宽大的衣兜里。这将是他未来三天的口粮。

他朝身后擤了一把鼻涕，一些馍渣竟然从鼻孔里喷了出来，他用手一擦，伸着食指，开始了他情绪激昂的讲述。

1989年3月，暮春，青杏叮当，流云如水。某个逢集的日子，正值镇子上唱大戏。啥戏？《铡美案》《华亭相会》。还有啥？《拾黄金》。豹子揪着鼻孔里浓密而修长的黑毛，对以上几出戏毫无兴趣。他失望地问，就没了？好像还有，《斩单童》。就那个"喝喊一声绑帐外"吗？对对，就这个。这个好，我就爱看打打杀杀的。豹子回到家，他父亲背着平日里拾粪的破背篓准备出门去麦地里拔草，他让豹子也去。豹子一脚把顶门杠子踢到当院，说，有事，不去。他钻进厨房，看到案板上放着半碗冷玉米面拌汤，一气之下，把碗端起，朝门外甩去，碗应声而碎，吓得一群母鸡钻进牛圈，半天没敢出来。豹子父亲咒了句"死不到好路上的货，迟早就短命了"，叹着气出了门。

那一天，镇子的戏场上挤满了人。戏台下方，摆着杠子，戴草帽的老汉密匝匝坐了几溜子，后面是中年人，站着，胸贴着背，背挤着奶。站不下的，骑在戏场北边山坡上的槐树上，像一群猴子。戏场四周，是摊位。有卖凉粉的、卖粽子的、卖韭菜盒子的、卖面皮的、卖牛筋面的，也有卖帽子、床单、凉鞋的，卖菠菜、芹菜、水萝卜的，卖镰刀、磨石、眼镜片的。当然，啤酒摊子是少不了的。摊子上，塞满了四里八乡赶来的年轻人，他们在《华亭相会》咿咿呀呀的唱腔里，挤在一起，光着膀子，一手搓着肋子上的垢甲，一手甩动着五根指头，声嘶力竭地划着拳。他们一个个争得面红耳赤，如同腊月屋檐下的猪肝。他们一个个大汗淋漓，如同刚出水桶待拔毛的年猪。他们信口开河吹着牛皮说着大话，一个个口气能把猪熏死。

豹子坐在人堆里，把脏兮兮的白衬衣脱下来，搭在膝盖上，把灰背心撩起来，露着肥腻的肚皮，心窝子上一簇漆黑的毛，沾满汗液，起伏不停，像怀里抱着一只黑猫。豹子连着喝了三瓶，啤酒瓶一字摆开。他向来对喝啤酒用杯子的人很不屑，他摸着嘴皮上的酒沫说，这啤酒，不就是个凉水嘛，谁家喝凉水还用杯子？

当豹子在啤酒摊上喝得无趣的时候，就提着半瓶酒开始满场子乱晃悠。他想趁着人多拥挤，挑两个好看的姑娘，过去摸一把，过个手瘾。在西南角，他看见一堆人围在一起，头顶着头，屁股撅成一圈在玩什么。他把脑袋从屁股缝里塞进去，挤进人堆，大家在玩一种"干瞪眼"的扑克游戏，玩牌的人是川道里的一帮少年。豹子吆喝着给自己也发一把牌。几圈下来，豹子小挣，但新的一把牌下来，豹子没有出一张牌，还被人家连着用了三个"炸弹"。他手里五张牌，全关，翻一番，五元。三个"炸弹"，翻三番，四十元。豹子摸着裤兜，他知道自己身上只有二十来元。一圈人盯着他掏钱，他磨蹭了半天，说，只有二十五块钱，我全放下，行不？不行。真不够四十，我看二十五能行吧。

赢家是个板寸，摸了一下头发，傲慢地说，亲朋，你没日驴的本事，就不要挣那一斗料了，咱们玩的都是实打实的干活，你输了不掏钱，几个意思？有人附和道，是啊，几个意思？

豹子灌了一口啤酒，说，不是不掏，是不够，欠下行吧，下来还你。

欠下，茅子门拾了个手巾——咋敢开口来？板寸从凳子上起来，眯缝着眼说，我他妈看你毛桃献月亮——不是正经的果子。

这时候，《斩单童》开演了。

豹子就火了，你他妈说谁不是正经的果子。他把指头戳到板寸眼前。他自从当武警退伍回来，在西秦岭一带，还没有人骂过他一句，这孙子今天竟然在太岁头上动土了。

就说你，不行吗？板寸咬得牙板咯吱响。咋呢？你还打人不成？有本事你把爷动一根指头，试一下。四周围着的人，应声道，试一下。

就打你个狗日的!豹子一声吼。先下手沾光,后下手遭殃。说时迟,那时快,一啤酒瓶直接朝板寸头上砸下去。

喝喊一声绑帐外。

台上的"单童"声嘶力竭的一嗓子,把镇子上的瓦片震得哗啦啦落了一地,把下蛋的母鸡吓得昏死了过去,把姑娘们的一泡尿惊得憋回了肚子里。

人们齐呼:好!

啤酒瓶下去,板寸头如开花,鲜血直冒,腥味浩荡铺开。板寸一手抱头,狗字还未骂出口,人如软泥,瘫了下去。其他人一看情况不妙,高呼,打人了!弄死他!围住!

马踏五营谁敢来。

"单童"又是晴天霹雳般的一嗓子,把台下的万千声响盖住了,淹没了。

台下的人,高呼:好!

一圈人把豹子团团围住,豹子捏着半个酒瓶子,腰半弓,拉开架势,面无惧色。围着的人,猛一下冲上来,足有八九个,朝豹子拳打脚踢,豹子一一还击。一轮下来,两三个被啤酒瓶戳中,倒在地上。啤酒瓶碎成了渣。豹子抡着锤子般的拳头,横扫过去,又倒下一人。正当豹子收拳再挥时,背后一板凳砸来,击打在他的背上,板凳咔嚓应声而碎。

单童一死心还在。

台子下又爆发出了浪涛般的声音:好!

豹子一个转身,朝背后偷袭的人脸上一背拳,只听见牙齿断裂的声音，那人蹲在地上，不再起来。当豹子回身时，看见有人摸起了酒瓶，他一个箭步，冲上去，一个二踢脚，直接把那人踢翻在地。当他刚落稳脚跟，头顶一声巨响，一股温热的东西，从额头上扑簌簌流了下来，他眼一花，但还是咬了咬牙，摇晃着站了起来，提砖头的两个人，看到豹子两眼喷火，杀气翻滚，砖头一丢，跑了。

刀斧手押爷法场外。

人群里再一次爆发出了遮天蔽日的一声：好！

戏场上的那一架，让豹子声名远播，威震西秦岭。好多年以后，当人们说起豹子以一挑十的勇猛惨烈的疯狂场面时，依然毛骨悚然，肃然起敬。人们再一次感慨，现在的年轻人，个个都成怂包了，西秦岭再也出不了豹子一样的人物了。

豹子一战成名，在西秦岭立稳了老大的脚跟，无人再敢和他较量，那些混社会的、跑江湖的，甘当小弟，任其指拨。谁有冤谁有仇，只要给豹子提两瓶好酒，他二话不说，就出了麦村，去打架了。那几年，他打遍了整个西秦岭，打得鸡犬不宁，打得血雨腥风，打得天昏地暗。打得人闻风丧胆，打得人心悦诚服，打得人一听其名字，尿夹不住，哗啦啦淌。当然，除了他壮硕的体格，坚硬的骨头外，他说，他打架，打的是稳、准、狠。他还说，他打架，打的是社会上的人，打的是江湖上的事，跟平头百姓不相干。他把一瓶好酒端起来，连瓶灌下去了四两。一抹嘴，说，走，兄弟们，集上溜达一圈，看还有哪个狗日的不服。

他领着几十号兄弟，踢踏着黄土，席卷而去。

豹子能在戏场上以一敌十，当然不是浆水面吃出来的，也不是他们家有啥遗传，更不是得到了哪位高人的指点。而是当兵时练出来的。

豹子十五岁的时候，同龄人都快初中毕业了，而他还在小学三年级当着混世魔王。念了七八年书，双手画不了一个八字。连自己的名字寿娃也写不到地方。说是念书，其实成天背着一个破帆布包，塞着一片干馍，漫山遍野晃荡。夏天进水捞鱼，下地偷瓜，上树掏鸟；秋天掰葵花、烧洋芋、刨玉米；冬天赶集、捉兔、溜滑；春天上山挖野菜、烧荒坡、捣马蜂窝。反正一年四季不得消停。即便人在教室坐着，神已经游走八荒了。在学校，他唯一的优点就是不捣乱，不打学生，老师对他也是放任自流的态度，只要他不惹是生非，他来也好，不来也罢，考试好也罢，不好也罢。

他父亲赵养贵也知道，相比二儿子喜娃，大儿子寿娃不是念书的料，但又不能辍学。在学校，好歹还有个牵扯，一旦不念书，家里管不住，就真是信马由缰，钻天入地了。可再念也是白念，家里也没有那么多的余钱和口粮，供养一个体壮如牛犊子的人。就在赵养贵为儿子的事一筹莫展时，他老婆四米子转了趟娘家，回来后，说让寿娃当兵去，已经说好了。据说寿娃舅爷的二哥，在城里当官，专管征兵的事。

后来，豹子就当兵去了。

豹子当了好多年兵，据说是特警，练就了一身好本领，特别能打。豹子当兵后的几年，麦村的山野里，再也没有他飘忽不定的身影。山川草木、花鸟鱼虫，过了几年安稳日子。豹子当兵后的情况，无人知晓，人们只在闲言碎语里勾勒着他的一些情况。但数年以后，豹子回来了。有人说豹子光荣退伍，还立了战功。有人说豹子在部队勾引当地姑娘，是被遣送回来的。也有人说豹子当兵没多久，偷了部队的抢，被判了几年刑，现在是刑满释放。当然，还有一些不着边际的传言，人们无法证明其真假。豹子在部队经历了什么，没有人知道，对此，他也闭口不提，他们家人，也是讳莫如深。有时候，人们提出看一看他在部队时留下的东西，比如退伍证、合影、衣物之类的。毕竟豹子是村里几十年来少有的当过兵的人，人们对当兵有着极大的兴趣和好奇。但豹子一直没有给大家展示过任何一样实物。问急了，他会不耐烦地说，那都是些珍贵的东西，能随便给人看吗？

　　人们无法知道豹子在部队上经历了什么。日子那么匆忙，那么清苦，人们也就不想知道豹子在部队上经历了什么了。

　　豹子回来后，已经跟刚走时判若两人。曾经鼻涕都擦不干净的黄毛小子，现在已经长成了壮实的小伙。每天早上，鸡叫头遍时，他已起床。到梁背后的杏树林里，开始锻炼。他的锻炼很简单，先是用小拇指的一侧手掌轮流砍树，砍数百下之后。再用脚踢树，两脚轮流数百下。夏练三伏，冬练严寒，从不停歇。起初，村子里早起拾粪的人，听见杏树林有咚咚咚的响声，还以为闹鬼了，吓得再也不敢早起拾粪了。还有一次，懒球女人准备趁早下地，偷两颗人家的蕃白菜，做浆水。走半路，尿憋，钻进杏树林，裤子一脱，一泡尿刚撒开，听见背后不远处传来咚咚咚的声响，吓坏了，裤子一提，赶紧跑了，菜也没偷成，还落了个尿不尽的毛病。

回到麦村的豹子，除了体貌发生了变化之外，有些东西，依旧没有变，比如好吃懒做，满山游逛。没有人能管得住他，他也不需要人管。那时候，豹子还没有表现出特别能打架，特别心狠手辣，他只是偶尔在村里的年轻人跟前露两手，然后不屑地收了手脚，指着其中一个威胁道，把你爸的烟给我偷一包。被指的人，就屁颠屁颠去偷烟了。

后来，豹子母亲四米子过世了。家里留下了他父亲赵养贵、他和弟弟赵喜娃。一家三个男人，日子过得潦倒不堪。

五年之后，也就是豹子在戏场以一挑十后的一年，豹子成了青蟒岭的护林员。

青蟒岭是西秦岭山脉末端的一段，也是这一带较大的禁伐禁牧区。蜿蜒盘旋，十几公里。叫岭，也没个岭的架势，充其量就是一长溜山梁。山上长青草，有成片的洋槐、杏树、酸刺。青蟒岭，顾名思义，岭上有青蟒，但谁也没见过，倒是那些指头粗的菜花蛇，随处可见，颜色鲜艳，胆小如鼠。青蟒岭周围，盘着几个大大小小的村庄。像藤条上结出的几颗苦瓜。

邻村的老护林员死后，青蟒岭有一段时间是没人看护的。人们赶着牲口去岭上放牧。岭上之前由于管护，青草茂盛，犹如绿毡，是放牲口的好地方。把牛啊驴啊赶上坡，牲口一头扎进草丛，再不歇气，一个钟头，就能吃个滚肚圆，不比其他地方，草都被牲口啃光了，粘到地皮上，一个上午，还没把牲口的牙槽填满。除了放牧，人们还会背上背篓，到岭上去砍柴。家里做饭，没硬柴不行。烧火的硬柴，洋槐是好东西。人们在岭上，把洋槐树砍倒，用锯子锯成段，然后装进背篓，背回家。当然，有时候，闲得无聊的人，也会在岭上不分青红皂白放一把火，烧荒坡。秋冬时间，野草干枯，一见火星，立马火冒三丈，顺风卷去，犹如万马奔腾，骇人心魄。

在没有护林员的这段日子里，人们在岭上尽情地放牧，肆意地砍伐，喜庆得犹如过节。乡政府在努力寻找着新的护林员，但没人愿意干。除了工资微薄外，最大的原因是这活得罪人。岭下一带，都乡里乡亲的，有人放牧，谁能拉下脸说人家一顿，或者扯下面罚钱？弄不好，钱没挣几个，和气失光，被人天天戳脊梁骨，还在这西秦岭咋活人？

正当人们怀疑没人愿接手这个烂摊子时，豹子成了护林员。当然，据说，这是他二舅爷的意见。不过人们换根脑筋一想，这护林的事，还真只有头里不清整的豹子能干。老护林员是个老光棍，一个人吃饱，全家不饿，也不怕得罪人。现在的豹子，天不怕，地不收，只有他干，合适不过。但人们再换根脑筋一想，这豹子当了护林员，好日子也就到头了。牲口啃土皮，灶前无硬柴，唉！

豹子当起护林员之后，去集上瞎逛的次数少了。大多时候都在岭上。这也倒符合他小时候的习性。他护林护得特别紧，也许是人们都怕他，在他走马上任的当天，岭上就干干净净，不见一头牲口一个人。

豹子在岭上一待就是一天。人们也好奇，他一个人是咋待得住的，吃啥喝啥。

有一天，赵贵子去岭上找豹子。豹子借了他家的梯子，他要取回来，准备上房，把屋顶几片被猫蹬破的瓦揭掉，换几片新的。前一天下雨，屋里漏成了涝坝。豹子家的门锁着，他只好去青蟒岭找豹子要钥匙。

他在岭上找了半天，也不见豹子的踪影。他揪了小蒜，塞进嘴，嚼着。小蒜的辛辣味让他头皮发麻，舌头僵硬。他吐掉嘴里的蒜叶，准备撒一泡尿，回家。当他刚把家伙捉在手里时，发现青蟒岭半腰的窑洞里冒着青烟。那窑洞是合作社时期的羊圈，他小时候在里面掏过野鸽子。

赵贵子在窑洞里找到豹子时，豹子正举着一根棍子，棍子从一条擀面杖粗、一米长的菜花蛇嘴里捅进去，直愣愣地架在火堆上烤着。菜花蛇鲜艳的色泽一点点暗淡下去，皮肤萎缩，尾巴抽动。最后在刺啦啦的声音里，变黑变软，亮红的油滴从蛇皮上冒出来，落在火上。火焰跳动，火舌摇摆。怪异的肉香味混合着浓烟，弥漫了窑洞。

豹子背后的洞壁上，还挂着五六条已经死掉的菜花蛇。笔直而僵硬的身子，像一根根鞭子挂着。他身边，放着一片牛蒡叶，叶子上摆着三颗杏核一样大小、血淋淋的蛇胆，那些发绿的蛇胆似乎还跳动着，要跳出叶片，钻进草丛。

赵贵子被豹子吃蛇胆、蛇肉的情景惊了一胯子冷汗。麦村人看见蛇躲，这狗日的豹子，竟然敢吃，真是炸了天了。豹子把烤焦的蛇肉伸到赵贵子跟前，叫他啃一口，尝一下，味道霸外香。就是缺点盐，太遗憾。赵贵子看着眼前黑乎乎的一溜子，不敢下嘴。豹子嘲笑他是怂包。

豹子把蛇肉啃完后，举着三颗蛇胆，像吃糖一样，丢进嘴，没有嚼，咽了。

当赵贵子看着豹子的喉头一滑动，喉管里发出"咕"一声时，他的胃里像被人抓了两把，他差点把中午的浆水面片吐到豹子的脚面上。

豹子抹了抹嘴，和赵贵子坐在窑洞外面的石头上。脚底下，是即将淹没脚面的野草，远处是密密实实的树林，再远处，是一道浅沟，上沟，是麦村。一个只有几十户人家的麦村，隐藏在树林里，唯有鸡鸣狗叫声，暴露了一个村庄的存在。他们把二十多岁的目光落在村庄额头的树林上，迷雾般的树林，墨绿如湖的树林，盛放着生老病死的树林，在月光和星辰里日渐黯淡的树林。这一刻，豹子的心头，竟然浮出了一层莫名的忧伤。二十多年了，当他第一次回望麦村时，突然变得难过，他不知道为什么，他似乎想到了未来的无助，或者死亡，也或者，什么都没有想。

他突然想听《斩单童》。赵贵子会哼一段。他觉得，此刻，只有单雄信临终时的豪气冲天和悲恸凄苦才能平复他泪花起伏的眼眶。

我把你个黑贼！
一口恶气冲斗牛，叫骂声敬德黑炭头。
曾不记儿是铁匠手，你就该打铁造斧头。
谁是你把家推开手，一心吃粮当兵卒。

……

一鞭二锏相交手，险些把贼一命休。

投唐之心儿早有，一旦丢却刘周武。

刘周武待儿如骨肉，你不该背叛把唐投。

一臣二主真禽兽，单五爷怎比奴下之奴。

多年以后，当赵贵子给我们讲起那个下午时，他依然能在风吹麦村的声响里感觉到某种悲伤。那悲伤，被他沙哑的唱腔所笼罩，如同黑夜里的泉水。后来他不再唱《斩单童》，甚至不想听一句这本折子戏。用他风水的话说，杀气太重，不适合犟人听。他和豹子都是犟人，他的犟，像一头牛。豹子的犟，像一头豹子。

当他提着豹子家的钥匙，当啷啷地从岭上往回走时，黑云罩住了太阳，一些光线，像利剑，从天空直插大地的心脏。他回头，看到一道泛着红色的阳光，锋利、刺目，从天而降，架在豹子的脖子上。他隐约想到了什么。他叹了一口气，假装什么也没有想到。

下岭，上卧牛坡，往西走二里路，就是射兽村。

为啥叫射兽村？赵贵子小时候听父亲说过，大意是很古老的一年，村里有一种野兽出没，此兽，头似虎，身似人，四肢如狼，尾如马，浑身有斑点。村人从未见过，也不知其名，以怪兽称之。此兽不吃家畜，不吃男人娃娃，专吃女人，说是吃，也不是现场吃，反正人们眼睁睁看着怪兽嘴里叼着一个女人，女人叽里呱啦哭吼着，它在山梁上一晃，消失在了月色朦胧的树林里。人们找遍了所有地方，不见血，不见骨头，不见衣物。

反正女人没有了。有人说，怪兽把女人吃了，吃得骨头渣渣都没剩。

后来，人们在一户人家的屋里，用麦草扎了一个女人，穿上艳丽的衣裳，摆在炕上，等怪兽来。怪兽来了，人们点燃院子周围提前布置好的柴草，浇上煤油。怪兽被困在大火之中，难以脱身。火光冲天，吞噬夜空。怪兽嘴里叼着假女人，发觉上当，用獠牙一撕，假女人成了一包乱草，洒在空中，被点燃了。大火步步紧逼，怪兽退到墙根，无路可退。大火猛扑而上，火星四溅，犹如繁星。怪兽往后一蹲，腾空而起，犹如旋风，越过火墙的一瞬，弩箭齐发，寒光闪闪，射向了怪兽的肚子。怪兽从空中跌落，轰隆一声，瘫在地上，四肢抽搐一阵后，死掉了。鲜血如泉，喷涌而出，浇灭了火焰，浇黑了星空，浇湿了七里地。

赵贵子没有去射兽村。射兽村人向来和他们村因为地垄的事不合，为了一犁沟的地打打闹闹是常事。赵贵子没有想到，最终，他还是要去射兽村。

豹子在岭上抓住射兽村的李灵花的时候，是暮色如绸，刚刚裹紧西秦岭的时候。

李灵花想着护林员豹子这会肯定回了。她从房背后的屋檐下提起一根绳，丢在肩膀上，出了门。她的男人马后炮去下棋了，晚饭都顾不上吃。在西秦岭，要找一个像马后炮一样，痴迷象棋的人，简直比拾一块狗头金都难。他迷恋象棋，已经到了茶饭不思、出神入化的地步，叫他下三天三夜不合眼都可以，叫他半天不粘象棋简直能要他的命。就算夏天割麦子,他也要背上象棋,割乏了,在麦茬地里摆上棋,左右手下几盘。他见人就缠着下棋,他把村里人都缠怕了,看见他跟躲瘟神一样。

厨房没柴烧,已经几天了。李灵花打发不动马后炮,她对这块滚刀肉已经失望至极,只能自己上岭偷着砍柴了。

她摸着夜色,在岭上的林子里砍倒了一棵小腿粗的洋槐,把洋槐又剁成段,码成一捆。她毕竟是个女人,当她的斧头在树干上剁下去的时候,斧刃和木头撞击的声响让她心惊肉跳。她知道被豹子抓住的后果,当然不仅是罚钱。她借着陡坡把柴背到背上后,才舒了一口气。她抹掉额头上豆大的汗珠,在树林里摇摇晃晃地走着。

她砸了砸自己憋闷的胸口,透过树梢的缝隙,隐约看到了射兽村在暮色里盖上了黑漆漆的被褥。

当她想着这一趟柴算是偷成了时,一道强手电光打在了她脸上,她本能地举起手,把光遮住。一背柴就已经够她受的,再这么一惊吓,她冷汗倒流,两腿打战。手电光往下移了半截,她隐约看见眼前站着一个人,身体庞大,如塔一般,要扑下来。

你干啥哩?

拾……拾点柴,没烧的了。她从声音里听出了是护林员豹子。

这青蟒岭的柴,你能随便拾吗?放下,跟上我走。

李灵花乖乖把柴放下,跟了去。一颗心在胸腔里,像一只兔子,捂不住,就要跳出嘴了。

他们穿过幽暗而深邃的树林,来到了那个窑洞。豹子把手电别在洞壁上的老鼠窟窿里,光线散开,整个窑洞亮堂了。豹子和李灵花看清了对方。豹子披着汗衫,胸口大敞,两块胸肌,硬如板砖。李灵花的头发粘在前额,湿漉漉的,衬衣的纽扣被麻绳蹭开了好几颗,两只奶,撑着衣裳,再稍微一颠,就跳出来了。

豹子的两只眼,扫过李灵花之后,还是把目光落在了她白花花的奶上。他在集上见过两三次李灵花,仅仅是打个照面。但豹子知道,这些年,他当兵,他出没于西秦岭,他走村串巷,他见过了这方圆几十里的女人,像李灵花这样,有着细长眉毛、杏核嘴、鹅蛋脸,奶大、腰身修长的女人,是缺物。尤其是她那双眼,带着一股天生的媚气。他曾在很多个黑夜,钻在被窝里,想象着她脱掉衣裳,把白花花的奶蹭在他脸上的情景,在这种肆无忌惮的想象里,他的手不停地忙活,最后,被窝里散发出了青草的气味。

罚钱吗?李灵花先问了。她知道在豹子当护林员的这两年,已经罚了好几千元,给乡政府交过一部分后,剩下的,他揣着,全在镇子上喝酒吃肉打架了。按照规定,牲口吃半天禁牧区的草,五十元。砍一棵枯树,五十元。砍一棵活树,不论大小,二百元。这些都没商量的余地,有时候,豹子心情不好,还会涨。被抓住的人,迫于豹子的淫威,不敢反抗,只好乖乖交罚款了事。

你说。豹子摸着下巴上日渐浓密起来的胡子。

我第一回砍树,不知道。

第一回砍,手底下就这么麻利?

李灵花无言以对。

男人呢？你一个女人家，跑出来拾柴。

男人，嗐，算啥男人，跟没男人一样。李灵花苦涩地笑了一声。

豹子心里咯噔一跳，他搞不明白李灵花话里的意思。他出了一口长气，说，你背回去吧，就当我没看见。

李灵花一惊，很快又镇定下来。她从豹子的表情和语气里感觉到，这个打遍西秦岭，如同恶霸一般的男人，此刻，不会为难她了。这不行，我就欠你的人情了。

欠了你想办法还就是。

我一个女人家，咋还，怕是还不上。

你能还上。豹子上前一步，指了指自己的胸口。李灵花一低头，看到两颗奶撑在外面，满脸害羞，慌忙把纽扣系上。她说，那我真的走了。

走吧。

当她转过身，前脚还没有踏出窑洞时，手电灭了，黑暗洒下来，淹没了一切。她被豹子一把揽进怀里。一只手抖动着剥开她的纽扣，慌乱地塞进衣领，一把握住了她的奶。她感到另一具"身体"也在浑身抖动，她反抗，挣扎，但那只手，卡得太紧，难以脱身。那只手在她的奶上开始揉捏，两瓣如同炭火的嘴唇开始在她脖颈上炙烤。那粗壮如牛的喘息声，滚过她的耳朵。她的耻骨被顶得发痒、发麻、发酥。她哼了一声，浑身软了，她隐约感到泉水漫过了黑色的草丛。她顺势躺在了地上。

一座山轰然盖了下来。她听见了流水翻滚的声响，她听见了群山晃动的声响,她听见了大地起伏的声响。而他听到了一片叶子,遮住了另一片叶子。一声鸟叫,叠住了另一声鸟叫。一颗星辰,碰响了另一颗星辰。

接下来的一切,都由李灵花把持着。用麦村人的话说,孟良走北国——人惯马熟。而豹子,像一个不懂世事的孩子,被指拨着,号叫着。

后来,豹子和射兽村的李灵花钻到一起的事,大家都知道了。人们风言风语地传着他们在一起胡搞的事,甚至说起了那天晚上窑洞里的事,并把一些细节说得头头是道。赵贵子吞着口水,向人们讲述着豹子的风流韵事。麦村人一部分觉得豹子的行为伤风败俗,丢了村里人的脸。一部分对豹子能睡李灵花这样的女人而羡慕不已,甚至心怀嫉妒。另一部分认为豹子能搞射兽村的女人,这为麦村争了光,虽然他们夺去了两犁沟地,但他们的女人被我们的人搞了,值了。

这么多年,父亲赵养贵对豹子一直是放任自流、不管不问的态度。他觉得他生了这么一个儿子,简直是造孽。他宁可和他断绝关系,也不想替他背上骂名,在西秦岭抬不起头。他并没有因为豹子是西秦岭的一霸而狐假虎威,他反而更加沉默、低调,甚至把自己埋进了尘土里。他所有的付出,都是为了二儿子,希望他早日结婚,成家立业。虽然几年后,他临死也没有看到有个儿媳妇走进他老赵家的门,这让他满腔遗憾,离开了人世。

豹子和李灵花的事,似乎已经到了众人皆知的程度。而只有马后炮还沉迷在象棋里,对随处刮来的风声充耳不闻。豹子现在是光屁股撵狼——胆大不怕羞，除了李灵花不定期来窑洞找他寻欢作乐之外，趁着马后炮去下象棋，豹子直接就去李灵花家，和她睡到半夜，才起身离开。

李灵花成了青蟒岭周围唯一一个可以上岭砍柴的女人，而且砍了柴之后，护林员豹子还会替他背到村口。

在一年多的操练中，豹子日渐蜕变成了一个男人。他上嘴唇浓密起来的胡须，像一把马鬃，坚硬而漆黑，遮住了厚实的上嘴皮。他的喉结变大，犹如一颗鸟蛋，嗓子变粗，说话瓮声瓮气。当他在巷道里走过时，在他松垮的裆部，人们似乎看到了一个人在欲望面前的退败。豹子很少回家，大多时候，他都去赵贵子家吃喝。那时候，赵贵子母亲还活着，虽然眼睛不好使，但还能做一手可口的饭菜。豹子帮赵贵子搭手干一阵活，就可以心安理得地混一顿饭了。时间一长，豹子顺理成章地到赵贵子家吃饭了，即便不干活，他也知道端起碗，到厨房去捞饭。

豹子再一次抓住射兽村的人，是一个下午。上午，他去集上赶集，说是赶集，也无事可做，就是吃一肚子喝一肚子。心情不畅，把集上不顺眼的毛头小子踹两脚，扇一巴掌。顺手从人家的摊子上提一件背心，捏一包烟，反正也没人敢跟他计较。他装着一肚子白酒，摇摇晃晃回到麦村，本想睡一觉。但又担心晚上李灵花会来找他。只要一喝酒，他就想干那事，憋得慌。他揣着一腔欲望，满脸通红，到了岭上，在一个湾子处，他隐约听见有驴的铃铛声。他循声找去，半坡上有个老汉，坐在地上放牲口,两头灰驴,打着响鼻,摇着脖子,正啃地上的草,背后跟着两头栗色骡驹,蹦跶着,啃洋槐树叶。

老汉是射兽村的,他见过几次,但想不起名字。

草太滑,他差点摔了个狗吃屎。他摇到老汉跟前时,老汉并没有慌张,而是摸出旱烟,塞上烟丝,用火柴点着,歪着嘴,皱着眉,狠狠吸了一口。然后把烟斗递给豹子。豹子摇手,说,呛人,抽不住。老汉吐出长长的一溜白烟,罩住了他灰白的头。

当老汉起身,准备赶驴离开时。豹子拦住他,说,要走,今天怕走不了。

你啥意思?老汉把烟斗别进裤腰。

把罚款放下,再走不迟。

多少?给个价。老汉看来是个直人,快言快语。

豹子伸出两根指头,说,四头牲口,一头五十,二百元。

一头驴走远了,老汉捡起一块土疙瘩,丢到驴背上,驴一惊吓,掉头,折了回来。又不出远门,谁能装那么多钱。老汉异常镇定,二百元的罚款好像也是小事一桩,这让豹子有些吃惊,他抹掉额头上的汗,问,那咋办?

这样,明天下午,你来我们村取,行吧?

好。

豹子到射兽村取罚款的那天,天阴着。薄雾如纱,笼罩山野。墨绿的植物,在飘荡的白雾里,影影绰绰。豹子喊上赵贵子,一起去。再过两天,集上要唱戏。豹子答应赵贵子等罚款到手之后,在戏场上好好请他耍一会,爱吃啥吃啥,爱喝啥喝啥,即便是看上了哪个姑娘,他也能帮着搞定。赵贵子摸着眼角的眼屎，不想去。彻夜不着边际的梦，折腾得他心神疲惫。好多梦在睁眼的一刻，如同大风刮过，想不起了，但唯独梦见射兽村人再次射死怪兽的景象异常清晰，那翻腾的火光，横流的血液，涂满了他大脑所有的空间。他隐约感到不祥，一种不安感在皮肤上弹跳，跳成了一层细密的疙瘩。但碍于豹子的情面，加之豹子要请他过两天去耍，便不好推脱，只好披着破衬衣出了门。

一路上，豹子说了几个黄段子，赵贵子没有听进去，只听到最后一个，说集上有一老汉，卖麻子，胡子很长，很密，遮住了嘴，吃饭时，要把胡子拨一边。集上的小娃娃喊，麻子老汉没嘴，麻子老汉没嘴。老汉一听，很胀气，一把捋起胡子，一手指嘴，朝小娃娃骂道，这不是嘴，难道是你妈的×吗？豹子讲完，用粗大的喉结弹出了一连串笑声。赵贵子憋出了几声笑。

进村时，赵贵子说，你先走，我肚子不合适，拉一泡，就来。

豹子骂赵贵子关键时候屎尿多，独自先走了。

进村，打问到老汉家。一个土院子，栽着一排直溜溜的臭椿。一只黑色大鸟，从树梢跌到院子，是死鸟。豹子唾了一口，点上烟。屋里放着秦腔——《斩单童》，这个旋律他再熟悉不过了。除了秦腔声，屋里再无声音。他想着老汉可能在炕上躺着。他想到了两百元在眼前晃动。好几天没见李灵花了，他想拿上钱，顺路去搞一下那事，他憋了好些日子了。他想到唱戏的时候，应该给李灵花买一件花衬衣，买一双凉鞋，他把人家睡了这么久，还没送过啥东西呢。这些想法在大脑中一一闪过。他丢掉烟把，用脚研灭，朝上房走去。

当他两脚刚踏进屋子，一把灶灰打在了他脸上。细密的灰扑来，一瞬间，遮蔽了眼睛。一阵钻心的疼，由眼珠扩散开，蔓延至全身，他的眼前一片漆黑。他使劲揉眼，想退出门槛，却听见两扇门哐当一声，紧紧关死了。

录音机里的秦腔依旧吼着。单童的唱腔，犹如千军万马披着风雪，踏冰而来。

我一看徐三哥把某祭奠，好一似钢刀切腹把心剜。
三哥啊，
忍着泪压着气把兄呼唤，徐三哥近前来弟有话言。

豹子从稍微亮起的眼缝里看到一屋子男人，提着棍棒，杀气腾腾，朝他号叫。弄死这个狗日的，弄死他，弄死他。一根木棍朝他头上劈来，他胳膊一举，护住头，木棍咔嚓一声被胳膊隔成两截。又是一棍，打在他肩上，他顺势下蹲，避开乱棍。又是一顿乱脚，如石头砸来。他用胳膊一一挡开，一脚踏在了他胸口，脚下不稳，他倒在地上。众人的棍棒还未来得及落下，一个鲤鱼打挺，豹子弹起来，顺手抓起门后立着的炕桌，摔打开来。有人脸上被桌腿划过，惨叫一声，躲在了人后。豹子抡起炕桌，朝四周横劈，人们见势，握着棍棒，一一后退。豹子大吼一声，哪个狗日的要弄我，上来。这时，一少年从炕上跳下，一把铁锨直直插来。当铁刃和老梨木撞击的瞬间，磁带卡住了。屋里瞬间万籁俱静，空气凝固。人们听见炕桌哗啦一声，断成两半，那锋利的断茬刺过耳目，看不见的血扑簌簌冒了出来。铁刃翻卷。豹子顺手夺过铁锨，反手一拳，砸在了少年脸上，只见鲜血如注，喷涌而出。

磁带卡了十几秒，又好了。汹涌澎湃的秦腔声，泥石流一般，淹没了整个屋子，淹没了所有厮杀。

  呀，我把你个短命的儿男。
  我一见罗成气炸胆，叫骂声罗成短命男。
  曾不记病倒洛阳县，命人役搬你到二贤庄前。
  你嫂嫂每日里求神许愿，早煎药晚煎汤不用丫鬟。
  ……
  临行前你与我发下誓言，若投唐短你寿二十加三。
  到今日你还敢把我来见，难为你披人皮流落世间。

豹子手握铁锨，浑身发抖，气粗如牛。这几年，他大大小小打过数十次架，哪一回不是你死我活，不是白刀子进红刀子出，不是剁一根指头就是断一条腿，哪一次他怕过半分。但这一次，当迎面一把遮眼灰打来的时候，他就知道这将是一场恶斗。搞不好，他将一辈子走不出这间土房子。一旦活下来，他将会成为方圆几十里的传奇，整个西秦岭的不倒翁。恐惧之心刚一冒出，就被他压了下去。

他依旧被围在屋子中间，腾挪不开。有人大喊，上，怕死的不是射兽村人。

几十根木棍前后左右，铺天盖地，打了过来，像一张网，把豹子罩住了。豹子挥动着铁锨，难以挡开。有些棍落在了他脸上，有些落在了他腿上，但此刻，他已麻木，不知疼痛。而唯独眼睛里，犹如砂子打磨，酸疼不堪，眼泪直流。他强忍着，想起要攻破一个点，站到炕上，守住制高点，再趁机夺窗而出。他把铁锹抡圆，锹背打在了一人脸上，响声洪亮。那人倒下，留出一个缺口，他趁势前扑，蹦到炕边，一只脚，刚搭上炕沿，一根棍子击打在了他腰上，他听见了断裂声，在身后炸开。他腰下一软，犹如石头下沉。整个人，瘫了下去。他倒在炕下，一手抓起眼前的板凳，摔打而过，满屋子的东西被砸得稀里糊涂。有人惨叫，有人哭泣，有人怒吼。

几十号人扑上来，压在了豹子身上。豹子纵有拔山之力，此刻，也难以脱身了。他被压在人肉堆里，无法挣扎。他使出吃奶的劲，青筋似要爆裂，眼珠几乎夺眶而出。他撕，他摇，他撞，他吼叫，他乱唾。但还是被牢牢地控制住了，犹如磨盘压身。很快，人们提来麻绳，七手八脚，把豹子五花大绑，裹成了一个粽子。

这时候，马后炮提着石础子，拨开人，咬牙切齿，大吼一声：杀。他提起础子，第一个朝豹子胸口砸了下去。体内的骨头，咔嚓嚓的断裂声，像晴天霹雳，划破了屋顶。豹子喊道：杀了爷吧，二十年后还是一条好汉。话一出嘴，一口鲜血喷出，溅了周围人一脸，一腔热血，马刀一般，劈向了老汉家供桌上的祖先灵牌。血染灵牌，灵牌翻倒。

人们轮流着，用础子把绑定的豹子一下下捣着，塌蒜一般，把豹子的肋骨捣成了碎渣，把豹子的胳膊捣成了碎渣，把豹子的双腿捣成了碎渣。只有那张脸，没有人敢下手。他那永不瞑目的眼睛大睁着，一层红色的液体在晃荡，人们分不清，那是血液，还是眼泪。豹子的血，从身体里汩汩流出，覆盖了地面，

58

从门槛下流出来，覆盖了院子，从院角流出，覆盖了射兽村。人们突然想起，老人们说过的那只被射死的怪兽。

沾满血的础子，倒在地上，像另一个鲜血淋漓的人头。

《斩单童》的戏，到了落幕时分，但依旧慷慨激昂，荡气回肠，像有人砍下了落日的头颅，金黄的血液，翻滚着，沸腾着，遮蔽了西秦岭，遮蔽了爱过恨过的大地，遮蔽了一个人二十八年的烈火岁月，遮蔽了死亡和梦境的叠影，遮蔽了人生和戏剧的界限。

尉迟恭斩首！
请！黑贼！
五哥！
请！
五哥！

豹子的死，在西秦岭激起轩然大波。有人失声痛哭，有人不敢相信，有人唏嘘感慨，有人仰天长笑，有人拍手称快。

人们难以相信，射兽村一村人把豹子活活打死了。

把豹子打死的第二天，射兽村把豹子的尸体丢上一辆架子车，盖上一块旧床单，拉到了乡政府门口。人们提着一条花裤衩，冲到乡长办公室，说麦村的豹子来他们村强奸妇女，被他们当场捉住，打死了。人们还说，这条裤衩就是证据，你看，这裤衩上还有精液。乡长一听打死了人，头都大了，喊来派出所的人处理。一问，谁杀的人。大家异口同声，说：我！事情很棘手，派出所也不知该怎么办。

消息很快传到了豹子父亲赵养贵那里，也很快传到了豹子二舅爷那里。豹子父亲向来没有主见,只得听豹子二舅爷的。豹子二舅爷暴躁如雷,气愤难当,非要把射兽村这帮禽兽一个个送进监狱不可。但很快,他又改口了,说这事还是私了为好。一是法不责众;二是豹子犯事在先;三是人既然死了,就该早日下葬,入土为安;四是豹子这些年确实没干啥好事,大家都见不得,这一次殁了,也未必是坏事。好多年过去了,人们依旧不知道豹子二舅爷突然改口是何故,这背后究竟发生了什么,至今是个谜团。就连对整个事件一清二楚的赵贵子,到如今,都难以搞清这里的原因。

虽然赵养贵和儿子向来关系不和,但人非草木,毕竟是自己的骨肉,被人活活打死了,岂能咽下这口气。至死,他都对豹子二舅爷没有给豹子讨回公道怀恨在心。他本来想依靠豹子二舅爷的权势,为自己的儿子报仇,但随着豹子二舅爷的改口,让他的想法落空了。他一个人,势单力薄,面对一村行凶者,不知如何下手。他在豹子母亲的坟头哭了一场之后,勉强咽下了这口气。但杀子之恨,依然在他骨缝里激荡。

最后他们私下进行协商,协商的结果是,射兽村人把豹子的所有丧葬费掏了,另外再给豹子父亲七千元的赔偿款。豹子父亲拿到钱后,再不追究他们的责任,再不闹腾。这事,就算两清了。而这样的协商结果,都由豹子二舅爷从中调停。

豹子就这样死了。死得面目全非。从此,麦村再也没有豹子回家的身影了。戏场上,再也没有豹子喝酒划拳、调戏姑娘的身影了。青蟒岭,再也没有豹子护林吃蛇肉的身影了。西秦岭,再也没有豹子轰轰烈烈的传奇故事了。

豹子一死，人间寂寥，大地冷清。

后来，当我们被荷尔蒙冲昏了头脑，学着豹子在树上练拳脚，在戏场上寻衅滋事，在姑娘们面前裸露胸肌的时候，依然发现，我们的骨头是那么脆弱，我们再也找不见干架的人。姑娘们对我们的调戏不但不害羞，反而是凑上来抛媚眼的时候，我们只有感叹，时代变了。我们再也不可能变成豹子，威震西秦岭，我们再也不可能回到那个年月，大爱大恨了。

我们还在一边给赵贵子偷着馍馍，一边听他讲关于豹子的传奇往事。

他说，豹子死后，射兽村先是听见鬼叫，一连半月，那叫声，凄惨无比，忽远忽近，远时，在青蟒岭的树林里，近时，在家家户户的窗口。射兽村的人，男女老少，吓坏了胆。一段时间，射兽村的牲口开始陆续死亡。没有任何征兆，也没有任何原因，牲口脖子像被绳子套住，越勒越紧，最后，牲口两眼一翻，口吐白沫，栽倒在地，再也起不来了。请来的兽医，束手无策，针打了一堆，药吃了一堆，还是无济于事。

后来，就开始死人了，最先死掉的，是那个叫豹子去他家的老汉。老汉的死，异常恐怖，某个清早，邻居来叫他搭伴锄地，一进院，看见老汉穿着一身雪白的孝服，挂在院子边的核桃树上，吊死了，舌头吐了两尺长，最可怕的是，他的半张脸没有了。当人们给老汉准备送葬的时候，那间正屋，就是打死豹子的屋子，突然倒塌了。老汉的尸体连同棺材一道埋在了里面。

接着，村里又接二连三死了好几个人，且多是男性。也毫无征兆，活蹦乱跳的一个人，第二天，浑身肿胀，躺在炕上，再也起不来了。

射兽村被一种恐怖的氛围笼罩着，人们提心吊胆，度日如年。村里请了阴阳先生，念了经，安了土，炸了山，但效果并不明显。村里照常死人，怪事照常发生。比如，有一天，人们从井里打出来的水，是红色的，像血。比如，母猪下了一头四不像的怪物。比如，家里的酸菜缸半夜裂开了。比如，一个刚出生的孩子，背上背着一块血痣。比如，有人在碗里看到了豹子在咧着嘴笑。比如，有人在月亮底下听到了豹子划拳的声音。

人们说，豹子死不瞑目，要找射兽村人报仇。人们说，豹子死了，也是个厉鬼，天不收，地不管。人们说着说着，脊背上像浇了一盆凉水，再也不敢乱说了。

再后来的几年，射兽村人，死的死，走的走，那个村子在多年以后，人去屋倒，杂草丛生，找不到踪影了。它像一段记忆一样，永远埋在了人们的脑海里。

我们在赵贵子的讲述里得知，那一天，老汉去青蟒岭放驴，就是一个圈套。他们已经设好了计，准备把豹子弄死。而那个老汉，是马后炮的继父，年轻时，他也算西秦岭的半个犟人，他无法容忍自己的儿媳妇明目张胆地跟人乱搞，也无法忍受自己的继子像个软蛋一样被人骑在头上拉屎。其他事，他可以忍，但这事，真是头上戴袜子——脸上抹不下去。他决定了要弄死豹子以后，就请村里的所有男人喝了一顿酒，大家都同意跟着他干。射兽村人向来很齐心，也向来看不惯豹子的飞扬跋扈，更向来不服气我们麦村。最后，大家一致认为，要弄，就要命，不能弄个半死不活，会留下祸根。要弄，每个人都要上，大家手上都要沾血，这样，谁都脱不了责任，有事大家一起扛着。举起础子的第一个人，必须是马后炮，因为这是给他洗刷耻辱。

但赵贵子至今疑惑的是，那条豹子的裤衩是哪里来的？豹子被打死后，李灵花消失了，她是死是活，没有人知晓。这两个谜团，再也没有人能解开。

那一天，赵贵子半路说去拉屎，其实是躲了起来。他隐约感觉到要出事，但又不好推辞，只能半路佯装拉屎，溜掉了。用他的话说，如果那天我去，可能也被捣成肉泥了，哪还有你们这帮龟儿子听我讲故事。

在射兽村闹鬼的时候，很多个夜晚，赵贵子都梦见豹子一手提着酒瓶，一手端着自己血淋淋的脑袋，直戳戳地走过来，找他来了。他总是从梦中惊醒，大汗淋漓，跪在炕上，磕头作揖，嘴里念叨着，都怪我，都怪我，都怪我当兄弟的不仁不义。

后来，赵贵子提上好酒，烤了一条菜花蛇，到豹子的坟前，烧纸祭奠了一番，才好了。从此，豹子再也没有在麦村出现过。只是多年以后，在一棵巨大的核桃树下，他的故事，被活着的人讲起，被一群不知天高地厚的少年听着。

豹子死后，西秦岭再无传奇。就像单童死后，大唐再无怒汉。

春姑娘，红翎翎

> 春姑娘，红翎翎，三两棉花纺一冬。
> 车把磨得手儿疼，席篾子扎得屁股疼。
> 眼照南山雾腾腾，今年娘家转不成。
> 我把老娘叫一声，梦里把娘亲一亲。
>
> ——儿歌

梨花落了一层。梨花又落了一层。

母亲从厨房出来，提着一疙瘩玉米面。我坐在院子的木凳上，看着满地雪白的梨花，一点点变得暗黄、枯萎，被踩踏成泥。我被母亲刚拔去了肥肿的棉袄，脊背上凉森森的。她说，过了三月三，脱了棉衣换单衫。她指着我因糊满垢甲而硬邦邦的棉袄袖口，嫌弃地说，你看，你这都能铲下来一层拉到地里上粪了。

我跟着母亲，像一根尾巴，去草婆婆家。母亲提着的玉米面，在大腿边晃来荡去。我抱着半捆干葱，搓揉着干叶子。我们到曹婆婆家时，她正蹲在房子一侧，用铲子平整一块炕大的地块。她起身，迎我们进屋。母亲把玉米面放在桌子上，我把葱摆在门口的缸盖上。草婆婆塞给我一颗鸡蛋糕，她给母亲倒了开水，两个人寒暄着。

我坐在廊檐下的一口青石板上，小心翼翼地捧着鸡蛋糕，用嘴皮，细细啃着，生怕露出牙，两口吃没了。几只毛茸茸的小油鸡，跑过来，用嫩黄的嘴，啄着掉落在地上的鸡蛋糕渣，甚至你推我挤，打打闹闹。我才舍不得喂它们呢。

　　当最后一点蛋糕进入嘴巴之后，我怅然若失。我隐约听见母亲和草婆婆闲聊的声音，透过被炕烟熏黄的窗纸，单薄得落满了窗台。

　　一定要用鸡罩罩住，不敢大意，上前年，我去地里补玉米种子，一回来，三只鸡娃不见了，地上落着几撮毛，肯定是老鹰抓走了。母亲说。你没的话，我把我家的给你借上，你先用着。

　　那咋行呢，你就没用的了。

　　我就圈到偏房里了，把门槛底下塞严实，出不来，就没事。

　　我起身钻进屋里时，草婆婆那只满身花斑的老母鸡正卧在炕上的竹箩里，竹箩里铺着金黄的麦草，麦草上睡着十几颗公鸡踏过的蛋，它们躺在花斑鸡的羽毛里，等着破壳。鸡鸡鸡，老娘孵你三七二十一。当我念着这童谣时，我看到了母鸡熬红的眼珠，像两滴血，即将夺眶而出。我试着往它跟前凑了凑，它即刻怒目圆睁，羽毛翻卷，浑身抖动着，要冲过来把我啄成馍渣一样，生怕我对它肚腹下藏着的尚未出世的孩子有贼心。它那么护短，像极了赵闰生的女人二妹子。

　　草婆婆家的头一窝鸡娃孵出来了十几只，但被老鹰抓走了五只，被黄鼠狼偷了两只，最后，所剩不多。正好花斑老母鸡造窝，她想着再孵一窝。

当我和母亲回家时，天色已经暗了下来。昏暗的暮色漫过麦村的山坡，漫过屋顶，漫过树林，搭在了沟口。

我拉着母亲的手，提着空布袋，问母亲，草婆婆为啥叫草婆婆？是因为屋里草多吗？

母亲笑着，说，你个傻子，哪有草啊。

我昂起迷惑的脑袋，接着问，那为啥？

草婆婆，姓曹，大家叫转音了。

我恍然大悟。我把头转过去，那一刻，透过密密的林子，我看到了草婆婆孤零零的土房子，坐落在一个小土台上，被烟火熏燎得一塌糊涂，像一朵过时的蘑菇，用不了多久，就会开败了。而她的房子后面，是一大片梨树。梨花大多落了，枝头上，挑着绿豆大的梨娃和残缺的花朵。在暮色里，我看到梨花落了一层，又落了一层。梨花细密的飘落声，比三月的风声还轻。白母鸡，领着一溜鸡娃，在梨树下悠然而过。

草婆婆在麦村已经住了一年多。草婆婆是张兰兰的母亲。我舅婆的娘家和草婆婆的娘家，都在上窑村。她们是一个村里人，一起长大，好像还是远亲房。这么说来，我们家和草婆婆家，也是很远的亲房。也正是有着这层关系，母亲便常去村子最下边看望草婆婆，而且每次不空着手，对此，我父亲怨言颇深，他总是觉得母亲在贩卖家里的东西。

在草婆婆和老伴张老汉搬来之前，他们老两口一直在青马岭村生活。他们是青马岭人，为什么要搬到麦村呢？

我用干硬而发黑的袖口擦了一下鼻涕，擦过之后，黏稠的鼻涕又像一根蚯蚓，从鼻孔里探出头，挂在了嘴皮上。我费劲地把鼻涕吸溜回去,伸着乱哄哄的脑袋,问母亲有关草婆婆家的事。在我的死缠硬泡下,母亲不厌其烦地给我说了大概,至于一些细节,都是我从村里其他人口里陆续听到的。

草婆婆生有一儿一女。女儿叫张兰兰,嫁给了我们村的赵吉庆。儿子娶了峡口外的媳妇。婚后,按西秦岭一带的风俗,家中只有一个儿子的,和父母生活在一起,不另家。若是兄弟多人,则父亲留在最小的儿子跟前。草婆婆老两口,自然和儿子儿媳妇生活。结婚之前,提亲、保媒时,儿媳妇一口一个爸妈,嘴上甜得能流油,似乎很孝顺公婆,也落了一个好名声。

但婚后,没过几年,儿媳妇原形毕露。尤其是两位老人身体日渐颓败,家里的重活难以支撑,不能当牛做马使唤时,儿媳妇感觉两把老骨头已毫无用处,便暴露了本性。一开始,给公婆脸色,在村里游出摆进一整天,老人不知填炕,媳妇回家一抹,冷的,便在饭桌上吹胡子瞪眼,说话没个好声气。一顿饭,吃得老两口后心胀痛。再后来,张老汉劓地埂上的榆树时,不小心掉下来,摔断了两根肋子,躺在炕上,三个月不能动。儿媳妇不伺候也罢,觉得老汉不但不能出力干活,还要花销,拖累了他们,便开始指桑骂槐,恶言冷语。有时候,借着院子的猪,骂道,你一天光知道吃,养你这样的畜生,还不如趁早一刀子结果了。有时候骂男人,你又没瘫痪又没死病上身,成天赖在家里不出门打工去,混吃等死啊。老两口坐在偏房的炕上,嘴里不说话,心里像刀扎。他们老两口,性子本就善良,啥事都想着忍让,心里再苦,也都会自己吞咽。再说,这儿媳妇，娶到也不容易，万一一顶撞，人家跑了，不回来，哪里再找一个去。周围跑了的儿媳妇，就不在少数。至于儿子，彻彻底底是一个怕老婆，平时日，任女人摆弄，眼看着女人横生事端，也装聋作哑，吓得大气不敢出，小屁不敢放，只会躲得远远的。再后来，儿媳妇终于变本加厉到了无以复加的程度：不给老两口吃喝了。以前吃饭，一家人还在一张炕桌上，后来，人家端进屋，关了门，自己吃。再后来，把厨房门锁了，钥匙挂在了自己腰眼里。草婆婆去做饭，进不了门，只好在邻居家借着吃。但这毕竟不是长久之计，一顿一两顿尚可，天长日久，怎么行。他们只好在自己屋里盘了灶头，砌了案子，集上买了几样锅碗瓢盆，凑合着，另立炉灶。但不久，儿媳妇就锁了厢房门。门一锁，取不出粮和面，自然绝了老两口的后路。张老汉气不过，去理论，他觉得是个人，总该讲讲理，但他错了，还真有人不讲理，跟牲口一样，说啥也不听，甚至还会撂你一蹄子。

　　当他拄着拐棍挪进厨房时，儿媳妇正在案板前剁肉，准备包扁食。他问，为啥把厨房门锁了，把厢房门锁了。儿媳妇没理会，挥着切刀，把案板剁得震山响。老汉又问，这屋里，就这几间烂瓦房，也是我熬油费心，一砖一瓦，盖起的，这粮食，也是我起早摸黑，苦死苦活种下的，到如今，为啥就没有我们老两口的一点。儿媳妇把瘦长的驴脸甩过来，突然骂道，你个老不死的，能有一间塌房让你住，就不错了，你还有啥说的，你说你现在能干啥？能背，还是能种？张老汉一下子气得浑身发抖，他活了七十年，啥人都见过，但还没见过这么猪婆一般毫不讲理的女人。他捣着棍子,干瘪的嘴皮子哆嗦着说,娃娃,欺天的饭能吃,欺天的话不能说,欺天的事不能做啊。话一出口,儿媳妇端起一锅泔水,迎面泼来,浇了老汉一头。

多年以后,当张老汉坐在麦村的梨树下,回首往事时,他依然浑身冰凉,深感奇耻大辱。老人们常言:瞎子不睁眼,睁眼不认人。而那泼妇,就是睁眼不认人之人啊。

随后,他和草婆婆二人背着一个破背篓,离开了那个让他们心如刀割的地方。他们再一次感到人老了,眼麻了,不如秋里的蚂蚱了。蚂蚱尚可蹦跶几下,而他们只有穷途末路。但他们依然深信着老话:天若不降寒霜,松柏不如蒿草;神灵若不报应,行善不如积恶。

从那以后,他们踏上了乞讨路,成了我们这里人所称的要面客。

他们背着背篓,走村串巷,敲东家门,进西家院。从人家手里讨来一碗面,或者一块干馍,躬身作揖,道着谢,出了门。讨来的东西,装满背篓,走到哪吃到哪。遇到好人家,借着草棚、牲口圈,凑合一宿。遇到恶霸,放出土狗,追得老两口差点断气。就这样当了两年要面客,几乎踏遍了西秦岭每一个村子。在那些黄土蔓延的路上,落满了他们蹒跚的脚印,这脚印,是他们恓惶残年留给活人的铁证。

两年后,作为女儿的张兰兰,终于出了面,把两位老人接到了麦村。

在村里下庄,有一大片梨树,是合作社时期栽的,算是村集体的树。后来,梨树挂果,有人偷。村里就盖了一间瓦房,用来住人，看守果园。后来，土地承包到户，农业社解散，梨园也便无人管理，修剪施肥更是不可能了，日渐荒废、颓败。果园边上的瓦房，也一直空着，虽然无人居住，烂了青瓦数片，修补修补，尚可住人度日。张兰兰把接来父母的想法给男人赵吉庆一说，便招致一顿数落。赵吉庆怕娃他舅家说他多管闲事，又怕家里油盐米面又得分出一份供养他们，还怕如此一来不久两人去世后的丧葬费还得他掏。他算的是细账，长久账。但张兰兰深知，如果再不让父母安身，除了背负的骂名和愧疚外，怕不用几多时日，父母双双就死在要面吃的路上了。张兰兰希望赵吉庆找村干部赵世平说个话，把下庄那间土房借来。赵吉庆黑着脸，嚷道，你能借来你借去，我没那个本事。

最后，张兰兰背着赵吉庆，买了一条凤壶烟，塞给赵世平，把房子借来了。

我已经记不清究竟是哪一年了。我吸溜着鼻涕，赶着两头黄牛，去下庄的草坡里放。看到那间废弃已久的房子，冒着一股青烟，还隐约听见说话的声音。那屋顶升起的青烟，在梨花堆雪里袅袅飘散，不见丝毫。只有梨花堆在枝头，厚重，繁密，沾满金黄的阳光，风一吹，似乎唱起来一般。回到家，问起母亲，才知那房子里住了人，是张兰兰的父母。

住到麦村后，老两口拾掇起别人撂掉的两垧闲地，种了点五谷杂粮，加之讨要来的面和干馍，穷日子尚能将就。有了落脚之处，再也不需风雨飘零，受尽困苦了。因是外来户，虽有女儿在本村，但毕竟也是他乡客，草婆婆和张老汉待人很客气，许是受够了磨难，也看清了世事，两人也是异常慈祥。和村里人都相处甚好。有路过梨园的,草婆婆定会请进屋,喝一杯水,絮叨絮叨。墙角的韭菜起身了,割一把,也要送人。谁家有红白事情,张老汉也会去打个下手,搭个人情。

九月里,梨子熟。以前,村里人提个拌笼,扛上推耙,在梨园,又打又摇,弄一拌笼,提回去。梨子破了皮,树枝也折不少。由于无人管理,慢慢的,梨也就干硬如柴,苦涩无汁,难以下咽。梨子熟了,无人问津,悬在枝头,等山鸟啄食,等秋风抖掉红叶,等寒霜一杀,掉在地上,腐烂成泥。

草婆婆住进梨园之后,空闲时间,便给梨树浇水、施肥,给梨园锄草。长熟的梨子竟然鲜嫩多汁,甜如砂糖了。张老汉在推耙一端做了个小布袋,挽了个铁丝扣。把推耙举起,梨柄对着扣子一扭,掉进了布袋,取下来,小心翼翼装进草婆婆提着的拌笼里。我们坐在梨树下,揩着额头上和成泥浆的汗,啃着梨子,看张老汉和草婆婆摘梨。我们像一群骡驹,即便啃着梨,也难以消停,在梨树下蹿来蹿去,打打闹闹。一颗梨子从树上掉下来,砸在我头上,砸得我头晕。张老汉说,娃娃,快坐到边上,小心梨子再掉下来,把瓜娃(脑袋)打破了。说完,他眯缝着眼笑了,眼角的皱纹,像极了梨树皱起的一层皮。我们也笑了,摸着别人的头,叫着瓜娃,瓜娃。最后,笑得东倒西歪。

摘下梨子后,草婆婆提着,一户户给村里人送去。不图什么,还是那句老话:井里放糖精——甜头大家尝。村里人深受感动,临走时,不是送半笼洋芋,便是送一碗清油。草婆婆推辞不要,送的人脸一拉,说,咱们好歹也是一庄人,你不拿,就见外了。草婆婆满脸歉意,只好收下。

　　日子就这么过着。春到麦村,草木怀新,梨花耀眼。夏满群山,麦子抱籽,布谷声远。秋落梨园,梨子丰硕,紫雁南归。冬盖四野,关河冷落,馓饭烧心。守在土坯屋里的草婆婆和张老汉,一天天,推着虽然窘迫,但内心安然的光阴。两个人,吃穿将就着即可,只要有一坨热炕,有四面墙遮风,只要不看脸色,就行了。黄土埋到脖子的人,所有讲究都是穷讲究,过一天算一天罢了。女儿张兰兰不常来,来也是偷偷摸摸,匆匆忙忙,怕被赵吉庆发现,又数落。他们知道女儿的苦处,也便很少去打扰,也不给她添麻烦,免得惹事。至于儿孙,好歹,都由着他们去吧,死活再和他们毫不相干。

　　两年后,还是一个春天。梨花骨朵含在树枝上。花瓣紧凑,形如灯笼。绿萼如掌,托着骨朵。细长的花柄,把雪白的灯笼,挑进了春天深处。新抽出的叶片,嫩得发黄、泛蓝,嫩得能滴下水。草婆婆去村里借漏马勺去了,她准备中午跌锅鲰(做面鱼),玉米面都掏出来,盛在盆子了。张老汉坐在梨树下砍柴。跌锅鲰,要用硬柴,火旺,最好。他挥着斧头,木屑乱溅。他想起上辈人留下的农谚:打春暖,吃白面。立春动了风,三月更比正月冷得凶。打春细翻粪,雨水连忙送。过了春分,麦苗起身。麦靠耕地荞靠粪,秋天不锄如不种……当他想着这些谚语时,眼前一花,翻倒在地。

　　那一天,梨花哗啦啦开了,白天白地,犹如白绫,遮了群山。

　　三天后,张老汉过世了。太突然,真是太突然。大家还透过密密的树林看见张老汉给梨园浇水、给屋顶换瓦、去地里锄草、到梁上抬粪，身体还硬实得跟一疙瘩石头一样，咋说没就没了呢？人们唏嘘感慨、痛心不已，一想到人生一世，草木一生，仓促无助，孤苦伶仃，来得匆忙，走得更是凄惨，便满心凄凉，泪眼婆娑。哭一个老好人的突然离世，也哭自己心窝里的伤心事。

张老汉过世后，赵吉庆被逼无奈之下，出钱出人，在麦村择了新坟，埋了丈人。在人面前，赵吉庆装出一片孝心，也装得极为豁达大度；但背后，他骂媳妇张兰兰的事只有他知道，他花钱花面花油等等，嘴上没说啥，可心里跟刀子剜肉一样疼。

张老汉走后，下庄的土房子里，就剩草婆婆一个人了。她用七十多岁如干葱一样的躯体，守着逼仄的房子，守着满院的梨树，守着残缺不全的流年。张兰兰更是很少来看望她了，因为父亲的丧事，让赵吉庆白白折了一笔财，他将此事天天挂在口上，动不动就挖苦、谩骂一顿。张兰兰自觉理亏，也不敢说啥，只好忍着。有点吃的穿的，不好自己拿去，就托人，顺路捎下去。

我母亲依然去草婆婆家串门，每次去，都带点东西，算是一份心意。

她们在屋里闲聊。有时，她们在廊檐下的板凳上，闲聊。有时，她们也去梨园里，给梨树拔草，闲聊。我骑在木桩上，或许是树木遮罩院子显得昏暗的缘故，我总是迷迷糊糊，隐约听见她们说天气，说张老汉活着时，说麦村的点点滴滴，但她们说得最多的，还是孵鸡娃的事、拉鞋垫的事、煮甜醅的事、种韭菜的事。我听着她们模糊不清的声音，爬在树干上睡着了。醒来后，我已经躺在了我们家炕上。我梦见草婆婆院子的梨花落了，一层，又一层。一些，落在了瓦檐上。一些，落在了锄把上。一些，落在了晾晒的衣衫上。还有一些，落在了母亲和草婆婆的白发里，不见了。

我以为草婆婆会一直在麦村住下去，住到又一个花开花落，住到又一个梨子熟了的季节。但翻过年的另一个春天，梨花还没有来得及开，草婆婆就不见了。那是因为一天正午，张兰兰头顶流血，眼睛青肿，脖子刻着几道血痕，头发蓬乱，衣衫褴褛，哭吼着来到了草婆婆的土房子。在她决堤的哭诉里，草婆婆知道了事情的原委。那天上午，趁着赵吉庆不在，张兰兰装了小半袋洋芋，准备给母亲背下去，她知道每年开春，庄农人常吃的洋芋，就接不上顿了，母亲更是。她刚准备出门，迎面撞上了赌博回来的赵吉庆。赵吉庆一看张兰兰要给她母亲送洋芋，便劈头一顿骂。张兰兰回了一句，你是个啥尿东西，管得多，这屋里还有我一份。赵吉庆牛眼一瞪，黑血翻滚，冲上来，二话没说，把张兰兰掀翻在地，一顿毒打。草婆婆看着面目全非的女儿，用开水淘洗了毛巾，把脸和脖子擦干净，啥话都没说。她坐在院子的梨树下，梨花开着，一朵朵，开成了鲜血的模样。

草婆婆和张兰兰说了一晚上话，第二天，就不见了。这都是母亲给我说的。但母亲没有告诉我，草婆婆从麦村消失后，是死是活。

后来，那土房子，也几欲倒塌了。院子的梨树，枯的枯，倒的倒,所剩不多的几株,也不开花,更不结果了。那年的梨花白,落在了麦村人的枕巾上,也落在了我的眼窝里,和梦一样,虚幻,稀薄,无中生有。

正月里的冻冰立春消

> 正月里的冻冰立春消，二月里的小雨娃儿水面上漂。
> 三月里桃杏花满川红，四月里杨柳罩上门。
> 五月里割韭五端阳，六月里麦子满山黄。
> 七月里葡萄忙搭架，八月里西瓜甜掉牙。
> 九月里荞麦遍山垄，十月里柿子满树红。
> 十一月雪花盖过人，十二月年货摆出城。
>
> ——民歌

赵善财，在村里，有两个身份。

一个是先生，西秦岭一带，先生专指大夫。另一个是红白喜事的总管。这两个特殊的身份，让他在村里有着举足轻重的地位。他打一个喷嚏，整个麦村都会感冒。多半辈子下来，他把自己活成了村庄最核心的一部分。然而这么重要的一个人，最终还是因为某种原因，离开生活了七十多年的村庄，去城市寻觅继续活下来的方式。

后来，每当最后留守在村里的人，想起赵善财时，依旧唏嘘不已，若有所失。

麦村不大，是个自然村，从上庄到下庄，一共三十户。可麻雀虽小，五脏俱全。一个村庄所有的事务，在麦村，一应俱全。甚至因为村小，反而事情更多，更麻烦。这些事务里，红白事，自然是最重要的。在乡土中国，村里有一定威望和身份的人一直主导着公共事务，他们在获得被尊重和利益的情况下，维系着村庄整体，也成了乡村权利链条上极为重要的一环。

赵善财，便是其中的一环。我们麦村，是指能说起话的人。

村里有人结婚，最早被邀请的人，是赵善财。揣一包烟，去他家。天抹黑，暮色在屋檐上晃荡。月亮如瓷碗，端在云里。进屋，赵善财盘腿坐在炕上，看《焦点访谈》，说的是某地一个小官贪了几个亿。赵善财招呼来人坐下。指着电视说，你看，你看，这狗日的，一个县级干部，能贪污几个亿，几个亿，啥概念，我们一村人拓冥票，都要拓一个礼拜。两个人点了烟，骂了一阵贪官。说起了结婚的事，赵善财摘掉藏蓝色的布帽子，放窗台，用手指梳理了一下凌乱、稀疏、灰白的头发。给来人详细指拨婚礼议程和注意事项。

最后，来的人给赵善财点了一支烟。恭恭敬敬地说，赵爸，到时候就麻烦你操心了。

莫啥，到时候就来了，你去忙，再有啥就言传。

赵善财的总管身份，就这样定下了。他不图什么，大不了干事结束，主人家提两瓶席上用剩的酒，到他家，说个感谢的话，就行了。他要的是村里人对他的尊敬和抬举，他享受的是那个被邀请的过程和在院子里来来去去指挥人干这干那的感觉。从这种过程和感觉里，他能清晰地感受到一个人活着的意义，或者存在感。他一直是个要强的人。当然，如果村里谁家有事，没有请他当总管，他必定会失落的，甚至会带有一些恨意。村里的牛皮客赵闰生女儿结婚，没有请他，而是请了破烂户赵继先和镇子上的张阴阳来主持事务。这让他一直对赵闰生心存不满。

除了婚礼上当总管外，有些人家从一开始换帖（即提亲），就请了赵善财。也不要他干什么，就是坐镇，把场面压住。需要了，说几句，都是能顶事的话。换帖后，就是定亲。男方提上四色礼、彩礼钱等，去女方家，商量婚事，然后女方酒席招待男方。有些人家讲究，还会有谢媒、认亲、通话等几项礼节性程序。谢媒时，男方家会送媒人烟酒或茶，也有送衣服，或者皮鞋的，但不太流行。当然，男方家也会备一份，送给赵善财，以示感谢。最后就是结婚了，提前一天，赵善财就早早到了男方家，一一安顿接亲、迎亲、布置席位、帮厨、扫炕等事情。

结婚当天，他搬把椅子，坐在堂屋门口，指挥着满院人各干其事，井井有条。他的头顶，贴着执事单，红纸黑字。缺盐少油，后厨一说，他就打发人去买。有人打诨，他一眼瞟见，叫过来，数落几句，让去担水。保管不在，他坐门口，分烟散酒，整理仓库，有条不紊。亲戚来了，他安顿座席，上前敬酒，尽心招待。招待人，难免要喝几盅，这样几轮席下来，人就晕了。两腿发虚，双眼冒花，满脸枣红。坐在自己的椅子上，哼着秦腔。这时候，他是这个家里的主人，一切都由他分配、指挥、协调，像一台机器，他是操作工。而真正的主人，遇事一团乱，像打昏了的鸡，满院子转，也不知要干什么。

农村人结婚，也学城里人，讲究个证婚。这证婚人，难找。大家平时谝传、瞎扯、抬冷杠，一个比一个厉害，可一到上台面时，都是死鸡推不上架，一个个躲得远远的。这时候，还得赵善财出马，他站在廊檐下，嘀咕道，我一个老汉了，还让讲话，你们这些年轻人，真是没出息啊。他干咳几声，讲开了：亲爱的先生们，女士们，在这六月麦黄、万物复苏的季节，我们迎来了……他知道自己说错了，但大脑里晕晕乎乎，想不出个眉目，也就这样说下去了。

在一个很小的村里，红白事，毕竟是有限的，一年也就那么十来件。平时的日子，赵善财，是以先生的身份存在于麦村的。他是村里唯一不种地的一户人。一辈子，几乎没怎么摸过犁把子。

年轻时，赵善财是村里唯一的赤脚医生。他看病的手艺，是从父亲那里学来的，父亲，也是从父亲那里学来的。一辈辈，传着。到了儿子手里，儿子上了卫校，毕业后，没有接他的班，在城里开起了饭馆，这让他异常郁闷，为此，和儿子鲜有往来，关系疏淡。二十世纪八十年代中期，全国不再叫赤脚医生，改成了乡村医生。村里人直呼他医生，显得不太妥当，也没那习惯，就叫他先生了。

以前，村里人有病，没有进城看的习惯。一是地里忙，一年四季绑在几亩薄田上，脱不开身。二是进城也不方便，坐个班车要下山，走半个小时的路，才能搭车，进了城，一天看不完，就得住下，也没个亲戚，睡觉都是问题。三是嫌费钱，靠天吃饭的庄稼汉，一年的微薄收入，驴打滚一样，又投进土里，家里几乎没有余钱，又是坐车、住店，又是挂号、拍片、抓药，看个病，没个千把元，下不来，谁舍得？所以能扛就扛，能忍就忍。扛过去了，也就没啥事了。实在扛不过去，就得请先生了。

请先生，得是一个农闲的上午，下过雨，进不了地。麦村人是舍不得浪费任何可以干活的日子的，就算天阴，就算无活可干，也要去地里溜达一圈，顺手拔个草，给地挽个埂。孩子头疼，几天了，没扛过去。又是鼻涕眼泪，又是咳嗽不止。是时候请来赵善财看看了。十点多，男人进了赵善财的门。互相寒暄几句，说说农事。便道，娃感冒了，几天了，请你过去看看。赵善财坐在炕上，喝着一碗鸡蛋汤。老婆在屋外填炕。赵善财不慌不忙地喝完汤，伸着舌头舔了一圈碗，一根鸡蛋丝，依旧粘在碗底，舔不出来，索性用手指头拨拉出来，一嘴皮收了。

下炕，整理四方四正的黑皮药箱，然后用湿毛巾擦了擦藏蓝布帽。男人抢过药箱，背上。出门前，还得进趟厕所，撒个尿。

到了男人家。娃躺在炕后面，捂着被子，嗓子里随着呼吸，发出了尖锐的声响。赵善财被男人恭恭敬敬扶上炕。然后取来电炉，摆在炕边。茶缸里装上茶叶，热水进缸，坐在炉子上，熬罐罐茶。村里人都知道，赵善财看病，就算是天大的事，他可是大水冲了龙王庙——神像不倒，稳扎稳打。无论如何，一罐茶他一定要喝的。

一罐茶喝薄，他才抹了一把嘴，翻开药箱，取出针管，让男人在坑窝不平的铝饭盒里装满开水，放进针管，进行消毒。他坐在娃跟前，把脉，好一阵。摸额头，好一阵。看舌头，好一阵。然后问大人，几天了？男人忙说，三天了。再问娃，疼不？娃嗓子发炎，难以出声，指了指喉咙。最后取出温度计，让娃夹在胳膊下。男人抽支烟，递过去。赵善财接了烟，点着，和男人又说了一阵村里的闲事。说村里这几年人越来越少了，死的死，走的走。说以后年轻的不回来了，老的死光了，是不是这村就消失了。说这几年村里变化大啊，巷道水泥硬化了，还拉了自来水，一下子方便了。说条件这么好还是留不住人，主要是种地不如打工，靠种地要把日子过好，这辈子不可能了。他们谝着，然后一阵唏嘘，对于更深远的问题，也便不再絮叨了。日子那么清苦，活着万分疲惫，谁也没有精力去想那些看似不着边际的事。庄农人，看的是眼前，只有此刻，是实在的，具体的，可抓可摸的。末了，赵善财还说起了现在村里结婚的人，几乎没有了，他都两三年没当过总管了，当总管的手艺，也荒废了。最后，他还说，他最近一直胃疼，疼了半个月了，健胃的药，吃了，不起作用。

体温，三十九度，发烧了。吃药不起作用。打一针。针管烫好了。他从药箱里翻出药盒，取出几支一指长的玻璃瓶，摇一摇，一指头把嘴弹掉，针头伸进去，吸了药。好像三四支，针管快满了。他举起来，朝着窗口的光，往上推了点。移到娃跟前。娃一看，要打针。吱哩哇啦哭吼起来。沙哑的嗓音在被窝里滚动着。男人上炕，哄了几句。还是不听。赵善财从药箱里摸出一粒糖丸，说，有糖吃。娃不哭了，捏上糖，塞进嘴，乖乖趴下，把裤子褪到大腿根。一针下去，一声剧烈的尖叫，几乎捅破了窗户。似乎疼痛钻进了娃的骨髓里。然后，娃口腔里淡淡的甜味，也瞬间消失了。

打完针，十一点多了。男人隔门喊，饭熟了没？熟了。女人在厨房应道。

摆好炕桌，女人从厨房一一端来青椒环、油泼辣椒、几瓣蒜、一碟豆腐乳，还有盐罐子。浆水面。面少汤清，韭菜绿、干辣椒丝红、蒜瓣黄、面条白，色泽明艳，清香沁人。村里人都知道先生爱吃浆水面，吃得清淡。吃了一碗，还要一碗，有时候，还会再加半碗。男人陪着吃，一个劲让夹菜。女人垂手，立在炕前，等着端碗下面。看面吃光了，赶紧说，不要喝汤，给你再捞点。在西秦岭一带，客人吃饭，主人是不让喝汤的。搞不懂啥原因。先生吧唧着嘴，对这碗浆水面很满意，敲着碗沿，说，少捞一点点，就一点点。男人说，你吃饱。

看完病，男人背上药箱，把先生送回了家。

每一次看病，基本都是这么个流程。赵善财总是不紧不慢，甚至带着一些拖拉。即便病人已经不行了，可他还是慢吞吞履行着自己的一套程序。谁让他是村里唯一的大夫呢？

村里人看病，不收现钱。他随身带着一个本子，看毕，在本子上一划拉，记下来，就行了。抓药也是如此，不给钱，记账。到了年底，腊月打头的晚上，男人会揣上钱，去他家里。蹲在煤炉边，一边闲聊一边等着赵善财翻出本子，把账算一下。这一次，赵善财没有收给男人家的娃看病的钱。因为上次看病，他一针头戳在了娃的骨头上,伤了神经。从那以后,娃成了瘸子,走路,腿一拉一拉。男人家没有找赵善财的麻烦。在麦村,人们依旧善待着一切,只要不是天塌了,任何事情都会咬着牙,忍一下,就过去了。人们用巨大的感情包容着一切苦楚。再说,先生也不是故意的。

日子就这么过着,不紧不慢,重叠着,循环着。像灶头的一碗水,用完了,舀满了。像墙头的月光,升起了,落下了。像阴山的雪,白了,又黑了。像蹲在牙叉骨台晒暖暖的人,说了一句,忘了一句。赵善财依旧操持着旧业,当总管,看病。有事了,去忙活几天,在忙乱中,总会换来一种踏实和虚荣,这是他所眷念的。或者去把把脉,打一针,吊个水,换个口味吃一顿人家飘满油花儿的面,他享受着那种被尊抬和伺候的感觉,这也是他所眷念的。

然而,日子变化着。在重叠和循环里,磨损了什么,也滋生了什么。灶头的碗,豁了牙。墙头的月光,挂在刺上,难以落下。阴山的雪,白着白着,就忘了黑了。晒暖暖的人,死了一个,又死了一个,日渐稀疏了。赵善财的旧业,这两年,也是如此,开始冷清荒芜了。

以前,村里还有年轻人,一年,也能办几场婚礼。现在不一样了,年轻人都外出打工了,一个不剩。外出打工的年轻人,一部分回来的时候,哄了个远处的媳妇,还抱着母鸡大的娃。他们早已生米煮成熟饭,自然也就不办什么婚礼了,甚至有些连证都没,就凑一起,过日子了。也有少一部分,学时髦,旅游结婚。去云南、海南、大连这些挤死人的地方，再挤一挤人，逛一趟，就算是结婚了。还有些，在城里结婚。早早订好酒店，结婚当天，雇了班车，把乡下的亲朋一车拉到城里，在酒店坐个席，便结束了。这样，简单、省事，也算跟上了时代脚步。

如此一来，也就没什么人请赵善财当总管了。他空有一身组织、协调的本事，空有一副把别人家的事当自家事的心肠，空有一颗爱慕虚荣的心。他依旧怀念着那些旧时光，怀念人声嘈杂、烟熏火燎、杯盘狼藉的场面，怀念坐在廊檐下指挥着村里的男男女女干这干那，怀念人们一口一个赵爸你喝酒赵爸你喝茶赵爸你炕上歇一阵……但现在没有了，这让他失望、失落，即便有人家请他去城里坐席，他也是愤愤然拒绝。每当走过日渐空寂的村庄，长风吹过，他的内心，也会下起一场雨。

而同样，请他看病的人，也越来越少了。老人们，有个病，硬撑着，实在疼得不行，才会来买两颗止疼片。撑不住的，也就死了。稍微年轻点的，有病，会一大早起来，摸黑坐个班车，去城里的医院看了。一种遗弃感，让他七十多岁的光阴，日渐窘迫和黯淡。而这种遗弃感，似乎正是从那次把人家娃娃一针打成瘸子后开始的。虽然那件事村里人闭口不提，但他隐约感到了什么。他看着药架上积满灰尘的药品，看着炕柜上蹲着的药箱，看着模糊的光把墙上的账本涂出了恍若隔世的错觉，他的内心，再也下不出一场像样的雨了。

而这些，或许还不算什么，真正折磨他的是胃疼。整日不会消停的疼痛，在胃里，像有一个人，在用镢头挖坑，即便已经挖得千疮百孔，但还是不会消停。他翻遍了家里所有的医药书，试遍了所有可用的药方，依旧无济于事，疼痛还是在胃里扎着根，无法清除。他甚至想把胃掏出来，翻开看一看，里面究竟怎么了。他是一个大夫，治病救人的先生，可竟然治不好自己的病，这让他感到绝望。当然，儿子和老伴，也劝他到城里的医院看看。可他是个犟人，偏不听，他觉得作为一个大夫连自己的病也治不好，反而去了城里的医院，这是耻辱，也会被麦村人笑话。他可是一辈子站在台面上说话的人，怎么能轻易败下阵来。

但最后，他还是败下阵来了。现实会让一切变得松散、脆弱，即便是曾经坚硬的骨头。

后来，赵善财还是去城里看病了。他自己选的是中医院，这多少让自己能接受一点。让他痛不欲生又无法下药的胃，一做胃镜，清楚了，胃癌，晚期。

没有人知道赵善财，这个曾经村里的强人，这个村庄公共事务的主导者，这个当总管看病的人，在听到胃癌二字后，会有何感想。从那天进城后，他就再没有回过麦村。在医院附近的城中村，儿子为他租了一间民房，安顿他住下，专门看病。村里在城里打工的人，去探望过他，出来后，都抹着眼泪。就几个月时间，人已经脱形了。瘦得皮包骨头，说话也没有力气，身上开始出现巴掌大的一坨一坨的紫青。人也不怎么吃饭了，一天就靠一袋牛奶、一根香蕉维持着。来了村里人，他颤巍巍挥挥手，示意坐下，然后便开始喘气，两眼暗淡，嘴皮哆嗦。他依然认识每一个来看他的人，他说不出什么话了，只有听着，听他们一句句的安慰，一句句的祝福。听他们说村里的事，谁家孩子结婚了，谁家老人去世了。听他们说又到了割麦子的季节，油菜已经打碾了。才离开村里几个月，他隐约感觉像过了半辈子一样，一切只剩下了回忆，然而所有的回忆，也开始迟钝、模糊。他隐约能记起小时候母亲唱过的民歌……五月里割韭五端阳，六月里麦子满山黄……然而正月的冰、二月的雨、三月的桃杏花、四月的杨柳……十月的柿子、十一月的雪花、十二月的年货，都成了天边的事了。

村里人离开时，凑在他耳朵前，喊着，赵爸，你好好歇着。人们真的不知道还能说什么，看着面目全非的赵爸，想起那些往事，眼泪就扑簌簌滚满了腮帮。赵善财点点头，吃力地说，不行了，不行了。看着那些熟悉的背影，消失在门口，他闭上疲惫的眼睛，眼泪就装满了眼窝子。

他真的不行了。谁又在他的耳边唱起了麦村的民歌：十一月雪花盖过人，十二月年货摆出城……

星宿星宿挤眼哩

> 星宿星宿挤眼哩，我要吃你的灯盏哩
> 灯盏吃着镚牙哩，要喝你的糖茶哩
> 糖茶喝上烫口哩，我要喝你的烧酒哩
> 烧酒喝着辣人哩，我要拉你的鸡公哩
> 鸡公拉着啄人哩，我要拉你的黑牛哩
> 黑牛拉着顶人哩，我要骂你的先人哩
>
> ——儿歌

出来了？

出来了。

在哪看的？

网上。

网上都有了？

早有了，就你事不关己高高挂起。

我手机最近没流量，上不了网。

你啊，弄屎啥呢，三天两头就没流量了。

嘿嘿，你给我念一下，我听。

××市中级人民法院刑事附带民事判决书

(2012)×刑一初字第 38 号

公诉机关××市人民检察院。

附带民事诉讼原告人赵贵生，男，生于 1980 年 7 月 15 日，汉族，××市××区麦村人，农民，住××市××区××乡麦村 14 号。系被害人马彩菊之夫。

诉讼代理人×××，××律师事务所律师。

被告人赵虎皮，男，生于 1974 年 11 月 17 日，汉族，初中文化，××市××区麦村人，农民，住××市××区××乡麦村 23 号。2011 年 9 月 13 日因涉嫌故意杀人罪被××市××分局刑事拘留，同年 9 月 18 日被逮捕。现羁押于××市××区看守所。

……

那应该是一个秋雨初歇的日子，平淡，枯寂，和每一个秋雨初歇的日子一样。

白露刚过。油菜已下地半月。高山的麦子，因天旱，一直没有种上。种地的人很少了。村里，是大片的撂荒地，生满齐腰的蒿草，惨不忍睹。为数不多的人家，会种点五谷，象征性的。好不容易，等来了一场忍了很久的雨，赌气似的，落了三天两夜，倒是下透了。地太湿，难以落脚，麦自然没法耕种。玉米也黄了，进不了地，没法掰。洋芋烂在土里。葵花收了，装在袋子里，没有好天气晾晒。

在麦村，下雨，人们才能消停下来。一个农民，只有节气和天气，没有节假日。一切都依着一场雨行事。

下午，阳光骑在西房的屋脊，明亮的黄，雾腾腾悬在屋顶。路倒是干了些。水渠里流着污水，拉扯着枯枝败叶。男人们闲着，去牙叉骨台谝闲传（闲聊），他们蹴在半截残损不堪的土墙下，磕着潮湿的葵花籽，嘴皮翻飞，飞出了一些沾着唾沫的葵花皮，也飞出了一些国际国内大事和没有由头的流言蜚语。反正也是闲着，不过过嘴瘾，要把这单调的光景消磨掉，是件吃力的事。于是乌七八糟地吹吹牛、抬抬杠，一个下午就过去了。

赵虎皮是在和一堆人吹牛的时候，被赵贵生叫走的。那时候，赵虎皮挥着一只熊掌般的手，说自己在城里打临工时，一个兄弟送了他一把纯正的瑞士军刀，握在手里，像提着一袋粮食，抽刀出鞘，那一刀寒光，就能把人的眼珠子闪瞎。他奶奶的，我提着那刀，在城里，啥人见了都要躲得远远的，派出所的来，都给我点头哈腰，满口叫着皮哥，发着软中华。人们全当梦话听着，只图一个乐呵。反正大家都知道，赵虎皮是麦村的"牛皮客"和"二杆子"，吹牛的本事和耍"二"的能耐，整个西秦岭也找不出几个能和他媲美的。他常说自己：我赵虎皮，四岁喂猪，五岁放牛，六岁读书，七岁精通麻将、扑克和牌九，十岁大前门在手，十三岁迪厅酒吧斗殴，白酒一斤半，啤酒随你灌，直到十七岁看破红尘才罢手，虽然只是农村户口，但老虎发威他妈的警察也要抖三抖。

赵贵生叫赵虎皮的时候，赵虎皮正吹得天花乱坠，不想离开，一听有酒伺候，便像有绳子牵扯一般，一溜风跟走了。

一夜暴雨，冲垮了赵贵生牛圈的半面墙。他得趁着闲空，把牛圈拾掇拾掇。可一个人又要和泥，又要垒基子（类似于砖的大土块），忙不过来。女人常年有病，不敢出大力，也没法帮他。赵贵生便找来了赵虎皮。

砌墙，也不算个吃力活。泥，上午赵贵生和好了。拉了一架子车后山的黄土，撒上铡成寸许的麦草和麦衣，倒水，一遍一遍搅拌，直至软和、黏稠。基子还是前年盖厕所打的。一块一块，码在后屋檐下，生满了麻鞋底（一种虫子）。赵贵生用铁锨端泥，赵虎皮提着瓦刀砌，一层泥，一层基子。赵虎皮虽是个"牛皮客"，可他砌墙，真是一把好手。一根线，掉个千斤坠，眯缝着左眼，瞅一下，直了，按线砌，不偏不斜。

从下午两点，到五点。太阳翻过屋脊，躲在了后屋檐下。院子开始昏暗。墙基本补修好了。

赵贵生的女人马彩菊在厨房忙活着。层层油饼，焦黄、酥脆，撒了葱花，黄中带绿。饼子切成牙，放在盘子里，上面盖着锅盖，怕冷了。案板上，还摆着一盘炒鸡蛋，一盘粉条，一盘醋熘瓜片。白面拌汤在锅里，咕咚咕咚，冒气。

马彩菊从涌动着雾气的门里伸出脑袋，脸上粘着面粉。喊道，饭熟了。

赵虎皮把最后一块基子砌上去，用瓦刀把缝隙里溢出的泥抹平。在脚手架上，一撑手，跳了下来，踏得地轰隆一声。赵贵生边收拾家当，边说，赶紧洗手吃饭，干乏了。

马彩菊端来温水，赵虎皮潦潦草草洗了一把。抱怨道：酒没喝到嘴里，活给你们家干了一堆。赵贵生赔着笑，拉赵虎皮进了屋。马彩菊跟进来，在炕上摆上梨木方桌。赵虎皮脱了破皮鞋，坐上首。赵贵生在地下的柜子里捣鼓出一包苏烟，给赵虎皮丢了一根。又抽出一瓶酒。赵虎皮说，啥酒？藏那么深。赵贵生晃着瓶子说，四星世纪金辉。赵虎皮脸一皱，嫌弃道：我以为茅台五粮液呢，一瓶破四星还藏那么深，我告你啊，在城里时，四星我闻都不闻，最次一个海之蓝。

菜上了桌。赵贵生倒上酒，恭恭敬敬给赵虎皮敬了三盅。赵虎皮一饮而尽。敬毕酒，两个人就七巧梅、两厢好、六六顺划开了。

赵虎皮好歹也是麦村的半个酒家。他伸着手指说自己酒喝西北五省，拳划黄河两岸，那个牛皮，不是吹出来的。赵贵生连声附和，但酒在自己跟前，只在嘴皮上抿一抿，他一是酒量不好，怕二两下肚，呕天吐地；二是节省，怕酒不够，自己还得花钱另外买。赵贵生在酒桌上扭扭捏捏的姿态让赵虎皮有点恼火。他觉得一个男人，端上酒杯子没一点杀气，像什么话。六个拳，六个酒，赵贵生输了四个，喝了两个，剩下两个赵虎皮怎么劝说他都不喝。赵虎皮有点不高兴，嚷道：给你出了一下午力，让你喝个酒就跟要你命一样，你这人真不咋的，你以为我赵虎皮他妈的欠你两盅酒，我给你说老子在城里混的时候，啥酒没喝过，有些人求着和我喝我都懒得理他们，你以为你赵贵生了不起得很啊。

赵贵生很尴尬地坐在炕边，搓着手，原来惨白的脸，被赵虎皮一挖苦，一片鲜红。他嗫嚅道，兄弟，你说这话见外了。

这时，马彩菊端着拌汤上来了。赵虎皮指着桌上的酒说，彩菊，过来把你老爷（丈夫）的酒喝了，你不喝我就给他灌了。马彩菊说：我有病呢，不能喝酒。赵虎皮不耐烦地说：不管你有没有病，这酒反正得你喝，你不喝就是看不起我赵虎皮，不把我当麦村的一个人物。

马彩菊：咋会看不起您老人家呢，就这西秦岭一带，你都是大人物。

那好，喝吧。

马彩菊实在难以推脱，只好端着酒盅，眼睛一闭，皱着脸，把酒喝了。赵贵生歪着嘴，不知所措地坐在一边。

马彩菊喝毕酒，放下盅子。赵虎皮端起来，一扣，残余在盅里的酒倒在了桌上，两摊。赵虎皮歪着脖子说，不行，你这是养鱼吗？你看剩多少，再罚两个。赵虎皮又倒了两盅，摆在马彩菊跟前，必须喝，不喝不许走。

赵贵生有点看不下去了，说：彩菊心脏不好，你就不要为难她了。

赵虎皮的酒劲有点上来了，满脸黑红，猪血一般。叫嚷道：你个怂包，不喝就算了，管人家喝。

赵贵生歪了一眼，说：虎皮，你这有点过了。

赵虎皮一听，彻底不爽了，呼哧一声起来，蹲在炕上，顺手在方桌上啪地一拍，桌子哗啦啦乱颤，酒瓶晃动着，发出了叮当之声。几只酒盅翻倒在桌上，酒水流出来，一坨，一坨，滴滴答答往炕上落。赵虎皮伸着手指，骂道：赵贵生，你他妈的不要以为提着破四星就了不起得很，爷我在谁家喝不了酒，就差你的酒，就你有酒，爷我不喝了。骂毕，顺势起身，准备下炕。赵贵生拉了一把，赵虎皮一手打开，手背正好落在赵贵生脸上。或许是用力太多，手背落下去，赵贵生的脸上，红上加红。

赵贵生说：赵虎皮，你这人太不够朋友了，你让我喝就行了，还逼着让彩菊喝酒，真不像个男人。

赵虎皮跳下炕，穿鞋，回道：你就知道护短啊，我他妈嘴贱，干了一下午活，喝了你几盅马尿，还要受你气，去你妈的。

你嘴里干净点，赵虎皮，爱喝不喝，不喝就滚。

滚你妈的蛋，赵贵生。

你妈的蛋，赵虎皮。

两个人干上了。赵虎皮一转身，准备往炕上冲，要打赵贵生。赵贵生立马站起身，挑衅道，有本事你上来。

我就把你做了，你信不，还没人敢惹老子。赵虎皮一抬脚，刚要上炕，被马彩菊拉扯了下来，然后往外推搡。马彩菊自然是向着赵贵生的。

你给我滚出去，你个二尿。赵贵生提着酒瓶骂道。

赵虎皮被马彩菊硬是推出了门。

赵虎皮出着大气，咬牙切齿。你等着，你要是你大（爸爸）的儿，就在家里等着。

马彩菊站在门口，也朝赵虎皮骂道：你赶紧滚回去，谁不知道你是啥货色，喝一点酒就不知道天高地厚了，我还不清楚你是啥人，在城里，吃喝嫖赌，在村里，偷鸡摸狗，不是好货。

赵虎皮歪过头，咧着嘴，阴森森一笑。马彩菊，你也等着。

……

赵虎皮被骂后，心怀不满，遂回家后拿一刀子赶到赵某生家，朝马某菊的胸、腹部连刺两刀，赵某生闻讯赶来制止，将赵虎皮从腰部抱住摔倒在地，撕扯中，赵虎皮在赵某生的右肩背部刺了一刀，又在已经受伤倒地的马某菊右颈部刺了一刀，然后便逃离现场。

马某菊当场死亡，赵某生被送往医院抢救。

经法医鉴定：死者马某菊系右颈下锁骨窝遭受单刃锐器刺戳致锁骨下动脉破裂大失血死亡；赵某生右肩背部伤为重伤。

……

赵虎皮杀人后，血红着眼睛，像一头野兽一样，冒冒失失，提着自己吹嘘过的那把刀子，回到家里，顺手把刀子扔到屋顶上。刀子和瓦片撞击的声音在黄昏即将倾斜而来的麦村，显得异常刺耳、惊心。

家里没人，他在水龙头前洗了一把脸。水打湿了他的破皮靴。流在地上的水，混着淡淡的血丝，散发着腥味。他坐在井台上，掏出一根烟，抖着手，点着，使劲咂了几口，浓烟遮住了他阴森僵硬的面孔。

抽完烟，他把烟蒂扔到水桶里，刺啦一声。他似乎有点清醒了，然后浑身不停地抖着，像筛子一般。他贼眉鼠眼看了看四周，然后起身，慌慌张张地离开了家。

他沿着小路，疯了一般，一直跑下去，跑下去，最后钻进了一大片稠密的树林。

仲秋，叶子微黄或者浅红，林里面，落了薄薄一层。潮气在树林里弥漫，白雾一般，遮罩着，裹挟而来。草尖上，挂着露水，被匆忙的脚步撞到地上，碎掉了。一些山鸟，受到惊吓，扑棱着翅膀，在树梢上乱撞，一些黑色羽毛落了下来。

天色渐渐黑了，树林里，开始模糊。黑夜即将落满树林的每一条缝隙，落在杀人者的肩上。黑夜淹没了一个畏罪潜逃的人。

他钻进一堆没膝的蒿草里，把自己埋进去，野鸡一般，又把头塞进腿缝里。他的大脑里一片混沌，如同糨糊。他隐隐听见惊叫声、哭喊声、120急救车声，最后是警报声呼啸而来，进了村里。但他似乎又什么都没有听见，只有蟋蟀和山鸟的叫声在耳畔起伏如。天黑了，他像一头野兽，小心翼翼地把自己藏着。直到黑夜把大地裹得密不透风时，他才感觉到了秋凉，如同水一般，在脊背上泼着。他起身，蹑手蹑脚，在树林里乱窜着，他要到一个安全暖和的地方。他钻进了一块玉米地，风吹着干玉米叶哗啦作响，似有百十人汹涌而来，将他扑倒一般。他终于被恐惧捏住了，浑身发麻。他在玉米林里狂奔，干叶子利刃一般，割破了他的脸，血在麻木的皮肤上流淌、凝聚、结痂、发黑。

他不知不觉跑到了山神庙。

炕大的山神庙，一片漆黑。但他熟悉这里的一切，泥和砖砌的供桌，坐着梨木做的山神牌位，墙上挂着落满灰尘的匾额和旌旗。桌下，是一堆冥票烧过的灰烬。他依旧能闻到强烈的香蜡味，在庙里漫游，最后落在了他大脑里。或许是恐惧过度，他坐在地上，倚着供桌，迷迷糊糊睡着了。絮状的、含混的梦里，他感到了巨大的冷，像刀一样，一下下割着他的皮肉。

他从供桌上抓了一把冥票，在衣兜里翻出火机。他点着冥票，火光升腾起来，像血舌头，跳着舔他的脸。借着火光，他迷迷糊糊看到了神牌上雕刻彩绘的神像，正怒目圆睁，看着他。

火光填满了整间屋子。

他被温暖裹挟着，睡着了。

一阵急促的脚步声由远及近。

……

一、依据《中华人民共和国刑法》第二百三十四条第二款、第四十八条、第五十七条第一款、第三十六条、第六十七条第一款、第六十四条及最高人民法院《关于审理人身损害赔偿案件适用法律若干问题的解释》第十七条规定，判决如下：

二、被告人赵虎皮犯故意伤害罪，判处死刑，缓期两年执行，剥夺政治权利终身。

由被告人赵虎皮赔偿附带民事诉讼原告人赵某生的医疗费8733元、误工费3231元，伙食补助费800元，营养费400元，交通费6158元，伤残赔偿金13698元，司法鉴定费1100元，丧葬费15794元，抚养费12503元，共计62417元，

三、驳回附带民事诉讼原告人赵某生的其他诉讼请求。

四、作案工具刀子一把予以没收。

念完了？

完了。

哎，这个赵虎皮，喝点"尿水"就犯病了，现在好，把两家人都害了。

人心不古了。

在家情况现在咋样?

赵贵生出事后,他父亲的精神受了刺激,现在被送到精神病院,治疗呢。

赵虎皮媳妇呢?

带上娃改嫁了。

哎!两家人都完了。

彩凤开花在三月里

彩凤开花在三月里，胡麻开花是宝蓝；
眼睛一眯就梦见，想着你熬成了病汉。
六月的天空打雷哩，声音在半空里响哩；
白天黑夜地想你哩，睡梦里喊你的名字哩。
七月里到了拔胡麻，胡麻拔了榨油哩；
毛茸茸的眼睛一点点嘴，说话时心里动弹哩。
八月的谷子快割了，无情无义的妹妹甭交了；
核桃吃了树砍了，过了为何桥拆了。
严冬到了三九天，再冷也冷不上几天；
白天黑夜想你不吃饭，小哥哥瘦成了麻秆秆。

——小曲

人们不知道牛娃去了哪里。人们偶尔想起牛皮灯影子戏时，就想起了牛娃。

牛娃，应该是有大名的，可村里人都这么叫，也就无所谓了。

牛娃，以前是个胖子，肥墩墩的，跟一个装满玉米的麻布口袋一样。走过去，踏得路轰隆响。在山高风大油水少的麦村，养成一个胖子是多么不容易的一件事。

可现在，牛娃早已不是当初的胖子了，而是瘦成了一根玉米秆，曾经紧套在皮肉上的衣物，现在挂在骨架上，空落落的。风轻微一吹，就能听见他浑身哗啦啦的响声。一个三十来岁的人，头发已经灰白，落了残雪一般。眼窝子陷进去，能塞入两块土疙瘩。只有黑白分明的眼珠子在眼眶里无精打采地转着。腰是弯的，背微微驼了。走路，也是外八字，老布鞋底子总是抬不起，在地上拖，拖出了一路刺啦声和两溜灰尘。鞋子拖久了，鞋底一磨破，就倒跟了。麦村人骂人：你连鞋都提不起了。

村里人都说，牛娃是被媳妇害的。之前，虽然肥，可是个精神小伙，可如今，灰头土脑，萎靡不振，一副霜杀过的茄子一般。

事情还得从头说起。

那年三月初，桃花咧了嘴，油菜起了身，杏花冒了骨朵儿。村里唱牛皮灯影子戏。

灯影子戏，是年年要唱的，敬神。人的事，可以将就，也可以糊弄，神的事，不敢有半点马虎。正月初，村里的秧歌头（每年五户，轮流当）就去下帖请戏班子了。往年，请的都是西秦岭一带费家庄、缑家沟、红土坡的班社。这些班社年年唱，年年那几本戏，什么《封神演义》《包公案》《三娘教子》《三滴血》。唱了千遍万遍，听了千遍万遍，故事都熟烂于心了。可当那锣鼓一敲，板胡一拉，魂就又落到那陈旧、黯淡，蒙着灰尘的情节中了。虽说是给神唱，可入耳入心的，还是台子下那一个个皱巴巴的人。

这一年，不知咋搞的。秧歌头没有请四邻八村的，而是请来了甘谷县一个班社的。虽然甘谷话听起来像吃毛栗子，叽里咕噜，听不来，可据说，唱灯影子戏，相当好。消息一出，村里就传开了，人们端着热气升腾的半碗糁饭，一边吸溜着吃，一边议论着唱戏的事。人们焦急着、期盼着、好奇着，又多少带点疑虑心，等着戏班子的到来。这是那个三月初、严寒褪尽后，麦村的一件大事。

戏台搭在秧歌头之一的虎皮家。虎皮家就成了戏场子。四根粗硬的洋槐木头栽起来，离地一米处，横着再绑四根，顶子上，也绑四根。四面呈"井"字。下面一层铺木板，顶子和两侧盖上戏班子带来的帆布。后面靠着院墙，不用遮挡。前面固定一块半面炕大的白幕布。棚里挂颗灯泡，用白纸一张，遮住三面灯光，让光打在幕布上。这样，戏棚算是搭好了。

牛娃是个热心人，村里有事，总是跑在最前面。搭棚时，他又是抱木头，又是借板凳。最后还把家里一颗一百瓦的灯泡贡献出来，挂在戏场，给大家照明。

唱戏前，牛娃领着一伙人，把村里的神从庙里请到了虎皮家。麦村人供奉的神，有四尊。大庙里的泰山爷、龙王爷、黄爷，小庙里的山神爷。神请来后，照例供在桌上，面朝戏棚。桌上摆供果、点香蜡，来看戏的人焚香点蜡三磕头。老一茬的人，每天早晚来烧三炷香。神在屋内听，人在院外看，这似乎也叫"与民同乐"了。

戏从第二天晚上唱起。唱戏的人，坐在台子上。白幕前，坐着白胡子老人，精瘦。双目有神，喉结枣大。他的两侧挂着两溜皮影，有人不小心，碰了绳子，皮影就上下跳动着，在幕布上落了虚虚的影子，晃啊晃。老人是操弄灯影的，麦村人叫耍现子。他身后，一侧是敲锣、打鼓的，一侧是拉二胡、板胡的。共七个人，全是男的，隐在棚后面，容貌模糊。七个人，除了操弄各自的乐器，还要负责唱。戏班子里没有女人，这多少让村里的男人们失望，尤其失望的是光棍汉。牛娃不失望。牛娃有一个心疼（漂亮）媳妇，够用了。以往，唱灯影子戏，有女戏子，村里的男人就魂不守舍了，有事没事守在戏场，饭都忘了吃。尤其晚上，趁着人多天黑，凑到戏台下，手偷着伸进戏棚，摸人家小腿，抠人家脚底。有一次，赵平把手伸进去，摸到了一只手，以为那女戏子对他有意，也伸出了手，就这么摸了半天，摸到胳膊时，感觉毛茸茸的，偷着缝隙一看，却发现原来是赵闰生藏在戏棚下，伸着手和他摸。两个男人互摸的事，传开后，成了村里人的笑话。孩子们都会远远朝赵安和赵闰生喊：摸手手，亲口口……

　　台子下，横着摆了几根木头，看戏的人，不用提凳子，来了，屁股一放，就能看。前两排，坐的总是老人。他们听了一辈子秦腔，这西北高原上反复上演的爱恨情仇让他们能卸下苍老，丢下疲倦，忘掉今夕是何年，深陷在那古老的故事里，用一段段唱词把被光阴磨损的心反复搓揉，直到眼窝里挂满了喜怒和哀叹。老人后面，是年轻人。年轻人，听惯了流行歌曲，耳朵生锈，对秦腔是迷迷糊糊的。来看戏，主要图个热闹。或者看看人家的姑娘，瞅瞅人家的媳妇。因为这几天，女人出门看戏，在台面上过，要精心打扮的。往日里灰头土脸，裸肩垮腰，男人们看着都没兴趣。现在一收拾，姿色就出来了。一个个像开水里焯过的苦苣菜，脆生生，嫩闪闪，绿晃晃。这里面，就数牛娃的媳妇罗彩凤最攒劲（漂亮）了。那脸蛋，像满月。那身段，如柳枝。尤其那捏捏（乳房），撑着衣衫，和席上蒸的大馒头一样，圆鼓鼓，虚哄哄，真想双手一抓，啃起来。还有那屁股，和洋瓷脸盆里盛的一坨凉粉一样，柔滑，圆实，手一拍，颤得哗啦啦。

　　女人们挤在偏房的廊檐下，嗑着瓜子，看着灯影子，时不时絮叨几句。男人们站在院子里，貌似看戏，其实眼珠子都在打着转，在女人们身上滚来探去。而罗彩凤的身上，落下的眼珠子自然也是最多的。在村里，长相数一数二的罗彩凤怎么说也是一个本分的女人。话少，脾气小，不说人闲话，不捣弄是非。闲时，只到关系好的几个女人家去串串门，也不到处乱跑。别的男人开她的玩笑，她也不生气，嘴一咧，露一排瓜子牙，笑一笑，便走了。不像有些女人，男人们一惹，花枝乱颤。说个荤段子，便得意忘形。末了还用挂着眼屎的眼角勾一勾。

　　当然，唱灯影子戏，最欢的还是孩子们。他们满场寻乐子玩，你追我打，喊喊闹闹。甚至把头塞进篷布，猴子一般，眨巴着眼瞅唱戏的人。

　　几串鞭炮噼里啪啦后，就开唱了。一开始的曲目，都是给神唱。后面就唱本子戏了。耍现子的甘谷老头坐在凳子上，挺着腰杆子，左右手各捏一副灯影，手法灵活，娴熟自如。老汉哎嗨一声，锣鼓顿时齐响，灯影在幕布上如腾云驾雾来回飞动。然后板胡一个小过门，钹声一击，清脆无比。戏场的人一惊，鸡皮疙瘩落了一地，顿时凝神屏息，好戏开场了。一段二胡后，那老汉，便扯开了唱腔。唱老生。铿锵有力，掷地有声。人们惊呼道，甘谷人，到底是吃辣椒的，老了嗓子都这么干脆。到了唱花旦时，人们开始怀疑，谁来唱？就算男唱女声，可这一个个粗犷汉子，能行吗？这时，来了一句：前面走的高文举，后面紧随张梅英……让戏场子哄一声，炸了。人们惊得下巴子耷拉在脖子上抬不起，就连头顶白花花的一百瓦灯泡也惊得晃来荡去。他妈妈的太好听了。在麦村听了一辈子秦腔的老人们都被震住了。这声音，婉转如同黄鹂叫，清澈好比泉水流，悠扬就像风吹柳。这声音，像春雨，落在了干焦的心坎上；像桃花，盛开在枯燥的眼窝里；像蜜汁，滴落在苦涩的舌尖上；像清风，回荡在灼热的耳蜗里。受听，实在是受听。

过了好久，当人们从这唱腔里回过神来后，才开始关心这唱戏的人到底是谁。人们凑到戏棚前，透过缝隙，隐隐糊糊看到了：一个三十多岁的男人，白皙，略胖，下巴留着一撮小胡子。似乎再没有什么特点，放在麦村的男人堆里，除了白点，胖点，有点小胡子，似乎再没有什么区别。可就这么个男人，却把花旦唱得如此好，实在不可思议。他坐在最里边，除了唱，还拉一把板胡，眼睛半眯着，很投入，他似乎一点都不在乎这么多人在看他说他指点他。女人们都像抢食的母鸡一样，涌到戏台前，绷着眼看个究竟，嘴里叽里呱啦议论着。唯独罗彩凤站在屋檐下，无动于衷。这倒奇怪了。

村里人开始叫那男人小胡子了，牛娃也叫他小胡子。在麦村，没有年轻男人下巴上留一撮胡子，那会被别人骂流氓的。但人们似乎原谅了这个唱戏的男人，谁让他旦角唱得那么好。

到十点半，一本戏唱毕，就该歇了。第二天下午，接着唱。

戏子们是不生火造饭的。按老规矩，吃派饭。从村子上头往下排，一户派一两个戏子，挨家挨户吃。牛娃家在村上头，第二天中午就挨到了。秧歌头领着戏子进大门，喊了声，牛娃，客人来了。牛娃正蒙着头往炕洞里填柴草。来的不是别人，正是小胡子，一个人。牛娃起身把小胡子迎进屋，发了烟，请着上炕。小胡子扫了一圈屋里，说坐不惯炕。牛娃说那不行，在我们这里，客人来都要上炕的。小胡子不好推脱，脱鞋上炕。

牛娃觉得能招待小胡子吃饭，多多少少有些自豪。他隔着门帘喊来罗彩凤给小胡子倒茶。彩凤进门，也没正眼看炕上的客人，倒了茶，低垂着眼皮，放到炕桌上。牛娃觉得彩凤这样子对客人不礼貌，可他舍不得说女人半句，这念头一晃而过。彩凤钻进厨房，做饭去了。

牛娃伸着脖子，鹅一般问，你咋唱那么好？打小练嘛。小胡子弹了一下烟灰。吸烟不影响？没事。吃辣椒呢？听说甘谷的辣椒辣得很。也没事。哦，甘谷那边种啥庄农？麦，包谷，油菜，洋芋，样数比较多。跟我们这边一样啊，甘谷远不远？不远，离市上也就六十来公里。哦。牛娃没去过甘谷，他寻摸着，从麦村到镇子上，单趟，二十里路，那从市上到甘谷，就是从麦村到镇子走三个来回那么远。

饭做好了，醋饭。在麦村，饭就是面，且只有浆水和醋的两种。浆水面，家常饭，自己吃。来了客人，就得要做醋饭了，这是待客之道。罗彩凤能擀一手好面，在村里是出了名的。她的面，用孩子们唱的儿歌来形容："擀成薄纸切成线，下到锅里莲花转，捞到碗里一根线。"一点不为过。面捞清，浇了豆腐丁、洋芋丁、胡萝卜丁、干黄花、碎木耳等炒成的臊子汤，上面坐着两颗荷包鸡蛋，再上面，撒了菠菜。白、绿、黄，三个颜色交相辉映，面一上桌，就让人口舌生津。在西秦岭，这样的吃食，已经算是最高的待遇了。

牛娃献着殷勤，招呼着小胡子吃了这顿派饭。彩凤在厨房吃的，始终没有闪面。

灯影子唱了三天三夜，欢火极了。白天里，虎皮家院子、门口，四里八乡赶来的人，铺一张塑料布，摆起了摊子。有卖小孩玩物的，什么哨子、喇叭、塑料手枪、花头绳；有卖衣物的，小孩帽子、大人衬衣、雨鞋等；还有卖吃食的，糖杆啊、油炸大豌豆啊、方便面啊；甚至还有一个卖爆米花的，把锅支在墙角，一手添柴，一手摇着，火候到了，装进橡胶和化肥袋缝制的袋子里，手一扳，脚一踩，轰一声，白烟一升腾，米花就爆好了。从缝隙里弹出的米花，落满了地，孩子们冲上去，撅着屁股，头抵头，鸡啄米一般，抢着吃。

晚上，外村子的人，也赶来看戏了。人们拥挤在戏场里，被雪白的灯光覆盖着，看戏的看戏，玩耍的玩耍，捣鬼的捣鬼。灯泡上，缠满了飞蛾，铺开的灰翅膀碰撞着灯泡，落下了一层层粉末。此刻，村里是空的，人们都塞进了虎皮的院子。黑夜伸下来，像一双手，捂住了大地。那灯火通明的院落，是这块陈旧昏暗的土地上唯一不灭的眼神。大秦之音的浑厚、苍凉，在灯火里溢出来，流水一般，回荡在山谷里。而此刻，万物心神安详，在黑暗中，侧耳倾听着这人世间积淀了千百年的悲喜，那么激越，那么怅然，那么一声长叹，那么无所谓了。

你村唱罢转我村，一村唱完走邻村。第四天一早，鸡没打鸣，天黑乎乎的，班社的一伙人就走了。没有人知道他们去了哪里。行走，是每一个戏子的宿命。

戏一唱毕，村子清静了许多，但人们的内心却塞满了若有所失的忧愁，像从一场美梦里，被硬生生拉扯了回来。麦村，真的是有所失的，不是失去了一个物件、一袋粮食、一头牲口，都不是，而是丢失了一个人。罗彩凤不见了。

睡到太阳搭在窗台上的牛娃，一起身，发现媳妇的被窝里空空的，随便拉了一件衣服，挂在身上，喊着媳妇的名字，满院找了几圈，也没影子。牛娃寻思着媳妇可能去串门了。他换了衣服，脸没洗，就挨着几乎常去的人家找，结果，还是没有。牛娃有些心急，跑到水泉边，山坡上，大路上，都没有影子。牛娃又借了摩托，风风火火骑着去了一趟媳妇娘家，还是没有。牛娃一回家，看着空落落的院子，一屁股坐到廊檐下，哇哇哭了起来，伤心得像个丢了娘的孩子。

媳妇不见了。

后来，村里有早起担粪的赵拜生说，是不是彩凤被唱戏的领跑了。他把一担粪刚埋到地里，隐隐看见大路上一行人，急匆匆的，像是甘谷的班社。他倒纳闷，怎么走这么早，但没细想。好像还隐隐看见一个穿红衣服的，走手不像男人。他倒纳闷，怎么有个女的，但没细想。看这情况，应该就是牛娃的媳妇彩凤了。牛娃细细一想，这彩凤，这几天就是不对劲，人家都争着看小胡子，她不看。端饭的时候，她也不抬眼皮子。尤其是前天中午，派饭的那家女人感冒了，做不了饭，秧歌头又把小胡子安排到他家吃中午饭，而他正好去了镇子上，帮着秧歌头去买香蜡，鬼知道他走后，他们发生了什么。

牛娃越想越伤心，哭得一塌糊涂。他那么爱彩凤，把她当菩萨一样供着、护着，地不让下，炕不让填，锅不让洗，驴不让放，麦不让割，除了一天做三顿饭，他几乎舍不得她干任何事。可咋就跑了呢？

慢慢的，整个三月，在西秦岭，人们已不再谈论那场少有的精彩的牛皮灯影子戏，而是猜测戏说着牛娃媳妇被甘谷班社唱花旦的小胡子男人拐跑的事。

牛娃很快就瘦了下来，鞋都提不起了，像一根秋天的玉米秆，风一吹，骨头都在哗啦啦响。

半年后，牛娃连麦子也没有收割，背着藏蓝色的旧帆布包，离开村庄，去找女人了。他知道，只要找到唱牛皮灯影子戏的甘谷人，就能找到罗彩凤。没有人知道牛娃去了哪里。反正他就那样在麦村消失了。唯有无人收割的麦子，在西秦岭的风雨中，飘摇着，把金黄收敛，把霉斑举过头顶，像麦秆对镰刀疼痛的思念。

一个字，一条箭

一个字，一条箭，平贵吃粮照姻缘，
好酒灌醉女待战，私盗令箭出三关。
两个字，成一双，裴顺卿宠爱李慧娘，
西湖美景重结义，五更三点到书房。
三个字，三桃源，董卓要篡汉江山，
王司徒定下美人计，凤仪亭吕布戏貂蝉。
四个字，成两双，千里路送妹赵玄郎，
攀龙棍斜担马鞍上，金娘马上泪汪汪。
五个字，五更天，西门庆宠爱潘金莲，
武大郎吸食药酒死，武二郎杀嫂报仇冤。
六个字，攒毛星，张梅英花园放哭声，
花亭惊起张文举，花亭会上配成婚。
七个字，七星箭，王景龙宠爱小苏三，
进监受尽三年满，三堂会审才团圆。
八个字，八圆方，延安府造反是双阳，
界牌关马踏八员将，只为狄青少年郎。
九个字，九连环，陈杏元小姐去和藩，
重台上修起离别案，放长声哭倒雁门关。
十个字，十样锦，双锁山前刘金定，

高宗保定下夺夫记，下南堂失却母子情。

——社火曲

刚进腊月，村子里就有了风声，赵喜娃要"嫁"人了。风声是女人们围在一起，杵麦皮时传出来的。赵喜娃，赵养贵的二儿子，豹子的弟弟。

在西秦岭，正月里，要吃甜醅。甜醅，也叫甜酒。做甜醅，得选饱满的麦子，用水闷潮，在石塌窝里一下下杵，杵掉麦子皮。再簸净，淘洗，晾成柔干，按比例撒上用来发酵的酒曲，然后装进大笸篮里，捂上一层褥子，两层被子，三层衣物，放在热炕头，等发酵成熟。煮甜醅，是个手艺活，麦子煮得软硬，酒曲的比例，炕的温度，一系列因素决定了一笸篮麦子的命运。酒曲太少，干涩无味；太多，会发苦。麦子太软，一包水；太硬，如一堆豌豆。炕太冷，甜醅起不来，发酵不好；太热，起得快，但就酸了。而这一切，全靠女人们的一双手和祖祖辈辈遗留下来的经验。在麦村，女人们熟练地掌握着制作甜醅的秘诀，少有失手。而掌握这种秘诀的，除了女人们，还有一个例外，就是赵喜娃。赵喜娃是麦村也或许是整个西秦岭唯一会做甜醅的男人。

一碗甜醅，加了开水，有稀有稠，可吃可喝，都是待客的好东西。当然，正月里，吃甜醅，就得看社火。在苍茫贫瘠的西秦岭，社火，分黑社火和马社火。黑社火，晚上演，要挑灯伞，划旱船，耍狮子，但还是以唱为主。马社火，在白天，以扮相为主，妆成神话人物，骑在马上，走村串巷。不能骑驴，骑驴会被外村人笑话。麦村村小，人少，牲畜不多，喂马的也就几户人家。麦村是耍不起马社火的，只能耍黑社火。但麦村的黑社火，方圆几十里，都有名，而这黑社火的角儿正是会做甜醅的赵喜娃。

三天年一过，"先人"送了。赵喜娃就火急火燎地挑头张罗起了社火的事。其实，这社火要不要，啥时候耍，每年都有秧歌头，由他们决定。但赵喜娃等不住，心里抓得慌，喉咙里痒得紧，憋了一年了，就想在四里八乡甩开膀子、扯开嗓子，唱一曲。

社火年年耍，人还是那几个人，家当也还是那几样家当，曲儿还是那些曲儿。在赵喜娃的鼓动下，几个人撇过秧歌头，凑一块，商量一下，说耍就耍。破了的家当，修补修补，就好了。忘了的词儿，念叨念叨，就会了。用赵喜娃的话说，只要鼓打起，神就来了。我父亲常说，一村人，就热闹个喜娃和海明娃，没他俩，满庄，冷清得跟个鬼脊背一样。

先在村里耍几场，一来热闹热闹，二来彩排磨合一下，免得在别村丢丑。耍秧歌的地方就在赵喜娃院里，反正他是根光棍，怎么折腾都没人管，再说他家院子，是个浪场子，没有院墙，除了两间土坯房，再无他物，耍起社火，地方宽展，站的人多，还向阳避风。村子里耍社火，多是图个乐子，谁挑伞，谁耍狮子，谁扮丑角，谁唱曲子，一年又一年，人们心里是熟稔的。真正的社火，要去外村耍，既新鲜，又挣体面。

要去哪个村子耍，白天先派人去"发马"，通知对方，联系事宜，好有个准备。天抹黑，填饱肚皮，一众人，老老少少，在喜娃的带领下，挑着灯笼，在蜿蜒的山路上，咯吱咯吱，踩着未化的积雪，敲打着牛皮鼓和大钹，一路而去。

点点灯笼映着星星，如一条火龙，在漆黑的山村夜晚游走。

到了村口，村里人已在路边迎接。寒暄一番，便去土地庙拜神。大家前呼后拥，跟着社火队伍，如一团烟雾，热气腾腾朝庙里移去。

在庙里，由本村秧歌头和喜娃一起烧香点蜡，焚香化表，朝拜神仙。一串鞭炮炸响，首场演出就在庙里开始了。先是舞狮，两头狮子披红挂铃，在拳师的引导下，跳蹿腾跃，嬉戏一番。然后，鼓声落，唱声起，在喜娃的带领下，大家唱一段《太平年》：

　　进得庙门往上看，一盏灯笼挂房檐；
　　后堂坐个活神仙，风调雨顺太平年。

唱几段之后，便去正式演出的地方——打麦场。麦场四周，人头攒动，围了个水泄不通。一侧，排着几张桌子，放着茶水、白酒等。中间，生着一堆硬柴火。火光冲天，火星升腾，热浪汹涌，火光映得人们的脸庞红突突的。大火边上，摆着几把条凳。敲鼓打钹的坐于边上，先来一排子。鼓面朝火，遇冷松弛，遇热便会绷紧。鼓面紧，鼓声才有铿锵之势。社火进场，先要狮子打场子，舞狮人由内向外扩充，人们背贴胸，胸挤背齐刷刷后退，挪出一块空地。打好场，挑伞就进场，进时，边踏步子，边唱"高摇伞，把把长……"然后便是秧歌队，踩着交叉步在灯火通明的人堆里亮相了。秧歌队由着装打脸的"女身"和没有化妆的散场"男身"组成。喜娃就是男扮女装的"女身"，他排在队伍最前面，伴着鼓点带领队伍变换队形。几组队形结束，鼓点停，喜娃亮开嗓子唱起了。他一亮嗓，便赢得了满堂彩。一开始，唱的是伞曲子，内容现编，一般四句，但要押韵，中间停顿一下，钹鼓助兴。伞曲子前一个唱，后一个想，前一个唱完，回到队伍后面，下一个接着唱。喜娃天生好嗓子，中气充沛，音韵婉转，又风趣幽默，好句连连，几轮下来，出尽了风头。

    这个场子平又平，马驮金子驴驮银；
    骡子驮的聚宝盆，金银财宝滚进门。
    高高山上一群羊，贱脚踏在贵地上；
    进得庄来雾腾腾，家家都是有钱人。
    ……

  唱毕伞曲子，就到唱社火曲了。

  社火曲，都是固定的曲目，一曲一个题材，一曲一个典故。有《李三娘研磨》《南桥担水》《女贤良》《十对花》《绣荷包》等，或教化世人，或歌颂爱情，或赞美品行。在喜娃的带领下，一首首高亢、嘹亮，押着韵味，带着野性的词曲在人堆里滚动、升腾，慢慢消散在正月清寒的夜空里。

  这么多年，喜娃最拿手的还是《小放牛》，这也是他的压轴曲，好多邻村的人摸夜路，赶七八里来，其实就为了听他的《小放牛》。尤其老人们，懂社火，不比年轻人，为了图热闹，或者骚扰人家姑娘。他们提着小马扎，挤在人前面，马扎一支，屁股一放，稳妥妥地坐好，真是入了戏地看。看着，时不时点点头，时不时说，对，就这个味。偶尔，还会掀开嗓门和几句。

什么花开在正月？什么花开在水中？
迎春花开在正月，水仙花开在水中。
什么花开火红艳？什么花开在路边？
牵牛花开火红艳，马莲花开在路边。
什么花开手拉手？什么花开老两口？
豌豆花开手拉手，扁豆花开老两口。
……

社火唱毕，也就到凌晨了。村里人恋恋不舍地回了家，还念叨着那个装"女身"的唱得真好，那声音，那身段，在这方圆几十里，啧啧，没得说，看了大半辈子社火，现在能唱这么好的，还就他一个了。

正月的夜晚，月明星稀，四野寂然，人们带着最后的余温，踏着白雪上薄薄的月光，背着家当，说着笑着，回到了村庄。

喜娃和众人一一告别后，也便回了家。他的耳畔还萦绕着钹鼓的铿锵声，还盘旋着曲子的音韵声。

这样的社火，在西秦岭，能耍到十五过了。但这一年正月，村里再也没有人挑头耍社火了。这一年正月，赵喜娃虽然也走村串户，但这一次，他不是组织人耍社火，而是邀请村里对路的人，去参加他的婚礼。

赵喜娃真的把自己"嫁"了。人们端着白瓷碗，碗里盛着甜醅，甜醅里放了糖精，甜得腻人。人们站在牙叉骨台，说着喜娃的事，也不知道是该高兴，还是该惋惜。高兴的是他这几乎要当一辈子光棍汉的男人终于有了家室，惋惜的是从今年开始村里就再也耍不起社火了。

赵喜娃,也不知什么原因,一直没有找下媳妇。就凭他正月里在西秦岭亮的几嗓子,也足以惹来一堆大姑娘,可介绍了几个,都没成。慢慢的,过了茬,要找个合适的,就难了。于是就这么拖拖拉拉着,一拖拉过了三十年。去年十月,刚掰了玉米,有亲戚专程来,说她家一个城边上的表兄过世了,留下了女人娃娃,看能不能把喜娃和那个女人撮合到一起。黄土都埋到胸口了,只要是个女人就行,还哪有挑拣的余地,二话没说,喜娃便答应了,抽空和亲戚去了几趟女方家。女的四十来岁,一儿一女。儿子上初中,女儿高中辍学,在广东打工。女方家一面砖混房,三亩川地,二亩花椒,一头牛,家底倒是殷实。几趟走动,男女双方都觉得合心意,事情也就成了。反正都是老黄瓜打驴——半截子没了的人,只要脾气投得来,男的能把娃娃当事,能把家务扛起,女的能把男人上心,有碗热饭,有坨热炕,就行了。

正月初五,村里能和喜娃说来话的,都去贺他的喜事了。我父亲也去了,他们年龄差前差后,打小一起玩尿尿泥长大,平时一直很对路。村里往年跟他搭班子耍社火的,也去了。

婚事简单,院子里没有搭棚,露天底下,支四张桌子,屋里两张,一张炕上,一张地下。也没有什么仪式,来的人,两轮流水席。第一轮,四盘子,第二轮,十全。酒是本地酒,味清淡,后劲大。菜是地方菜,厨师手重,盐显多。席毕,一人一碗加了开水的甜醅,咕噜噜下肚,才算解了渴。甜醅还是喜娃做的。

坐罢席,村子里的人,就该回了。

有人说,喜娃,嫁了这么远,见你都不容易了。

喜娃散烟，嘿嘿笑着。有事了就打电话嘛。

想听你的秧歌，也打电话吗？

那费电话费的很呐，你能受得住，就打。

哎，再听喜娃的好嗓音，就难了，村子里的社火队也就散伙了。还一直想着借个小摄像机，把你们唱的，录下来，刻一张碟，看来没机会了。

喜娃喝过酒，此刻，眼圈发红，不知是喝酒的缘故，还是村里人的话，让他难受。

那就给咱社里人，再唱一个呗，你唱一句，我们喝一杯。

那就再唱一个，以后要唱，也没机会了，把酒端过来，我喝六个，润润嗓，给大家来一段。喜娃接过酒杯，一扫而光。这么多年，他喝酒可从没这么豪爽过。

　　正月里，过新娘，范郎夫妻戏秋千；
　　吱呦吱呦笑不断，孟姜女荡上云尖尖。

咚咚呛呛咚咚呛，咚呛咚呛咚咚呛。有人拿起筷子，敲打碗边，有人捡起笤帚，敲打桌沿。

　　二月里，打罢春，地底的阳气往上升；
　　范郎耕地走田头，孟姜女窗前织手巾。

咚咚呛呛咚咚呛，咚呛咚呛咚咚呛。有人击掌打节奏，有人用口模拟鼓声。有人举杯，一饮而尽。有人低头抽烟，沉默不语。

　　……
　　腊月里，雪压山，孟姜女千里把夫探；

哭倒长城多少里，半个中国泪连天。

一曲唱毕，人们纷纷起身，倒个满杯，和喜娃一一碰过，头一仰，气一闭，连喝三杯。三朵梅啊，桃园三啊。喝完了酒，天色不早了，还需赶路。人们摸着眼睛，有人吸着鼻涕，和喜娃一一告别。人们都说，有空了，回村里来唱一曲，热闹热闹。但人们都知道，这只是说说，喜娃成家了，还有一摊子事等着他操劳，哪有闲时间，即便有，路途也那么遥远，隔着山山水水，又怎能成行。

夕阳挂在老杏树的树杈上时，人们都走了，那背影，被暗淡而昏黄的光线拉长，拉长，拉成了一缕烟，如唱罢的一句社火曲，如正月里的一声叹息，最后，消失在了暮色里，尘土里。

喜娃离开村庄后，麦村的社火队也就倒台了。曾经热火的春节，现在变得枯燥、单调、死气沉沉。没有一个挚爱的人挑头，没有一个主心骨，人们如同一盘沙，洒在村子的角角落落。父亲后来常说，喜娃走了，带走了村庄的热闹，带走了村庄的精气神，也带走了村庄的凝聚力。村庄，像一条抽了筋的蛇，显得疲软、乏力，没有了生机。

每年正月，人们吃着甜醅，还会想起喜娃。但在村里，口口相传的社火曲，随着老人的去世和喜娃的离开，慢慢地消亡了。中年人，忙于光阴，或者忙于机器一般挣钱。年轻人，忙于麻将，或者忙于逃离乡村。孩子们，忙于游戏，或者忙于融入城市孩子的圈子。在麦村，流传了数百年的社火，终究是属于尘土的归了尘土，属于回忆的还了回忆。

到如今，一曲唱罢，万籁俱寂。

燕儿燕儿吱吱

燕儿燕儿吱吱，不吃你的糜子。
不吃你的糜子，只借你的房子。
只借你的房子，想抱一窝儿子。

——儿歌

宁可青龙高万丈，不叫白虎抬起头；活人不要见阎王，住房不要住南房。

啥意思？

相院廓，你是不知道，讲究得很。一要向阳避风，也就是坐北朝南，有啥好处呢？避北风，太阳照的时辰长，向阳门第春来早嘛。二要利水路通，这个好理解。三要近地近水，离田地近，离水源近，人种地，吃水，方便。

有道理。

当然，还有左青龙、右白虎，前朱雀、后玄武，这另外一个说辞。

讲来听听。

这其中青龙、白虎、玄武指的是山脉，朱雀是指流水，盖房子也要背山面水，其中这背山玄武越是高大厚实越好，这背山要比左侧的青龙高，左侧的青龙要比右侧的白虎高，知道吧？

这样的地方，就像一把太师椅，坐上去，人财两旺。

还有这说法？

哎呀，赵老师，你好歹也是个教授，还晓不得这点风水上的皮毛？我给你说，这青龙一定要比白虎高，青龙是男人，白虎是女人，白虎高的话，家里女人当家，男人受气，不好。

那你就给我看个青龙压住白虎的，看能不能把我们家怕老婆的门风转过来。

没问题，你放心，我走艺多少年了，这点水平还是有的。

那就好，来来来，贵子，敬你一个。

谷雨刚过，落了一层薄雨，麦村罩在朦朦胧胧的绿意里。赵世杰和赵贵子，两个小时候穿开裆裤、和尿尿泥的老头，盘腿坐在赵世杰弟弟赵世平家的后院偏房里，喝着赵世杰买的九十元一瓶的世纪金辉，抽着十六元一包的黑兰州，说着办院盖房的事。风水赵贵子是赵世杰专门请来的。下午，赵贵子本来要去洋芋地里锄草，苦苣都快把洋芋苗淹死了。赵世杰进了院，来请赵贵子去他那里坐一坐，叙叙旧。赵贵子受宠若惊，他压根没想到西秦岭一带名头不小的赵世杰赵教授会登上他的门，请他叙旧。他摸了一把额头上皱纹里汗水和灰尘混合的泥浆，放下锄头，一边用破蓝帽子拍打着裤管上的土，一边跟着赵世杰走了。

酒过三巡，他们一直聊着小时候的事，都是旧得发黄的往事。过了六巡，赵世杰才说出了请赵贵子来的本意，是想请他给自己和老伴看个盖房的地方，准备在麦村颐养天年，安度余生，等死了也准备土葬在这山尖上，落叶归根。赵贵子把一口胡萝卜丝夹了三筷子,也没喂进嘴里。他索性一手夹着筷子一手盛着,捂进了嘴。他嚼着胡萝卜丝,咿咿呀呀满口应允着,说,咱老弟兄,还用得着客气嘛,我也没啥本事,就会看个地方,你能叫我看,也实在是抬举我了。

其实,赵贵子这几年基本不看风水了。他对外人说,刀枪入库、马放南山,歇了。还说一个人一辈子干啥事,不能太满,满是盈,盈则亏,看风水也一样,到时候,就该收手了。其实,他不走艺的原因,他最清楚。有一年,给董村一户有钱人家看坟地,选了一块,说是这地方牵了坟之后,保证三年内儿子考上大学,男人日进斗金,全家安康如意。他光看了这一次,就收了三千元的盘缠。但在随后的三年里,那户人家的儿子非但没有考上大学反而成了贼被派出所提走了,男人非但没有发财还生意亏本赔了个一塌糊涂,家里非但没有平安反而女人进城时被车碰成了植物人。这事传出去后,赵贵子的手艺就受到了整个西秦岭人的质疑,最后被冷落遗忘,成了过气的风水。当然,这些,大半辈子都在西安的赵世杰不知道,在他心里,赵贵子依旧是个道行很深的风水。

一场酒后的第三天,赵贵子就给赵世杰在村口的一个崖下相了一处新院址。那地方看着实在不错,有玄武,一座崖,有青龙、白虎,青龙还骑在白虎的脊背上,最重要的是还有一条玄武,虽然早已干枯,但在少雨干旱的西秦岭,已实属不易了。赵世杰对这个地方也很满意。

选了院址,赵贵子掰着指头算了通行大利的日子。小满当天,就能动土了。

赵世杰是真的要和老伴在麦村安家落户，度过余生了。

这个在外四十多年的人，回来了。四十多年前，十八岁的赵世杰作为西秦岭最早的大学生之一，考上了西安的一所大学，后来留校任教，娶妻生子，改变了祖辈为农的状况，一跃成为城里人。在当时，大家一致认为赵世杰是麦村这鬼不下蛋的地方飞出去的一只金凤凰，肯定是他们家祖坟埋得好，或者是坟头上长了一根不一样的蒿。赵世杰兄妹四人，他排行老小。两个姐姐，嫁在外乡，大姐因病早早去世了，二姐中过风，不能动弹。三哥赵世平，在家务农，兼着村里的文书。

赵世杰在西安定居之后，就很少回麦村了，三两年也难得回来一次。对麦村人来说，赵世杰早已不是村里人了，这里的婚嫁丧娶等集体事务他也没有参与，大家也早已忘了他和麦村之间的牵扯。只是偶尔说起，才想起他是麦村这块土皮上滚爬大的。

当人们彻底忘了他的时候，某个中午，没有风，阳光透明地罩在土路上，赵世杰和老婆在儿子的陪送之下回来了。他真有衣锦还乡的感觉，坐着儿子的宝马，穿着千把元的衣裳，提着大包小包的东西，进村了。他逢人便问好、发烟，拉着一双双瘦干的手，推心置腹地聊几句。他常想起少小离家老大回这首诗，在心里反复默念着，感慨颇多。

回老家麦村，一开始，是老婆提议的。但当时，也仅是茶余饭后的一次闲聊而已，可赵世杰却记在了心里。他觉得是该回去了，他深知，树高千丈，叶落归根。他首先想到的是生活环境，在西安，人多、车多、事情多，干什么都得拼命、都得争抢。一睁眼,就看到满世界浩浩荡荡的人群,就听见各种机器声嘶力竭的轰鸣,就疲于应付各种人事、逢场伪装各种把戏。随着年岁渐高,他开始惧怕看见密密麻麻的人,开始惧怕听见钢铁撕裂的声音,开始惧怕在人面前把自己伪装成一头蒜。他想活得清闲一点,自由一点,安静一点。当然,还有,吃的,看着大小超市,物种丰富,满目琳琅,可大多是添加剂、勾兑剂整出来的化学品,安全毫无保障。喝的,隔三岔五停水,这也罢了,水还未必安全卫生,他闻到水里漂白粉的味道就恶心不止。吸的,全是尾气和雾霾,整个嗓子总是跟挂着一层破棉絮一样,吐不出来,吸不进去。就连死了,还要烧成灰,装在巴掌大的盒子里,花几十万买块案板大的地,跟一堆陌生鬼拥挤在一起,成天吵吵嚷嚷。他常常到处宣布:城市,让生活更糟糕。

当然,除了糟糕的生活环境,他最大的愿望之一,就是衣锦还乡、荣归故里。他是受过中国传统文化熏陶的人,觉得像他这样的人,一辈子在外,功成名就,老了,不回到故乡,背着一身名,有何用处。再说,他还是擦了胭粉进棺材——死爱面子的人,他不回来,面子谁给?

另外,他的理想生活,是陶渊明式的,有一方小院,养三两只母鸡,种半院花草,辟一块菜地,侍弄一只画眉,看花退残红,看青杏渐黄,看麦子收了落霜,看玉米上架柿子红了,麻雀在远方歌唱,看天光昏暗,流年缓慢,白雪盖了南山。

他也想自己的故乡,尤其是这两年,老是梦见那些人和事,全是童年时期的,放牛、背粪、吃野果、走亲戚、看舅婆、爬梨树，还有坐在院角劈柴的父亲、补裤腿的母亲，越来越逼真，像从脑袋里走出来的一样。梦着，梦着，就醒了。那些美好的事情被一瞬间剪短，他依旧睡在异乡，何时还乡啊？他真的想故乡了。

就这么着，麦村出的人物——赵世杰回来了。

盖房的日子，敲定了。小满动土，但没有破木、上梁的仪式。赵世杰把修房的事，委托给三哥赵世平，赵世平找了工程队，全部承包出去，不管吃住，五间房盖好后一次性结账十二万。新房，是平顶，用砖头和水泥，一层层砌起来，上面打个水泥顶。在麦村，房子大多是土坯和砖混的，这还因为2008年5·12地震，政府有灾后重建补助款，大家把牙一咬，借钱、贷款，盖起了新房。可新房都是马鞍架，就连一坡水也少。按麦村的老风俗，动土百日后，还要退土，向太岁他老人家汇报一下，恳请诸神莫要为难，给予方便。随后便是很隆重的上梁了。上梁，得择吉日，收集五色杂粮，装于红布袋内，悬挂在正梁中间，焚香祭奠。当然，放鞭炮、贴对联，是不可少的。对联上书"周公卜定三基地，鲁班造就五福门"，横额书"上梁大吉"。随后，就是按部就班的修建，等着圆工、入烟了。

赵世杰盖平房，他想着，首先是洋气，看着耍人，这与他的身份就相符了。屋顶四周带着酒红色边沿，墙上贴着白瓷砖，不比那些砖木的，一看就老旧保守没品位。其次是，平顶房好收拾、好打理。基本是个水泥盒子，不见土。他们是城里人，最怕土了。三是村里还没有像样的平房，他盖起后，就是鹤立鸡群，首屈一指。四是省事，承包出去，自己不用操心，也不用备木料，他们爱咋盖就咋盖，到时候一手验货，一手交钱，简单得很。

四个月后，房子盖起了，很气派。雪白的墙壁，横在村里，像一只天鹅起舞在驴群里。

新宅落成，赵世杰请赵贵子又给他掐了一指头，八月初六，大吉大利，宜搬迁。赵世杰就在这一天搬进了新房，也从这一天起，他宣告，自己现在再一次真正成麦村人了。安家落户，他安了家，就算落了户。搬进去的那天，他请了村里对路的亲朋来入烟，攮踏新房。在村里人的指拨下，赵世杰的女人把柴米油盐和锅锅灶灶端进厨房，安顿好灶爷，烧了一锅开水，供了香火，放鞭炮安神。按老风俗，赵世杰还要抱一盆冒烟的火，老伴还要抱一头小猪，拍打着，让猪哼叫，并提一壶水，在新屋烧开，才算入烟了。老风俗，懂的人不多，赵世杰是新派人，自然是不会端盆抱猪，只是烧了一壶水。然后就用烟酒糖茶招待来人。人们面红耳赤、大声划拳、大口喝酒，庆祝赵世杰的归来。赵世杰双眼迷离，醉醉醺醺，心满意足地接受着人们的赞扬和奉承。

盖了房，入了烟，日子开始按部就班进入常轨了。

每天早晨，赵世杰和老伴还保持着在城里的习惯，起来跑步。他们换上运动服，登上白球鞋，沿青泥梁一路小跑。他们和拾粪的、耕地的、磨面的、背柴的、割草的人打着招呼，向青草和鸟鸣深处跑去。麦村人是难以理解这种行为的，有那工夫，还不如倒头在炕上睡一觉，或者拾一泡粪割一捆草捡一根柴。把大清早那么好的光景和精力浪费在路上，实在是可惜啊。一开始，人们还絮絮叨叨，看着稀罕，后来也就习以为常了。毕竟他们两口子是村里的闲人，又没种地没养牲口还有钱花，不把一天的精力跑掉，憋死了咋办？

除了跑步，他们还刷牙，早晚一次，蹲在门口，口吐白沫。也洗头发，白泡沫在头发上跳动着，噼里啪啦破碎着，洗头膏的香味笼罩了整个院子。每天洗脚，清凌凌一盆水，洗不下来一点垢甲，也要洗老半天，最后把清得能捞出月亮的水，哗啦一声泼掉了。在麦村，像他们这个年龄的老人，基本是不刷牙、不洗头、不洗脚的，即便洗刷，也是大雨洗头、露水洗脚。人们才舍不得花几个钱买什么牙刷牙膏洗头膏呢，也舍不得用半盆水洗脚板。

跑完步，赵世杰两口子就开始吃早餐。麦村人，早餐，多是半片干馍馍，几盅罐罐茶。他们吃得精细，鸡蛋，牛奶，还有油饼，有时喝现磨的豆浆。吃毕早饭，他们要么看会儿电视，要么满村子转转。反正他们不像麦村其他人，整天忙于推不完的光阴，他们背搭着手，东走走，西瞅瞅。或者出了东家门，进了西家门，闲聊几句，问问人家的人口、收入、娃娃的学习等，也总是带着一种旁观者的、高高在上的口气。不过麦村人憨厚、老实，夹杂着自卑和对城里人天生的敬重与善意，总是殷勤地招呼着赵世杰两口子，积极回答着他们的询问，端茶倒水，留着中午吃饭。临出门离开时，还不忘给他们送一把韭菜、半篮洋芋、一捆粉条、一兜葵花。

午饭，一般是面条。吃毕，午睡。下午，去外面山坡上溜溜。赵世杰穿着白衬衣，入进裤腰，一副干部模样，领着烫头发、涂脂粉的老伴，指指这山头，看看那坡地，说着过去的事情。有时候，看着不顺眼或者不对路的事，就去村支书赵喜来家，以大学教授的身份和口气，把赵喜来训斥一番，气呼呼地走了。偶尔也去学校，在几间蓝顶活动彩钢房里，翻看孩子们的作业，点评着字的好歹，也和赵文革闲聊几句，说说自己所认为的教育理念。村里的红白喜事，大家都会前来邀请，他们也随份子，也吃席喝酒。其他集体事务，赵世杰也参与，毕竟自己是个教授，是个人物，他的意见，大家多少还听。偶尔有时候，也会挽起袖子亲自上阵指挥，真像个没退休的干部。当然，有些话，多少还是说不到地方，有些事指挥不到点上，毕竟中国乡村是人情社会，风俗习惯、道德评判有自己独特的体系，不是任何条条框框的东西所能约束的。赵世杰在外，一辈子，虽然有乡村生活的基础，但多少年过去了，有些人情世故早已发生变化，大学里的那一套也在这里吃不开。

晚上，吃米饭。饭后，别无他事，看电视。

日子就这样，简单、安闲、舒适、乏味、无聊地过着。一天天，一月月。除了依旧保持着城市人的某些生活习性外，他们真把自己当麦村人了。

他们想着，这样单调、平淡的日子会一直推下去，推到他们去世，入土为安，化成麦村的泥。然而，事情并没有这么简单，随着时间的推移，生活中的一些不便慢慢显现出来了，而这种不便，也开始影响着他们的生活。

首先是没地方洗澡。赵世杰的老伴有洁癖，在西安时，几乎每晚上一洗，就算落一点浮尘，也要钻进澡堂子，一个小时不出来。她常说，杨贵妃，美不美？那是人家在华清池洗出来的。可是在麦村，刷牙洗头泡脚可以，但洗澡就没这个条件了。麦村的老人大多一辈子没洗过一次澡，洗也是雨水和汗水，或者泥土和西北风。村里没有澡堂，祖祖辈辈就没有。她家里也没有浴室，当时修房时没想到。没法洗澡，赵世杰的老伴就感觉浑身不自在，隔三岔五在赵世杰耳朵叨叨，听得赵世杰咧嘴。

当然，洗澡，得有水。麦村人，吃的是井水。下雨天，在院子四角绑定一块塑料布，雨水落下来，流进窖里，储存着，平时吃。这已经很好了，以前，麦村人吃水要人挑驴驮，天旱时节，一天守不满一桶水。赵世杰家里没有水窖，吃水，有时赵世平给他们背几壶，倒进缸，攒着吃。有时提邻居家的。所以，赵世杰两口子，吃水，多多少少也是个问题。老让上了年龄的三哥背水，也不好意思，要是挣下个病，咋办？去邻居家提，邻居虽然明不说什么，但心底里也想，我们冒着雨淋成狗，挂塑料布，洗水池子，储一点水，你们提着桶三番五次来要，真是拾便宜。

水不方便，生活就不方便了。

麦村人，顿顿浆水面。浆水面，两根葱，一颗洋芋，半把香菜，就是所有食材。葱炝浆水，浆水翻白花，就好了。切成丁的洋芋，进锅，熟透，捞出来。下面。面熟，捞碗里，放洋芋，浇浆水，撒香菜，就可以狼吞虎咽了。麦村人平时很少吃菜，有菜，也是玉米行里套种的，不是辣椒白菜，就是白菜辣椒，大不了添几根刀豆。可赵世杰两口子是城里来的，要吃菜。吃菜，自己没种，就得去镇子上买。

村里有一个商店，东西不多，以油盐酱醋、白纸鞭炮、香烟白酒为主，其余的，没有。要买东西，就得赶集。以前，赶集基本都是两个脚板走，十来里路，一来一去近三十里。现在，倒是有了三轮车。三六九，逢集日，早上九点，人们提着空化肥袋，坐在车斗里，挤一堆，在三轮车突突突的叫声里，去了镇子上。赵世杰的老伴，也挤在人堆里。赵世杰不喜欢去赶集，只有打发老伴去。老伴，也不想去。她觉得自己好歹也是城里人，怎么能和这些满身灰土、满脸黝黑、浑身散发着驴粪味的乡民们挤在一起。再说她在城里也是常常坐小轿车，再不行也是坐公交的人，怎么能坐颠三倒四、尘土飞扬的三轮车。还有她在城里也是常常逛大商厦，东西应有尽有随着性子买的人，怎么能在拥挤嘈杂的街道上和乡民们为了一个胡萝卜讨价还价。可没办法，在麦村，要把日子调理得舒坦些，只有去集上。

每次赶集回来，老伴涂过油的卷发上，总是落一层土，好似驴粪蛋上落了霜。她低垂着眼皮，嘴里叨叨着，骂鬼不下蛋、穷得要死、生活不便的麦村，也骂赵世杰。

当然，赶集，坐三轮，并不是所有的时候。天下雨，或者三轮车的主人有事，不去集上。那就只有步行去赶集了。赵世杰的老伴，娇贵惯了，才不会走三十里路，背着东西赶集去的。所以，他们就只有吃剩菜或者顿顿面条了。每当下雨天，赵世杰吃着寡淡的面条，看着老伴皱成核桃皮的脸，心里就烦透了。

老伴还在耳边叨叨着，说着城里的各种好和乡里的糟糕。最后怪怨赵世杰，西安的楼房里待着不舒服，非要跑到破山沟里活受罪，简直脑子出了毛病。她在厨房把锅碗磕碰得哐当响，表达着自己的不满。

屋外的秋雨，毫无休止地下着，像被上天忘关的水龙头。

赵世杰坐在炕上，屋里冷冷清清。七十岁的人，一到秋天，骨头就先冷起了。在麦村，他需要一把火，烤着。麦村的老人，开始用隔年的树叶在烧炕，烘烤骨骼。赵世杰，不会填炕。他在电热毯上缩成一堆，吸收着稀薄的温度。他想到了不远的冬天，麦村的寒冷铺天盖地而来，他们如何经受得住。在麦村，没有一坨烫熟屁股的好炕，是难以过冬的，而他们没有。再说，一场大雪，封了山川，十天半月，出不来门，他们是没有存粮的人，到时候吃什么、喝什么。在麦村，日子都是实实在在摊在眼前，等着人拾掇的。一想到这些，赵世杰就无所适从了。他一边忍受着老伴日渐繁密的抱怨，一边想着生活中的诸多不便和苦闷，屋外的雨又厚了一层，扎起了准备下十天半月的架势。黑云绕窗，难以消弭。

当然，除了物质方面的麻烦，随着日子的推移，赵世杰感觉到，他虽然人在麦村安了家，可心里，依然把自己当作城里人，老觉得自己是一个过客或者寄居者。他在西安生活惯了，似乎根在那里的水泥钢筋里扎了进去，现在要拔出来，在麦村贫瘠的黄土上再扎根，已没有那个精力，也不服水土。他做事、和村里人闲聊也总是带着一种城里人的语调，带着大学教授的语调，喜欢发一通议论，喜欢指手画脚，渐渐的，他觉得自己有点像过了春的大白菜——不吃香了。他难以融入村庄，即便自己使再大的力气，也浮于表面，中间隔着一层板。反过来，村庄也难以吸纳他。村里人看不惯他们的生活方式，一开始当新奇，后来当矫情看了。村里人也始终把他们当作西安人，有敬重，有关心，但这些只是出于表面的应付和麦村人祖辈相传的品性，在他们内心深处其实是一种不屑。

时间久了，赵世杰发现，在麦村，没有几个人和他能说上话，满村的人和他打招呼，也仅仅是出于礼节。再说，人们那么忙，谁有闲暇和他们坐一起扯半天闲，就连赵贵子也忙着跑光阴，没时间和他瞎摆活。忙，是一个方面，最主要的是村里人不知道和他说什么，一开始说说农事、说说家道，还行，但几句下来，就无话可说了。后面的话搭不在一个调上，麦村人关心的是驴几月下崽、粮食涨了几分、野鸡糟蹋了谁家的庄农、谁多拾了一背篓驴粪、谁家的地埂上多长了一根洋槐树、谁的媳妇喝农药用大粪灌了半天等，而赵世杰关心的是国际国内的大事、大学古代汉语的教学方法、村庄如何发展现代农业、电磁炉如何煎鸡蛋、豆浆机打磨后如何清洗、运动鞋怎么系鞋带才能穿着更舒服等。

在麦村，赵世杰满村找不到一个谈得来的人，有些话就憋着，憋在他肚子里，成天翻滚闹腾，像怀了娃，让他痛苦不堪。

赵世杰坐在门口的躺椅上，看着忙忙碌碌如蝼蚁的麦村人，心里充满了悲哀。这悲哀，既是为这黄土深处麻木活着的卑贱的人群，也是为回到故乡可融不进故乡也被故乡排斥着的可怜人。

秋田收了,落霜。白霜万里,大地冰凉。赵世杰顶着一头白霜,心想,是故乡变了,还是他变了?或许都有吧,故乡已不是童年的故乡,人也不是孩提时的人。故乡和他,貌似看着交集在了一起,但实则奔跑在相反的方向。

快要落雪了。

赵世杰锁上门,和老伴走了。儿子的私家车,停在村口。他们悄无声息地走了,没有刚来时那样的惊天动地,没有给任何人打招呼。他们像逃跑一样,出了村。

雪珍子扑簌簌落着,落在晃悠悠的锁子上。人们知道,麦村出的人物——大学教授赵世杰,离开了。

骑马要骑花点点

  骑马要骑花点点,
  小妹妹长了个毛眼眼。
  清水水里面捞菜菜,
  小妹妹梳了个毛盖盖。
  白脸脸坐在高粱地,
  毛眼眼看哥哥有情意。
  崖畔上开花一朵朵红,
  人里头挑人就数妹心疼。

——小曲

  母亲又做的是玉米面拌汤。

  我端着碗,坐在门槛上,窝着一肚子气。我受够了顿顿玉米面拌汤。当我空着肚子钻进厨房,在呛鼻的浓烟里,听到母亲用老菜刀当当当剁洋芋时,我的心都凉了,该不会又是玉米面拌汤吧。问母亲,果然是。我像漏了气的猪尿脬,蔫塌塌坐在院子中间的梨树下。梨树空寂,挂着褐红的叶子。梨子早被我摘光了。而当我从厨房端出一碗混合着玉米面疙瘩、洋芋疙瘩、烂酸菜的黄糊糊汤时,我一下子饱了,甚至委屈到憋出了几双眼泪。但我又不得不吃,不吃一来自己饿肚子,二来母亲会给父亲告状，说选选不吃饭，少不了又是一顿牛鞭子。

我捣鼓着碗，故意把面疙瘩挑出碗，无声地表达着我的愤怒和无奈。我就搞不懂，别人家隔三差五能吃白面条，为什么我们家顿顿要喝这酸兮兮稠乎乎满是疙瘩的玉米面大拌汤。母亲剜了一筷子辣椒，调进碗，一边搅，一边凶道，你去问你那黄腰蛇的老子去？我一缩头，不言传了。我敢去问吗？父亲那么厉害，鼓着眼珠子会把我暴揍一顿。在母亲眼里，父亲很懒，是一条黄腰蛇。黄腰蛇是什么蛇呢？没见过哈，我们只见过菜花蛇和麻线蛇。反正母亲总是骂父亲黄腰蛇，那好吧，黄腰蛇很懒。我想起黑婆婆念的口诀子，我们这里把"诀"这个音念成 guo。口诀子，可能是儿歌、小曲子、山歌这些的词儿吧。我想可能是。

早不忙，夜恓惶，

黑了睡觉补裤裆，

一针扎到牛牛上，

疼得哭了半晚上。

黑婆婆说这个扎了牛牛的人很懒，白天闲游逛，晚上才补裤裆。我想她不会说的就是我父亲吧。我父亲就很懒哎，母亲有时也这样骂他：白天游四方，晚上借油补裤裆。

掉在地上的玉米疙瘩，招惹来了我们家的一群母鸡，它们围着我的腿，挤来挤去，抢着吃。我怎么这么讨厌这群鸡啊，这么难吃的东西你们竟然也抢，我甩腿一脚，把一只母鸡踢到半空，它呱呱叫着扑拉着翎膀飞远了，一些鸡毛飘了飘，落下了。听见鸡的惊叫，母亲在堂屋知道我又打鸡了，吼道，不吃饭，找死啊。我刚要发作，准备回击，话到嗓子眼，我的小伙伴赵阳刚、赵康辉，在娃娃头虎皮的带领下，卷着黄土轰隆隆刮过了我家门口。我赶忙喊，虎皮，虎皮，干啥去？虎皮隔着墙头撂进来一句，看怪物去。我追问，哪里？黑婆婆家。他们嗷嗷叫着，跑远了。我隐约听见赵阳刚还喊着：点兵点将，葫芦朝上，有钱喝酒，没钱跟上我走。他这是在给我暗号吗？我心尖发痒，把碗往门槛上一丢，顾不上把鞋后跟提起，就跑了。母亲把头伸出门帘，喊道，干啥去？回来，你走了我把你的皮剥了。我才不怕母亲剥皮呢，母亲嘴上很凶，除非我把她惹急了，才提着擀面杖敲打我一顿，一般情况，剥皮抽筋拾毛砸拐子（腿），都是假的，吓唬人。但母亲不让我去黑婆婆家，这是真的。

我到黑婆婆家时，她家院子西边的猪圈周围已经挤了一堆人。奇了怪了，这些人，围着个猪圈干什么。赵康辉不见了，可能已经挤进了人堆。虎皮的脑袋从大人们的胯下塞进去，露着一只肥鹅般的屁股，我拍了一巴掌，屁股扭了扭。赵阳刚在人堆外面，像掐了头的苍蝇，往里胡乱撞着。但人群太密实，撞不进去。

大家都看啥呢？我问。

你不知道啊，你个落伍鬼，黑婆婆家的老母猪生了一头大象哎。赵阳刚眼睛睁得滴溜溜圆，惊奇地说道，鼻子这么长。他皱着眉，用两根食指比画了一下长短。

你看到了吗？

这不还没挤进去。他撇着嘴说，咱俩一起试一下。

我们退后几步，挽起胳膊，一二三，朝人们的屁股撞去，人群晃了晃，像一堵墙，又站稳了脚跟。我们听着人群里的惊呼声、议论声，心急如焚。我们挽着胳膊又撞了一次，不知撞在了谁家女人的大肥屁股上，把我们弹了个仰面朝天，磕得后脑瓜疼。那肥女人还骂我们，哪个狗日的，小心撞死在我屁股上。我们摸着脑瓜，不知如何是好。赵阳刚朝地上吐了一口浓痰，从鼻孔里揪出一根屎黄的鼻毛，说，有了。赵阳刚每次要出馊点子时，都会揪鼻毛，鼻毛一揪出，点子也就出来了。好像他的鼻毛是孙大圣的猴毛一样。不过他揪鼻毛是从他父亲那里学来的，他父亲那个鼻毛，黑漆漆地从鼻孔里伸出来，像一簇草，那个密，那个长，都能扎小辫子了。没事干，他就揪鼻毛，一天揪一根，从不多揪，舍不得一样。赵阳刚就惹上了揪鼻毛的病。

赵阳刚从门口拾起黑婆婆家的猪食盆，端在手里，走到人堆后面，大声嚷道，油来了！油来了！人们一听背后油来了，赶紧让开一根缝子。我们腊月里赶集，人太挤，走不动，有人就喊油来了，前面的人怕被油弄脏衣裳，自然会往边上躲一躲，路就开了。其实没油，是糊弄人的。缝子一出现，赵阳刚盆子一丢，喊了一声上，我们像松鼠一样，嗖一下，钻了进去。懒球发现被骗，在人堆里摸到赵阳刚的头，弹了一颗"枣"，骂道，你个龟儿子，就知道撒谎。

我们在前面，透过低矮的猪圈墙，看清楚了。猪圈里，躺着黑婆婆家那头养了差不多五年的黑母猪，闭着眼，吭哧吭哧出着气，屁股后面一堆红血水，猪蹄子可能踢腾过，显得肮脏不堪。黑婆婆蹲在一边，痴呆呆的，眼珠子落在面前的怪物上。这怪物，就是大家说的大象。它爬着，一动不动，比三月里集上卖的猪娃还大一点，身上红兮兮的，长着稀稀疏疏的白毛。当然，猛一看，好像就是头大点的猪。但细看，问题就出来了，这家伙真的长着一根长长的鼻子，没有赵阳刚比画的一膀子长，但跟我半截胳膊一样，粗细也差不多。鼻子，还卷卷的，软乎乎的，搭在地上。除了鼻子，还有耳朵，比老母猪的耳朵都大，老母猪的耳朵跟我们家平底锅一样，也够大了，但这家伙的，比平底锅还大一点，扇形的，像个葵花叶子，耷拉着，盖在脑门上。就凭这两点，人们断定，这是一头大象了。

猪生大象。怪事啊。

我们在人们的议论里，大概知道，这象是中午下的，那会，太阳热得要死，明晃晃的，砸在地上，烤得人脊背疼。然后老母猪就生了。黑婆婆想着老母猪会生五六头猪娃，因为猪肚子实在太大，跟拖着个麻袋一样。但老母猪哼哧了半天，也没生下，等啊等，一条腿出来了。黑婆婆捉住腿，扯啊扯，疼得老母猪像挨刀子一般撕心裂肺地吼着。黑婆婆把一早上吃三颗洋芋的劲都使上了，才把猪娃扯出来。扯出来，也没发觉异常，可能是挣花了眼。然后就等，等啊等，等着太阳移了一尺，也不见老母猪再有啥动静。黑婆婆想着，可能就这一头猪娃吧。这时候她才发现猪娃的不对劲，长鼻子，大耳朵。她两腿一软，坐在猪圈，半天没起来。路过的懒球看到，消息也就很快传遍了村子。

有人过去扶黑婆婆，她起身，可能太猛，头晕了，脚底下打绊，站了老半天，才稳住。

猪生大象，怪事啊。有些老人摸着稀稀拉拉的几根山羊胡子说，我活了一辈子，还没见过猪能生大象。有些人说，这是不是猪八戒投胎了啊，你看《西游记》里面，猪八戒就是投的猪胎，要是猪八戒，就了不得了，那可是净坛使者。也有人说，可能是进化了，人不也是由猴子进化来的吗，大象肯定也是猪进化来的，反正谁也没见过大象的祖先。也有人说，这是不是野猪，老母猪跟野猪那个啥了，生了这么个怪物，但村子里已经十多年没见过一根野猪毛了啊。还有人说，会不会对面山林里有一头大象，这老母猪趁人不注意，跑去跟大象干了坏事，生了这头小象。还有人说，这是不是哪一路神仙投胎投错了，本应该投人的，结果投到了这，你看懒球媳妇不正是个大肚子嘛。人群轰一声笑了，懒球脸一红，嚷道，放屁。也有人说，这很正常，鸡变凤凰、蛇变龙、牛变麒麟，扫把星还是姜子牙的老婆变的，如来佛的舅舅还不是大鹏鸟变的，正常得很，天道嘛，啥都有可能，能说清楚也就没意思了。但最后，还是有人说，不管啥原因，反正不吉利。

我正听得过瘾，在人堆里，听见我父亲喊我的名字，叫我去放牛。哎呀，又要放牛，太痛苦了，这比顿顿喝玉米面拌汤还痛苦，再说，大象还没看够哩。有人让黑婆婆端点猪食，喂喂大象，看吃不，最好别放胡麻衣子，弄点玉米糊糊。黑婆婆摸着蓬乱的灰头发，从人堆里出来，提着赵阳刚扔掉的盆子，进了厨房。

我依依不舍地回了家。母亲唠叨着，又跑去瞅啥热闹了，你啊，吃饱了撑得没事干是不是，你再跑黑婆婆家，看我不把你撕成片。冤枉啊，我吃都没吃饱，还撑得。我想回击几句，但父亲在牛圈给我解牛缰绳，出来了，我忍住，没敢发声。母亲又黏糊糊地问，到底看啥去了？我不想说，懒得理她，顿顿做玉米面拌汤，还老骂我，爱告状。快说啊，说了晚上包洋芋扁食。我一听扁食，口水就灌满了嘴巴，把黑婆婆家老母猪生大象的事给她说了。母亲也很吃惊，哦哦着去找父亲，她肯定又要给父亲去说了。母亲就爱当个传声筒。

我赶着牛，还想着大象长长的鼻子和大大的耳朵，毛茸茸的样子，躺在那里。我听见虎皮喊着口诀子，回了家，他也被他父亲赶去放驴了。

豁豁牙，漏气气，
吃你舅家狗屁屁。

村子里好多人都不怎么喜欢黑婆婆。当然，都是大人了。大人才讨厌呢，动不动就对别人有成见。但孩子们是喜欢黑婆婆的，她待我们很好。我们去她家耍，她总是翻箱倒柜给我们找好吃的，比如水果糖啊、饼干啊、红绿丝月饼啊，最不行也是几颗核桃杏子的，如果没有这些零嘴，至少能蹭半片玉米面馍、一颗热洋芋、半截玉米棒啊啥的。不像其他老人，我们去玩，就把我们赶了，说我们是土匪。我们吸溜着鼻涕，一边吃，一边问黑爷爷好些没。黑婆婆不言语，只是看着我们吃，嘴角上扬，微微笑着。当然，除了吃的，黑婆婆还给我们念口诀子。

她知道的口诀子可多可多了，怕一个大粮仓都装不完，怕念三天三夜都念不完。我们嘴里常喊的口诀子，除了我们瞎编的，或者从大孩子那里听来的（大多都是骂人的），就全是黑婆婆教给我们的。

我们坐在黑婆婆家的杏树下，围成一圈。杏子还是绿的，小铃铛一般，藏在叶子里，生怕被我们这些泼猴发现吃掉。黑婆婆坐在中间，她的青布衫洗得发白，上面的纽扣，一颗一个颜色。她念口诀子给我们听。

> 瓜篱瓜，
> 瓜篱背后开黄花，
> 一开开到沟底下。
> 沟底坐了个老邻家，
> 生下儿子会跑马，
> 生下女儿会扎花。
> 大女子扎了个鸡冠花，
> 二女子扎了朵牡丹花，
> 丢下三女不会扎，
> 一扎扎了个狗猹猹，
> 她妈气得绊脚丫，
> 把你这脓包杀了吧，
> 妈，妈，你不要杀，
> 让女子再来试一下。

我们哗啦啦笑着，打闹着，嚷着，妈，妈，不要杀，不要杀。我们觉得好开心，我们谁也不愿当三女子。有人说，黑婆婆,再来一个吧。

娃娃乖,引上街,
核桃枣儿揣满怀,
揣满了,引回来。

娃娃勤,爱死人,
戴银项圈拴铜铃,
谁见谁心疼。

娃娃懒,
狼掂上跑了八条硷,
叫人撵,人不管,
叫狗撵,狗嫌远。

听懂了吧,娃娃要乖,要勤快,要是懒,狼掂上跑了,也没人管的。黑婆婆伸着指头说。

我们又哗啦啦笑了,头顶的青杏子啊,风一吹,叮叮当当也笑了。有人说,虎皮懒。虎皮推搡着说他的人,说,我不懒,我不懒,我每天早上给我妈倒尿盆哩。我们又笑了,笑得龇牙咧嘴,口水横流,黑婆婆也笑了。虎皮摸着刚剃过不久还留着血斑的头皮,撇着嘴说,笑什么啊,我不懒,懒球才懒哩,懒的球擦沟子哩。

黑婆婆一拉脸,假装生气地说,不许说脏话。虎皮吐出舌头,扮个鬼脸。

赵康辉又抓胳膊窝子又抓脖子,抠得脖子一片红。他往指头肚上唾了一团唾沫，往脖子摸。他是痒，越痒越抓，越抓越痒，我们叫他虱子罐罐。他线衣上的虱子，在衣服的缝合处，一疙瘩一疙瘩，又白又胖，肚子鼓胀，装满了他的血。随便撩起衣襟，就能捉下来一只。他的胳膊窝子里，简直是养着一圈羊。我们都说，赵康辉的一点血，都喂虱子了，他瘦得跟玉米秆子一样。有时候，我们上课，赵康辉的虱子从衣领里钻出来，顺着脖子根一直往上爬，后面的同学看到，憋着嘴笑，憋不住，笑出了声。赵文革赵老师把他喊起来，欢喜药吃上了吗？笑啥笑。报告老师，赵康辉的脖子上有虱子。同学们一听，哈哈大笑，赵老师也笑了，说，赵康辉同学，把你的"亲戚"藏起来。同学们一瞬间笑得东倒西歪。赵康辉伸手，很准确地摁住虱子，两指一夹，放在课本上，虱子手脚刚伸展，就被赵康辉脏兮兮的指甲皮嘣一声，挤死了，一抹子血溅开来，落在他的鼻尖上，白白的书上，留着一坨红，一张虱子皮。当然，赵康辉的虱子并不是一无是处，有时候，我们玩腻了，没新鲜的玩法了，虎皮会提议，用赵康辉的虱子比赛。但赵康辉的虱子不是白送人的，他才舍不得呢。最后，我们答应他，每人送他半牙苹果，他给我们连着送三天虱子。我们从赵康辉的线衣上，捉下来一堆虱子，瘦弱的，挤死，大的，能蹦跶的，手脚麻利的，留下。找一张白纸，一人一只，放在起跑线上，比赛，看谁的最先到达终点。最后一个到的，主人要给其他人当马骑。每一次玩毕这个游戏，回去第二天就挨一顿母亲的数落，她伸着脖子，跟鹅一样，叨叨道，你啊，跟猪一样啊，又把赵康辉的虱子带回来了是不是，昨晚把我差点没吃了，你啊，真跟猪一样，以后再玩虱子,小心你的爪爪被我剁了。好吧,母亲又发明了一种害我的办法,剁爪爪。不过那几只虱子我们玩结束之后,急着"骑马",没有弄死啊,鬼知道是不是粘到我衣裳上了。

赵康辉从腋窝子里摸出一只虱子,放在食指肚上,用两个拇指的指甲盖一挤,嘭,虱子死了,血溅了,留下个空皮皮。他说,黑婆婆,再说一个带动物的吧。

猫儿念经,
念到三更,
三更讨卦,
讨个勺把,
勺把舀水,
舀个精鬼,
精鬼掏泉,
掏出张镰,
张镰赶车,
赶出爷爷,
爷爷坐堂,
坐出妒羊,
妒羊打头,
打出马猴,
马猴踢箭脚,
踢他娘娘两个青眼窝。

我们拍手叫好。赵康辉问,张镰是谁啊?
黑婆婆答,一个人。

为啥叫张镰?

我也不知道。

那谁知道啊?

黑婆婆在赵康辉的歪脑瓜上轻轻戳了一指头,你个话痨痨啊。

我问,黑婆婆,你的口诀子哪里来的?

听来的,我的婆婆活着时,给我念,我就记下了,你们要是用心听,也能记下,以后就可以给你们的娃念了。

一听娃,我们害羞起来,嘻嘻笑着,我们都还是娃呢。虎皮说,还有动物的吗?还想听。

黑婆婆说下次吧,不能一次听完,你们去玩吧,康辉,你过来,把线衣脱了。赵康辉把线衣脱掉,递给黑婆婆,光溜溜的身子,肩胛骨和肋子骨直愣愣戳着,上面挂着一张蜡黄的皮。黑婆婆打发赵康辉给她拿来老花镜。黑婆婆戴上眼镜,一点点在线衣里子上找虱子,一边找,一边自言自语,康辉,你妈是多懒啊,你看你线衣上的虱子,排成队,排成五米长了,你看你被虱子啃的,瘦成啥了,你们家要是没洗衣粉,你走的时候提一点,回去你妈洗衣裳时,放上,虱子就毒死了,你这腋窝里的,都成精了,哎,可怜娃。黑婆婆找出一只,丢进嘴,门牙一磕,啪一声,咬死了。她把虱子皮吐出来,她的门牙上沾满了血。我们很好奇,黑婆婆怎么吃虱子啊。我问我母亲,母亲不以为然地说,你舅婆也吃啊,没啥大惊小怪的,老一辈人么,节约,虱子肚子里的血,自己吃了,不浪费。我浑身起了一层鸡皮疙瘩。

我们去玩了。赵康辉靠在黑婆婆跟前,看着黑婆婆给他捉虱子。黑婆婆说,你冷就去拿一件我的衣裳披上。赵康辉说不冷。他们头顶的杏子树,绿油油的,阳光落下来,一些细碎的光斑,漏过树叶,落满了地。那只长胡子的黄狸猫,趴在地上,玩一根白鸡毛。

  拍手手,盖房房,
  里面坐着个花娘娘。

日子就这么过着,我们也这么长着。风一吹,我们长。风不吹,我们也长着。

只是黑婆婆的日子越来越不好过了。黑爷爷在炕上瘫痪好多年了。六七年,或许还久些。反正我印象中,黑爷爷就一直躺在他们家炕上。起初,黑爷爷还能坐起来,吃饭、喝水不用人喂,现在不行了,直接不能动弹。

我们去黑婆婆家玩,黑婆婆不在,可能给老母猪剜苦苣去了。我们站在黑婆婆昏暗的屋子里,浓烈的霉味,雾一般,罩着一切。我们站了好久,眼睛才适应了黏糊糊的黑。黑爷爷躺在炕上,他可能听见我们的声音了,嘴里哼哧哼哧说着什么,听不清,好像被一口浓痰堵着。

枣红色的供桌上摆着一碟花生,可能是供品。花生前面,是一个醋色陶瓷香炉,香燃完了,堆着一层灰。再前面,是一个陶瓷菩萨,站在一块砖头上。观音的肩膀上,落了灰尘,很旧很旧的样子了。黑婆婆好像信佛吧,但不念经,只是初一、十五烧一炷香,但也不吃葱啊韭啊蒜啊这些,说是什么五辛,味太冲，护法嫌臭呢。反正我是搞不懂，我什么都吃，生冷不忌。虎皮从碟子里捏出一颗花生，被我发现了。我觉得不应该吃，因为不是黑婆婆给我们的，算是偷。虎皮不高兴，把花生丢在桌上，气呼呼地说，不跟你玩了，康辉、阳刚，走吧，我知道一个地方有野鸽子，咱们去捉。他们呼啦啦跑了，留下我一个。赵康辉和赵阳刚是虎皮的跟屁虫。我说跟屁虫，哼。赵阳刚喊着：点，点，点屁虫，家家门里过事情，一碗麸子一碗米，放哈屁的就是你。

我无所事事，凑到黑爷爷跟前。借着窗户里漏进来的光，我第一次看清黑爷爷。他个儿好高，躺着，脚板都抵着墙根。他的眉毛花白了，但很浓，像地埂上两溜落了霜的枯草。眼睛很亮，跟红泥湾的两眼泉水一般，一点不浑浊。只是人很瘦，比赵康辉瘦多了，真的是皮包骨头，像一把干麦草，稍微有点火星子，就化成了灰。我想跟黑爷爷说几句话，他老躺着，肯定也很没意思啦。但我不知道该说啥。我瞅他的眼睛，他也瞅着我的眼睛。我在他的眼珠子上看到了我，我的瘦脸，瘦下巴，鸡窝一样的头发。

黑爷爷是怎么瘫痪的？大人们谝传的时候，我隐约听过，但记不太准确了。

那时候，反正很早了，黑爷爷家是地主，后来斗地主，他们家挨了不少整，当然，他们家也整过不少穷人。我曾祖父就给他们家扛过长工，还挨过黑爷爷父亲的鞭子。黑爷爷小时候上过私塾，是个文化人。新中国成立后，队里缺个文书，找不下人,有人提议黑爷爷,但被否决了,成分不好。后面公社要个能写会画的人,有人提议黑爷爷,但还是因为成分原因,被否决了。黑爷爷就一直在家里务地,他人精干,又白皙,算是队里的美男子。

有一年,来了一支外地文艺小分队,到队里进行演出交流。黑婆婆当时就是文艺小分队的一员,专门编快板词的,这可能跟她会念好多口诀子有关。

那一晚上的演出,是在麦场举行的。除了麦村的人,四周好几个大队的人,听说有演出,饭都没咽进肚子,火急火燎地来了。大队干部也很重视,跑了几十里路,借了一台发电机,挂了个大灯泡,照得打麦场明晃晃的,跟大白天一样,谁腮帮上有几颗油星点点(雀斑)都能看清楚。为了制造氛围,大队干部还把谁家的寿材板抬过来,临时搭了个台子,上面绑着红洋布挽成的大花,一派热热闹闹、喜喜庆庆的场面。麦场上,老的少的,不能来的,能来的,能动的,不能动的,都来了,把台子围了个里三层外三层。人们挤在一起,前胸贴后背,欢呼着,尖叫着,裹在混合着汗臭味的骚热里,像一锅开水里的饺子,翻腾着,马上就熟了。

至于那天晚上具体表演了啥节目,多年以后,大家搔头抓耳,也想不起了。好像有几样板戏,好像还有一个快板啥的。人们想不起了,或许是时隔多年,生活的艰涩把记忆的枝枝杈杈剃光了,也或许是那一晚上猝不及防的停电,让大家的记忆也陷入了黑暗。

当节目演到一半,下一个节目是快板时,突然停电了。这个快板据说是所有节目里最精彩的一个，尤其是快板词，写得太好太妙了，专门放在中间，提神的。但停电了，停电的原因是谁家的娃夹不住，一泡尿浇到发电机上，发电机烧了。那时候的人，没怎么见过这玩意，也不会修理。人群陷入黑暗，嗡嗡嗡叫着，有人说笑，有人咒骂，有人喊叫，有人放屁，有人打嗝。大队干部提议，节目到此为止，反正黑天暗地，演没法演，看没法看。但社员们不同意，文艺小分队的人更不同意，小分队里的黑婆婆坚决不同意。就在场面陷入僵局的时候，黑爷爷挤到前面，说，你们等会。然后挤出人堆，跑了。过了一阵，他提着一盏大马灯来了。这马灯，据说是他父亲半夜起来提着检查长工有没有给牲口填夜草用的。黑爷爷点着马灯，虽不如灯泡亮，但也基本能看清人的脸了。昏黄的光铺开来，盖在人们头顶，人们像解放了一般，嗷嗷欢呼着。

随后的演出，都是在黑爷爷高举的马灯下进行的。有人说挂在木杆上，黑爷爷说人多，怕挤下来，不放心。黑爷爷举着马灯的姿势，听说很威武，很气派。灯光洒在他棱角分明、浓眉大眼的脸上，像涂了一层金粉，英俊而庄严。估计后半场节目，人们都是看黑爷爷举马灯了。

看黑爷爷举马灯的人，还有黑婆婆。

文艺小分队在麦村休整了两天，第三天就上路了。但第三天上路时，发现黑婆婆不见了。不见的，还有黑爷爷。小分队的人找了一天，也没找到。大家判断，可能是黑爷爷把黑婆婆拐跑了。小分队把状告到公社，公社书记很生气，说是没有管好地富反坏右分子，属于失职，把大队的几名干部狠狠收拾了一顿，还给了处分。从这开始，大队的干部就把责任推到了黑婆婆头上，说是她把黑爷爷这个地主的后代勾引跑了，牵连到了他们。这份怨恨，也传染给了其他人。这可能是人们最早对黑婆婆有成见的由来吧。

后来，过了好多年，世道变了，消停了，黑爷爷带着黑婆婆回到了麦村。

黑婆婆四十多岁时，听说看上了另外一个村的男人。那男人是个做生意的，很有钱。反正搞不清具体啥情况，黑爷爷人也不差，她怎么就跟别的男人好上了，不可思议。村里人觉得这样朝三暮四、勾搭野男人的女人，简直伤风败俗。这时候，大家对黑婆婆的成见又积厚了一层。后来，黑爷爷去那男人家找黑婆婆，往那男人脸上抽了一顿巴掌，抽得口鼻流血。那男人气不过，花钱雇了几个贼，在黑爷爷赶集去的路上截住，把腰打折了。自己的男人被人把腰打折了，黑婆婆才安了心。起初，黑爷爷的腰还勉强能用，干点轻松的活，能撑住，到老了，就彻底不行了，瘫在炕上，再也起不来。

黑爷爷和黑婆婆没有娃。说是早些年曾生过一个女娃，嫌弃是女的，送了人，后来再没有生养。他们曾要过那个女娃，但人家不给，最后托了有好几层关系的亲戚，人家才答应让女娃到他们家每年住半个月。那女娃确实来过，长得水灵灵的。父亲说，来了后，跟黑爷爷两口子不亲，也不叫爸妈，也不说话，动不动就哭着要回家。时间到了后，女娃被送走了，两口子觉得再是亲生的，也不如拉扯的，娃不愿意，就不勉强了，免得害了娃害了人家。这事也就不了了之了。

可能是老了，也可能是没有娃，所以黑婆婆对我们很亲热。

我在黑爷爷的炕沿前站了多久，想不起了，只是屋子更加昏暗了一层。在昏暗中，黑爷爷的眼珠子更亮了，像点着一盏灯，一些光都要从眼窝里跳出来。黑爷爷盯着我，咳嗽了两声，嗷嗷叫着，似乎在说什么，他费力地挪起胳膊，朝炕上拍了拍。我搞不清他要干什么。是渴了吗？我端了一盅水，递给他，他摇头。是饿了吗？我找了一块馍，递给他，他摇头。是想尿尿了？我从板凳底下摸出尿罐，举到他跟前，他还是摇着头。他又拍了拍炕。我就纳闷了。难道炕底下有什么？我只好揭起席子。席子下面有一层薄薄的炕土，一股喷鼻的炕烟味升腾起来，罩住了我的脑瓜。我把席子往高处再一提，下面压着一张钱，五十元。我摸出钱，捏在手里，心开始扑通扑通地跳起来。我把钱塞进口袋，把席子放下。黑爷爷应该没有看到我拿了钱。五十元，可不是一个小数目，五十元能买两袋化肥，能买一堆鸡蛋糕，能买两套衣服，能交半学期书本费。当然，也能在集上吃好多好吃的。比如吃四碗面皮、两个韭菜盒子、一碗羊肉泡馍、一串糖葫芦、一包果丹皮，还能吃什么呢，我实在想不起了。但至少不用吃母亲的玉米面拌汤，我已经偷偷决定，带着这五十元，叫上赵康辉和赵阳刚去集上好好吃一顿，不要虎皮。

黑爷爷是让我帮他找钱？还是用钱去买东西？还是有别的其他意思，即便是现在，我也不清楚。也或许是他喜欢我，故意把这五十元送给我的。后来，每当我自责时，我也只能用这个似是而非的借口安慰自己。

我揣着钱,撒腿就跑了,出门时正好撞在黑婆婆怀里。她说,玩啊,去哪?我心跳得厉害,冒着汗,腿都发软,支支吾吾说,不了,回去放牛了。黑婆婆还问,前天教的口诀子记得没?记得。那背几句。我假装若无其事的样子,干咳着,心里慌慌的,胡乱背了几句:

贼娃子,遛娃子,
上树偷你舅舅狗娃子。
你舅舅不在,
偷了你舅妈的烂裤带。

当我随口背完后,才发现竟然背了一首关于贼娃子的。我脸红成炭,不敢再逗留一秒,就狂奔了。

后来,我们长大了,一个个跟楸把一般高了。黑婆婆家的那棵杏树,也更茂盛了,把半个院子都遮住了。那只黄狸猫,离家出走,再也没有回来。母亲说,所有的猫,老了,都会走掉,它们跟人一样,出家念佛去了。猫也信佛,哦,我第一次听说。

我们都离开了麦村,有的去上学,有的去打工。我们的童年戛然而止。但我总是想起那些小时候一遍遍念起的口诀子。

比如哄小孩睡觉的:

嗷嗷——
娃娃乖,
睡觉觉,

　　　　天上跌下来个老豹豹，
　　　　头上戴的铁帽帽，
　　　　腰里系的草幺幺。

比如转娘家看嫂子脸色的：

　　　　大麦芒，一扎长，
　　　　天明走到娘跟前。
　　　　娘欢喜，大欢喜，
　　　　哥哥听了也欢喜。
　　　　嫂子一只眼儿吹火哩，
　　　　一只眼儿瞪我哩，
　　　　嫂子嫂子你莫瞪，
　　　　不吃你馍不喝你的酒。
　　　　大哥拉马让我走，
　　　　二哥推我上马台，
　　　　三哥哭哭溜溜问我几时来。
　　　　有大有娘天天来，
　　　　没大没娘吊回孝再不来。

比如怕老婆不孝顺父母的：

　　　　麻野雀，尾巴长，
　　　　娶哈媳妇子不爱娘。
　　　　把媳妇子背到热炕上，
　　　　把老娘背到河畔上。
　　　　把媳妇子热得气刚刚，

把老娘冻得硬邦邦。

还有我们当时一听就害羞的:

青杨柳树长得高,
你看干哥哥哪达好。
东山里核桃西山里灶,
干哥哥好像个杨宗保。
荞麦开花一溜溜白,
你看干妹子哪达美。
前山里韭菜后山里葱,
干妹子好像个穆桂英。

当然还有很多很多,有些刻在了脑海里,有些念着念着也就忘了。直到后来,才发现这些口诀子也不只是几句有意思的词儿,更不是顺口溜,它里面蕴含着祖祖辈辈总结的深刻道理和一个个鲜活生动的故事。顺着这些口诀,就能摸到老祖先的根脉,能摸到人世间的哀乐,能摸到生命中那些最温暖最闪光的部分。

我们没有多少机会去黑婆婆家了,逢年过节,有时候去也是打个转身,有时候也就忘了。他们老两口还在世上,只是愈发老了。黑爷爷彻底不能动弹了,跟植物人一样,浑身只有眼珠子还能动。这样一来,屋里屋外的所有事儿就全堆在黑婆婆身上。除了做饭、洗衣、填炕,还要喂黑爷爷吃,一勺子一勺子,半碗饭,能吃一个钟头。还要端屎端尿,经常翻身子,不然长褥疮,浑身会腐烂。这些还勉强用一把老骨头能撑住,最要命的是家里种着四五亩地，麦子、油菜、洋芋，样样必须要种的，不种吃什么。还喂着一头毛驴，没有毛驴，怎么耕种，怎么驮运。秋天，人家种麦种油菜，她一个老人，不会耕不会耱，不会遗籽。眼看着人家种上了，她家的还落不了地，心慌得要死。前些年，身体好些，还能找个人帮工，给人家帮个忙，人家给她帮着种。现在没力气，帮不动了。只好去央求别人，但这是长年累月的事，人家帮几次，也就不想帮了。即便种上，收割，挖刨，驮运，也是大事，她也没办法。以前背，现在背不动，又不好再打搅别人。最苦闷的还有驴，夏秋倒好，赶出去，啃青草，冬春就不行，得铡草。铡草是个力气活，她干不动的，村里人看不过，有时帮着铡一背，但十天半月吃完了，还得铡，这可怎么办？

日子过得麻烦透了，过不前了。黑婆婆守着寂静的院子，把星星都守灭了。她想找根绳子吊死，啥心也不操了，啥罪也不受了。但死了，老头子咋办？驴咋办？塌房烂院咋办？还舍不得。不如先活着。

就当黑婆婆觉得日子快走到头了时，有一天，村里来了个要面客，麦村人把叫花子称为要面客。黑乎乎一个人，蓬头垢面，破衣烂衫，看年龄也六十多了。操着一口四川话，从村东头讨到西头，把要到的干馍、面粉，分别装进两只化肥袋，再放进背篓。他也去了黑婆婆家，黑婆婆在屋檐下簸粮食。进来了个黑乎乎的东西，她一恍惚，还以为阎王爷打发黑无常勾她的魂来了。当黑乎乎的东西叫了声大姐，说给点吃的时，她才看清楚是个人。她把簸箕放在腿上，说，我也是个可怜人，还有一个瘫着，哪有多余的吃的。要面客站着没动。黑婆婆愣了一会，说，你等会。放开簸箕，起身，拍打掉裤子上的土，进了屋，从屋里拿出巴掌大的两片馍，递给要面客。要面客装上，没说啥，转身，刚走到门口，黑婆婆叫住了，说，你给我帮一把，把这两袋粮食往厢房搬一下，我实在挪不动。要面客放下背篓，走到屋檐下，半蹲着，把粮食抱到了廊檐上，两手揪住口袋角，提进了厢房。

天阴沉沉的，要下雨。

黑婆婆给要面客倒水，要面客摇摇头，背起背篓走了。

晚上，雨淅淅沥沥地下着，雨点落在杏树叶子上，唰唰响着，像光阴里那无数的苦难，密密实实来了，让一个年迈的人，难以招架。屋子昏暗透了。老伴躺着，只有出气的声音。有老鼠，爬在椽头，磨着牙，吱吱叫着。要不是要面客，那两袋粮食，得倒出来，一点点端进厢房，再装满，够折腾人的。要是老伴能动弹，能干活，也就不会这么难场了。家里还真的需要一个男人啊，人们说男人是顶梁柱，一点不假。可自己的男人，只有一口气。黑婆婆睡不着，胡思乱想。

第二天，人们发现要面客没走。第三天，黑婆婆去麦场背麦草，扯了几把，塞进背篓，再扯，太瓷实，扯不下来，她顺手在草垛子下面扯，手一伸进麦草，软乎乎，吓了个半死。背篓倒在地上，她躲在一边，看着麦草动了动，里面站起来了一个人，顶着一头草，黑乎乎的，是要面客。你个死鬼，吓死人了。黑婆婆气呼呼地骂道。要面客从草堆里出来，顶着一头草，站一边，不言传，草婆婆怀疑他是个哑巴。她把麦草塞满背篓，往实压了压，没背起，刚要再试，要面客走过来，一把抓起背篓，丢在自己肩上，背走了。

背回麦草，黑婆婆端了水，让要面客洗洗脸。要面客直愣愣立了半天，才蹲下，洗了起来。他怕是半年没洗脸了，半盆水，洗成了黑泥浆。洗过脸之后，要面客精神了许多，四方脸，大眼睛，高鼻子，看着也不丑。黑婆婆端了一碗汤，要面客蹲在屋檐下，狼吞虎咽，几口喝了个底朝天，恨不得把碗翻过舔了。黑婆婆又端了一碗。吃罢，要面客准备走，黑婆婆说，下雨，麦草里湿，也不能睡，会潮出病，你留下，在厢房铺一个麻袋，凑合一晚上，比麦草里强多了。要面客犹豫了半天，又折回来，蹲在屋檐下，看雨水细长细长，从灰蒙蒙的天空扯下来，粘到地上，像一张网，把人罩住了。

晚上，要面客在厢房地上睡了。

接下来的几天，要面客都在厢房的地上睡了。

没有人知道黑婆婆和要面客之间的事，她也没有给外人说。人们只知道从那天起，要面客就在黑婆婆家长久地留下了。一开始，也有人议论，说黑婆婆秉性难改，年轻时勾引黑爷爷，又勾引野男人，现在老了，还勾引一个要面客，这多贱。但回过头一想，都老成那样了，勾引了，又能干啥事，况且黑婆婆真的需要一个男人，帮着她干家务，干农活，这么多年，她一个人忙里忙外，活得多难。谁要是换成黑婆婆，估计早就喝药上吊寻了无常，还能忍到如今。这么一想，大家也觉得很正常，甚至还有点为黑婆婆感到庆幸。

天凉了，杏树叶子落了满院，要面客提着笤帚，唰唰扫成一堆。门口的洋槐树被雨冲倒了，要面客提着锯子，吭哧吭哧锯成一截一截，又用斧头劈开，码在了墙根。驴没草了，要面客提着镰刀出去割了一山，绳子一捆，背回来，够吃半个月。要面客的头发剃了，胡子刮了，衣服也洗过了，虽然人显得苍老，但看着有精神了，也有使不完的力气了。

该刨洋芋了，要面客扛着锄头，赶着毛驴，驴背上架着鞍子，鞍子上搭着口袋。黑婆婆后面跟着。进地，先把杂草拔掉，丢在地埂下，再把干枯的洋芋蔓拔掉，堆在一起，等干透了背回去当柴烧。然后用镢头，一窝一窝挖，刨出来的洋芋，一提一疙瘩，七八颗，像一家人。白嫩嫩、圆滚滚的洋芋，粘着泥土，像一群光屁股的孩子，躺在地上，有些脐带都没有断呢。要面客刨洋芋，黑婆婆擦掉洋芋上的泥土，按大小，放成两堆，晾干，就该往口袋里装了。

他们赶着毛驴，驮着一口袋洋芋回家。有人碰见，打招呼，黑婆婆说话，要面客还是一言不发。大家隐约觉得他们是两口子了。

刨完洋芋，天冷了，该烧炕了，厢房地上也睡不住了。一天晚上，吃毕饭，黑婆婆出门，安顿要面客给黑爷爷把半碗饭喂了。要面客把黑爷爷的枕头垫高，端着碗，一筷子一筷子，小心翼翼，把饭喂光了。晚上，睡觉时，黑婆婆说你就别过去了，那边太冷，睡炕上吧，暖和点。那一晚，黑婆婆睡中间，靠窗户的，是黑爷爷，靠炕柜的，是要面客。一晚上，三个人都没睡。

人们都说黑婆婆有两个男人了。

黑爷爷心里想着什么呢？母亲端着碗，吃着馓饭，疑神疑鬼地问。父亲瞪了一眼，说，你啊，一天胡上心的啥，饭都塞不住你的嘴。母亲气嘟嘟的，嚷道，你懂个屁。父亲把碗蹲在炕上，气呼呼地出门游转去了。母亲骂道，你们男人，没一个好东西。

是啊，黑爷爷的心里会怎么想呢？

又是好多年过去了。我和伙伴们像一棵树上的果子，有的还那样长着，有的长着长着，就凋零了，也有的，长不长，都无所谓了。那个上房揭瓦、翻墙捉鸡、上课捣蛋、下课闯祸、在家逞能、出门称霸的虎皮，那个大我们好多岁，年年留级，跟我们留成了同学的虎皮，长大后，也江山易改，禀性难移，最后因为几句口角，动了刀子，杀了人，最终，进了班房，判了刑。大家都说，虎皮那德行，进去是迟早的事。在监狱里，虎皮是否还记得小时候我们坐在黑婆婆家的杏树下，听她念口诀子的日子呢。

后来，我去过黑婆婆家，她还问起虎皮。她拄着棍子，坐在门口的石头上，念叨着，一个个都长大了，长大了。我没有告诉她，虎皮已经守着铁门铁窗多年了。同样，我也没法告诉虎皮，小时候，他让黑婆婆再念一个有关动物的口诀子，黑婆婆后面给我念了一个，说我记性好，听回去，给大家教，结果我忘了这件事，幸好，口诀子我还记着：

荠儿菜，顶锅盖，

老鼠擀面猫切菜,

狗烧锅,鸡点火,

屎爬牛踏调货,

小兔子上案捏窝窝。

赵阳刚呢,娶了媳妇,成了家,从媳妇那里继承了制作猪油盒的手艺,在城里摆起了早摊点,虽然苦点,但毕竟日子有奔头了。一年下来,也能落个好几万,攒一点,在城里买套房,交个首付,两口子的目标就是还房贷,似乎很苦,可光阴你不这么过,还能怎么过呢?想想比上不足比下有余,求个心理安稳,也就这么一天天过了。

那个我们嘴里的虮子罐罐赵康辉,在外面打工多年,认识了外地的姑娘,领回来,生了一堆娃,日子几乎快要过烂包了。后来,鬼知道他哪根弦不合适,喜欢起了倒弄盆景,这倒罢了,人却懒成了黄腰蛇,家里的事,不理不问。后来,连着下雨,因为没柴烧,和媳妇吵了几句,媳妇毁了他的盆景,他打了媳妇,结果,媳妇喝药自杀了。一个人,把日子彻底过成了渣。听到他的家事,想着他那年纪轻轻的媳妇,已不在人世,想着他的一堆孩子,将无依无靠,真让人伤心。

赵康辉走了,好多年,都没有回来,之前,还在 QQ 有联系,后面可能把我删了。我们之间也就失联了。不知他有没有在自己酿成的悲剧中,醒悟过来,也不知他还再回不回麦村了。时光跌宕,世事苍茫,这人间的事,难以说清,且多是悲情。

而我呢,混迹城里,谋得一份工作,食之无味,弃之可惜,整天平庸无为,偷闲写两篇文章,聊以自慰。只是小时候讨厌极了的玉米面拌汤，突然爱喝起来。喜欢上了那粗糙的玉米面疙瘩下咽的感觉，喜欢上了洋芋疙瘩咬碎后的绵软，喜欢上了清冽的浆水里那醇厚的回味，其实还是喜欢上了那清贫的童年里无忧忧虑的光景，和母亲那有事没事旧毛线般的唠叨。

每当想起小伙伴们，我就想起黑婆婆给我们念过的口诀子：

> 月亮月亮朝西转，
> 十个秃子睡满院。
> 大秃子有病二秃子慌，
> 三秃子担水熬米汤，
> 四秃子匹驴叫阴阳，
> 五秃子打坟带穿堂，
> 六秃子抬七秃子埋，
> 八九秃子哭得稀嗨嗨，
> 断路的十秃子还没来。

十个秃子，十个弟兄，我们究竟是哪一个秃子呢？

至于黑婆婆家老母猪生的大象，我本来是记着的，但后面，也就忘了。当初，我想着，猪生大象，可能是这世上最古怪的事了，没想到，这世上，还有比这更不可思议的事。一头大象算什么呢。那天晚上，放牛回来，我把牛直接赶进牛圈，没顾上拴，准备去黑婆婆家看大象。刚跑到大门口，母亲就把沾满面粉的脑袋从升腾的雾气里戳出来，跟妖怪一般，吼道，饭熟了，干吗去？我骗她说去撒尿。她早已识破了我的谎，扯开破嗓子喊，骗谁啊，你尾巴一翘，我就知道你要拉什么屎，是不是要看大象去，回来，帮你爸抬牛粪去。不！我告你，你嘴再伸那么长，小心我割了今晚炒臊子。就不！我给你说啊，黑婆婆家那大象已经死了，你回来没一个钟头，就死了。啊！我脑海里闪过那长长的鼻子、大大的耳朵，还有红兮兮的皮肤。怎么死的啊？鬼知道呢，反正死了。我挠着脑瓜，郁闷极了，还想着以后有大象玩了，可现在啥都没了。死哪了？埋了。埋哪了？我说你怎么这么多烂话啊，我又不是大象，咋知道死哪了，我也是听说的，回来吧，站门口要当门担啊，快去帮忙。我撇着嘴，极不情愿，把一块干牛粪踢到窗户上，窗户纸被打了个窟窿，幸好没被母亲发现。我赶紧钻进屋子，把牛粪拣出来。母亲在黏稠的白雾里，声音嗡嗡嗡的，说，今晚不是玉米面大拌汤，蒸米饭的。一听米饭，我的沮丧气才消了消。

可怜的大象，只活了几个钟头，就死了。老母猪，没过多久，也死了。

大象死了后，人们觉得黑婆婆家不吉利，可能要出大事，但没有。

多年以后，黑爷爷终于过世了。他在炕上瘫了好多年，人们都快把他忘记了。直到他的死讯传遍村庄时，人们才再一次想起那个高举马灯的少年，那么英俊、威武，虽然昏黄的灯光难以照亮打麦场，但却照亮了人们的心头，就那么小的一块地方，落着橘黄的灯光，是温热的，连整个人都感觉暖暖的。可他终究还是没有举起自己的马灯，他在遇到黑婆婆的那一刻，似乎就注定了他的灯将不再亮起。直到后来，他走向了无尽的黑暗。掌灯人，从来都是深陷黑暗。

人们早已把大象的事忘得一干二净，也不会把大象和黑婆婆一家的命运联系在一起了。只有我，还记得那头大象，它一直活着，越长越大，摔着鼻子，摆着耳朵，迈着沉重的步伐，在黄昏深处走过，大地都被它震得轰隆直响。而落日，是它走向草原之前的最后一个脚印。

再后来，黑婆婆也过世了。她是病死的，老咳嗽，咳了整整三年，白天咳，晚上咳，去卫生院检查，查不出来，只是给了几副中药，吃了，也无济于事，城里面的大医院，是没有去过的，怕花钱，本来也没有钱。就一直拖着，拖了多年。她一咳，人烟稀少的麦村都在颤抖。她在春天的草缝里咳，在夏天的炊烟里咳，在秋天的洋芋窖口咳，也在冬天的冰凌尖上咳。咳得四季的皮肤都疼，咳得时间的骨头都疼。最后，一个杏花含苞的初春，她躺在炕上，靠窗的地方早已空落落的。要面客坐在炕头，用电炉子反复给黑婆婆熬着梨水。黑婆婆不停地咳，顾不上喝枕头边冒着热气的梨水，两只胳膊抱着胸口，牢牢摁着心脏，她咳着咳着，没摁住，一呕吐，把心咳了出来。她掬着自己的心，红殷殷的，血淋淋的，跳动着，冒着热气。院里的杏花，那一刻全开了。杏花们，纷纷喊着疼，开成了血红的颜色，像大雨一般，铺天盖地，倾泻而来，把麦村淹没在了红色的河流里。黑婆婆含含糊糊地说：我这辈子……亏心事，然后就过世了。要面客号啕大哭，打翻了搪瓷缸，他也没听清黑婆婆说这辈子干过还是没有干过亏心事。

这都是母亲说的，母亲也是去黑婆婆的葬礼上帮忙听别人说的。母亲还说，黑婆婆一辈子，可怜，以后逢年过节，包纸的时候，多包一个，给她烧了，在阴曹地府里，有点零用钱。

黑婆婆过世以后，要面客也走了。临走前，他跟村里人喝了一场酒。他端着酒盅，一边哭，一边给大家念了一首口诀子：

骑马要骑花点点，
小妹妹长了个毛眼眼。
清水水里面捞菜菜，
小妹妹梳了个毛盖盖。
白脸脸坐在高粱地，
毛眼眼看哥哥有情意。
崖畔上开花一朵朵红，
人里头挑人就数妹心疼。

玉米地里的高粱花

  玉米地里的高粱花，小伙子爱缠姑娘呀；
  天上的云彩如马跑，世上的人儿唯你好；
  麻雀落在扁担上，好看没在簇簇上；
  麻雀落在热炕上，人好没在端庄上；
  豌豆开花麦出穗，羊羔哑奶双膝跪；
  胡麻开花一片蓝，你没婆娘我没汉；
  你没婆娘难不难？咱们两个结个伴。

——民歌

  黄昏，寒露成霜，冷月偏悬。

  人们端着碗，扒拉着浆水拌汤，都说六指儿赵阳刚盘了个好媳妇，人乖，懂事，条子好，最关键的是还把娘家的手艺带了来。当人们在清汤寡水里反复捞着炒煳的蒜片时，赵阳刚正伸着六根指头，往灶口里添柴。媳妇杨翠儿趴在案板前，使劲搓揉着一疙瘩面。冬小麦磨出的面粉，筋道，揉半天，还是虚哄哄的。

  赵阳刚把手在衣襟上擦了擦，说，我来。接过面团，哼哧哼哧揉了起来。左右手小拇指边上多出的两根手指，像树杈，直愣愣戳着，无法弯曲。他给杨翠儿说，打倒的媳妇，揉倒的面。杨翠儿笑着，应道，哪里学来的歪门邪道，我就没听过。

这一天，是赵阳刚生日。杨翠儿给赵阳刚烙了层层油饼。油饼煎得焦黄，酥嫩，撒了葱花，闻着都馋人。杨翠儿还打了荷包蛋。清水上，飘着油花，坐着两颗荷包蛋，像两朵白荷花开着。2000年左右，日子清苦，吃不了好的。麦村人顿顿不离浆水酸菜，浆水面、浆水拌汤、馓饭、锅鲰、搅团，一年四季，肚子里总是缺一层油水。而层层油饼、荷包蛋，已经是不错的吃食了，也只有杨翠儿这么心灵手巧的人，才能编排着花样给赵阳刚过个生日。

赵阳刚和杨翠儿是咋认识的？说来话长。赵阳刚读初三那年，在镇子上租了民房住。房子小，除过一盘炕，地上只能转个身。赵阳刚在地上支着个泥炉子，做饭用。柴还得他去后山上捡。有一次，饭做到一半，没柴烧了。赵阳刚跑到半山，没捡来一根柴，只好偷偷抱了别人家的一捆玉米棒。可一回到院子，糟了，炉子里冒出的火，把屋子点着了。幸亏房东老汉出门准备饮驴去，发现屋子里黑烟往外翻滚，过去一看，起火了，赶紧提着驴圈里铲粪的铁锨，灭起了火。

火最后灭了，但屋子里烧了个一塌糊涂，被褥、书本，啥都没了。老汉看他可怜、平日也住得乖巧，没有让赔偿损失，但不要他了，让他另择住处。赵阳刚光溜溜一无所有，在镇子上寻找着新的出租房。最后在镇子最边上，一户杨姓人家落了脚，而这户人家，正是杨翠儿家。

那时候，杨翠儿上初一，学习好，但她父亲不让她再上了，理由是，姑娘家，学再多，没用处，再说呢，过个几年，嫁出去的姑娘，泼出去的水，学成也是人家的，还不如早点辍学了，在家里帮着干干家务，顺便学学他的手艺。杨翠儿死活不想辍学，成天哭哭啼啼，抱着个书包坐在门槛上，舍不得放下。但胳膊拧不过大腿，在父亲的执意之下，她还是断了去学校的路，开始跟上父亲学起了手艺。

她父亲所谓的手艺，就是烙猪油盒。

这手艺，是祖上传下来的，究竟从哪一辈开始的，搞不清。但应该不会太久远。听老人们说，这猪油盒是清朝初期，满族人带来的做法，算得上是宫廷点心。杨翠儿祖上有人在城里给大户人家做长工，不知怎么的，就学会了。学会后，一辈辈传了下来。

樱桃好吃树难栽。别看一个猪油盒，拳头大，可做起来费事。从一开始的和面到出锅，得十几道工序。先和面，放碱，然后加水，搅拌成团，最后反复搓揉。是个力气活，女人家一般揉不开，得男人伸着粗糙的两只大手，在面团里搓来揉去，胳膊上的两嘟噜肌肉像刀刻出来的，棱角分明。揉好后，面成团，抹上油，盖上盆子，醒面。混混沌沌的面粉，在水分和力量的作用下，骨肉相连，难分难舍，就等着醒来。醒面时，制酥，将生猪板油、大葱嫩芯、胡麻油、盐，按比例，调拌，搅和。等面睡醒，浑身柔软时，揪一团，抹油，拉成长条，扯开，均匀地抹上酥，卷起来，摁扁，捏拢收口成圆形。最后，就是入锅了。锅不是常用锅，得是鏊。平底，浅口。锅底抹油后，待锅热，把饼依次一圈一圈摆上，稍烙一阵后，再在鏊内倒入清油，盖上锅盖。灶里添木柴，大火翻滚，舔舐锅底。

猪油盒出锅，外皮金黄、酥脆，里瓤松软、清香。油而不腻，酥而不碎。一个个因煎烤而膨胀的猪油盒，互相挤在一起，像一家兄弟，热热闹闹，灿灿烂烂，互相挤成了方块状。这应该便是猪油盒"盒"的来历了。吃猪油盒，不能用手抓，得用一张裁得四四方方的麻纸，把猪油盒摆中间，包起来，再吃。为什么要用麻纸？杨翠儿一直没搞明白。是怕烫手，是怕油，还是怕冷得快？或许都是，或许都不是。

　　做猪油盒麻烦，从和面、醒面，再到烙，前前后后要两三个小时。庄农人，成天一头扎进泥土里，忙死忙活，哪有那么宽展的时间烙猪油盒。往日里，杨翠儿父亲老念叨着猪油盒好吃，可一来不是下地就是放牲口，没时间做；二来人老身子轻，骨头赛干葱，没力气，揉不动面了；三来牙板不行，这几年，隔三差五，掉光了，有个稍微硬点的东西都啃不动，更别说猪油盒。当然，这些也倒没啥，最让他心神不定的是，这祖祖辈辈传下来的手艺，再不传下去，眼看着就要断代了。传给儿子，儿子好吃懒做，根本不是那块料，你让他和个面，就跟抽他的筋一样，躲得远远的，更不用说经过好几道工序的猪油盒了。没办法，只有传给翠儿。他让翠儿辍学，一方面是学做猪油盒，把手艺留下，最关键的是省点钱，供给儿子念书。等杨翠儿稍微大点，到时候，找个好人家，嫁了，收一笔彩礼，再给儿子娶媳妇。他抽着一根自己卷的莫合烟，老脸皱成了一颗核桃。

　　不上学的杨翠儿成天无所事事，毕竟做猪油盒没有解方程难，没多久，她就基本掌握了做猪油盒的手艺，虽然火候总是难以掌控，不是焦煳就是夹生，但这都问题不大，熟能生巧，只要慢慢摸索、体会，时间一长，就了如指掌了。

无事可做的时候，杨翠儿就去找赵阳刚，她还想坚持着把剩下半学期的课程学完。便抱着书本常常跑到偏西的小屋里，请教于他。赵阳刚也好为人师，反正他一个人，写完作业，也是无聊。这样一来二去，两个人就熟了。熟了后，也就少有顾忌了，加之都是青春期，对人事有了些许了解。时间一久，便彼此有了好感。而这时候，杨翠儿父母正忙于秋田，早出晚归，加之儿子打了人家孩子，学校准备开除，弄得两口子焦头烂额，也无暇顾及杨翠儿。

日子也就这么过了，一天天，一年年。风在瓦檐上，积成了垢。雨在墙角下，落成苔。草木在野，活在春去秋来里。人们困守在群山之中，二十世纪九十年代的光阴推得艰苦、迟钝。

赵阳刚初三毕业后，考了个农业职业学校。那时候，最吃香的是师范，其次是职校，最后才选择上不上高中。赵阳刚学习中等偏上，上师范，还差一截子，上高中，还得三年，家里也没精力供给，再说，到时候能不能考上大学都不一定，所以，上职校，最稳妥，也是唯一可行的路。

赵阳刚上农校后，和杨翠儿还保持着联系。杨翠儿在家待了两年，就进城打工了。一开始，在城里的小饭馆当服务员。每天一早，去拖地、抹桌子，然后摘菜、洗菜，中午有了人，端碗、收碗，下午，稍微有点空闲，但老板抠门，不让人消停一刻，一看到手里闲下，便想着法子安顿活干。晚上，有客人喝酒，坐着不走，到下班，也就快十一二点了。刚进城的杨翠儿胆小，话少，老板安顿啥就干啥，也不敢偷懒。干了半年多，实在太吃力,便辞了。赵阳刚从学校坐公交,找到杨翠儿,趁着周末,两个人满城给杨翠儿寻工作。最后,在一家酒店,寻了个门迎的活。杨翠儿长得瘦长,人也周正,经理觉得能撑起门面。门迎倒是轻松,穿个开衩的劣质红绸旗袍,里面套一条肉色丝袜,蹬一双黑皮鞋,挽个髻儿,站在门口,引导客人。一天老站着,不用出力,最多喊个欢迎光临。每天早上,上班前,杨翠儿和其他服务员到巷子口要提早餐,黄馍、油条、豆浆。时间宽裕,会坐在小摊子上,要一碗擀面皮、一个鸡蛋,慢慢吃。一两年了,每次吃早餐,她总想起父亲教授给她的猪油盒,那酥脆、黄亮、清香,让人惦念。如果有卖猪油盒的就好了,来一个,就着擀面皮,那真是人间美味。可每一次,也只能想想,她揩掉嘴角的油,还得去上班,站在酒店门口,挤出一脸笑意,像个奴才似的,迎来送往,站肿了腿,站歪了腰,站掉了日光流年。

后面,杨翠儿还卖过衣服、摆过夜市,甚至在酒吧里当过陪酒,KTV里当过公主,但都没有长久,更没有挣下钱。赵阳刚平平淡淡上了三年学,毕业,按理说,那个年代,找个人,花点钱,走个后门,在乡政府谋个公事干,或者到村学混个老师,也不是没有可能。但对赵阳刚来说,这比登天还难。上职校那年,父亲脑溢血,没有抢救过来,过世了。而母亲在多年以前,改嫁他人,最后也死了。赵阳刚唯一能指望的是大爸赵拜生,他托大爸给村里最有出息、最厉害的人物赵世杰说个话,看能不能托关系弄个工作。可想而知,赵世杰和他们家非亲非故,又毫无恩情,这忙自然是不会帮的。按理说,以赵世杰的身份，那年头，帮这个忙，虽然有点难度，但也不是没有可能。赵拜生找人家办事，干指头蘸盐，自然是不成的。那时候，办事还不兴送钱，况且庄农人，也没几个子儿。大家送情，不过就是过年送一条猪腿，秋里送一袋洋芋面，至于玉米面、干粉条、野菜，得随时打点。

赵阳刚毕业几年，没人没钱，谋个铁饭碗的念想也就断了。

后来，他带上杨翠儿，一起去了深圳，在一家服装厂工作。每天十二个小时，上够一月，休息一天。人累得像狗，幸好工资还算可以。在深圳上了快一年，杨翠儿家打来电话，说家里有事，要她回去，也没说啥事，就说很急，务必速回。

回到家后，杨翠儿才知道家里给她说了对象，要相亲。定亲前一天，天摸亮，杨翠儿一早就被父亲喊起，进了厨房。父亲爬在案板前，挽着袖子，咬着嘴皮，在揉面。她知道父亲要烙猪油盒招待男方家。他已经很久没有烙过猪油盒了，今天，他心情大好，毕竟男方家提前送到的八万元厚礼，让他心花怒放。在那个年代，八万元，虽非天文数字，但也能把人家吓个半死不活。这八万元，让他对一年后儿子的婚礼有了着落而感到踏实，也为攀上了一名端铁饭碗的亲家而感到窃喜。他一定要拿出老祖先传下的手艺，把男方家招待周到，好耍人挣面子。杨翠儿往锅里抹着油，心不在焉。父亲让她挽起袖子和面，她没有言语，柴火掉在地上，火星把鞋面烧了一个窟窿，都没有觉察。

她知道第二天将要定亲的那人，父亲在粮站上班，是个验粮员。她曾很多次在粮站门口，透过黑洞洞的大门，看到那人戴着青布帽子,穿着一身青布衣裳,一手塞进裤兜,一手挥动着,颐指气使,指拨交公粮的四里八乡的农民。他满脸高傲,脖子歪拧。这让她想起了他的儿子,比她高一级的一个傻公子,人称"黑球"。黑球不黑,倒是白白嫩嫩,肥肥胖胖。但也因为太胖,走起路来拖拖拉拉,哼哧哼哧。坐在教室,不是打呼噜睡觉,就是逗女生,流口水。平日里,不是叼着一根冰棍,就是提着一袋果丹皮,嘴里从不消停。人家家里宽绰,能养得起这么一个纨绔子弟。虽然平时考试能背回家几颗"鸡蛋",但他父亲却视之为掌上明珠。

那时候,交公粮是个麻烦事。牛拉驴驮,到了粮站,验粮员要验粮,除了麦子的饱满度,最关键的是麦子的干湿。农村人,大多老实,知道瘪麦拉去,收粮员一看便知,作假不得,每一季收获时,长得最饱满的,一部分留籽种,一部分就是交公粮的。验粮员抓一把,摊在手心,颗粒饱满,没得挑剔,也就过了。可最麻烦的是验干湿。袋子口打开,捉一粒,丢进嘴,大牙一咬,麦子碎裂,从嘴里吐出来,不说话,皱着眉,袖子一挽,一手插进麦袋,抓出一把,左手食指横着一掠,拨平,摊在手掌,连着捉几粒,丢进嘴,大牙一一咬着,检查干湿程度。后来,不用手插进麦袋,变成了形似洛阳探铲的工具,顶端一个锥形铁皮,插进去,锥形的碗子里,盛出麦粒,用来验收。一袋麦子的干湿,完全由验粮员的一副牙齿一张嘴决定着。如果牙齿一咬,啪,有清脆的干裂声,麦子碎成渣,则是干麦;若无声,麦子成了饼,自然是湿的。湿麦,不能收,一是收去储存下,会发霉,二是有水分,重量不够。人们眼巴巴瞅着验粮员的一张嘴，那嘴一张，就决定了麦子的命运。如果是干的，就可以上秤了。如果是湿的，就得倒在粮站的水泥院子里晾晒。有时，晾晒半天，有时一两天。一个庄农人，在镇子上，到晚上，交不了粮，没吃没住，实在难。再说，地里一堆农活等着，谁有闲工夫在粮站耽误一两天。正因为是一副牙、一张嘴决定的事，就难免里面有水分。麦子的干湿，自然就由那张嘴说了算。正因为那张嘴说了算，人们就要想着法子，迷糊住那张嘴。所以私下里，送两包烟，送二斤白糖，送半斤茶叶，就成了常事。得了好处，验粮，就可以睁一只眼闭一只眼。

那些年，黑球父亲就是在睁一只眼闭一只眼里，把家产做大，把儿子养肥养傻的。

一想到那个肥胖得让人腻歪的同学的样子，一想到那龇着嘴半眯着眼验粮的同学父亲的样子，她就够了。她自小对这对父子没有好感。一想到今后将要和黑球在一个锅里吃饭，她的心都碎了。除了老子多年不仁不义积攒的一点家业，和赵阳刚比起来，简直差远了。赵阳刚虽穷，母亲改嫁，父亲过世，可他毕竟读过几年书，毕竟有上进心，毕竟知道疼她体贴她，还陪她度过了那么漫长的青春，人也长得有模有样。她的心，像油锅上煎烤的一个猪油盒，焦灼、急躁，甚至刺啦啦冒着烟，快着火了。

要不要掀开锅盖，从火坑里跳出去？要不要？要不要？整个白天，杨翠儿像一只瓷碗，把自己打碎，又粘上，又打碎，又粘上，如此反复，折磨、痛苦、无所适从。最后，她还是把自己打碎了，再也不想粘起来了。去他娘的定亲！

第二天，当黑球和他父亲带着一拨人，提着猪肉、粉条、烟酒等四色礼，满面春风，到杨翠儿家之后，却发现，杨翠儿不见了。

多年以后，杨翠儿父亲看着挂在墙上的鏊锅，落满了灰尘，看着窗台包猪油盒的麻纸被虫蛀空，看着那一年从摩托上摔断腿的儿子一瘸一拐在院子里瞎晃悠，看着衰老不堪的老伴坐在院子里端着簸箕簸麦子里的麦衣，看着暮色像一盆水，隔墙泼进院子。天黑了，他才知道杨翠儿去了深圳，跟那一年在他家租过房的麦村少年赵阳刚生活在了一起，而且生了一个娃。他恨不得把赵阳刚剁成肉末熬了板油，但他毕竟鞭长莫及。他当然也去麦村讨过说法，可当他看着稀稀拉拉如狗尾草一样寥落的麦村，听说赵阳刚家中早已无人后，他真是应了村里人常说的那句话：三十晚上盼月亮——没指望了。

杨翠儿的突然消失，让他们家瞬间陷入了泥潭。黑球家除要走了八万元的彩礼外，还仗着人多势众、财大气粗，三番五次上门闹腾。最后，给人家拉去了三袋白面，赔礼道歉，总算平息了事。当然，儿子的婚事也就化成泡影了，游手好闲的东西拿出家里唯一的积蓄买了一辆摩托，天天骑着游出摆进，不务正业，直到有一次，翻车，摔断了腿。

杨翠儿和赵阳刚在深圳打了几年工之后，攒了一点钱，回到了麦村，因为两个人生了娃，但没有办理结婚证。而办证，要在户口所在地。杨翠儿的户口，还在娘家。为了给娃能落个户口，以后好上学。他们只好辞了工作，一路向北，回到了群山遮蔽、黄土埋人的麦村。

回来后，赵阳刚托村里颇受众人敬重也爱管闲事的赵善财，去杨翠儿娘家说情，顺便捎去了三万元，算是彩礼。喝了半斤西凤好酒的赵善财，面色红润，打着包票，去了杨翠儿娘家。最后，硬是凭着赵善财在西秦岭一带的名望和三寸不烂之舌，说通了杨翠儿父亲。虽然当初癞蛤蟆跳进麦茬地——既戳沟子又伤脸，但毕竟事已至此，生米熟饭，再窝火，都不起作用了，还不如顺水推舟。

只要娃娃过得好就行了，我们老两口，黄土埋了多半截，没啥指望了。

翠儿跟女婿过得好着呢，你就再莫操心了，儿孙自有儿孙福，你们老两口，把自己吃好喝好就行了。

临走时，赵善财又喝了二两杨翠儿父亲的好酒，脚下拌着蒜，心满意足回来了。

后面，赵阳刚带着杨翠儿还有孩子，去了一趟丈人家。两口子肝火已消，看着女儿回来，看着外孙健壮可爱，看着女婿办事得体人也干练，眼泪哗啦啦流了一炕桌。只是杨翠儿的哥哥，一直黑着脸，怪怨杨翠儿毁了他的前程。因哥哥没有好脸色，杨翠儿拿了户口本，一家人就走了。老两口追出大门，目送女儿一家远去，又哭了个稀里哗啦。

赵阳刚一家在麦村住了小半年，寒露那天，正好是赵阳刚的生日。杨翠儿本来要烙一锅猪油盒，但家里没鏊锅，也就烙层层油饼顶事了。在麦村这段时间，赵阳刚把家里的塌房烂院拾掇了一下。久不住人，后院水路不通，积水把后墙潮得快要塌掉，他把水路重新疏导畅通。房顶的瓦片，还是父亲活着时换过，后面，好多烂了，屋子漏雨，他借了梯子，爬上屋顶，把烂瓦一片片换了。

当然，最重要的一件事，就是给父亲迁了坟。他一直记着父亲过世时，因坟地山向不利，寄葬在阳湾赵吉庆家地里，没有进祖坟。他回来的这年，正好祖坟山向逢吉年，可以迁葬。如这次不迁，不知要等到猴年马月，父亲在九泉之下，也是难以安身。他请村里的赵贵子，择了吉日。

迁坟当日，吃毕早饭，一部分人去了祖坟，打了墓穴。另一部分人，在旧坟上，开挖，也叫破土。赵贵子率大家跪在坟头，烧香点蜡，念着破土咒：天圆地方，律令九章。吾今破土，普扫不祥。金镐玉就，万事吉昌。土公地母，闪在一旁。接着，开挖，挖了整整一上午，才挖出棺材。棺材因长期埋在土里，当初刷的红漆和墨汁，已模糊不清，但棺木尚未腐烂。赵贵子又是念经、又是磕头，接着把棺材用麻绳绑结实，大家换着抬到了祖坟。安葬前，赵贵子读了立契文。最后，下葬，填土，堆出坟包。跪拜祭祀完毕，赵阳刚领着众人回了家，吃饭喝酒。

完成迁坟的事，赵阳刚也就了了一桩心事。他是不打算在麦村待下去的，他一不会耕，二不会种，留在村里，毫无出路。况且，多年在外上学、打工，他已完全没有了一个麦村农民所具有的吃苦耐劳的秉性和耕耘收获的基本技能。在麦村，从他被厂房捂出的黄白皮肤上，就能看出，他留下也跟废人一样。况且，他也没有想着留下。多年在外，麦村，仅仅是一个符号。尤其父母不在，故乡，除了是一块生养之地，除了留着残缺的童年记忆之外，已经变得毫无意义。他已回不到梦里的故乡，而故乡，也难以接纳如今的他。这么些年，他已习惯了城市生活，比如公交、超市、商场、酒吧、自来水、暖气、早点摊。对，早点摊他已经和杨翠儿商量好了，回到城里，这一次，不进工厂，不给人打工，他们自己摆早点摊，卖猪油盒。

赵阳刚过完生日的第二天，他们一家三口，锁了大门，进了城，摆起了早点摊。

每天半夜四五点钟，月亮破旧，赵阳刚和杨翠儿就起床了，他们把和好的面、煤炉、水、调料、案板等，架在一个装有四个轮子的玻璃柜上，把煤炭备充足，装好鸡蛋，就出了城中村昏沉而寂静的巷道。赵阳刚推着烙猪油盒的小推车，车上固定着铁皮桶改装成的炉子，上面架着鏊锅。杨翠儿推着玻璃柜，一前一后，坑洼不平的水泥路巅出了一溜锅碗瓢盆碰撞的当啷声。出巷道，朝东，在侧面的巷子口，他们摆好家当，开始生火。雨雪天，还得搭个棚子。生好火，借着路灯的余光，杨翠儿烧水，赵阳刚揉面，六指儿直戳着，像两只手上长出的新芽。天，麻麻亮了起来。清洁工把垃圾和疲惫的灯光，唰——唰——唰——扫成垃圾堆，一车拉走了。学生们弓着背，耷拉着脑袋，昏昏沉沉，朝学校走去，脚后跟在地上，也拖出了唰——唰的声响。

到六点多，天亮了，他们的第一锅猪油盒，也熟了。一段时间下来，在杨翠儿的指拨下，烙猪油盒的事，全交给赵阳刚了。他是个灵活人，有眼色，很快掌握了烙猪油盒的技巧，甚至在反复琢磨中，手艺超过了杨翠儿。杨翠儿在旁边，伺候着煤炉，专门卖荷包蛋。猪油盒干，来一碗带汤的荷包蛋，要一碗别家的擀面皮,小市民的标配,正好。旁边是卖呱呱面皮、杏茶豆腐脑的,大家凑一起,各自经营,抱团取暖。忙活到十点半,吃早餐的人没有了,他们也就该收摊了。

几年下来,他们靠着手艺,靠着吃苦耐劳,靠着点灯熬油,攒了点钱,在城里买了套二手房。好多年以后,麦村人还在念叨着:六指儿赵阳刚盘了个好媳妇,日子也是芝麻开花节节高。

二月二晴

> 二月二晴，黑霜煞一层；
> 二月二下，庄农搭一架；
> 二月二阴，麦子起身齐崩崩。
>
> ——民谚

关于这些节气的民谚，老人们是熟稔于心的。一些祖祖辈辈留下的口诀，在心里，念叨久了，像珠子，就打磨得温润光滑了。

这一年的二月二，天晴。田野肃杀，村庄萧索。黑霜，落了一层。真是黑霜，如薄刃，把枯草割倒，把新苗撂翻。合着那暗淡的天色和灰旧的洋槐林，虽是晴天，但似乎整个上午都恍惚在暮色中。过了中午，刮了一场东北风，掀翻了几个麦草垛，天清亮了些许。

在麦村，冬天只吃两顿饭。早饭和午饭并到一起，十点多吃。多是馓饭、拌汤、洋芋菜之类。下午做饭早，五点就吃罢了，多是面条，浆水的、醋的，来来去去就这两种。打了春，到了二月，白天虽长了，但吃饭还依着这个点，直到二月底，下地种秋田。

早一顿晚一顿，下午两点，人就有点肠肚空空，都要搜寻着吃点东西，垫垫肚子。乡下人，没冰箱，无零食，除了馍馍，就没别的了。多数人，捞半碗酸菜，撒上盐，舀一疙瘩油泼辣椒一和，端半片干馍吃起了。

正当人们蹲在门槛上酸菜下馍馍时，村里响了一串鞭炮。人们扯着耳朵听了一会，没动静。还愿、安土、待客、入烟、恭贺，或者小孩瞎玩，反正村里人大大小小的事都会放串鞭炮的。鞭炮响后，人们又弯着头吃馍馍。

赵喜森去商店买烟，回来后说赵孝贤大大（父亲）贵禄老汉上吊了。

啥？上吊了？

我刚去买烟，在商店碰上孝贤买鞭炮，我问干啥用，他说我大大吊死了。

啊，早上我还刚看见他穿得新新的，在梁上转呢，咋就上吊了。

我昨天还在集上看见他，好好的人啊。

很快，贵禄老汉上吊的消息在村里像风一样刮过，四散开来。大门口多了一堆闲人，压着声音议论着贵禄老汉上吊的事，猜测着寻短见的原因。上了年龄的妇女，心软，絮叨着别人的生死，联想到自己的苦衷，泪花儿就扑簌簌滚落在满是皱褶的脸上，便打发自家的男人去给贵禄老汉烧纸。男人们猫着腰，裹着结满垢甲的棉袄，揣着香蜡纸票，去了贵禄老汉家。

在麦村，一个人走了，叫下场了。好像人一辈子就是走个过场，到底了，就该下来睡进黄土里了。或者说，人生就是一场折子戏，属于你的部分，演罢了就该下场，让给别人了。这

177

么说着，都是凉透心的事。

村子里隐隐传来稀稀拉拉的哭声，在黑霜消融的褐色瓦片上，一层层流荡，水滴一般，落入屋檐，消弭了。这自是贵禄老汉子孙的哭声，后半生寂苦的老人，终于用死亡换来了一场热闹，然而这热闹，却如黑霜般凄冷。

前去烧纸的人，帮着赵孝贤料理贵禄老汉的后事。在麦村，死亡是一件比出生都重要的事，满月可以不过，但死后丧事的办理，必须依着规程和习俗，不敢疏忽。在老人们的指点下，由父母双全的人用柳枝夹着白布，给贵禄老汉沐浴擦洗。然后是出殃和招魂，先轻轻拂合口眼，后抬至正堂供桌，再用白纸掩面，麻线绕脚，水被盖身，冥票为枕。接着就是烧倒头纸，献倒头饭，烧落草纸，点明路灯。再用白纸写上贵禄老汉的生卒年月、姓名等，制作牌位，供于正堂一角。

随后，还要报丧。由村里亲友带着贵禄老汉的孙子赵四平，到村里磕头报丧，邀请人家前来帮忙办理丧事。麦村小，有个红白事情，都是全村人出动，即便如此，也常常感觉人手欠缺，还得由主人家去邀请亲戚帮忙。在给村里人报丧的时候，赵孝贤给老大赵孝忠打了电话，通报了父亲去世的消息，至于死因，闭口未提。

在孙子赵四平口里，人们知道了贵禄老汉上吊的细节。

早上，贵禄老汉从衣柜里翻出一身新衣裳。那还是好多年前贵禄老汉过七十岁生辰，自己到镇子上花钱缝的。那时候，镇子上还有一家裁缝店，生意落寞，门可罗雀，唯有靠给老人缝制衣服维持生计。贵禄老汉扯了布，在裁缝店，量了尺寸，照着体形做的。在箱底，一压就快十年，一直没有机会拿出来穿。上衣，稠面，黑里透着暗红，印有淡淡的杯口大的福字。暗黄里子，疙瘩纽扣，对襟。裤子是青布裤，显得略宽。或许是他这些年瘦下来的缘故，在缝时，想必是合身的。鞋是圆口青绒布鞋，白布千层底，麻绳一针一针纳的。鞋帮镶了黑边，针脚也细密有致。鞋是贵禄老汉的老伴活着时趁眼睛亮，能瞅见针鼻孔，一针一线做的。贵禄老汉穿着新衣裳，在村里走了一圈，又踩着霜到自己耕种了一辈子的地里转了转。那时天麻麻亮，村里没几个人出门，有碰见的，还以为老汉穿这么新，是去走亲戚，没有在意。

一个老人在初春的严霜和寒冷里，把曾经熟悉而早已昏暗的往事翻出来看了看，他内心装着什么样的心绪，没有人知道。或许是不舍和怀念，或许一切早已经淡然。仅仅是看看，连告别也算不上。因为这一眼看过，就无来生了。此刻，那些熟悉的乡邻，还在尘埃深处做梦。

那些土路巷道，还揣着昨天的足迹。那些山野，还在暮色中蜷曲。那些土地，深埋着他耕种收割的脚印、汗水、血滴，可几十年过去了，它们在泥土里依旧没有发芽。

他一生去过的地方不多，最远去了一趟西安，那还是农业社时期，他是大队的保管，去西安背新品种的胡麻籽。也是来去匆匆，都没顾上看兵马俑。这是个遗憾，他念叨了一辈子。然后就是几趟城里，看病去了三次，孙子结婚去过一次。剩下的地方，也就仅是西秦岭这一带了，来来往往地走动。

年轻时,他可是个精明能干的小伙。人干事心细、守信,后来当了大队的保管。一当十年,队里的大小物件、粮食作物、衣料布匹等全由他保存管理。保管是个得罪人的事,那时困难,缺衣少穿,有要有偷的。卡得太死,遭人唾骂。管得太松,没了秩序。所以,有些时候日子难过,他总是偷偷想法接济一点。也就这样,人缘好,村里人都敬重他,走到哪,都把他往上席放。他也是个爱热闹的人,哪里有人往哪里钻,人堆里,出主意,谋点子,或者讲走西秦岭一带听来的逸闻趣事。平时还组织了一个秦腔散班子,六月天,割麦、打碾,忙得天旋地转,累得皮失板散,晚上回来后还要和几个戏友凑一块,唱一段心里才舒坦。他就是这么个人,热闹惯了,也被人尊抬惯了。

二十二岁时,娶了个媳妇,难产,孩子和大人都没保住,殁了。后面,村里人又给他撺掇了一个村子南边林区的,殁了男人,带着男娃,就嫁了过来。过来后,又生了一个儿子。带来的那个,老大叫孝忠。后生的这个叫孝贤。女人踏实,是个料理庄农、拉扯娃娃的好手,两口子都恩爱。小吵小闹也有,两个人,一个锅一个勺,哪有不磕碰的。但大吵大闹几乎没有。两个人,都是明白事理的,你有气,我让一句,你发火我躲一会,多大的事也就消融了。两口子,就这样相濡以沫地过了一辈子。

村里人还从赵四平口里得知,贵禄老汉早上转了一圈回来后,就到懒球屋里去,让懒球给他剃一下头。懒球有个电推子,据说还是从城里捡的,回来后捣弄好,负责着一村老汉们的脑袋。年轻人,都在外面花钱烫染,弄得跟翻毛鸡一般。中年人,到镇子上,掏个五元钱,修修剪剪。老人们,一是去不了镇子上,二是怕花钱,也就由着懒球拾掇了,反正短了就行,像地埂上的草,割干净就了事了。懒球说,贵禄爸,这么冷的天,剪头就感冒了,再等几天吧。贵禄老汉搔着雪白的头发说,没时间了。懒球也没理解这话啥意思,他是懒人,懒得去想。他搬了一把折了一条腿的板凳,摆在院子一角。一束十点半的阳光翻过土坯墙,冷冷地落在凳面上。贵禄老汉坐定,懒球提着电推子,在他头上收割开了。剪毕,懒球把贵禄老汉脖子上落下的雪末子一样的头发渣吹掉,又用干毛巾擦了擦。贵禄老汉摸了摸后脑勺说,麻烦懒球了啊,我这颗头,一村人就你动得最多。咧着嘴笑了笑,出门了。出门前又说,麻烦你了,懒球,你忙吧。懒球送到门口说,贵禄爸捣一罐茶了再回去?不了。

下午两点,赵孝贤和儿子孙子在堂屋收拾东西。孙子上幼儿园,马上开学了。他们要在第二天一大早全部进城。赵孝贤和女人接送孙子上幼儿园,儿子赵四平带着女人去内蒙古搞建筑。这已经是第三年了,自孩子上幼儿园起,赵孝贤和女人就进城照顾孙子了,家里留着贵禄老汉独守。他们在化肥袋里塞满了米面油盐、衣物鞋袜、葱蒜辣椒等,似乎要把半个家搬走。

重孙梓杰去太爷(祖爷)屋里玩耍,发现太爷吊在窗扇上,叫了几声没有应,就跑去堂屋告诉了大人,说太爷挂在墙上荡秋千。赵孝贤和赵四平跑下去,一进屋,发现老人已经吊死了。他肯定是把半截麻绳绑在窗扇上,站在窗台,挂住脑袋,脚下一移,悬空后,吊死的。上吊的贵禄老汉戴着一顶藏蓝带檐帽,紫黑的脸，舌头搭在下巴上，直溜溜，也是紫黑的。炕上，还有从窗台打翻下来的半个梨。儿孙慌乱地把老汉抬下来，放到炕上时，身上早已凉透了。

贵禄老汉的死，据村里人说，是孤独死的。三年前，赵孝贤和女人、赵四平和女人，还有独孙，全部去了城里。一开始，贵禄老汉是不赞同送重孙去城里上幼儿园的，说以前的人没上幼儿园还聪明得很，再说家里老伴有病，需要人照看。但那时候，他已人老言轻，再反对也无济于事。一家五口走后，家里留下了贵禄老汉和老伴，两人相依为命。老伴之前身体还好，能爬锅爬灶，把一口饭弄熟。后来得病，睡在炕上不能动弹了，叫儿孙，无人回来。伺候老伴的事，就全靠他了。他一个老汉，吃饭都吃力，还能有几分精力做饭？但人活着就要一口粮食填啊。实在没有办法，他也就老眼昏花地围在锅灶边，生一顿熟一顿，干馍馍一顿，汤糊糊一顿，有一顿没一顿地过活着的日子。若仅是吃饭也罢，可日子不光是这些。家里没面了，他拉不到镇子上去磨，只能看脸色央求别人捎带着磨一袋。水窖里没水了，要去担，两半桶水，他哼哧哼哧担一个上午。没填炕的粪，他得向邻居家厚着脸皮一次次讨要，毕竟身子骨寒了，没一坨热炕就活不到天亮。晚上，老两口躺在炕上，说起日子的难处，眼泪就把枕头湿了一大片。

老伴瘫痪一年后就撒手人寰了，把一摊子难和凄楚全推给了贵禄老汉。贵禄老汉常说老伴是个狠心人，把他一人留下受苦，自己躲清闲了，不是说好，日子实在推不前的一天，要死就吃点农药一起死的吗,这个一辈子从不撒谎的老家伙啊,这次撒了一个大谎。

老伴一死,这日子也就落寞透顶了。活着时,即使瘫痪着,心里还有个牵绊,耳畔还有个回响,眼前还有个亲人,叙叙旧、唠唠嗑、发发牢骚,也有个说话的人。日子过得苦点、累点,咬咬牙齿落光的牙龈也就过去了。可现在,啥声响都没有了,空落落的院子,除了野猫翻墙而入,踩落几块土疙瘩之外,就别无他物,也再无响动了。

他的大儿子,毕竟不是亲生的,早些年,一家人进了城,儿子、媳妇捡破烂收废品,大孙子开个理发店,当起了城里人。大儿子信基督,不敬神,逢年过节也是不回来的,死了的先人也不来看,活着的就更不用提了。二儿子一家,进城后,也就很少回来了。回来,不是取面就是拿油。他和子孙们之间不咸不淡、不亲不疏,也就那么回事,反正他心里亮着,儿孙们是靠不住的,让儿孙们不要靠他就行了。

儿孙们也少有电话来问他死活,他好像被遗忘了一般。有时候他们回来,明显从眼神和口气里感觉到,他们嫌弃他,觉得他是累赘,牵连了他们。他常想,人活着真难啊,年轻时日子难,老了心里难,只有死了好,万事不再牵挂,干净、省事。

老伴去世后的一年多快两年里,他都是一个人过的。要么坐在门口的土台上晒太阳、发呆,让虚弱的光线把他的骨缝一遍遍清扫,扫掉在这世间多余的念想;要么就是上沟里拾柴,拾一摞背着,慢慢摇回来。人一忙,有点事干,日子打发起来就快了。再一乏,晚上就能早早睡了。偶尔也去老伴的坟头拔拔草、说说话。他看着老伴左侧的那块空地，心里踏实。他知道，不用多久自己就可以睡到这里了，再也不用孤苦无依了。这世上，说是过场，可终究还能落得一块地方。

人们从赵四平的口里慢慢知道贵禄老汉的死，其实早有打算。包括去赶集买一顶新帽子，穿着新衣裳在村里和地里走一圈，让懒球理发，这一切，都是为他死去做着告别和准备。

报完丧后，就开始请总管，安排干事。

第二天一早，一拨人开着三轮车去了镇子上，购置招待人的食材，扯子孙穿戴的孝服，还有香蜡纸票、纸人牛马等。一拨人去请阴阳、厨师、做棺材的匠人。阴阳先到，看了送葬的时间，去世后第三天，包含去世当天，下午三时，入土为安。厨师来了，开始准备招待人的酒席，前两天，粉汤菜、干蒸馍。第三天，五碗四盘子。做棺材的匠人，提着墨斗和推刨，耳朵上夹支铅笔，眯缝着眼睛，看木料是否端正。赵四平嫌不热闹，打电话请了吹响。两杆唢呐、一面鼓、一副钹，在子孙们跪在门外哭路头、接亲戚时吹，吹的都是苦音，让人悲凉。村里人私下说，活着时不孝敬，死了吹得呜里哇啦，有啥意思。村里人和亲戚陆陆续续来烧纸凭吊。烧毕，在院子里喝喝茶、打打牌，拉拉家常，各人忙活着各人的事，好像把贵禄老汉忘了一般。晚上，平时跟贵禄老汉和赵孝贤、赵四平关系好的，就留下喝酒打牌，或者搓麻将坐夜，一坐就到天明。第三天，招待亲朋邻里坐毕席，就该敛棺了。敛棺时，在棺内均匀地铺一层筛子筛过的干燥细土，然后将贵禄老汉的尸体抬至棺内，用干土固定。五年回了三次家的长子赵孝忠用筷子夹上湿棉花，擦洗了后爸贵禄老汉的眼圈、耳朵、口，最后是脸，这叫开光，开光后用一面小镜子照照，然后转身摔碎。接着子孙亲友瞻仰仪容。贵禄老汉躺在黄土上，双目紧闭，神情安详，如睡着了一般，再也不用为生活操劳、不用被孤独折磨了。他像解放了一般，嘴角微微翘着，用一个似笑非笑的表情向这个世界做了最后的告别。似乎在给子孙们说，这下你们没牵没挂，满意了吧。瞻仰毕，就该封钉了。木匠将棺盖盖在上面，一般只有三枚木钉，每枚敲打三下。封钉时，嘴里念：一点东方甲乙木，子孙代代居福禄；二点南方丙丁火，子孙代代家和合；三点西方庚辛金，子孙万代发万金；四点北方壬癸水，子孙代代大富贵；五点中间戊巳土，子孙寿元如彭祖。念毕，赵孝忠喊：亲人躲钉。子孙们便退到一边，以免木钉伤及死者灵魂。也不能将泪水落入棺内，视为不吉利。盖棺之后，唢呐响起，儿孙伏地，号啕大哭。其声之悲，让人动容。

　　时辰到，就该送丧了。全村所有青壮年全去抬棺。最前面，是孙子赵四平，头顶孝子盆，怀端灵牌。后面是挂着孝子棍，分成两列披麻戴孝的子孙，接着是八人肩抬灵柩跟随其后，四周围着随时替换的村人，接着是鸣放鞭炮、抛撒纸钱的人。棺材出村时，村里的女人们会捏一把麦草，在自家门口点燃，借着烟火，送贵禄老汉最后一程。

　　到了坟地，墓穴早已挖好。赵孝贤进入穴内清扫，以表孝心。按照择定时辰，将棺木下入穴中，由阴阳定位正柩后掩埋起堆。孝子祭奠化纸，长跪哭坟。临走时，包一撮土，留着

"复三"时用。

　　就这样,贵禄老汉入土为安了。在黄土之下,儿孙们再悲恸的哭喊他也听不见了,儿孙们的好歹他也不过问了,人世间的酸甜也不品尝了,老年的孤寂也不经受了,一切都被黄土掩埋。这人世,再也与他毫无瓜葛,他将活在麦村人的遗忘里。人生下场,大幕落下。唯有残照如血,泼洒在他坟头湿润的泥土上,泼洒在老伴坟头的麻蒿上。

　　贵禄老汉去世后的第二天晚上到第三天凌晨子时,赵孝贤和儿子赵四平及几个邻居到老汉坟头烧了"复三"纸,把下葬时带的土撒入坟头,算是安抚山神土地,使亡人免受阴间的欺辱。在西秦岭,相传不"复三",亡人会一直跪立坟头,山神土地不予放行。撒土毕,赵孝贤将坟墓清扫,孝子棍插入坟前,磕头烧纸。返家时他喊:孝子谢孝哩。这喊声,在幽暗空寂的山谷里回荡着,直到被冰凉的月色从山头翻过来,一点点淹没。贵禄老汉是再也听不见这孝子所谓的孝心了。随后,一众人说着闲话回了家。

　　"复三"结束,赵孝贤和儿子一一归还了所借的物件,这丧事就算全部办完了。

　　第二天天刚麻麻亮,他们五口人锁了门,背着大包小包,搭上早班车进城了。在麦村,只留下了一个新添的坟骨朵,不开花,不结果,只是大地疼出的一个泡。

烟筒眼，冒冒烟

> 烟筒眼，冒冒烟。
> 牛耕地，夏种田。
> 夏田黄，收上场。
> 连枷打，簸箕扬，一扬扬到万家梁。
> 万家梁上开红花，两个媳妇转娘家。
> 一转转到门背后，两个猴娃编背笼，一编编到山背后。
> 山背后，有狼哩，吓得猴娃乱藏哩。
> 一藏藏到瓦窑里，两个猴娃拔毛哩。
>
> ——儿歌

在麦村，以前的小孩，几乎每个都会背一堆儿歌，就像衣兜里都装着一疙瘩玩物。

赵虎也能背一堆，而背得滚瓜烂熟的就是这首《烟洞眼》。眼皮子一眨，就像瓦罐里倒核桃，咣当当一口气背完了。《烟洞眼》是哥哥赵龙教他的，赵龙是父亲教他的。

每当黄昏，暗淡的光线在路上铺开，赵虎开着货车，总会想起小时候，他们并排坐在廊檐下的一堆青草上。母亲做饭，炊烟像一把银灰色的梯子，搭在天上。父亲给眼睛里漂萝卜花的黑草驴梳毛。小耙子一样的铁皮梳，在驴背上划过，会腾起一小股灰尘，耙齿上塞满了脱落的驴毛。父亲把毛挽成疙瘩，攒多了，塞进墙缝。他们实在想不来，把这些驴毛塞进墙缝干什么。父亲梳着驴背，给他们背起了儿歌。烟筒眼，冒冒烟……背一句，梳一下，很有节奏。每当背到两个猴娃拔毛哩时，他们就互相挠对方胳肢窝的痒痒，然后哗啦啦笑倒在了草堆上，手抓脚踢，像极了两只顽皮的猴子。

可这日子，已成回忆，这一辈子，再也回不去了。时间是那么残忍，断绝一切退路。

后来，具体是哪一年，赵虎也模糊了，不是1987年，就是1988年，他上三年级，哥哥五年级。一个大雨滂沱的秋天。玉米刚掰回家，院子里，堆成一山，被雨浇透了，红缨子沾上水，黏糊在一起，跟母亲刚洗过的头发一般。中午放学，他们顶着化肥内衬里的塑料袋回家，大门锁着。他们爬在篱笆门上，不断喊叫着爸妈，使劲摇晃着门框。没有人回应，似乎雨水隔断了他们的声音。他们不知道父母在大雨天去了哪里。他们坐在湿漉漉的门槛上，被渐渐袭来的饥饿、寒冷所包裹。他们定定瞅着远处电线上湿漉漉的一只麻雀，麻雀定定瞅着被雨雾笼罩的湿漉漉的山野。他们像两个被遗忘的孤儿，窝在篱笆门下，无助和饥寒让他们放声大哭，眼泪、鼻涕混合着雨水钻进了嘴巴，是那么咸。雨水敲打雨水的声音，盖住了他们的哭泣。

多年以后，当赵虎每次想起那个大雨瓢泼的秋日正午，依旧满含悲伤。

下午，他们空着肚子去了学校。晚上放学，他们回家后，发现门开了，但只有父亲一人，母亲不见了。从那一天起，母亲就消失掉了，再也没有出现过。他们成了村里没娘的孩子。没娘的孩子是根草，他们是一对狗尾巴草。至于母亲消失的原因，早已成了谜，是出了事故，还是离家出走，是死是活，他们一无所知。偶尔问起父亲，父亲也是沉默不语，像一扇大铁门，紧锁着，谁也别想打开。既然问不出所以，他们也就闭口不提这件事了，免得徒增伤心。没有了母亲，他们真成了两只野猴子了。

村里人无人知道赵虎的母亲去了哪里。一个人的突然消失成了麦村人从未解开的谜团。那个大雨飘落的秋天究竟发生了什么也成了谜。尤其是十年后，1999年，随着赵虎父亲赵拜生的去世，这一切彻底成了一段无人说清的悬案。起初的几年，人们还谈论着这件事，后来，说得多了，也没说出个眉目，就慢慢忘记了。

男人无妻家无主。母亲消失后，家里的日子每况愈下，当然，之前的光景，也不见得多好。在父亲赵拜生去世前的一年，家里掏空所有积蓄，给二十三岁的大儿子赵龙说了一个媳妇。赵拜生是个话少的人，但心里常常攒着劲。按他的谋算，两年后，他就是把一把骨头在黄土里熬成油，也要给二儿子赵虎在地里刨出一笔钱，娶个媳妇。这样，他一辈子做父亲的任务也就完成得差不多了。至于每人盖一面新房，他也想，但以他的能力，也只能想想罢了。两个儿子完婚，各自成家，剩余的事，他就不管了。但当他这么给自己鼓劲谋划的时候，却带着无尽的遗憾离开了人世。就在他咽气前依然念叨着二儿子媳妇的事情，他眼角上挂着浑浊的眼泪，断了气，他终究没有攒够娶儿媳妇的钱。

　　人们都说,赵拜生是挣死的。除了鸡,他是村里起得最早的,甚至比鸡还起得早。家里没有表,他隔窗户看一眼院子,院子亮晃晃的,翻身起来,披了衣服,盘腿坐在炕头上捣一缸子罐罐茶,就出门了。到地里,借着水银般清亮的月光,挽了两个地埂,锄了一遍洋芋,抽了两锅旱烟,天才麻麻亮。后来,才知道是半夜三点多下的地,把明晃晃的月光错当成了大清早。为了多挣点钱,他还养着三头驴,他盘算着,一头驴一年下一头驴娃,一头驴娃五百元,三五一千五,四年就六千,庄农再收入一点,就能过万,差不多就能给虎娃提亲了。

　　每天八点多,晨曦挂在树梢,村里人下地时,他已经挽着裤腿回家了。一回家,啃一口干馍,又吆着三头驴去放。放驴,也不闲着,提着镰刀,一山一山割草。割了草,梳成捆,驴背上搭几捆,自己背几捆,才回家。他常说,驴无夜草不肥,驴不肥,下的驴娃就不好,驴娃不好,就卖不上好价钱,卖不上价,就攒不下给二儿子娶媳妇的钱,这都是一环套一环的,可不敢马虎。

　　最后,赵拜生在村里落了个"昼夜忙"的绰号。村里的懒尿为自己开脱时,就说,你们勤快有个啥用,拜生一辈子勤快得很,是个昼夜忙,到头来二媳妇没娶上,还把自己挣死了,有啥意思?

　　赵拜生去世后,大儿子赵龙带着媳妇刘兰兰进了城,搞副业。他们清楚地知道,在麦村,父亲赵拜生在为他们示范出一种活法时,其实已经关死了这种活法的出路。一个农民,唯一能做到的就是在黄土中寻找生路，想要活得更好，就只有在黄土中下更多的力气。可力气再多，土地上的产出是极为有限的。一个四体勤快的人，养家糊口，勉强可以，但是面对子女的婚事、生病花销、家庭变故，需要更大的支出时就显得捉襟见肘，甚至无从下手。所以，赵龙选择了离开，离开，他就能把五间瓦房完整地交给弟弟，让他别再为住房所忧虑。离开，彻底抛弃父亲那辈人的活法，挪一挪，或许会有希望，树挪死，人挪活嘛。离开，打破祖祖辈辈留下的循环死结，种地，生儿子，娶媳妇……种地，生儿子，娶媳妇……无休止地循环。他恐惧祖先们可怕的循环在他身上一代代传下去，他不想成为下一个父亲赵拜生的翻版，一抬眼望到头。

赵龙进城后，两口子先在工地和灰，伺候大工。赵龙脑瓜子活泛，和灰的同时，盯着大工看砌墙，看得久了，也就会了。砌墙工讲究的是一根线，只要线拉直，墙不倒，就行。和了两年灰，赵龙干起了大工的活，他砌墙，媳妇伺候他。有时候，两口子承包一点边角料的活，自个儿就干了，挣个完整钱。干了几年，赵龙积攒了一点积蓄，学了驾照，借了点钱，买了辆出租车，在城里跑出租。那时候，车少，跑出租挣钱，赵龙又能吃苦，一个月出去，几乎天天不歇。白天自己跑，晚上雇人跑。几年下来，滚雪球一样，赵龙买了三辆出租车。他自己不开了，车全租出去，收租金，自己搞点蔬菜水果贩一贩。慢慢的，白手起家的赵龙，成了一个小老板，在城里买了房，安了家，成了最早彻底离开麦村的一批人。

而赵虎，却朝着赵龙的反方向撤退。哥哥赵龙走后，家里就只剩下赵虎一人。虽说有五间烂房，三头毛驴，可日子并没有多大起色，甚至有种越过越窝囊的架势。赵虎也算继承了父亲赵拜生的基因，是个勤快人，就算驴娃一年卖一千五，地里产的麦子槩了，收入一千五，但除过花销，也就不多了。即便一个人，油盐酱醋，也得有啊。最重要的是化肥，一亩麦，白露种的时候，一袋土磷肥、十五斤尿素，正月里打春，还得撒尿素，四五月，还要追一次肥，打几茬药。一亩地，满打满，碾八百斤麦。就麦村那山地，已经墙把梁挡了。一斤麦，时价，八毛，八八六百四十元，除过籽种、化肥、农药等投入，自己算算，还能收入多少。当然，作为一个农民，尤其是老一辈的，是很少这么和土地精打细算、讨价还价的，因为除了种地，还是种地，别无选择。赵虎基本上继承了老一辈人的这一秉性。光是蒙头种地，也不问出路。

　　由于地多、家畜多，劳力就他一人，这些年下来，赵虎搞得身心疲惫，肠胃炎让他苦不堪言，但又没有多余的积蓄进城看一看。尤其是听说看胃病要把一根管子从嘴里塞进去，他想起就又恶心又恐惧。

　　没有父母，赵虎的婚事也就无人操心了。自己又老实腼腆，不好意思去邀请乡邻撺掇。偶尔有个对眼的，一听他的情况，也就打消了念头。尤其是村里的姑娘像鸟一样，扑啦啦全飞进了城，要么端盘子洗碗，要么去衣帽鞋袜厂，要么就干一些下三烂的事。就这样一年拖一年，二十来岁的少年拖成了三十多岁的人。一茬人，有一茬人的口，过了这一茬，就对不上号了。这跟庄农一个理，过了那个节气，再下籽，就不是时候了。你要找个年纪相仿的，人都成家了，再小的，都出门打工了。这就出现了断茬，再想补，就难了。

在麦村，一个靠山吃不上山，靠水又没水的干山顶，从川里进一趟村，走捷路，路陡的能挣断驴的气，走大路，十二盘山路能把人走晕。一个人过了三十岁，要是还没结婚，基本就等于被判刑了。村里光棍的例子，一个个摆着，就是赵虎的结局，毋庸置疑。

自从赵龙进城发达后，就再没有回过麦村，连给先人一张纸都没回来烧过，他好像把那块生他养他的土地和那个落魄的弟弟忘了一般。直到2010年的夏天，他开着自己的出租车，风风光光地准备回来看一看老家和弟弟时，车开到半路，轮子打滑，翻到深沟里，车毁人亡。

赵龙的意外死亡让村里人唏嘘不已，他们都想见一见那个在城里出息了的赵拜生大儿子，可再也没有机会了。

赵龙死后，埋进了老坟，在父亲脚下的一排，留着空地，是给赵龙和赵虎的，再下一排，勉强能埋一辈人，以后的就得请风水另寻新址。

因为要办丧事，嫂子刘兰兰带着儿子回来。刘兰兰一去十来年，赵虎基本认不出了，他都不敢相信这个女人就是十年前离开的刘兰兰，那个当初离开时头发枯黄、两腮挂着红二团、手背肿得跟癞蛤蟆背一样的女人，现在洋气得让他睁不开眼。他都不好意思叫他嫂子，甚至不好意思看她一眼。他躲在大门口，给驴梳着背上的毛，又一次陷入失去亲人的悲恸中，也又一次想起小时候父亲梳着驴背，他们坐在青草堆上，听父亲唱儿歌……烟筒眼,冒冒烟……他们乐成了两只猴子。

赵龙的丧事结束后,刘兰兰跟小叔子刘虎聊了聊今后的生活,大意是一个家没了男人就基本瘫痪了,以后日子咋过都不敢想象,而让她再嫁她也没这个打算,怕嫁过去儿子受罪,到底该怎么办,她痛苦而茫然。赵虎听了嫂子的诉说后,也压力很大,心想哥哥人已经去世,他自己可能这一辈子就打光棍了,一定要把侄子这棵独苗看护好,不然真就断香火了。他有责任把这个家顶着,但他一个庄稼人,又老实,又笨,能有什么办法。

"头七"过了,刘兰兰领着儿子走了。赵虎也恢复到了往常的日子,死气沉沉,毫无生机。他真的像一根棍一样,直愣愣地戳在麦村上,不再发芽,不再长皮,离朽还远,但内心早已被无望的日子蛀空了。

有一天,他耕完一亩麦茬地,和邻地也耕地的赵善财说起这事。赵善财坐在地埂上,擦着犁头,思谋了半天,说,要不就你们凑一对吧。赵虎一听赵善财的提议,头差点都炸了,他打死也没想过和嫂子一起过日子,天啦,这不可能的事。但赵善财抽着纸烟头头是道地讲了起来。你们在一起,当然,一时半会儿,谁都接受不了,村里人也会议论,甚至整个西秦岭也都议论,这正常,人都长着一张嘴,哪有不议论的,但议论过了,也就没啥了。但你想想,你这步棋一走,全盘棋就活了,一下子救了两个家庭,一个是你,你再也不用打光棍,一个人,没个女人,多可怜的,村里海明娃的下场,你也看到了,你总不想当第二个海明娃吧?对于你嫂子刘兰兰,家里又有了一根顶梁柱,首先这个家不散伙了;其次,你哥半辈子积攒的家产也就回到了你手上,肥水流不到外人田了啊,再说你接你哥的家产,天经地义,谁也没话说,你哥挣点家产也不容易,你不守谁守,你不守,你嫂子改嫁,就全成别人家的了,你能对得起地下的你哥吗?第三,你的侄子跟上你,也不受罪,要是找个后爸,谁知道咋作践娃呢,你想想,你爸生了两个儿子,到孙子辈就这一根苗,你忍心侄子受罪啊。这事成了,你的后路也就通了,你一进城,有吃有住,再不用当乡里人,你也看到了,当一辈子乡里人,能有啥出息?赵善财把犁头的泥土擦掉,语重心长地接着说着,虎娃,我是看你爸和你老实本分,才给你掏心窝子说这话,遇着别人,恨不得你翻船呢,我说的话,你想想。

赵虎窝在家里,把那堆话,挖到手上,翻来覆去,思前想后,两天两夜,觉得善财叔说的完全在理,如果要活得像个人,如果要让这个家不解散,这是唯一的出路。至于伦理道德,也都是束缚人的,何况也没犯什么天条。村里人的议论,让他们说去吧,说着说着也就没意思了,再说他一进城,任他们怎么说吧,也跟他没有关系。

赵虎提了二斤茶叶、二斤酒,找了赵善财,表示同意,但这事,得请个人出面去说,他是不敢也不好意思直接去说的,这个人就是村里还有点威望、也是这个想法的提出者——赵善财。他请他,给他当个媒人。

赵善财去了城里,给刘兰兰说了这事。起初,刘兰兰也极力反对,但经过赵善财半天时间的解释,说了这个家庭、说了孩子的今后、说了赵虎的为人。毕竟在城里待着的女人,思想开明,顾虑少,心眼大,最终同意了这件事。至于赵善财如何给刘兰兰做思想工作、说了哪些话、摆了哪些理,具体的情况,也就没人知晓了。

2010年年底,赵虎把几亩好点的地租给别人,偏远的地撂了荒,卖掉了毛驴,粜了粮食,腰里别着一捐钱,在一个落着寒霜的早晨锁上门,趁着即将收敛而去的夜色,下了山,搭上班车,进城了。

赵拜生的一家人,就这样彻底在麦村,消散了。对,是消散了。

粽子香，香厨房

粽子香，香厨房；

艾叶香，香满堂。

柳枝插在大门上，出门一望麦儿黄。

——童谣

在西秦岭一带，五月五，端午节，要戴手款，插柳梢，摆露水，戴荷包，吃粽子。

手款用五色丝线拧成绳子，戴在孩子手腕或脚踝上，可以避五毒。五月五戴，到了六月六，就要剪断，扔到树梢或者房檐上，让喜鹊衔去，七月七，给牛郎织女搭桥用。吃粽子，戴荷包，其他地方也有这习俗。摆露水，即早起去山坡上，用干净毛巾来回摆动，采集露水后拧入水桶，提回家，供家人擦手脸，便不生褥疮，防毒虫叮咬。

在古代，五月，算是恶月。端午当日，清早起来，沿河折些柳枝回来，插于门楣和窗户。柳木能辟邪，故折柳来插，以达避邪祛恶的目的。

这些都是老风俗了，祖祖辈辈，延续至今，融入了血脉，是不会忘的。

然而赵吉祥家的门楣上，却是光秃秃的。他也算是勤快人，不至于撒懒或者遗忘的。红漆剥落的铁门上，挂着"铁将军"。端午的风，吹着卷起角的旧对联，干硬的声音像木屑一般，沙沙落地。没有插柳的门楣，在村里，显得异常没落、冷清、一片死寂。而铁锁右侧的门把上，挂着一对手款。五彩明艳的丝线，拧成绳，上面各缀着一只豆大的小兔子，木质的小兔子，黄褐色的小兔子，在五色草丛里的小兔子，低头觅食，抬头望天。一只黄鹂飞过来，绕着手款飞了一圈，又飞走了。

赵吉祥一家人去了哪儿？

整个麦村，横在北山上，从东到西，呈梭子型，中间大，住的人多，两头小，人少。赵吉祥家住西头。缩在一条仅走架子车的巷子后面，死胡同，出进只有这一条路。屋后，是一溜三人高的崖，呈半包围状。屋前，是赵吉庆家。一前一后，两家人，前胸贴后背。赵吉祥家没有前院墙，院墙是赵吉庆家的堂屋后墙。出院子，去外面，小巷道一侧是崖，一侧是赵吉庆家的厕所后墙。两家人，既是实打实的邻居，也是远亲。赵吉祥的祖父和赵吉庆的祖父，是兄弟，他们算是一个祖爷的后代。

然而就是这么两家人，却一直活在你争我斗中，多少年了，从未消停过。

矛盾的起因，归结于赵吉祥前院的一棵梨树。当然，或许还有别的原因，难以厘清，也就怪罪于这棵梨树了。梨树长在前院，离赵吉庆家后房檐两三步远。十多年的树龄了吧。老品种的梨，果子不大，但肯长，枝繁叶茂。慢慢的，南边潮湿，梨树的枝叶高过屋檐，罩住了赵吉庆家的半面房顶，戴着一顶绿帽子一样。罩着，也就罩着。夏天倒凉快。但问题是这么一罩，枯枝败叶落下来，堆积在瓦沟，不利水。到了秋雨时节，天天下，因枝叶堵塞，水流不畅，就从瓦缝里往下渗，渗透屋顶，霉了檩，朽了椽。长年累月，一下雨，屋顶就漏，滴滴答答，满屋阴潮，让人痛苦。

屋顶漏水，起初，赵吉庆以为是瓦破了，上去换了一茬，但还是无济于事。最后看来看去，罪魁祸首是那棵梨树。赵吉庆揣着一包烟，在一个吃毕午饭的正午，出门，右拐，进巷子，到了赵吉祥家。发了烟，自己也点一根。边抽边说了屋顶漏雨的事，并希望把那棵树砍了，或者把罩在他家屋顶上的一部分枝干砍掉。如果忙不过来的话，他会搭个手，帮个忙。赵吉祥坐在炕沿上，没有吱声。他的女人牛锁花放下正补的一条女儿的裤子，表示了反对，说怎么着也不能砍，树是公公离世前栽的，是个念想，长这么大，不容易，咋能说砍就砍。再说，梨树三分之二的枝干都长到南边了，全砍了，还能活吗？

那我屋顶漏雨，你说咋办？赵吉庆把烟头弹出去，烟头落在门槛上，冒着烟。

那我不管，反正树我和吉祥不砍。牛锁花一股无所谓的口气，说完，又低下头补起了裤裆。

那兄弟，你说，咋弄？赵吉庆把话头抛过来。

赵吉祥半天没有表态。大家沉默着。青烟在屋内升腾。过了好一阵，赵吉祥才说，下来再说吧。

赵吉庆鼻子里长长出了一口气，走了。他知道事情没这么简单。

牛锁花不想砍树，是有她的道理的。四年前，她从集上买了一头猪娃，回来起早贪黑喂养着，又是打玉米秆粉，又是满山剜菜，又是请兽医看病，又是出粪垫圈。好不容易养到六月，猪娃也有近三尺长了，却有一天被毒死了。这让牛锁花悲痛欲绝了十来天。最后她认为是赵吉庆的女人张兰兰用老鼠药毒死的。事实怎么样呢？事实是张兰兰在大门口杂物房里放了拌有"三九一一"的玉米粒，牛锁花的猪从圈里溜出来，出了巷子，钻进张兰兰家，吞食了拌有毒药的玉米，最后死亡。牛锁花去找张兰兰算账，要她赔猪。张兰兰一口咬定是你家猪自己找来吃的，又不是我故意喂的，所以跟她没关系。两个女人，就这样僵持着，争吵着，持续了三天。最后也没有吵出个眉目，两方都歇下阵来。而赵吉祥和赵吉庆在那时，一是碍于男人的面子，二是碍于堂兄弟的情分，都没有出面，任由女人们去闹。但从内心里说，他们都是向着各自女人的，毕竟打折的胳膊连着筋。

也就从这时起，两户人，有了过节。虽是前院后院，但不再往来，形同陌路。

砍树之事没有协商好后，赵吉庆就憋着一肚子气。明明是你家的树造成了我家房子漏水，你却不砍。可树是人家的，不砍，你又没办法。要强行砍，势必就是打架斗殴，搞不好，闹出人命，让村里人笑话。但不管吧，总不能年年在雨里泡啊，这真是罐罐里养王八——成心憋人。他把事情告诉张兰兰，张兰兰也是一通骂先人。

但这口气他们两口子咽不下。晚上，两个人窝在被筒里，轱辘着眼珠子，算计着。

几天后,他们以大门口太低,不利水为由,拉了好几架子车土,倒在了门口和巷子口,并用碡子碡得平平整整。这样一来,他家门口一带的地势就高了近一寸。或许在别处,这一寸,毫无用处。但是在这里,就非同凡响了。这一寸垫高之后,赵吉祥家的水路就被卡了。他家在后面,四周没有水路,雨水集到院子里,流进巷子,沿着巷子出去,就流走了。而这样一来,地势抬高,水流不出去,就会积下,积得一多,倒流回去,又进了院子,这样,赵吉祥家的院里就成了池塘。赵吉庆的这一招,像一个锁喉功,仅用拇指和食指,就锁住了赵吉祥家的咽喉,让他无力挣扎。

赵吉祥是不会登赵吉庆的门的,因为之前,砍树之事,他没有答应,让赵吉庆吃了闭门羹,这会,人家是专门整他的,明摆着。他没法给人家找不是,就像梨树是他家的,他有做主权,门口是人家的,人家也有处置权。再说,他也不会去低这个头,让那个步。他也算是个村里的犟人。

他们就这样暗自较着劲,像狼和虎,互相紧紧咬着对方,谁也不会让半步。

张兰兰一边试着一条新的确良裤子,一边说,你让我们家漏雨,老娘我让你们全家水淹金山寺。就在赵吉庆和张兰兰咧着嘴暗自高兴,本以为这一招致命时,却发现问题没有那么简单。他家门口十步远,是一片两块炕大的地土台,属于赵吉祥家。平时堆放着几捆玉米秆,可现在却堆满了牛粪。原先这些牛粪是堆在村口的一个大土坑里的,现在赵吉祥家两口子直接把牛粪背出来,倒在土台上。土台是他们家的,他们爱怎么倒就怎么倒,谁也管不了。但问题是这牛粪就在赵吉庆家门口,牛粪越堆越多,臭气熏天,苍蝇蚊子到处乱飞。随着天气渐暖,牛粪堆积发酵后的臭味像一张塑料布一样,直接把赵吉庆家裹住了,密不透风的臭味,熏得人神魂颠倒的臭气,让人茶饭不思甚至恶心想吐的臭气,让赵吉庆一家人难以张嘴,甚至有种窒息的感觉。另外,在牛粪堆上吃饱喝足的苍蝇,成群结队赶来,落到赵吉庆家屋里的角角落落纳凉休息。最让人反胃的是这些苍蝇,还随时伺机在吃食上下嘴,来改善生活,调换口味。

牛锁花鼻子里哼哼着,心想,你让我淹死,我死得体面,我要让你臭死,被苍蝇吃掉,让你死得难看。赵吉祥依旧不发一言,嘴角向上,微闭双眼。他想,你赵吉庆厉害啊,以为扼住我的脖子,我就死了,我塞住你的鼻子和嘴,你照样也得死,牛大有治牛的法。

赵吉庆也是一言未发,坐在院里的板凳上,闻着臭味。耳边是张兰兰叽叽喳喳的咒骂。他的目光越过门槛,落在了小山丘一般的牛粪上。他不会去找堂弟赵吉祥,他拉不下那个面子,再说拉弓已无回头箭,事已至此,毫无退路,这注定是一场没有硝烟的斗争。

几天后,赵吉庆拉了一堆砖,码在了门口。他要把厕所的后墙拆掉,往外后撤一尺多,重新砌墙。旧墙是土墙,很快就拆掉了。砌新墙,慢些。张兰兰喊来了弟弟,赵吉庆和妻弟没几天就把后墙砌起了。后墙和房顶接不上,他找了两片石棉瓦盖住,这就好了,厕所一下子宽敞了很多。

赵吉庆难道真是为了加宽厕所吗?显然不是这么简单。他家的厕所,早就够用了。加得再宽,也不会让拉屎撒尿变得有多舒心。他的目的是为了遏制赵吉祥。他把厕所后墙往外移一尺之后,原本很窄的巷道就变得更窄了。之前的巷道,刚能走一辆架子车。可现在这么一移墙,架子车就出不去了。而在麦村,要做务庄农,要过日子,家家户户都有架子车,拉粪拉草拉化肥,磨面砍柴种粮食,都离不开架子车。这样一来,架子车出不了门,好多活,就没法干。除非赵吉祥把架子车扛出去,或者把半面崖削掉,否则,就把你困死在家里。

赵吉祥和赵吉庆依旧没有出面,他们照旧干着农活,照旧日出而作,日落而息,照旧打了照面面不改色心不跳。这或许就是男人的定力了。他们把所有烟云都压下去,表面看,一切都是波澜不惊,安静祥和。其实他们的心里早已是刀光剑影,你死我活。当然,这些都是外人所难以觉察的。他们各自推着光阴,在众人面前强颜欢笑,努力保持着尊严。

但是,女人们就没有这样的好定力了。麦村的男人常常骂女人——狗肚子贴不住三钱油。有一天,她们在巷道里扭打在了一起。牛锁花说张兰兰朝她身上吐了一口痰,张兰兰说牛锁花往她身上摔了一团鼻涕。牛锁花说张兰兰用狗眼瞪她。张兰兰说说牛锁花用猪嘴骂她。一个说一个老肥猪上屠宰场——挨刀的货,一个说另一个吊死鬼搽脂粉——死皮不要脸。她们互相扯着对方的头发,撕啊撕,撕成了两堆乱麻,扯啊扯,扯掉了两疙瘩。然后一个抓一个的脸,你抓我一把,五道痕挂在脸上,五道瀑布哗啦啦流。我抓你一把,五道痕横在脸上,五条河哗啦啦淌。鲜血把两张脸染成了大红布,把衣服染成了大红布,把巷子口的泥土染成了大红布。她们抱在一起,咒骂着,撕咬着,一个咬住了对方的肩膀,一个咬住了对方的胳膊。她们使了劲,把两排牙深深钉进皮肉,一挣扎,刺啦一声,两坨肉,像咬掉的两块馒头,吞在她们嘴里,最后一吐,掉在了地上。两块肉,皮球一样,跳动着,溅着血沫子,跳出了巷子,跳到了别处。她们滚在地上,还是咒骂着,厮打着,最后扯掉了上衣,扯掉了裤子,白花花的肉,红兮兮的血,在地上扭动着,号叫着,缠绕着,像长在一起的两根党参……直到最后,她们被村里人使了吃奶的劲才掰开,她们像死了一样,闭着眼,歪着脖子,被人们抬进了各自的家。

赵吉祥和赵吉庆,在各自的女人打架时,他们坐在各自的炕上,狠命地抽着烟,一根接着一根,烟头堆满了窗台。他们终究没有出门。两个女人的号叫声,让他们颤抖不止。但他们知道,这或许是唯一解决的办法了。

时间过得很快。在麦村,太阳搭在树梢了,搭久了,在头顶跨一步,搭在另一边的树梢上,一天就过去了。人们忙着各自的光阴,忙着在黄土里刨食吃。只有晚饭后,绵长的黑夜裹挟而来,人们才会在昏暗中,借着月光说起那场惊心动魄的厮打,说起赵吉祥和赵吉庆的矛盾,或许不是他们这一辈的,在上一辈,似乎就开始了。当然,这都是旧话了。旧得谁也说不清个所以然。

四月到了,洋槐花开过。玉米长到了齐膝高。麦子扬过花,在明亮的阳光下精神饱满地灌着浆,等着六月,镰刀的嘴唇。牛锁花和张兰兰在炕上躺了十天,就好了。不好也不行,家里的一摊子事，逼着她们好。

赵吉祥把一把镰刀磨了又磨，最后把新开的刃口又磨老了。他用刀口在手背上刮了一下，迟钝的刃口没有留下任何痕迹。他知道，在跟赵吉庆的斗争里，虽然表面看着是两败俱伤，但从长处看，是他输了。牛粪再臭，可以忍受，甚至也会久闻而不知其臭，但架子车出不了巷道，可不行啊，家里的出不去，外面的进不来，这明摆着就是要把他困死在屋里。

四月底的一天，他给在新疆一家国有企业上班的儿子打了电话，说想去新疆住，想抱孙子。他没有说和他堂叔赵吉庆家的矛盾。儿子之前叫过他们两口子好几次，说那边住着宽敞，吃喝方便，人也消闲，让他们撂下那几亩地，到新疆来，一家人待一起。赵吉祥不想去，总是推脱，人过了四十，就怕挪窝了。这次，他决定了，是离开的时候了。待着，他迟早会败给赵吉庆，而且会很惨，趁着现在，胜负还不太明显。

端午前的两天，赵吉祥和牛锁花收拾完毕，锁了门，带上上初中的女儿，走了。他们坐着K175去了新疆。

在经过赵吉庆家大门口时，赵吉祥笑了。因为他知道，他虽然人走了，但却是以退为进。面上看，他输了，但实际他赢定了。这着棋，别人都看不来，只有当赵吉庆推开门，站在巷子口发现赵吉祥一家人走了时，他才知道，虽然人被逼走了，可他终于输了。为什么要这样说？因为赵吉祥走后，赵吉庆留给他的困局，自然就化解了。而赵吉庆呢，房顶的梨树还罩着，问题的症结将再也没有机会解决。他们将长期生活在漏水的屋顶下。

赵吉祥有一个女儿，赵吉庆也有一个女儿。两个孩子，都上初中。从小一起长大，算是闺蜜。两家人，有矛盾，双方大人是不让一起玩耍的，可孩子，天性单纯，才不管你们大人的恩怨呢。明着不玩，但背后常在一起。赵吉祥的女儿说他们要去新疆了。赵吉庆的女儿哭了。赵吉祥的女儿说，我会想你的。赵吉庆的女儿说，我也会想你的。那我们到时候打电话。好啊好啊。

端午节，赵吉庆的女儿想赵吉祥的女儿了，偷偷跑到赵吉祥家门口，在门把上戴上了自己编的花手琰，她要祝福赵吉祥的女儿平安。她回到家门时，看到门上用土疙瘩写着一串电话号码。这是赵吉祥的女儿临走时偷偷留下的。赵吉庆的女儿高兴极了。她想起她们见面的最后一天，她们说，端午节都要给对方吃一个粽子啊。好啊好啊。我们一起唱歌吧。好啊好啊。粽子香，香厨房；艾叶香，香满堂……

古今古，打老虎

古今古，打老虎，
老虎扎的红头绳，羚羊端的酒壶瓶，
你一盅，我一盅，
我俩喝了拜弟兄，
你的拜在高粱上，
我的拜在窗台上。
你的打了千百石，
我的打了一瓦罐，
老鼠揭过就要看，
把老鼠打了一门担，
打得老鼠不见面。

——儿歌

清明前后，种瓜点豆。赵安是记着这口诀的，虽不操弄庄农，可骨子里还是有农耕情结。他在花盆里种了几窝豆角。豆子是前年清明回家，弟弟赵平给的，当时，忘了种，在抽屉的报纸里包了两年。

花盆里的土，抓个窝，放三颗籽，盖上土，浇透水，再撒一层虚土，就好了，他把花盆挪到阳台，阳光泼在土上，土吱吱冒着泡。

豆角一种，也便忘了。

接着，清明，单位是放假的。天阴着，云压得很低，站山顶，能扯下一片来。十点多，下起了雨。吹着北风，这雨，倒是像雾了，迷迷蒙蒙，游走着，把棱角还未被绿色磨平的山野遮住了。天地是混沌的，仿佛前路，不知所向何处。

车在乡级公路上颠簸着，路况糟糕透顶了，像在弹簧上，随时都有仰面朝天的危险。路，还是那条路，两车道，满是坑洼，侧面种着腿粗的洋槐，后边是稀稀拉拉的麦田和撂荒的土地，全都浸润在雨里，一片黯淡。

车里只有他一人。儿子上大一，放假在家，团在被窝，玩着手机。他叫一起去老家上坟，儿子不情愿地说，上什么坟啊，那么远，不去。他有点不高兴，皱着眉，说，清明上坟，缅怀先祖，你是把学上到肚子里了吗？哎呀，爸，都什么年代了，还说你那老一套，你去吧，我中午还约朋友看电影呢。儿子翻转了身，继续玩他的手机，给了他一条冷脊背。

儿子打小对老家是没有感情的。生在城里，长在城里，压根就把自己当城里人。小时候，有乡下的亲戚问，晗晗，你是哪里人？他不假思索地就说，城里人。又问，城里好，还是乡里好？答：城里好。为啥啊？城里有楼房，有幼儿园，有肯德基，乡里有牛粪，臭死啦。除了春节，匆匆忙忙的几天，他平时也是很少带儿子回老家，一是怕去了耽误学习，二是怕跟乡里孩子玩，弄成泥猴，回家妻子骂。于是，在孩子心里，是没有老家这个概念的，即便后来有一点，也被虚荣心捏死了。

在中国，出生在城市的 90 后这一代，是没有故乡的，以后的也是，故乡，渐渐的，只会是一种陈旧的心病了。赵安想着。

车上了山，就到麦村村口了，他没有进村，沿着农路，直接到了坟园。

去年清明，他开着车，是先到弟弟赵平家的。早上走得早，没顾上吃，一进屋，弟媳妇马玉琴就端着饭来了。浆水面，他最爱吃的面条。酸菜是春分前后的嫩苦苣，腌了月余，浆水的酸味正好。切几片老蒜，几段干辣椒，放热油锅，蒜待微黄，辣椒微焦，倒入浆水炝。真是炝，热油，热锅，一遇凉浆水，刺啦一声，蒸气一腾，酸爽味立马弥漫了屋子。浆水在锅，翻滚一阵。要掌握好时间，太短，不入味，浆水寡淡；太久，会很酸，失了清香。然后下面。面是手擀面，弟媳妇擀得相当好。他常想起一首儿歌：亲戚来了，拿升子，取白面，一把一把和上案，擀成薄纸切成线，下到锅里莲花转，捞到碗里一根线。

汤是清汤，汤上漂一串菜籽油，面细如线，再浇半勺韭菜，配上红辣椒、黄蒜片。那个颜色和味道，让他身心通透，倍感温暖。母亲活着时，也能做一手好浆水面，每次捧着碗，他就想起母亲，一个慈祥得像菩萨的白发老人。他小的时候，她常坐在村口的大杏树底下，等着她的大儿子放牛回来；长大后，母亲还是常坐在村口的大杏树底下，等着她的大儿子回来看她，提着豆奶粉和一心窝子话。每当想起母亲，他的眼泪就出来了。母亲，已经去世几年了。母亲活着时，他总觉得自己还是个孩子，是个有娘娃。可母亲一走，他就觉得在这世上，可怜了，再也没人疼惜了。

吃毕饭，他和弟弟去上坟。坟是祖宗四代的，高祖、曾祖、祖、父，更远的，就不知道了。祖先从何处搬迁而来，是说不清的，他也没有搞清的想法。日子太烦琐，一个人，忙于奔命，哪里有精力去操心祖先的故事。

到坟园，先把杂草铲掉，把洋槐枝条砍了。在西秦岭，坟园是忌讳桑、槐的。槐树，根系发达，在土里，到处乱蹿，有时会钻进棺材。据说，这会不吉利。所以，槐树长在坟园，是很糟糕的，要连根拔掉。清理完草木，就该往坟堆上抔新土。土要虚软，得挑好土，一背筼一背筼，倒在坟头，直到新土盖住旧土。在麦村，有谚语说"坟上有背土的，门上有叫口的"，就是指香火延续，儿孙孝敬。祖先已逝，儿孙无以表达心意，背几背筼土，添于坟头，也算是尽了孝心。

添罢土，修整毕，往坟上插一些红、黄、白、绿等各色两指宽的纸条，即纸钱。然后在竹棍上绑白色或黄色长幡，插于坟头。长幡，都是在镇子上买了纸，自己剪的。然后，沿着坟园四周倒一圈白酒，奠一杯茶水。最后，焚香点蜡，鸣放鞭炮，坟也就算上完了。

风把长幡吹着，像把无尽的思念吹着。人生也就如此，一辈一辈，延续着血脉。今天你扫祖先的坟园，明天儿孙扫你的坟园。在大地上，谁也逃不出黄土。祖先，已不可见，子孙们唯有把这养活人也掩埋人的黄土攥紧，像攥紧祖先的骨骼，不忍放下。

赵安一个人在坟园，和往年一样，清了杂草，砍了新长的槐树。然后添土，插上城里买来的机器剪的长幡。他没有急着烧香,蹲在地埂上,望着远方,发起了呆。远方,其实是没有远方的,一切被晃荡的雾遮着,影影绰绰。唯有眼前的麻蒿,湿漉漉的,泛着一层火红。还有地埂上的一株杏树,依旧一人高,忘了生长一般。豆粒大的花骨朵,挂着水珠,像花骨朵挤出的一滴眼泪,不小心,会掉下去。

他是再也不能和弟弟一起上坟了。说来话长啊,可说说,或许心里会好些。

去年,后半年,好像是九月底吧,弟媳妇马玉琴给他打电话,说她哥的三女儿没考上高中,本来让补习,可孩子不想补,出去打工年龄小。就这样在家里耗了一个月,突然想上职校,可这时候职校开学都半个月了,希望赵安无论如何托人把孩子放进学校,有个出路。还说亲戚里,就你一个干公事的,还在教育局,你不帮,就再没人帮了,也不能眼睁睁看着亲戚的娃娃混入社会啊。弟媳妇的口气是决绝的,不容推诿。因为人家也有理由口气硬气啊,你赵安每次回家,还不都是弟媳妇我伺候你吃喝,这事到临头,也该靠靠你当大哥的了。

赵安一听,头都大了。这事,真的有难度,他虽是个干公事的,可也只是个普通干部,虽在教育局,可毕竟在县上的教育局啊,要把一个孩子撺掇到职校,就算在市教育局也不行啊,因为人家职校是市政府直管的,他提上猪头也找不见庙门,再说就算有,也过了半个月了,学校早停止招生了。

赵安就这么犯难着,无处下手。一天后,弟媳妇的哥哥背着一壶五十斤的菜籽油、抱着一疙瘩干粉条,来了。他一边囫囵吞枣地应允着事情,一边拒绝着送来的东西,但弟媳妇大哥死活不肯拿回去。最后说了句,娃他叔,事就拜托你了。说毕,夺门而出,留下东西,一溜烟跑了。

东西在门口放了两天。一天下午,下班,赵安回家,发现东西不见了。问妻子刘艳,刘艳说油送娘家了,粉条送同事了。一听妻子把东西送了人,他差点气炸了。可他又是个怕老婆的,敢怒不敢言,这气,也就在胸膛里憋散了。吃人嘴软,拿人手短。本来可以推脱的事,被刘艳这么一搞,就难以脱身了。他到处打听、托人,甚至花钱请人家吃饭,没少费心思,可到头来还是没把事情办成。

十月底,弟媳妇的侄女南下东莞,打工去了。事情没成,弟媳妇对他也就有成见了,常在亲戚处说,你看那当大哥的赵安,油吃了,粉拿了,到头来事情黄了,亏了我平时好吃好喝伺候他,到用他的时候,就放水,哎,啥人嘛!这些闲言碎语,偶尔钻进赵安的耳朵里,他心里也不好受,他何尝不想给家里人办点好事,可无能为力啊,再说他也不是那种喜欢低三下四、看人脸色、蝇营狗苟的人。所以,这憋屈,也只能牙齿打碎——往自己肚里咽。

这件事,得罪了弟媳妇。年底,他又得罪了弟弟赵平。那是腊月里,刚下了一场毛雪。赵平打电话说借一下他的车,去一趟西安。赵安知道弟弟不会开车,肯定是借给别人开的,他有点不放心,加之车这几天刹车有点不灵,还没来得及修。他拒绝了赵平,说车坏了,在修理。赵平说几天前你还开车去给亲戚家烧三年纸,今天就坏了?赵安忙说,刚好今天坏的。那算了。赵平一说毕,就掐断了电话。当他吸了一根烟之后,在缭绕升腾的烟雾中,才意识到得罪弟弟了。他有些后悔,把电话拨过去,但那边一直在通话中,后来就关机了。

正月里,他回老家过年,媳妇带着儿子去了娘家。往年,母亲还健在,他一回去,弟媳妇早把厢房炕烧热了,他一骨碌翻上炕,扎进被窝里,暖了个通透。但今年,却是冷炕一面,冷被一片,还堆满了杂物。他进门,赵平和媳妇也没有了往年的热情,只是随便说了句来了啊,便在厨房忙着煎油饼去了。他脊背一凉,满脸的笑容落了一地。他放下东西,去厨房帮着烧火,人家也没有理他。吃饭的时候,以前,都是弟媳妇问他吃什么,然后做什么。今年,也没问,饭熟后,打发侄子端来了一瓷碗。也不问够不够,盐多盐少。

三天里,他明显感觉到了冷落。而这种冷落,就是因为没办成事,没借车的缘故。正月初四一早,他早早回了城。说是回,其实是逃。

那个家,已经跟他没有多少瓜葛了。父亲去世早,母亲一人拉扯他们两儿一女长大成家,在老院的地基上,拼了老命盖了五间上房,东面两间偏房。按照麦村风俗,父母一般会留在最小的儿子跟前,其余子女,到了年龄,嫁的嫁,另家的另家。屋里所有家产无条件全留给小儿子,作为小儿子给父母养老的筹码。上房堂屋,赵平两口子住。偏房,有一间厨房,一间驴圈,也给了老二。母亲自己住东面厢房,西面一间,留给大儿子赵安,这是母亲的意思,因为她知道大儿子在城里上班,老家没有一分家产,回来后,没个住处,立不住脚。

母亲在世时,赵安回到家,还有自己西面的一间房,虽然小，但是足以立身。在屋里，他挂了字画，放着书，按照自己的喜好贴了塑料壁纸。可母亲去世后，这间屋子就不再属于他了。赵平在屋里放了一个大粮仓，把拉粪桶子、架子车轱辘、铁锨、扫帚等物件全堆了进来。墙上的字画也没了影踪。原本铺得平展的炕上，也放着几半袋玉米。

他的住处，就这样被没收了。

同样被没收的，还有他和赵平之间的手足之情。母亲去世后，他明显能感觉到赵平和他之间再也没有以前那般亲近了。母亲在时，他们坐在母亲炕头，一起端着碗，拉家常。家里有个大小事，甚至种庄稼也要打电话询问他。地里种的洋芋、葵花，磨的小麦，榨的菜油，还有大葱、白菜、萝卜、西红柿等，常常在班车上捎给他。村子里唱牛皮灯影子戏，还专程给他打电话叫他回来看。进城时，不是让媳妇掐一篮野菜给他装上，就是盛半塑料桶浆水让他带上。平时有个头疼脑热，也总是很殷勤地探问着，生怕耽误。秋后农闲了，还常和他坐在院子里，炖只土鸡，凉拌个猪耳朵，摆一盘瓜果，痛痛快快喝一场，喝到高兴处，就唱起了小时候的口诀："古今古，打老虎，老虎扎的红头绳，羝羊端的酒壶瓶，你一盅，我一盅。"唱着唱着，月光落满了酒杯。秋后的晚风，让他们面红耳赤，满心温暖。

可现在，不是这样了，他们已经好久没有坐一起喝一杯了。正月里，他暗示赵平，但赵平满村子找人买醉，却躲着他。至于别的，就不用谈了。这种隔膜和冷落，是母亲去世后日积月累而来的，像墙头的尘土，一天天积聚起来，遮住了那阳光。而帮亲戚上学和借车，只是一次导火索罢了。也正因为这两件事，赵平夫妇对于赵安的冷淡也就言之有理、便于公开了。

这一切，都是因为母亲的去世。母亲走后，兄弟之间亲情的纽带断了，加之两人受各自媳妇的挑唆和搅和，感情就越发难以维系。没有了母亲，赵安和老家也就渐渐失去了牵连。他正月离开后，就互相再也没有联系过。曾经由母亲一手搭建的房屋，完全被赵平一家占去，他再也没有了落脚之处。而每次期盼的回家也因为母亲的离世而变得毫无缘由，即便回去，家里也没有老母亲的絮叨和安抚。

一切都在改变，在光阴深处。

赵安知道，他即将是一个没有了故乡的人。他也是一个想回到村庄，但再也回不到村庄的人。

透过依旧浓重的白雾，他隐隐看见弟弟赵平背着背篓，来上坟了。他心里一惊，开始惧怕见到赵平。在祖先的坟园，他不知道该如何面对这渐行渐远的兄弟之情。相见，更多的是尴尬，毕竟，那个唱"古今古，打老虎"的年月不见了，那个围在母亲膝前说陈年旧事的年月不见了，那个披着夜色掏着心窝举杯烂醉的年月不见了。他起身，提上东西，没有来得及奠茶酒，匆匆忙忙钻进了大雾里。

过了清明，豆角在盆里，发了芽。阳光充足，水分也充足。豆苗没心没肺地长着，一天一个样。二十天下来，豆苗已经齐膝高了。

豆苗长着长着，爬到了地上，它纤细的茎蔓需要一个可以依托的支撑物，可在城市的阳台，是没有豆架的。没有豆架的豆苗，就像人，进了雾里，是摸不见前路的。

菜籽开花渗金黄

菜籽开花渗金黄，咱把花儿放心上；
滚水锅里煮白菜，咱把名声豁在外。
黄蒿长了一人深，小哥我背了个空名声；
空名声背的太多了，你把黄蒿快割了。
南天门上贴对子，好了好上一辈子。
低院里刮风高院里下，亲哥哥不娶我不嫁；
你变了良心变驴马，我昧了良心五雷抓。
把你死了变只羊，把我死了变只狼；
白草坡上狼撵羊，不图撵羊只图逛。
一块死了一块埋，一块上了望乡台；
望乡台上一杯茶，死了阴魂在一搭；
望乡台上一杯酒，死了阴魂手拉手。

——民歌

菜籽，即油菜。西秦岭一带的叫法。菜籽开花，三月的事儿。

在麦村，地广人稀，每年三月里，菜籽花儿开了，漫山遍野，像上帝背篓里的黄金，一一掏出来，擦了擦，在大地上摆放着，整个田野，渗着金黄。风吹过，胖胖的蜜蜂提着蜜罐子在唱歌。一只蚂蚁,举着一枚花瓣,翻山越岭,它要去铺上这黄色的地毯,举行婚礼吗?

赵望祖坐在我父亲的自行车后座上。车子是老加重,很破旧的样子,黑漆剥落,钢圈生锈,不过真是皮实,旧成这样,竟还能凑合着骑。车子沿着滨河路,向西。右手是浑黄的渭河,毫无疲惫地流着。再远处,河滩,堆着沙土、石块和白色垃圾。但还劈出了几坨炕台大的地方,撒了油菜籽。或许是干旱、少雨,也或许是沙土地,碱大,养分差,稀稀拉拉的菜籽火柴棍一般,插在地上,显得零落、瘦弱。一点没有麦村菜籽大块大块、浓浓艳艳的气派。

不过,这些年,随着主要劳力的流失和老人的离世,大块的土地开始撂荒。村里种庄农的人越来越少,越来越少。现在的麦村,菜籽花儿开的时分,也和这滩涂上的不差上下了。赵望祖坐在后座上,看着远处的菜籽,思绪万千,但终究什么也说不出来。一个苦惯了的人,又能说些什么呢?他只是叹了一口气。

他和我的父亲在县城边上的建筑工地给人家打工。厂子里的两层办公楼,主体起来后,其余的人撤了。就留下他们俩,还有一个监工,人常不在,鬼鬼祟祟。他们干一些零碎活,埋个水管、安个表箱、凿个洞子、铺个地砖等。中午,赵望祖提前半小时歇下来,煮点面条,炒点臊子,在工地上胡日鬼(凑合)着吃一顿。晚上,我父亲就回县城亲戚家里了。有时,他会叫赵望祖一起去。多数时候,赵望祖是不去的,觉得常在人家吃喝,不好意思,再者担心人家不高兴。有时,也去,吃顿人家的饺子，喝个小酒，抽根黑兰州，心里踏实、安闲，一身的疲惫就像玻璃被打碎，稀里哗啦落满了地。

不去的话，一个人就睡在偌大的厂子里。风吹得铁皮响，像说心事。他就想起自己的前半生，失败、不堪、痛苦，甚至麻木、无望。去的话，住人家里，风吹得风响，也像说心事。他就想起自己也曾有个家，四口人，挤在一起，锅锅灶灶，吵吵嚷嚷，日子过得清苦，但日子是过给自己的。可如今，他仅有麦村的五间塌房烂院。妻儿散了，家也就没了。无家可归，他也是多少年不回麦村，流浪汉一样，混过一天是一天。

赵望祖已经记不清确切出门打工的年份了。

一九七六年出生的人，二十二岁结婚。媳妇李粉香是另一个镇子的人。那里苹果很多，每到秋雨连绵时分，苹果腐烂后的味道便弥漫在巷道里，让人晕晕乎乎。赵望祖的媳妇是亲戚托亲戚介绍的。那时候村里的姑娘还一抓一把，找个媳妇容易，不比现在，比登天还难。赵望祖是一个秋雨过后的季节去相亲的，他清楚地记得塞满巷道的苹果腐烂味和两头滚圆的猪在门口的圈里拱着蔫苹果。李粉香正给猪添食，看到赵望祖和提亲的人，也没躲藏，反而隔着院墙喊，妈——人来了——！

赵望祖花了八千元就把李粉香娶进了门。从那个镇子到麦村，都是风能吹歪舌头的山梁，那时没有小车、摩托，自行车没法骑。李粉香是骑在赵望祖家的那头灰毛驴背上嘻嘻哈哈嫁来的。那时候，父母都还健在，婚事办得热闹。院子里搭了棚，门口挂了碧绿的柏树枝，贴着殷红的大喜字。烟是软盒子的凤壶，放开吸。酒是白瓷瓶的陇南春，尽饱喝。

结婚以后，老人心上的一皮子事情也就揭过了。盖了房，盘了媳妇，在麦村，是为人父母最大的理想，也是最终的目的。完了这两件事，拖着散架的骨肉就能给死去的先人和懵懂的儿子一个交代了，也能给自己一个交代了。后来，两个老人再无牵挂，相继离世。赵望祖也先后生下了一儿一女。在麦村，一个人有吃有喝有住，老人善终，儿女双全，一辈子也算是圆满的事。

二十世纪九十年代中期，比全国第一次打工潮稍晚一些，麦村出现了大规模青壮年劳力外出打工的热潮，且以男性为主。那时候，搞副业这个词，开始换成了打工。人们的去向大概有：兰州拉蜂窝煤，城里打零工，银川、内蒙古搞建筑等。2005年前后，在麦村，出现了又一次大规模的打工外出浪潮。这一次，村里三分之一的主要劳力开始外流，且多是女性，她们大多去深圳、东莞、广州等地，从事加工制造。有一部分留在城里，从事餐饮服务。在这一波浪潮的挟裹下，赵望祖的女人李粉香也踏上了打工路。起初，赵望祖是不同意的，他想着女人走了，自己要照顾两个孩子的衣食住行，还要打理庄稼，一个男人，实在难以承担。可村里的年轻女人都出门了，像一阵风刮过一般，吹得基本不留。一个年轻女人留在村里会成为笑话。另外女人出门挣钱比男人容易，也轻松。男人出去，女人看家可以，但作务庄稼不行，春不能种，秋不能收。留个男人，衣食可以将就，庄稼也不耽误。事情是明摆着的，女人不出门，在那个时代，已经不行了。

李粉香从那时出门打工后，就很少回来了。只有春节三天，回家里，也不出门，屋里窝几天，初四，有班车，便进了城。通过娘家村里一个女人的介绍，她在一家饭馆端盘子，管吃住，一月一千元。李粉香给家里寄过三四百元，其余的自己留着。她开始意识到一个女人，要有化妆品，哪怕是次品；要有牛仔裤，哪怕是几十元一条；要有高跟鞋，哪怕穿三天就掉跟。于是她挤出一点时间，到商业城挑便宜的、花哨的给自己收拾了一套。半个月一天的休假里，她描眉画唇，涂脂抹粉，套上自己的一身行头，去遛街，人模人样在步行街来来回回瞎逛，看人家城里的女人，也希望城里的男人看她。

在饭馆干了一年半后，她不干了。觉得那个仅有十五张桌子四个包厢的小饭馆，鸟笼一般，早已经装不下她，她应该在外面扑腾扑腾了，虽然她依旧没有褪尽乡下"土鸡"的毛。那几年正好流行在城市的小街小巷开理发馆。盘一间炕大的临街房子，挂几面镜子，摆几把椅子，支个洗头池子，买几把剪刀，门框玻璃上贴染发烫发、焗油美容几个红塑料字，就可以开张了。除了房租，也费不了多少成本。李粉香通过认识的姐们介绍，在一家理发馆跟着学了三个月，就出师了。她几个月没有给家里寄钱，和平时积攒的凑一块，也有三万元。她找了间房子，简单拾掇了一下，就开张迎客了。

就在李粉香在城里学理发、开理发馆的时候，赵望祖这个留守男人，压根不知道这些，他一直以为媳妇在饭馆。李粉香也不会给他说这些，觉得说了毫无用处。她多少从心眼里有点瞧不起这个老实巴交的男人。而这两年过来，这种瞧不起愈发浓烈，像一缸酸菜，越腌越酸。赵望祖守在家里，十五亩山地够要他一个人的命了。春种，以往是男人耕地，女人遗籽，一遍就过了。现在他耕一个来回地，就要停下来，遗一遍籽，半天种完的地，一个人要折腾一天。夏收，割麦子跟打仗一样，起早贪黑，人家有个帮手，一天一亩。他一个人，也没指望，只能在七八亩麦地里熬，恨不得把四肢剁了，一根肢体握一把镰刀割。半个月下来，麦子割完，他黑得跟熊一样。瘦得一指头能弹飞，眼窝子倒陷，看着骇人。最难场的还是收秋田，玉米装进架子车，他要扶车把，牲口没人牵，拉着车子满山跑，害得他翻了好几次车，车帮子压断了一根肋骨，缓了半个月。只好等孩子放国庆假，可一等好些天，野猪把玉米边拱边吃糟蹋了一大半。

　　除了地里的一摊事，他还要给两个孩子做饭，这是他最怕的。村里的小学关闭了，两个孩子都在七八里外的邻村上，早去晚回。每天天麻麻亮，他就要挣扎起来，给孩子做早饭，他乏得要死，耷拉着眼皮给孩子煮稀饭，不是盐多就是醋少，吃得两个孩子面色发绿。另外，孩子中午不回来，得有馍馍吃，三天两头他要烙馍馍。一个大男人，趴在案板上，使尽浑身解数都没法把一个面团擀成圆形。最后，实在没辙，弄成方块，放进锅里，烙了半天，火大了，馍馍表皮焦黑一片，里面却是生的。孩子和他吃了三天的死面饼，肚子疼了两天。

　　当然，还有洗衣服、打扫家里、放驴、拾柴、担粪、除炕灰、缝补衣裳等乱七八糟一疙瘩事，都要等着干。还好，他是个老实人，也没什么脾气，一天天熬着，干着，一转眼，四五年过去了。四五年啊，咋过去的，他都想不来。而这些年，李粉香一直没有回来，甚至过年也不回来，心里压根就没有家的概念了。他打电话，一开始说忙，请不了假。后来气势汹汹地吼道，回去有屁事干，我在这一天，有一天的收入，在你们狗屎麦村，有什么好待的。挨了几次骂，赵望祖公鸡下蛋——没指望了，便抱着大年初一捉兔子——有你过年，没你也过年的心态了。

李粉香在城里的理发馆生意一直一般，饿不死，也挣不来钱。一个是因为地方偏僻，另一个是环境一般，当然，最主要的是她的手艺真不咋样，除了修修剪剪，其余的基本不会。在她的顾客里，有个四十多岁的男人，倒是每月在她跟前剪。时间一长，也就互相摸清了底细。男人四十六，离了婚，一个儿子，法院判给女方了，他一月支付三百元生活费（实际他一次都没有支付过）。他一天干两件事，喝酒、打麻将。偶尔，给偷着赌博的人看个场子，挣点小费，加上低保，日子就迷迷糊糊过了。

天长日久，一个离异男人，一个独身女人，便狗咬烂羊皮——撕扯不清了。

李粉香和麻将男人钻到一起的时候，赵望祖依旧蒙在麦村的山沟里，推着昏暗的光阴。他真的需要一个女人，回家，有一口热饭，出门，有一句问候，干活，能帮一把手，天冷，有一坨热炕，孩子回家，能叫一声妈。但没有，李粉香是死活也不会再回到麦村了。她真把自己当成城里人，衣着打扮、说话语言，甚至走路的架势都要扭捏成小市民的模样。

2010 年，李粉香打电话，说了离婚的想法。赵望祖愣了几秒，然后就平静下来了。他知道，这五年，一个女人不回家，肯定外面有男人了，就是一头猪，也该想到会发生这样的事。他们只是戏台上的夫妻——有名无实，与其背着这张皮受罪，还不如干干脆脆了断了。五年，没有女人，两个孩子他也拉扯大了，庄农也收了一茬又一茬。有你李粉香跟没你李粉香有啥区别，俗话说，离了狗粪——照样种荞麦哩。他多余的什么也没说，就问了句，娃咋办？娃后面再说……李粉香还想说什么，赵望祖把电话挂了。李粉香倒是愣在了电话的另一头。

后来，婚没打没闹，像赶集买猪娃一样，理所当然、顺其自然地离了。两个人私下商量，儿子留给赵望祖，姑娘留给李粉香。

离了婚，赵望祖一下子觉得轻省了许多。除了跟邻居搭伙种地，该操的心就只有儿子一个。反正也没有奔头，也无所牵挂，他倒是把自己放开了，再也不像以前，勒紧裤腰带，舍不得吃，舍不得穿。一年四季，就一件辨不出颜色的破夹克，破得都没法下针缝，扔到大路上当垃圾了。吃的更是不用提，顿顿浆水大拌汤，剁几颗洋芋，撒几把面疙瘩，没油没盐没下食，吃得两个孩子一看见就眼里飘着花儿说饱了。他甚至连两元钱一包的纸烟都舍不得抽，烟盒子里装着几根，见了人发，没人的时候，实在忍不住，拣点干树叶，手心里搓成沫，撕一溜孩子的旧课本，卷成筒，过过瘾。他一直秉承着父亲的教诲——一天攒一把，一年买匹马；一顿攒一口，一年攒一斗。他真的是个勤恳、俭朴的老实人，老实到被麦村人和李粉香说成是没用的人。

离婚后,赵望祖扔掉了那件破夹克,买了一身新衣服,理了头发,刮了胡子,体体面面地在村里晃荡着。他还隔三岔五去赶集,到镇子上称二斤猪头肉,和儿子凉拌吃。有时候,会把村里的狐朋狗友喊来,喝一场。他喝得脸红脖子粗,翘着舌头,东倒西歪地教训着大家,×他妈,人活一辈子,图个啥?图个球,啥都是假的,一定不能把自己亏欠了,能吃的,往死里吃;能穿的,往死里穿;能喝的,往死里喝。要不然,死了阎王爷都看不起你。他又端起酒杯子,一仰头,给自己灌了一个,一边揩着下巴上的酒水,一边伸着指头说,这人啊,他妈的,谁都靠不住。靠老头,老头死了;靠女人,女人跟上人跑了;靠儿子,儿子是个怕老婆,靠谁?还不是靠自己,所以啊,人不能把自己亏欠了。啊——他稀里哗啦吐了一炕。

　　2014年,儿子上高中,镇子上没有中学,只能进城。进城后,要租房,要做饭,功课又紧,这该怎么办,自己一个大男人,总不能陪着儿子,一天做三顿饭吧。再说,上高中,学费、花销一下子上去了,守着几亩薄田,混个肚儿圆可以,但要有大的支出就很难。他就这样不知所措了一个月,直到快开学的时候,儿子说,要不我到我妈跟前去。赵望祖磨着一把割麦割钝的镰刀,弯着头,半天没有言传。过了好久,才说了句,也行吧。

　　虽然离婚了,但孩子毕竟是自己身上掉下的一疙瘩肉,说到天南地北,母子血肉关系是割不断的。李粉香把儿子接到她跟前,住在了原先女儿住的那间卧室。女儿上到初二,学不进去,辍学打工去了。

儿子上学走了以后,赵望祖在家里也待不住。原先儿子在,还有个人说话,有个念想,现在儿子走后,屋里一下子变得空空荡荡、冷冷清清。加上儿子一入学,光学费就一大笔,他翻出所有积蓄,又借了点才算凑齐。但想着后面,一年两茬学费,还有生活费,靠着庄农的收入,显然不行。秋里一过,地里的庄农一收毕,他卖了驴,锁了大门,进城打工了。

在城里,一打工,也就不回家了。回去,也无事可做,无人可聊。他的日子就在工地上一天天过了,甚至春节也在工地上潦潦草草过了。儿子在李粉香那里,有吃有住,他不用操心,每月按时把钱打过去就行。他的任务只有一个——挣钱,他的目的只有一个——挣钱。挣下钱,供给儿子上大学,将来有个正式工作,在城里安个家。再也不回山大沟深的麦村去了,再也不用过他苦哈哈的生活了。当一个体体面面的城里人。他把一切希望都寄托在儿子身上。他宁愿做一个挣钱的机器。

在工地,他啥活都干,只要有钱。他再一次勒紧了裤腰带,舍不得吃,舍不得穿。

可有时候,他也心里苦,想着自己半辈子过去了,活成今天这怂模样,实在寒心。想着成年累月在工地,无家可归,要是老了,是不是死在工地上,也没人管。一想这些,悲伤便涌上心头,心口子像钢钉扎一般。

一个午后,工地的活干毕了。监工说放半天假。我父亲去了县城。赵望祖待在厂里,也是无聊,没有电视,手机不敢看,怕费流量;喝酒,怕醉,醉了怕想心事,难受;也怕花钱,花了钱心疼。

他穿着三个月没有换洗的破烂衣服出了门，沿着河堤走，过了桥，朝菜籽地一步步走去。稀稀拉拉的菜籽火柴棍一般，插在地上，显得零落、瘦弱。他想起了小时候听母亲唱的民歌——望乡台上一杯酒，死了阴魂手拉手。可站在望乡台，浊酒一杯有，拉的手却没有了。他只有左手拉紧右手，像前半生和后半生，两个苦命的兄弟，抱在了一起，哭吼着。

红心桃儿两半个

  嗨，小哥哥的哥，红心桃儿两半个；
  哥哥一半我一半，我的一半比蜜甜；
  桃儿越红越惹人，我是哥哥的心上人；
  红心桃儿透心红，哥哥你把心事明。

——山歌

  雨下起，就再也没有停。整个九月，细密的雨，落了一层，接着一层，还有一层。无休无止的样子，像有人迷迷糊糊开了水龙头，忘了关掉一般。

  天昏暗着，罩在麦村的头顶。地也昏暗着。雨丝把天和地缝在一起。那些缝隙里，漏着风，显得寒冷。雨下得一久，整个天和地，都是湿漉漉的。青灰的云，湿的，下坠着。墙角的苔藓，湿的，锈迹一般生长。被褥是湿的，一捏，似乎有水在指缝里滴落。灶口的柴火是湿的，用了半盒火柴，都没有点着一根。

  杜萍萍坐在厨房的灶口，头发蓬乱，眼皮红肿，宽大的上衣在胳膊下裂着一道口子。她的身后散乱地扔着几根木柴，柴是湿的。前面，脚底下，扔着一堆光秃秃的火柴屁股。她已经在灶口坐了半个多小时，没有干柴，剩下的半盒火柴用完了，也没生着火。火机没气了,丢在一边。

她把空火柴盒捏扁,丢进灶口,看着满地黑头白腿、死尸一般的火柴梗发呆。

过了许久,她起身,把身后的木柴拾一起,抱出来,到炕烟门口,放下。炕烟是灰白的,在炕洞里往外涌,憋疯了一般。填炕的柴草也是湿的,点着后,光冒烟,不见火。冒死烟,放冷炕。炕自然是冷得和鬼脊背一样。九月初,炕就烧上了。西秦岭一带,高寒,阴潮,九月一担头,杏树叶子红,洋槐叶子黄,野菊花开在地埂上,玉米上了木头架,就该烧炕了。有些老人,腿寒,整个六月都烧着炕。杜萍萍把几根湿柴塞进炕洞,柴太湿,只能在里面往干熏一熏。

屋里,因为炕不热,加之门框上头一块玻璃破了,显得冷冷清清,风从破洞里倒灌进来,塞满了屋子,地窖一般。

赵康辉坐在地上的木墩上,眼前摆着十几盆盆景,手里提着一把豁口的老剪刀,正给一颗迎春修剪枝叶。他把盆景端在手里,翻来覆去琢磨着,最后在一根枝条的去留上犹豫不决。赵康辉是啥时候爱倒弄盆景的?好像就这两年。村里的年轻人都到外面打工去了,远的在北、上、广,近的在兰、西、银,端盘子洗碗的有,搬砖和水泥的有,贩菜摆摊子的有,成天打麻将的有,偷鸡摸狗的也有,反正不管干什么,都在城里混着一张嘴。赵康辉之前也在外面打过工,端了半年盘子,搬了半年砖。干了一年多,吃不下苦,就回来务地了。

地种得不多,农闲时,没事干,他就喜欢扛着镢头,满山遍野跑,找合适的植物,挖回来,栽进花盆里,修剪,作务。

在西秦岭，能当盆景的植物不多，只有迎春、水柏、地蓬、"羊肋子""鬼见愁"等。野草和树木漫山遍野，但要找一棵有型的、大小适中的，不容易。往往跑一架山，也未必能找到一株满意的。

这两年下来，赵康辉挖了二十来株，没花盆，就在烂塑料盆子、烂缸子、烂锅，甚至瓶瓶罐罐里栽着。他除了吃烟喝酒、干农活之外，心思基本钻进了作务盆景上。每天早上，抱到院子，浇水，中午，挪到阴凉处，晚上，又一盆盆抱回屋子。下雨天，喜阴湿的，抱到屋檐下淋雨。他可真是尽了心，父母活着时，他也没这么上心过。村里人开玩笑说，康辉啊，给盆景当孝子，尽孝心啊。

赵康辉最后没舍得下手，把那迎春又放下了，他摸出一根烟，点上。

炕上，三个娃。大的，八岁，儿子。二的，五岁，儿子。三的，两岁半，女儿。三个娃像三只毛猴，团在结着垢甲的被褥上。那被褥，曾是结婚时盖的，鲜红的被面，现在，织着一层脏污，黑漆漆的，印着一坨坨云图状的尿渍、水渍、茶渍。二儿子抱着枕头，刚哭过，眼睫毛上还挂着泪珠子，鼻涕掉在嘴皮上，他伸着舌头，舔进嘴，又掉下来一根，又舔进嘴。女儿爬在被子上，哇哇哭吼着，一泡尿把被子弄湿了一大坨。大儿子爬在窗台下，光着屁股，伸着指头，从墙缝里抠着土，抠一疙瘩，塞进嘴里，嚼着，牙缝里粘着泥浆，嘴角两侧，唾沫混合着泥土，黏在上面。他翻着白眼，嘴里嗷嗷叫着。大儿子，是个傻子，八岁了，不会穿衣服，不会说话，吃饭不知饥饱。走路时，走着走着，就栽倒了。孩子刚生下时，鼻子是鼻子，眼睛是眼睛，看着灵光得很，长着长着就不对劲了。后来，到城里看过几次，不见好，加上家里没宽裕的钱，就一直拖磨着，一年又一年，成了傻得不轻的傻子了。

杜萍萍黑着脸，进了屋。她一看炕上三个娃，哭的哭，尿的尿，犯病的犯病，头轰隆一声就爆炸了，她搞不懂为什么一下子就生了这么一堆，除了长着嘴吃喝拉撒，什么用处也没有。看着一个个和老鼠一样的孩子，啥时候才能拉扯大，尤其是老大，就算长大，也是个傻子，得有人照看，一家人迟早得被他拖累死了。一想到这些，就感到前路是黑透的，她有深深的绝望，像凉水一样，从头灌到了脚。

赵康辉还在捣鼓着自己的盆景，炕上的孩子，他才不管哭还是尿呢。前些年，他还帮着杜萍萍带一阵，几年下来，他带害怕了，看着孩子哭闹，也麻木了。

杜萍萍一把将大儿子从窗台拨开，咒骂道，咋不死你呢。大儿子稀里哗啦哭开了，鼻涕眼泪混合着泥土，把一张脸糊住了。杜萍萍叹了一口气，从被子上把小女儿提过来，又伸手抓来衣服，给小女儿穿，小女儿踢腾着，不让穿，半天也没塞进去一条腿。杜萍萍朝赵康辉骂道，你死了还是瘫了？不过来帮一把。赵康辉脸都没转，吸着烟，说，没看我忙着吗。杜萍萍说，你就天天把你的烂树根当先人供奉，那能吃还是能喝？

你个女人家，懂什么。

家里没一根能烧的干柴，你就不知道找点，没柴烧，你还想吃饭,我看你吃屎去吧。杜萍萍还是没有给孩子穿上裤子。

天天下雨,我有啥办法?赵康辉脖子一歪,质问道,我能把老天爷的事管住吗?

谁让你是个男人,你要是个太监,我早就不指望你了。杜萍萍索性把穿进半条腿的裤子抽出来,摔到赵康辉头上,赵康辉一把抓起,顺手扔到了院子的一汪水里。

你找死啊。赵康辉歪着眼骂道。

杜萍萍把娃往炕上一摔,娃一疼,又哇一声哭起了。一个一哭,惹得另外两个也哭了起来。三个哭声,此起彼伏,吵得人耳膜生疼。杜萍萍冲过去,一脚把赵康辉眼前的一个花盆踢飞,泥土撒了一地。花盆磕到门槛上,咣当一声闷响,碎成几牙。赵康辉站起身,一个反手,抽到杜萍萍的右脸颊上。四道指头印,很快涨红起来,一些血液,似乎要破皮而出一般。

赵康辉咬着牙,出门走了。

杜萍萍抱着半张脸,过了很久很久,才哭出了声。那声音,混合着孩子们的哭声,显得凄惨、悲凉。和屋外的雨水一样,落在黄土高原深处,冰冷得让万物心惊。冷风从门里涌进来,撕着她的脸,也把她的泪珠捏得粉碎。她走到炕边,把三个孩子揽到怀里,又哭了好久好久。只有这些不谙世事的孩子,是她在这个世上的唯一依靠了,他们和她一样,都是那么可怜,没有出路。

后来,她不哭了。她起身,到墙角的盆景前,疯了一般,把那一株株精心修剪过的植物连根拔掉。翻倒的花盆,散乱的泥土,让屋里狼藉不堪。她抱着盆景,出了屋,全部塞进了炕洞，还用推耙往里面推了推。最后，她把推耙丢到院里，长长出了一口气，回到屋里，上炕，把三个停止哭喊的孩子一一塞进被窝，自己也钻进被窝，闭上眼，迷迷糊糊睡着了。

他们是在八年前认识的。那时候，赵康辉和她在兰州同一家酒店打工。她是服务员，赵康辉是传菜员。后厨把菜做好，赵康辉端到包厢门，她接过，上桌。日子一久，互相也就熟络了起来。赵康辉，属兔，87年的。她，属马，90年的。在县城边，算半个城里人，姊妹四个，三个姐姐都嫁人了，她是最小的一个，父母在城里做点小生意。

在她印象里，赵康辉人长得还不错，中等个，瘦点，但精干，三七分的发型，爱穿西装。人也话多，随和，喜欢开玩笑。唯一的缺点就是烟瘾大。在酒店打工，日子相对清闲。上午十点上班，去了打扫一下卫生，中午一般没人。忙，也就晚上一阵。半个月休一天，休假时，赵康辉老喜欢和她说话，有时也约她去东方红广场转悠，给她买关东煮。她隐隐觉得，赵康辉对她有好感。她对他呢？怎么说呢，也有一点。除了长相，她觉得他大方，豪爽，会哄女生开心。这就够了。他们是怎么处上对象的？她也想不清了。反正慢慢就好上了，也没个明确的时限。他把她当女朋友，她也把他当男朋友。

后来，他们开过几次房，好像每一次都是赵康辉喝多酒之后，醉醺醺地约她的，她不想去，他就一个劲打电话。去了，一开始，她不脱衣服睡，后来，只让他摸奶，再后来，在他三番五次的死缠硬泡下，把持不住，给了他。结果，怀孕了。那时候她才18岁，一切都是懵懵懂懂，直到第二个月月经没来，她才意识到怀孕了。一个中午，没客人，她在包厢里偷偷把事说了。他脸都绿了，腿抖着，咽着唾沫，不知该咋办。那时候他们都还单纯，不知道流产这档子事。怀上了，就只好等着生。

腊月里，他们买了一堆东西，去了她家。她给家里人说了结婚的事，父母不同意，嫌太远，太穷，也没个手艺啥的，将来日子肯定过的孽障。她说都怀孕五个月了。她爸一听，脸一红，手拍得桌子震天响，骂着畜生。她妈躲在屋里呜呜哭个不休。最后，她爸提着一根木棍把他们从门里赶了出来，把买的东西也从门里丢了出来。

但后来，这事也就成了。当她再一次回家的时候，已经抱着两个月的大儿子。苍老了许多的父母不得不接受这个现实。女儿再恬不知耻，说到天东地西，也是自己养的，再说，娃都生下了，生米已是熟饭，又能如何，只有承认了这门婚事。

她和赵康辉被赶走后，回到了麦村。也没办什么婚礼，甚至连个结婚证都没领，就迷迷糊糊在一起过日子了。日子也不好过，赵康辉的母亲是药罐子，常年吃药，家里本来没有什么积蓄，地里的一点收成，全换成了药。生了孩子后，她再没出门过。赵康辉有时候在城里打个零工，但没干一段时间，叫嚷着热啊苦啊的就回来了。她就骂，你以为在酒店端盘子啊，想当少爷还没那个命呢。孩子稍微大了一点，她慢慢发现不对劲，人家同岁的都能走能吃能说话了，她家的还软得像团面，发不准一个音。她的心一下塌了，儿子是个傻子。

再后来，赵康辉的母亲死了。他们又先后生了两个。他们也不懂什么避孕措施，直来直往。她让弄外面，可他控制不住。她像母鸡下蛋一样，一颗接着一颗。三个娃，其中一个傻的，能把她的命要了，一天光喂吃的都让她撑不过来。人家生一个，一家三四个人照顾。她生三个，没一个人照顾。赵康辉这两年越来越懒，地里的活没心思做，城里打工又怕出力，让他看孩子又嫌麻烦，一天尽捣鼓些没用的事。自从去年迷上盆景之后，更是变本加厉，家里的事一概不管不问，屋里没有一根干柴，饭都做不熟，孩子饿得哇哇叫，她让去找干柴，说了不下十遍，嘴皮子都磨薄了一层，但还是没有把这块"滚刀肉"使唤动。

一想到当初，糊糊涂涂跟了这个男人，没听家里的话，真是瞎了眼，后悔得要死。一想到这些年自己受的苦遭的罪，委屈就像打翻的水缸，倒也倒不尽。一想到对她越来越薄情，对家庭越来越没责任感的男人，失望简直让她想抓破胸膛。再想到三个孩子尤其是大儿子，未来简直没有一点希望了。

杜萍萍不知睡了多久。她隐约听见门开了，脚板踩着泥泞走了进来。

赵康辉回来了。当他一进屋，看到狼藉不堪的盆景时，整个人都傻眼了。他定了定神，把嘴角的烟屁股摘掉，弹出了门。烟头落到雨里，刺啦一声，冒了一丝烟，灭了。他已经知道是谁干的"好事"了。杜萍萍，除了杜萍萍还有谁。

他感到脑瓜一热，像有人在里面点着了一把火，烧得他头昏眼花，大口喘息。最后，他捡起地上的一只橡胶底布鞋，冲上炕，掀开被子，一把揪住杜萍萍的头发，朝脸上一顿鞋底乱抽。杜萍萍在赵康辉进门时就已经醒来了，听着脚步声，她知道接下来要发生什么，但她没想到赵康辉这一次下手这么狠毒。鞋底抽在她脸上，刀剁一样，往骨头缝里疼。最后，她的鼻子嘴里开始冒血了。但赵康辉还是没有停手，嘴里咒骂着，一下比一下手重。因为疼痛难忍，她开始声嘶力竭地哭吼。她的吼声惊醒了三个孩子，孩子们也吓得号啕大哭。整个屋里，四个人的哭声，快把房顶掀翻了。

忍无可忍之际，杜萍萍伸手在窗台上摸到盛着半碗冷水泡馍的大瓷碗，一抓碗沿，扣在了赵康辉头上，冷水、泡胀的馍馍罩住了赵康辉二十来天没洗的头。

赵康辉像激怒的野兽，提起杜萍萍，像拖着半口袋玉米一样，提到门口，双手抓起，抓得高高的，像扔一只鸡一样，扔到了秋雨飘摇的院子里。杜萍萍落在地上的声音，沉闷，剧烈，似乎把地砸了个坑。泥水在她身子的四周溅了老高。

赵康辉咬牙切齿进了厢房，把门摔上，上土炕，睡下了，自始至终没有再正眼看一下杜萍萍。

雨依旧下着，带着黄昏袭来的薄雾，在山头掠过，在村庄掠过，在杜萍萍的身上掠过。一些黑色的鸟，拖着潮湿而疲惫的身体，在院落上方掠过。

杜萍萍一直在院子里躺着，身下的水，湿透了她的背，最后浸上来，湿了整个衣服。雨落下来，又把衣服反复打湿。杜萍萍眼皮低垂，面若死灰。孩子的哭声小了，雨打屋檐、雨打柴草、雨打雨水的声响，在她耳朵里喧嚣。她进了赵家门，八年，整整八年，给你赵康辉生儿育女，做饭端吃，种地务农，

235

伺候老人，没功劳也有苦劳吧，你狗日的赵康辉，竟然这样对我，后悔啊，太后悔。她闭上眼，苦咸的雨水渗进她的嘴，满嘴的苦咸。人啊，这一辈子太没意思了，都把日子过成这眉眼了，不如死了算了。死了，干干脆脆，一了百了，啥心也不操了，啥打也不挨了，啥罪也不受了，死了多好。可三个娃呢？死了就要受罪，没人管吃管穿，就可怜了。可活着，一辈子都被三个娃拖累着，这几年，娃已经带得让她苦不堪言，如果有人体贴她一点，帮她一把，都会好过一点，可没有，赵康辉不是这样的人，她啊，在这世上活得太孤苦。

暮色渐渐落下，一些雨水黑了。

杜萍萍起身，到草棚一角，取下三九一一的药瓶子。那是夏天用过的，一直挂着，瓶子上落满了灰尘。里面还有三四两吧。她拧开瓶盖，一股巨大的农药味喷鼻而出，让她恶心，但她还是屏住气，脖子一仰，把少半瓶药全部灌了下去。三四两啊，喝得一干二净。

九点多，赵康辉起来上厕所，隐隐看见草棚里黑乎乎一堆，走近一看，是杜萍萍。他没言传，想着这臭女人肯定在装模作样，但隐约而来的农药味让他意识到了什么。他喊杜萍萍的名字，使劲摇晃。但没反应。他疯了一般满村找人，最后找了辆三轮车，装上人，摸着黑，滑来滑去地下了山，到了镇子上的卫生院，卫生院没人，只好往城里拉。走到半路，有人说，回吧。冒着黑烟的三轮车在黑漆漆的公路上，掉了头。杜萍萍没一丝脉搏了。

杜萍萍是在半路上殁的。在西秦岭一带，死于外地者，灵柩不能进家门，在村外停灵。服毒、自缢等不正常死亡者，不择吉日，于第三日埋葬，仪式甚简，也不得埋于祖坟。杜萍萍的丧事是在村口一个窑洞里办的。雨还是没有停歇，似乎要永远下下去的样子。窑洞里冷清凄惨，村里人烧过纸之后，就走了。赵康辉蹲在灵堂下，目光呆滞，枯木一般。一夜之间，三十岁的人，苍老了许多，头发也花白了，像刚从风雪里回来。

第三天，杜萍萍安葬在了红土坡新择的一块坟地。下葬的时候，雨歇了，似乎一个人哭了好久，把眼泪哭干了。赵康辉把头塞进泥土，无声无息。二儿子、三女儿还小，大儿子走不稳当，没有来送妈妈最后一程。他们小的小，傻的傻，还不知道发生了什么。

雨终于停了，灰云撤去，瓦蓝的天，探出了头。金黄的野菊花，头顶露水，在新坟的地埂上，开得那么灿烂，那么绝望。

两个月后，赵康辉把三个孩子送到了他们舅婆家，自己提着一包烂衣服，进城了。临走前，他到杜萍萍的坟前，烧了一些冥票。这一次，他哭了，像一个罪人。

欺寡人霸朝纲下压众僚

欺寡人霸朝纲下压众僚
欺寡人每日里心惊胆跳
欺寡人好一似猫追鼠逃
欺寡人好一似众推墙倒
欺寡人好一似囚犯坐牢
欺寡人好一似金鹿遇豹
欺寡人好一似霜打花凋
欺寡人好一似乌云遮月
海水倒流 天地昏昏
星光惨淡 日月颠倒
欺寡人好一似鸠占鹊巢
欺寡人好一似浪里孤舟
飘飘荡荡 荡荡飘飘
上下颠簸 左无依来右无靠
欺寡人好一似雪压青松
日晒雪消 滴滴答答
答答滴滴 犹如珠泪四下抛

——秦腔《白逼宫》选段

遇见刘老三是十一月。

薄霜如纱，罩着瘦弱的村庄。有雁南飞，落叶千里。早晨的寒气刚刚褪去，天高云淡。刘老三已经披上了旧棉袄，站在门口，靠着墙角，晒太阳。人过五十，冷，就从骨缝里往外冒。我发了纸烟，他摸火，弯曲的指头，一划，火跳出来，先给我点。照例是几句寒暄，不过他的声音明显滤去了昔日的高亢和倔强，像空荡荡的口袋，底气不足。说完，他的眼皮耷拉下来，掐灭了眼角的火焰。一坨阳光，糊在了他日渐塌陷的面颊。

老了，就经不起任何风吹，哪怕没有风，身体都在生活的灰尘里哗啦啦乱飞。

秋分时节，阴雨绵绵，玉米在地里兀自熟透、发霉，无法下地，干急。人闲事多，实话，五十六七的刘老三和老伴吵了架，为儿子的事。起初，你一言我一语，后来，就是不相上下的谩骂，再后来，刘三摔了碟子，还用笤帚把打了老伴。晚饭，没人做，饿着，早早地头扔到枕头上睡了。老伴对着窗户独自抽泣，看着手腕上的一股股紫青，浑浊的眼泪在织满皱纹的脸上滑落。人老了，心事多，再说，都黄土埋到了齐脖子一辈子人活完了，还挨打，叫她在村子里咋抬头。儿子的婚事、房子、难场的日子，似乎推不前去。万千心事，烦若乱麻，涌上心头，流出了红透的眼眶。窗外，漆黑一片，秋雨依然，似乎老天也在哭，风吹叶响，雨点凌乱，有几滴，打在了玻璃窗上。

刘老三，两儿一女。大儿子有喜，是老伴结婚时就带过来的，不是亲生。老二，叫有福，是自己的，一直在银川开车，贷款买了房，成家立业，日子能过得去。女儿，叫有花，嫁。

239

有喜一直在他们身边长大，刘老三生活上没怎么亏待他，但毕竟不是自己亲生的，也就常没好脸色，有事没事，骂一顿。前些年，上学，高中毕业后年年考大学，补习了七八年，硬把一个少年熬成了呆子，后来村里传言说考不上疯了，一个人走路嘴里叽里咕噜说一些人听不懂的话。后来，二十二三岁，所幸考了一个三本院校，去上了。不过整个人确实变了，佝偻着腰，满脸胡须，头深深埋在胸前，走路，遇上谁，都不理睬。后来毕业，托人花钱，分到城里，上班时都快三十岁的人了。当然，这些都是刘老三拼死供给着，用刘老三的话说，总算不打牛后半截了，要不像他，饿死的第一个。

　　上班以后，有喜少言寡语，性格孤僻，年龄偏大，一直找不到合适的对象。介绍过一两个，不知啥原因，都没成。这自然操心坏了刘老三老伴，刘老三不急，可她急，毕竟是她身上掉下的一疙瘩肉。眼看着年龄不小了，却没有苗头，这人，和庄稼一样，错过了这一茬，就没下一茬了。年龄一大，姑娘像麦，会黄过时，少年像菜，会老过时。刘老三老伴就操的这个心，为此，老两口三天两头吵架，老伴常唠叨，嫌他偏心，不管有喜的死活，刘老三觉得她胡说八道，私心重，麻烦。于是，摔碟子扔碗是常事。

　　第二天，饥肠咕噜的刘老三两眼一睁，却发现老伴不在。他下炕去厨房，没人，去驴圈，也没人。雨，不紧不慢地下着，凉意和潮湿袭面而来，一种不祥的预感滑过了他打着冷战的身体。

　　老伴跑了。

刘老三踩着两脚泥，撑把烂伞，到村里关系好点的人家去找，没人，到娘家去找，没人，给儿子女儿打电话，也没人。刘老三急了，急了的刘老三逢人便说，有喜他妈跑了，一家人散伙了。说这话时，刘老三黑透了的脸上，挂满了惆怅。他不知道女人的去向，也没有一点音讯。

天晴了。久违的阳光，一泻千里，给山川涂抹上了金黄的色彩。人们抢着掰玉米，害怕突如其来的又一场秋雨会搅黄了收获的日程。玉米已经霉了，再不敢拖延。驴驮、车拉，一村人忙得喘不过气，没几天，玉米上架了。刘老三，饿着肚子，还一个人呼哧呼哧把玉米掰到地头，再一个人吭哧吭哧用背篓背回家。有年纪了，多结实的身体，在时间面前，总会败下阵来，任何人给衰老逞不了能，刘老三，亦然。当人们忙活着鍘玉米秆时，他的玉米棒，还没有收回家。一辈子好强逞能的他，这一次，在生活面前，弯下了腰。要是老伴在，情况会没有这么糟。

刘老三，曾是村里多么趾高气扬的人，脾气倔，力量大，不服人，一辈子把谁都没放在眼里。年轻时，当村干部，一村人，乖乖听他的。后来被推下台，一村人背后怎么论说，可当他面，还是要敬三分。他是一村的犟人。一次，他老婆和赵虎皮为地界发生口角，后来吵起来，刘老三一直蹲在地头抽闷烟，没吭声。赵虎皮是村里众人皆知的"贼打鬼"。中午，赵虎皮来他家理论，在门口，刘老三老婆不让赵虎皮进屋，赵虎皮一把将她推倒在地，端着饭碗的刘老三，把碗一摔，从墙上抓下练武用的红缨枪，当头一戳，赵虎皮两眼一绿，翻倒在地，当头顶，血流如注。刘老三说了一句，老虎不发威，当病猫欺。从那后，赵虎皮远远躲着刘老三。还有一次，刘老三在场里晒麦子，一只鸡，在另一边刨麦吃，刘老三远远赶，没反应，他追过去，鸡绕着麦跑圈子，爪子把麦粒扑哗哗全拨了出来，追了三圈，把刘老三惹躁了，他撵了半个村，硬把鸡一把捉住了，刚抓到手，左手捏鸡身，右手一握，把鸡头拧掉了，鸡血喷了他一脸。刘老三说了一句，你还能跑过老子的手掌心。

可现在，再能的刘老三，还是败在了生活的手心里。无论如何，女人在，有口热饭吃，有坨热炕在，有个帮手的，日子总不会如此狼狈。老伴跑了，杳无音讯，他，一辈子才搞清，一个女人，在家里有多重要。内疚和悔恨，涌上心头，可这些又有何用。

第二次遇见刘老三是腊月。

一场薄雪，七分寒冷。众鸟归尽，田野朴素。村庄陷入安静的漩涡，悄无声息。遇上刘老三时，他裹着黑棉袄，踩着雪末，蹒跚而来，我清楚地记得，那棉衣的褂襟上粘着一块板结的馓饭，袖子上冒出了一朵黑乎乎的棉花。他瘦了一圈，腰也弓着，像虾。我递了烟，他接过，沾满油污的手，有些发抖。

刘老三准备给大儿子有喜去借钱。有喜依旧光棍，在城里工作，一直租房住，没个自己的窝，谈个对象，也白搭。最近，他们单位要盖集资房，得每人先预交十万。有喜把电话打回来，逼疯了刘老三，十万，他一把老骨头一起卖了也值不了十万。他满打满算，手头四万，有喜三四年攒了一万，即便如此，也差五万。刘老三不想管了，可一想起老伴，心软了。

那天早上，老伴踩着泥，搭了早班车，到城里女儿跟前，哭了个天昏地暗。说这辈子死了，也不回去了。当时，刘老三打来电话询问，女儿说，不在。后来，女儿托人给她妈在西安找了份工作。当保姆，照顾七十岁的一个瘫痪老头。每天起早摸黑，端屎端尿，洗刷打扫，做饭洗衣，忙得她两眼昏花。最害怕的是，她要把虚肿的瘫痪老头挪个地方，简直能要命。她想回，可一想那个歹毒的老贼，她咬了咬牙。后来，有喜打电话说了买房的事，她就把回家的心堵死了。这样，一个月挣一千二百元。

当然，后来，刘老三还是知道了老伴在兰州的事。老伴伺候人，苦，可他一个男人，地里，家里，让他像扎进了泥坑的老瘦驴，焦头烂额，浑身无力，也苦。四十天，他连一顿像样饭都没吃过。早上，一片干馍，一缸罐罐茶；中午，热点剩饭；晚上，一片干馍，一缸罐罐茶。即使干馍，也常断档，他就请人烙。想想以前，饭一熟，端到跟前，不顺心，还把老伴骂一顿。

抽着烟的刘老三，一张脸模糊在了烟雾里，有些虚幻。人老起来真是很快的事，没有商量的余地，就被日子扔到了衰老的泥潭里，无法自拔。刘老三，头发白透了，凌乱的胡子，也白了，像早上的一场雪，落在了他的头上、脸上。他说，活不前了，地，全撂荒了；两头驴，等过几天，日子一好，也卖了。我连自己都活不前了，还能干啥？刘老三说这些事时，眼圈红了，那个曾经年轻时多么自信的男人，就这样垮塌了。他攥了一团鼻涕，用袄擦了擦，红鼻子在苍白的上午，格外刺眼。他使劲抽了几口烟，走了。

刘老三还是到赵虎皮跟前去借钱了。那个被他一枪戳翻的"贼打鬼"，站在院子里，脸上漂浮着一汪油腻凝固了一样的蔑视，说，刘老三，你也有今天啊，三十年河东，三十年河西啊。刘老三站在院子里，低着头，摸了一支烟，递过去，赵虎皮没接，说，你也有进我门的时候，你也有可怜兮兮的时候，你有本事再到我头上戳一下。刘老三瘦薄下来的身子，在一阵夺门而入的风里，颤抖着。这是他第一次，真是第一次，被人这么嘲笑侮辱。他只感到凉水顺着后背直往下流。

村里全借遍了，还缺一万，只差把死了的先人掏出来，也借点，借到山穷水尽、人断路息了。只有赵虎皮有钱，他在城里偷偷摸摸好多年，传说有三五十万在炕柜里锁着，他没钱谁有钱。刘老三最后还是又去了赵虎皮家，这一次，赵虎皮给他借了一万元，还把他扶上炕，喝了几盅酒，是好酒，一起的"贼打鬼"孝敬他的。几盅酒下肚，刘老三哭了，活了一辈子，第一次哭，一把鼻涕一把眼泪，那哭声像受尽了委屈的孩子。赵虎皮抹了一把嘴，醉意朦胧，含含糊糊说，三叔，我就敬你是一条汉子，才给你借这个钱，他妈的，在麦村，也就你敢把老子戳一枪，再他妈谁给他借一百个胆，也不敢动老子，就冲着这一点，钱，我借！说完又咕咚咚灌了自己两杯。

最后一次见刘老三是正月。

年过完了，村庄安详，脱掉了最后一丝喜庆。腊月底，三天两夜大雪，轰轰烈烈，盖了山川田野，万径人踪灭。直到正月十五，还未消融。此刻，人心踏实，牲畜无忧，粮食在仓里安睡，串门、喝酒、暖热炕，日子匆匆打发了，很快，像溜过冰面的风。

刘老三往大门上钉着一块木板，锤子一起一落，敲在板上，像敲在了自己干硬的骨头上。他还是穿那件棉袄，过年，也没换新衣，上面罩一件灰布衫，人又瘦了，衣服明显裹不紧松垮垮的身体。门口的雪扫起来，高高堆着，没倒。对联是写的，没粘牢，上面耷拉着，风一吹，摆动着。我打招呼，走上去，递烟，他没接，停下手里的活，说戒了。他坐在门槛上，说，这两扇门，也有年成了，还是我结婚那年做的，你看，都散架了。我抽烟，点头。他又说，把大门收拾紧，过几天，门一锁，都走。说着，低下头，抹了一把眼睛，似乎哭了。人就这样，在生活面前，总会低下头，活得难心了，眼泪，也是轻而易举的事。

老伴回来了，腊月底。挣了近三千元，全给有喜还了债。她本来过年不回，腊月二十三，刘老三用几片坏饼干、一对蜡、一炉香，打发了灶爷，连个炮也没放。自己的肚子也没填饱，做饭没心思，吃了干馍，关了大门，准备早早睡，结果一头栽到雪堆里，吐了一摊血，昏了过去。刚好邻居赵望祖串门，发现了，赶紧叫人抬进屋，请了大夫，掐人中、扎干针、打吊瓶，人才睁开了眼。那一夜，要没赵望祖，刘老三估计早完了，完不了，也冻死了。第二天，给有喜打电话，有喜租车接到医院，做B超、心电图，查了一通，没事，是虚弱过度，缺营养。一

245

个老人了，饭都吃不饱，能不缺营养吗。人又被送了回来，电话打给老伴，她操心，一晚上没眨眼，老贼再狠，可毕竟一口锅里吃了一辈子，她不管谁管。第二天，给人家说妥，就回来了。她一路上，还担心这一出走，回去肯定会挨骂，有些心惊胆战，浑身发虚。可进屋，刘老三不仅没骂，还出奇的客气。

年就那样过了，跟往年比，简单得不能再简单。几个橘子，几斤豆腐，香蜡纸票，蒜苗白菜，就这些，没买猪肉，没买烟酒。只有有喜腊月二十八回来了，老二在外地，多年未回了。一家三口，过了一个冷清年。不过刘老三再没饿肚子，天天都撑得要胀破肚皮，为了加强营养，早晚一个鸡蛋，还冲一袋豆奶粉。

离家也就两个月，老伴觉得，一切都陌生了，厨房冰凉，落满灰尘，没有一丝烟火味。厢房，也空荡荡的，走之前，装满了整袋粮食，现在空了，只有散扔的几个化肥袋，被老鼠咬破了。驴圈，两头圆实的驴和捣蛋的骡驹，不见了，空荡的圈里一无所有，槽头挂着新织的蛛网，再也没有熟悉的嚼料声，也没有添草的骂驴声。看着看着，眼泪哗哗流了出来，伤心就裹满了心尖。

老伴走后，推不前的刘老三，连养活自己都难。地，不种了，荒下了。给有喜凑钱，粮食留了点，余下的，全粜了。不种地，留着牲畜，就没用了，驴和骡驹，也前后卖了。他想，什么也别干了，推日子，等死算了。晚上，睡不着，看着漆黑的屋顶，听风，吹过树梢，他就莫名害怕。而且白天，眼睛老花，走快几步，就头晕，渐渐的，他想通了，大不了就死了。

活到这份上，活死人，有啥意思。屋里啥都没了，就他一个活的，像魂，摇摇晃晃，飘飘荡荡。

后来，正月没出头，刚打春，天渐渐暖了，阳坡的雪也慢慢融化了。天空高远，树木硬朗，山鸟，也偶尔滑落，在场院觅食。

刘老三一家走了。有喜上班了。老伴又去了兰州的那户人家伺候人了，她还要给儿子攒房钱，人家觉得她老实勤恳，这次去，工资会涨到一千四。刘老三，到城里找了个看公厕的，一月一千。挣的钱，留着，还赵虎皮的债。

再后来，就没有见过刘老三。他家大门，紧闭着，生锈的锁，挂在上面，不动声色。补上的那片板是新的，雪，却融化了，对联，也不见了。天气暖了，春天，不经意，就弥漫了麦村。

正月里来打罢春

正月里来打罢春,庄农人收拾忙营生
头刨子忙翻粪,单等南山地解冻
二月里来二春分,豌豆角儿土里生
豌豆角儿土里生,单等路上有行人
三月里来正清明,镬锄刨打田苗生
镬刨打田苗生,放羊娃娃闹乾坤
四月里来四月八,抽穗麦子掩老鸹
抽穗麦子掩老鸹,单等麦子早扬花
五月里来五端阳,大麦青来小麦子黄
一把弯镰拿到手,连割带把收上场
六月里来热难当,庄农户人倒比生意人忙
月亮上来背麦去,太阳出来要碾场
七月里来秋风凉,连枷打来簸箕扬
连枷打来簸箕扬,柴草衣子压满场
八月里来八月八,单等白露把麦撒
连耕带种三五遍,种上一斗想十石
九月里来九重阳,庄农户人就怕早来霜
地主收租三五担,不如做工去远乡

——民歌

麦村的白雨——恶得很。

在西秦岭一带，人们常把雷雨叫白雨。下雷阵雨，叫发白雨。雷雨雨势急，落下来，扯成线，呈银白色，故得名白雨。麦村由于海拔高，阴湿，每到夏季，黑云聚在山尖，容易发白雨。围绕在麦村四周的村落，由于地势较低，一抬头，便瞅见不远处的麦村被黑云裹着，一阵黄风，树叶如波涛翻滚而来，白花花的雨，就在麦村噼里啪啦落了下来。很快，白雨的脚尖赶过来，踩到了邻村人们的鼻尖上。

麦村的白雨，在西秦岭出了名。

发白雨，有时干发。就跟人咳嗽一样，干咳了半天，没咳出一粒唾沫星子。有时，就难说了。眼看着太阳挂在电线上，眼看着黑云冒出来，越聚越厚，厚得控制不住自己了。风一起，鸡毛乱飞，大门被摔得噼啪响，一片青瓦掉下来，碎了。提着镰刀割麦子的人，一看天色不对，赶紧扔下镰刀，往一起提麦捆，准备摞起来。刚提了十来件，风停了，蝗虫收拢翅膀，大地瞬间陷入寂静，万物屏住呼吸支棱起耳朵，似乎听到了什么。

咯啪——一声雷滚过头顶，把黑云炸开了一道缝子。

一瞬间，万物被惊醒了。提麦捆的人脚底下拌着蒜，顾不上摞，只是往一块堆。沟里放牲口的少年，跟在驴屁股后面，摔着野棉花杆，吆喝着，抽打着，牲口们蹄子摞起的灰尘，扯出了一道墙。院子里晒油菜籽的老太太，连滚带爬，把地上的菜籽往一起扫。给猪掐菜的姑娘，头顶着空篮子，一路小跑往回赶，要趁早抱一捆做饭用的干柴草。蹲在麻蒿上的蚂蚱，后腿一弹，蹦起来，本想藏在冬花叶子下，却挂在酸刺的枝杈间，无法动弹。举家迁移的蚂蚁们，背着嫩白的孩子，在一铁锨铲起的土堆上，怎么也翻不过去，爬上去，溜下来。大地热闹着，喧哗着，似乎在做最后的逃亡和撤退。

但一切都迟了。一滴雨，黄豆大，砸下来，摔成八牙，溅起了一朵尘土。三滴雨，黄豆大，砸下来，摔成了许多牙，溅起了一朵朵尘土。亿万滴雨，哗啦啦，落下来，砸在麦穗上，砸在驴背上，砸在油菜上，砸在竹篮上，砸在蚂蚱的绿翅膀上，砸在蚂蚁的脑袋上。

白雨来了。咯啪——又一声炸雷，裂开来。白雨提起倒下来了。

当白雨倒下来，人们狂奔着往回赶的时候，赵喜根却出门了。

他头戴一顶烂草帽，披上破损不堪的老式雨衣，穿着漏水的泥鞋，背着背篓，踏着小碎步，朝梁顶上一路小跑而去。

赵喜根要去打白雨。

他要去的地方，叫打白雨顶。在村口一个土咀上。土咀后面掏了一个炕大的洞，顶子用洋槐树干撑起来，铺上柳条，糊了厚厚的泥。洞口两米开外，安着三门土炮。土炮，麦村人叫狗娃炮。木头桩深深地栽进泥土里，木桩上固定着铸铁的炮，细钢丝拧成小拇指粗，绑在炮身上，牢牢地拴进土里，丝毫不动。三门狗娃炮。一门五十厘米高，矮小、细瘦。一门七八十厘米，细长。另一门一米左右，高，粗，炮膛里能塞进去一只小拳头。时间一久，三门炮被戏耍的孩子们磨得油光锃亮，泛着乌青的光泽。这三门炮，在打白雨顶站了多久，搞不清，反正从我记事起，就一直在那里，直愣愣地站着。

赵喜根顶着一身雨，钻进土棚，放下背篓，从里面掏出火药、铁锹、斧头等。然后从土棚里伸出湿漉漉的脑袋，拧着头，看了一阵天。他这是观风向，看云头。多少年了，凭借经验，他深谙天气之道，麦村人叫会观天色。他熟知西秦岭一带白雨的脾性：雨下一大片，雹打一条线。他看着浓黑如墨的云头移过来，最后罩在麦村的头顶，才开始动手。

根据白雨的大小，他选择不同的狗娃炮。不同的狗娃炮，有不同的性格，能对付不同的白雨。

先把火药填进炮膛，然后往里灌土，最后用铁锹把捅瓷实。还不行，找来半截木桩，对着炮膛里的土，用斧头背使劲砸，直到砸紧砸实，没有一粒松懈的土。然后在炮身上的小孔里安好引线，擦一个洋火，掬着手，点着后，赶紧钻进土棚里，蹲下来，捂住耳朵，避免被震晕。

轰——一声巨响，直冲云霄，凝固在一起的黑云被巨大的冲击力一冲，像一只盘子，出现了裂缝，最后碎掉，四散开来。本是手挽着手、众志成城、倾泻而下的雨水，被冲乱了阵脚，只好四处逃散。

而一声巨响，让麦村和周围十来个村庄都为之一颤。尤其在麦村，炮声震得窗户哗啦啦地抖，震得公鸡夹着尾巴掉下了架，震得老鼠抱着儿子吓破了胆，震得老太太刚补过的牙齿掉落了，震得赵闯生肚皮一颤绷断了裤带子。

接着又是轰、轰两声。震得麦村抱着胳膊，团成一堆，连打了几个哆嗦。

很快，云开了，雨小了。要不是这及时的几炮，万一下起了生雨（冰雹），刚开始下镰的麦子可就遭了殃了。

麦村的狗娃炮，管着四周十来个村的天。几炮上去，云打散，白雨发不成，自然也就造不成灾害。啥叫风调雨顺，就是嚣张的白雨，挨几炮，乖顺地落下来。所以一直以来，阴湿多雨的麦村一带，很少因雨受灾，最关键的就是有这几门狗娃炮罩着，护着。

在西秦岭，用狗娃炮打白雨的地方很少，这不是谁有几门炮，点个火，就可以的。最关键的还是要凑齐天时地利。天时好觅，但地利难寻。麦村因为地理位置高，四野开阔，为打炮提供了良好的条件。听说，以前土皮村也有一门狗娃炮，他们一直不服气，说你麦村能打白雨，为啥我们土皮村就不能打，为啥我们这么大个土皮村还要你一个小小的麦村护着，太没面子了。有一次，发白雨，土皮村人按捺不住激动，点了一炮，结果一炮上天，打在云头上，很快一只靴子从云头掉下来，落进了村。这是因为云头上常常站着神仙，土皮村人，一炮打在了神仙身上，把一只靴子打了下来。出了这么大的事，土皮村人烧香点蜡，祈求神仙原谅。从此，土皮村人就再也不敢妄为了。

当然，这白雨不是白打的。每年春夏交头，趁着一个微雨渐歇的午后，赵喜根背上他用破布片补了几层的背篓，出发了。他要去麦村周边的几个村收份子钱。打白雨，得用火药啊，买火药得花钱啊。麦村的狗娃炮罩着这一带，护佑平安，收几个份子钱，也是理所当然。周边村子的人，自然也明白这个道理，赵喜根上门，没有不交钱的。况且也收不了几个钱。年成多了，邻村的人都认识赵喜根，一进门，便喊他进屋，上炕，捣一罐茶，絮叨絮叨。有时，正巧碰上饭熟，酸拌汤，浇了一勺绿韭菜，闻着都香。主人家便拉着他吃饭，舀一碗，端上来，赵喜根推着不吃，但走了半天路，嘴上不软，肚子软了，只好半推半就接过碗，吃了。

西秦岭，尤其大山深处，偏远，闭塞，落后，但民风极为淳朴，人人热情好客，还延续着中国几千年来古老的人情礼仪。有的地方，你去，一口凉水都讨不到。但西秦岭的人，别说凉水，饭都会管几顿。

收齐了份子钱，赵喜根拿出大部分买火药，小部分作为自己的辛苦费。这也理所当然。发白雨，大家都在屋里躲着，他一个人，要冒雨，要观天色，要装药点炮，又危险，拿点报酬也是应该的，所有人都能理解。

赵喜根是啥时候挑起打白雨这副担子的？没问过，反正从我记事，就一直是他。可能上一个会打白雨的人过世了，村里人要再选一个，选谁？大家谝来谝去，觉得赵喜根行。他人老实，话少，勤恳，干事心细，农业社时去外面修过路，会炸石头。赵喜根没说啥，就应了。他也觉得自己最合适。这事一挑在肩上，麦村人就再也不管了，你爱咋打咋打，份子钱爱咋收咋收，大家不再过问，反正这事就绑在你身上了。

慢慢的，人们形成了习惯，一发白雨，就想起赵喜根，一想起赵喜根，就想起发白雨。这两者，再也分不开了。

白雨是年年会发的。日子也是天天要过的。日出下地，日落归家。白雨来了往回赶，彩虹挂起出大门。但日子也在千篇一律中变着。曾经陡峻的山路被水泥硬化了，曾经赶着毛驴去驮水，现在拉了自来水。曾经支根木头杆子绑上天线收电视信号，现在有了"户户通"。曾经塌房烂院茅草棚子，现在好些盖了平顶砖房。曾经牛羊满山，现在已难觅踪影，只有旋耕机在麦茬地里突突突叫着。曾经满村子的人影，现在走的走，死的死，一些人家门上常年挂了铁锁。

十年一层人，十年不如人。曾经赵喜根和村里的一帮子人，正值壮年，二百斤的麻袋一膀子夯上去就扛走了。一垧地从半夜四点开始，到太阳别在树腰就耕完了。一顿三碗浆水片片，填不饱肚子出门时还要端一块馍。现在呢，不行了，走个路，都挪不动腿；喝口汤，都嫌呛人；睡个觉，都被席子垫得腰疼。哪有不老的呢？都几十年过去了，风都把麦村刮旧了，雨都把自己下瘦了，就连隔年的一场霜，落在黎明前的梦里，再也化不掉了。

赵喜根的白雨，也不常打了。

一是年纪大，手脚不灵便，尤其是眼花了，点炮时，看不清引子，一根火柴绕半天，硬是没点着，待看清了时，炮膛里已经冒烟了，他跌跌拐拐钻进早已破败漏雨的土棚，还没来得及蹲下，炮就响了，震得他耳朵三天嗡嗡嗡。别人跟他说话，还以为他装聋，或者以为他越老越寡言了。

二是收不来份子钱。四里八乡的人，这十来年，越来越少。进城的、死了的、搬迁的、打工再也不回的，乱七八糟，反正人人都在想尽一切办法逃离西秦岭的深山大沟，去寻找更好的生存方式了。曾经一百来户的村子，现在常年开门的，只有二三十户。而像麦村这样的小村子，现在也仅剩余几户了。村里没有人，去收份子钱，也是白跑路，收到的，也不够买火药。再说呢，现在家里有人的，年轻一辈早从老一辈手里夺了权，家里的事务由他们做主，可年轻人早已丧失了好秉性，改革开放以后出生的一茬人，他们对集体事务没概念，也自私，才不管你打不打白雨，反正你们麦村的白雨恶，到我们村还要二里路呢。在人心不古的年月，赵喜根，背着补了千层的背篓，摇晃在落日如雪的山梁上，空手而归。

再一个，镇子上，有了防雹站。砖厂隔壁的一个破院子，架起了一门高射炮，三四米长的炮管，直愣愣戳在天上，像极了大骡马两胯间的那根家伙。高射炮，比起麦村的狗娃炮，厉害多了，打一发，能把大堆的云冲散，据说能罩好几个乡镇呢。有了新玩意，麦村的狗娃炮，就显得可怜、多余了。

后来，打白雨顶，因为地形高，建起了移动信号的发射基站。那躲雨的土棚，被一铲车推平了，再也难觅踪迹。三门狗娃炮，被拆卸下来，扔进庙里，在地上光溜溜地躺着，任岁月侵蚀，任锈迹弥漫，任它们从此缄默不语，任它们成为一堆废铁烂铜。白雨，发也好，不发也罢。田野荒芜后，人们早已丧失了对天气和节令的关心。

祖祖辈辈守护着西秦岭的狗娃炮，它们的时代，就这样，仓促而落魄地结束了。

人们说起麦村的狗娃炮，已成了回忆。赵喜根，再也不是打白雨的人了。

每当闷雷滚过，黑云压头，赵喜根依然不自觉地跑到偏房，背起背篓，准备出门，但没走几步，他就停下了。他忘了自己早已不是打白雨的人了。他放下背篓，坐在门槛上，看着暴雨汹涌而来，灌满了院子，灌满了麦村的每一条沟壑，灌满了他六十岁的回忆。失落，孤寂，茫然，也像暴雨一样，灌满了院子，灌满了麦村的每一条沟壑，灌满了他六十岁的回忆。

麦村的狗娃炮再也不响了，可白雨依旧年年发着。有时干发，跟人咳嗽一样，没咳出一粒唾沫星子。有时，难说，或许会发成暴雨，或许会发成冰雹。或许白天发，或许晚上发，或许一个夏天都不发，或许天天发。

天的事，人管不着。

但有一年，这白雨，真发下了。

那依旧是一个陈旧的千篇一律的午后。夏末，骚热已逐渐退去，一些腿寒的老人，开始把草棚里隔年的湿驴粪翻腾出来，倒在门口的土台上，晾晒着。过不了几天，立秋，早晚凉，就该烧炕了。人们从昏暗的午睡中醒来后，揉着眼皮，来到院子，发现天阴沉沉的，刷着一层厚实的黄云。真的，是黄云。不是明黄，不是鹅黄，是屁黄，暗淡的、混沌的、遮眼的黄。下午四点多，雨滴稀稀拉拉落了下来。雨不大，有意无意地落着。

不怎么种地了，农活相对消停。人们扛着铁锨，在地里瞎溜达一阵，混个时间。老人们在牙叉骨台再也聚不齐，死的死，瘫的瘫，勉强能动弹的，晒晒粪，扫扫院，拾掇一下再也摆不上用场的农具，一天也就消磨掉了。懒散的雨，并没有惊扰到人们的生活。

庄农人，睡得早，晚上十点多，就上了炕，脱了衣裳，躺下了。雨似乎紧了一点。密集的雨点打在瓦片上，打在铁皮水桶上，打在塑料纸上，声声入耳。枕着雨声，人们闭上了潮湿的眼，睡着了。当人们在梦里被雨声惊醒时，大概是夜里十二点。倾盆大雨，疯了一般，不间断地泼了下来。雨水拍打屋顶的声音，雨水拍打树枝的声音，雨水拍打雨水的声音，雨水拍打黑夜的声音，犹如千军万马呼啸而来，呐喊声，叫嚣声，杀戮声，汇聚成了炽白的哗哗声，灌满了耳朵，溢了出来，淌了满炕。

好多年了，人们还没有见过这么大的暴雨。

往常这个时候，赵喜根都会装上火药，背上背篓，披上旧雨衣，踩着泥水，顶着暴雨，小跑着，去打白雨顶，打白雨。但这一夜，他没有出门。他推起旁边睡得如死猪的老伴，说，你听，雨大得吓人。他拉开灯，披上衣裳，盘腿坐在炕上，听雨声，似乎要把人淹没。他隐约感觉，今晚的雨，不同寻常，再不打，怕要出事。他几次想下炕，几十年了，他对雨有条件反射。但一挪身子，却发现自己早已不是打白雨的人了。如今，打白雨顶，已被推平，狗娃炮，躺在庙里生锈。这让他无限悲凉和惆怅。

他起身，下炕，拖着鞋，拉开门，把头伸出门缝。老伴刘八月唠叨着，炮都拆着扔了，你操得闲心。赵喜根有些生气，顶了句，你个女人家，晓得个屁，把你的坐着。借着昏暗的灯光，他隐约看到，天，依旧是黄的，比屁黄还黄；雨，也是黄的，黄得透明，黄得粗壮，每一根雨，都像一根尿一样粗，连成了线。院子里，雨水已积了两尺深，再有半寸，就上廊檐，钻进屋了。他自语道，天烂了。

他套上衣服，出门，用填炕的推耙，在院子里试探了一下，已经能淹没人的小腿了。一种不安的感觉，罩在他心口。整个院子，被雨和雨声填满了。在雨声的缝隙里，他隐隐听见堂屋后面有轰隆声。再听，确实有。他心里一紧，赶紧把老伴和转娘家来的二姑娘叫醒，让她们穿衣下炕。两个人迷迷糊糊下了炕，刘八月还骂骂咧咧，说他神经病犯了。他找来化肥袋子，给刘八月和姑娘顶上，自己钻进屋，从镜框子后面把存折和首饰摸出来，揣进怀里。来到院子，催着两人赶紧出门，到邻居海明娃家。姑娘问，啥事，把人赶出去。赵喜根吼道，问啥哩，出去了再说，麻利点。

三个人淌着齐膝的雨水，摇摇晃晃，出了院门。

没走几步，轰隆一声，堂屋后面的一块崖，被雨冲垮，倒下来，压塌了赵喜根的三间土坯房。

在海明娃家，赵喜根整夜没合眼。他听着无休无止的雨声，心里泛起了浓烈的酸楚。欺了一辈子雨，最终，还是被雨欺了。打了一辈子白雨，最该打的一炮，却咋也打不出了。他叹着气，闭上眼，眼泪沫子挂满了腮帮。要是狗娃炮在，今晚，就不是这情况。他想。

第二天，雨停了。

一夜暴雨，冲毁了村里的好几条路，冲断了不少洋槐杏树，冲塌了不少崖，冲垮了赵贵生牛圈的半面墙，冲跑了牛娃家的一座厕所，冲走了懒球女人晾在院子的衣裳，冲没了好多人家门口填炕的粪，当然，最严重的，是冲塌了崖，压倒了赵喜根家的房。

赵喜根瞅着垮塌成一片狼藉的房，啥话都没说。

几天后，他们老两口，跟着二姑娘走了。二姑娘，在镇子上开商店。这几年，镇子上搞小城镇建设，建了不少小二楼，他们家拆迁，补偿了三套房。她把父母接过去，让住进楼房里。这个主，她能做了，她的男人，是个怕老婆。

听说，赵喜根走的时候，想拉走那三门狗娃炮，但村里人反对，说是文物，不能动。赵喜根带着对麦村人的恨意，离开了故土。

现在，有人去麦村，还能看到那三门狗娃炮，生锈斑驳，落满灰尘，躺在庙里的墙角，沉沉睡去了。

奇哉怪哉

> 奇哉怪哉，楸木树上吊根蒜薹，
> 娃娃想吃，不得下来，
> 呼地一跳，折了半截，
> 吃了一口，味儿奇怪。
> ——儿歌

赵闰生的口气比脚气大。麦村人都这么说。

赵闰生口气大，是腰里硬气了。他从一个破烂户一夜之间翻了个身，成了暴发户。他走在麦村的巷道里，头一偏，脖子一歪，肚子一腆，八字步一迈，像一只刚踏过蛋的公鸡，趾高气扬，不可一世，似乎麦村已经装不下他了。

村里人人都知道，赵闰生，腰里别着十五万。这不是人们道听途说的，是赵闰生站在牙叉骨台高调宣布的。对，是宣布。他挥着一只手，像打苍蝇一样，被懒球调侃一番后，宣布了他的财产。他说，别再小看我赵闰生，我再也不是以前裤子都提不起的人了，我腰里别着十五万。他甩着两根指头。他妈的，麦村人都牛得很，谁能一下子拿出十五万，我敢提着我这颗蒜头打保票，没人！他妈的，你懒球，以后嘴夹紧，不要再蚊子吃菩萨——认错了人。

说完后，他蘸了一口唾沫，把皮夹克袖子上的一坨干残汤搓了半天，然后弹了弹，摔着肥大的屁股，走了。

赵闰生一下子哪来的十五万？

偷的？

就他那土行孙样，上炕都吃力，还偷？

抢的？

胡说，法制社会，上哪抢？

赌博赢的？

那个啬皮鬼，一包烟都舍不得买，常常吸水烟的人，还敢赌？

拾的？

来，你拾一张给我看看，那是钱，不是驴粪疙瘩。

挣的？

你以为挣钱是刷冥票啊，有那么容易挣吗？

那哪来的啊？

你个猪脑瓜，就赵闰生那扶不上墙的一掀泥，还能偷能抢能挣？给你实话说了，卖姑娘卖的！

赵闰生有一儿一女，女儿二十四，初三毕业，就到东莞去打工了，从2005年到2014年，整整九年没回家。九年，正当村里人忘掉了赵闰生女儿时，一个春分刚过的正午，料峭的寒意依然在村里晃荡。一辆草绿色的出租车停在了村口，车上下来了一男一女。人们好奇，这谁家的亲戚啊，真有钱，舍得花三百元包车跑一趟麦村。

男的，估摸着有五十来岁，一看就是南方人，瘦小，皮肤蜡黄，深眼窝，微微翻撅的嘴皮，稀稀拉拉的头发，夹杂着一些银白。满脸络腮胡刮过后，两颊泛青，像刷过漆。上身屎黄色皮夹克，下身黑裤，紧紧绑在腿上，有种步子稍微迈大一点就会扯着蛋的危险感。女的，浓妆艳抹，烫着大波，也是屎黄色，嘴唇涂的啊，惨不忍睹。上身裹着皮草，下身除了一条刚包住屁股的皮裙，就是光大腿了。他们牵着手，提着礼盒，进了村。村里人像看怪物一样，看着他们朝下庄走去，进了赵闰生的院子。

人们从那女的一摇一摆的背影里，隐隐看出了赵闰生走路的架势。这难道是赵闰生快十年没回家的女儿？人们用想象之手剥开那满脸厚实的脂粉，根据残存的印象，再结合那走手，基本可以肯定那就是赵闰生的女儿。但男的呢？

本就很小的村庄都在谈论着赵闰生女儿回来的事。消息也很快传出，那男的，是赵闰生女儿的男友，还算不上老公，因为没结婚。据说那男的五十一岁，比赵闰生小两岁。女儿是带着男友回家来见丈人丈母娘，顺便谈婚论嫁的。但这立马遭到了赵闰生的反对，因为年龄差距实在太悬殊，相差一辈人啊，他怎么忍心把自己二十来岁的姑娘嫁给一个比他小两岁的男人，而且还是个离过婚的，带着一个十三岁的儿子。这让他觉得心里憋屈啊。但他的反对并没有奏效，一是女儿死心塌地要跟他，不同意就断绝父女关系，二是据说已经怀孕，都在肚子里装了三个月了。

赵闰生精明半生，但却死活没有算计到女儿这一招。最后，他勉强同意了。但有个前提，婚礼之事，得完完全全按照西秦岭的习俗和规矩来办，三媒六证，件件不拉。

先是聘媒。男方聘媒人，女方请内荐。内荐好找，赵闰生的狐朋狗友一堆，他掰着指头算了一圈，觉得懒球最可靠。至于媒人，男方家在深圳，不可能在那边搞一个过来，只能在这边找。最后依懒球主意，请了镇子上的张阴阳。

媒人请好，就是说媒。麦村也叫奠雁，是古称。因为"雁候阴阳，待时而举，冬南夏北，贵有其所"。意思是"男大当婚，女大当嫁"，该像大雁一样，适时选择所在。看好日子，张阴阳带着那男的，提着礼当，到了赵闰生家。那男的，为了婚事，专门在城里开了一间宾馆，操办婚事。当然，按老习俗，是很麻烦的，但他一个老茬茬，能找一个嫩闪闪的妹子，再麻烦也是心甘情愿的。到家后，张阴阳向赵闰生介绍了男方情况。男方，广西人，在深圳开一家小型皮鞋厂，离异，身边有一子，上初中。父母双双病故，无兄弟，只有一姐姐，在广西山里，鲜有往来。厂子年收入百万元，深圳和广州各有住房一套，霸道车一辆等。赵闰生一边品咂着女儿上次带来的金骏眉，一边假装正经地说，条件确实是好，好的再没有，遇上这么好的家道，也是我们姑娘的福气，唯一一点不如意的地方，就是年龄偏大。张阴阳忙说，年龄真不是问题，现在都啥时代了，老夫少妻多的是，男的年龄大点好，会惜疼人。又拉拉杂杂说了一些闲话后，赵闰生表了态，同意这门亲事。虽说口头不是很爽利，但其实他心里别提有多高兴，高兴得都快把肠子憋烂了。他攀上这门亲事，等于开了一条财路，他赵闰生，就能在麦村打个翻身仗，从下三烂一跃成为响当当的人了。

说媒结束后，男的给张阴阳花三百元买了一双皮鞋。皮鞋夹脚，张阴阳锁进柜子，说是死了穿。

　　后面就是卜婚兆，看双方家中是否平安，有无出现碗碟破碎、吵架、失窃、失火等事，通过一切征兆预判婚姻是否相合。在这搁和的一段时间，赵闰生家没有出不吉利的事。然后就是合八字，张阴阳根据双方生辰八字，掐着指头，嘴里念念有词：青兔黄狗古来有，红马黄羊寿命长，黑鼠黄牛两兴旺，青牛黑猪喜洋洋，猪兔羊，没商量，猴鼠龙，上上婚，虎马狗，到白首，蛇盘兔，必定富。男属龙，女属猴，好得很，上上婚嘛。

　　接着是看屋，女方要登门拜访男方家，顺便考察男方经济、邻里、亲眷等情况。男的情况大家已经清楚，家在深圳，邻里亲眷也少。深圳是去不了，那就在城里，找个酒店，摆两桌，把女方招待一番。在这个环节，最重要的是要给女方的女性亲朋和孩子发红包。在赵闰生的安顿下，每个红包四百元，这么大方，他就是为了要这个人，让大家看看，自己未来的女婿比别人家的都强。

　　然后，是砑礼，也叫保媒。男方继续请张阴阳，在张阴阳的指拨下，提着喜酒两瓶、茶叶二斤、糖果两包、香烟两条、粉丝两捆、大肉两吊，再次踏进赵闰生的门槛。女方收礼后，把现提的粉丝和肉做成了菜，然后上桌，大家边吃边由媒人张阴阳和内荐懒球商讨彩礼事宜。那男的不懂麦村规矩，全权委托给张阴阳。张阴阳和赵闰生之前已通了气，所以只是走个过场。最后商议，按照习俗，干礼也就是现金，十八万。水礼，包括四金、项链、手镯、戒指、耳钉、衣服四套，秋冬装各两套，鞋袜四双。干礼要找个日子送，边送边认亲。水礼根据个人时间去买。

老历三月初八，是个好日子。那男的背着十八万现金来送了礼，订了婚。十八万，赵闰生拿了十五万，给女儿和那男的各分了一万五。

婚礼定在六月初八，男的要领上女的去深圳结，所以女方亲戚去不了。赵闰生挑了个日子，提前把亲朋招待了。那男的建议去城里，省事。但赵闰生不同意，他口头上说去城里花销大，钱再多也要省着点花，但心里想的是在村里摆几十桌，一来要个排场，二来多请点人多挣些份子钱，三来把那些平时看不起他的人也请来，故意给他们看看啥叫体面。这么权衡一番，还是在村里自己做席划算。

要热热闹闹办好一场"干事"，不是一件容易的事。首先得看日子，然后请大厨。大厨是一场"干事"的灵魂之一，饭菜的色香味都由他掌握，甚至"干事"的成败也由他决定。一场宴席做好了，足可以在方圆百里流传三年五载，若砸了，主人家的声誉也会受到牵连。请好大厨，赵闰生告知宴请人数，大厨列出清单。他赶着逢集日，借了懒球的三马子，到集市上去采购了。

宴席当天，赵闰生专程买了十二筒焰火，放了半个小时，震得拳头大的麦村在山尖上跳舞。为了给自己挣体面，显阔气，他特意让厨师做的是"十三花"。在麦村，"五碗四盘子"很常见，"十全"基本就不错了，但"十三花"这旮旯里据说还是头一遭。宴席当天，凉菜早已备好，装进碟子，直接上桌。热菜一道道现炒。在麦村,上菜的必须是男人,叫"供席的",要手脚灵便,两手端盘,穿梭于人群中,不洒不滴。相当于传菜师。每桌席上,必有"看席的",也需男的,负责端菜、摆菜、敬酒、收拾碗碟、招呼客人等,相当于服务员。

众亲朋入席前,凉菜已上桌,烟是十六元的黑兰州,酒是四星的世纪金辉,就这烟酒,已经让大家惊叹不已。在麦村,还没有人家这么阔气过。凉菜快吃毕,后厨一声吆喝:"上菜!""供席的"齐声应:"来了!"席做得好,大人小孩抢着吃,筷子不落桌,吃了个狗儿干净。爱喝酒的,声嘶力竭、面红耳赤地划拳,挣死挣活要把自己灌翻,因为这好酒不喝白不喝,喝到肚子里才算是自己的。菜毕,每人又上一碗熬得糊糊的粉汤菜,大家抓两个蒸馍,囫囵下肚,肚皮鼓胀,浑身舒坦,这才算坐完了席。

赵闰生招待人的"干事"结束后,成了麦村乃至整个西秦岭热议的话题。人们久久地沉浸在"十三花"和好烟好酒的回忆中,感受着那祖祖辈辈以来少有的气派,同时也对赵闰生的敬意油然而生,让赵闰生从一个不上串的末流人物一下子跻身到了首屈一指的程度。穷怕了,也被别人漠视、挖苦怕了的赵闰生得到了莫大的满足。他斜躺在皮掉光了的烂沙发上,被一种少有的兴奋冲击得头脑发晕。

赵闰生现在喜欢有事没事在村里溜达了,他迈着八字步,在村里晃来晃去,看见人就往上蹭,因为他很喜欢被别人用敬佩的口吻问候的那种感觉,麻麻的、软软的,又有种飘飘然的幻觉,简直太受用了。

就这样在村里溜达了半年。有一天,赵闰生突然放话,他要离开麦村了。

赵闰生已经觉得麦村的庙太小,容不下他这尊神。他即便是村里第一号人物,可也只是百十人中的第一号,有什么意思。他已无法满足于在麦村享受十五万元带来的快感,他对那些恭敬和奉承渐渐腻味了,总是那么几句话,总是那么一些人。最要命的是村里人听说他有钱,陆陆续续来借债了,这让他心里极为不爽。于是,他要寻找新的活法,要干点别的事,要躲开这些借债鬼。反正他有这笔钱做后盾,他有一个当大老板的金龟婿,就算女婿死了,他还可以再把女儿嫁一遍,再挣一疙瘩彩礼。

2014年春分前后,赵闰生举家搬走了,只留下了五间土坯房。半年后,秋天,一场暴雨,下垮了他家的两间厢房。

后来人们才知道,赵闰生进了城。在城里,他用十万元开了一家小超市,自己当起了小老板,整日躺在门口的假皮躺椅上,晒太阳,像极了一条没有脾性的牧羊犬。另外的五万元,给儿子买了辆小面包,让儿子跑黑车。

现在,赵闰生的口气有没有脚气大,只有他的女人知道,麦村人,是再也不知道了。

日子过了三月八,麦子豌豆齐打花。麦子豌豆打花了,赵闰生在假皮躺椅上闻到了麦村的味道。

二月二， 炒豆豆

二月二，炒豆豆，
我家来了个我舅舅
背的羊皮烂背篼
吃啥呢？
吃白面，舍不得；
吃黑面，丢人哩；
吃荞面，磨着哩；
杀鸡公，叫鸣哩；
杀鸡婆，下蛋哩；
杀鸭子，鸭子跳到后院里；
气得舅舅乱转哩；
妗子在院里瞪眼哩，
舅舅你还不走做啥哩？

——儿歌

  懒球，名字来源于一个笑话。一次，他和赵闰生吹牛，说自己半夜起来耕地，到天亮耕了两垧地。赵闰生歪着眼，说，你尿，懒得球擦沟子哩，还能半夜起来干活。四周听他们瞎扯的人，哄堂而笑。沟子，方言，屁股沟的意思。一个人懒到不用手纸，而用自己的老二顺手擦沟子，可见已懒到登峰造极了。

从此，懒球，就落下了这么个绰号。

说懒球这人，一句话，绝对概括不了。

首先，这家伙，是村里唯一一个会剪头的人。赵孝贤爸——赵贵禄老汉上吊前，就是找的懒球给他剪的头。麦村人，基本不到镇子上去剪头，太远，为一个脑袋跑十几里山路，划不来。再一个，还要花钱。这钱，省下来，够买半年的盐了。麦村人深知，日子都是从细处过的。等一个雨过天晴，下不了地，男人们揣一包烟，出了门，到懒球家，剪头去。懒球窝在沙发上，一手握遥控器，一手抠鼻屎，歪着脑袋，看二十三英寸飘满雪花的电视上，城里女人拧来摆去的大屁股。嘴里嚼着一口痰，懒得吐。最后嚼出了牛筋面的味道。

小心把眼珠子馋出来了。来人好不容易在地上找了个可以落脚的空隙。懒球家屋里的地上、炕上、桌上、炕柜上，哎呀妈呀，到处堆着杂物，破鞋、袜子、抹布、泡湿的衣服、娃娃的书本作业、水桶、酸菜缸、废灯泡、织满污垢的尿桶子、经久未洗的床单被套枕巾，甚至吃了饭没有洗的锅碗筷子，两条裆里沾着干了的月经的裤衩，无所不有，无所不乱，从没人整理一指头。堂屋都这么乱，厢房、厨房、粮房、院子、大门外，更是可想而知。为啥？懒啊。

你说他奶奶的这城里女人屁股咋就这么圆，跟个脸盆子一样，还会扭得很。懒球把一团鼻屎在两指间搓揉成一个蛋，弹飞了。找个地方坐啊。

你这连脚都没地方放，坐啥呢，玉米掰得咋样了？

还没去呢，过个三五天再掰也不迟，又没人偷。

野鸡多得跟羊一样，几天给你吃光了。

野鸡和人一样，都要填肚子啊，我这是给大自然做贡献。

你怕是懒病吧，女人娃娃呢？

转娘家去了，臭婆娘，天一下雨，就像勾魂一样，跑娘家去了，剪头啊？你先等会，我把这半截电视看毕。

来人把烟丢到桌子上，说，烟放你桌子上了。

懒球这才从沙发上慢腾腾地起来，搓着脖子，脖子上的垢甲一根接着一根，掉在了地上。他在三斗柜抽屉里端出一个铁盒。抱到供桌前，打开，揭过一方白布，里面摆着剪头、推子、刀片、梳子，整整齐齐。这可能是他家里唯一整齐的东西。他提一把凳子，摆在屋子中间，把四周乱堆的杂物用脚踢开，腾出一块空地。然后让来人坐下，他提着推子绕着圈，修理起来。顺口应付着来人的问题，瞅了一眼桌上的烟，白沙，他有些失望。手底下也就没有轻重了。

懒球剪头，一方面得益于小时候父亲给他剃头。那时，还没推子。剪发，用镰刀。临剪前，父亲把镰刀搭在磨石上，洒一层水，来回磨几下。隐藏在尘埃深处的刀刃，泛着青亮的光，探出了头。这时，就不叫剪，而是剃了。懒球坐在门槛上，镰刀在头皮扫过，大片头发落下来，盖住脚面。每当冰凉的刀刃挨到头皮，他就浑身发麻，两腿打摆，尿意汹涌，生怕父亲一不小心，削了他这个蒜头。但他不敢哭，父亲很凶，一声吼，能吓死一只鸡。他只有忍受着，煎熬着，听见父亲在他头上吐着唾沫，来润刀刃。最后，在惊惧中，他丢起了盹。另一方面得益于他在城里打工。当然这个版本很多,有人说他看上了一家理发店打下手的姑娘,经常给人家送早餐,偷偷学了几招。也有人说他直接在理发店打过工,虽然时间不长。当然,还有人说,他一个懒货,压根在城里没干过正经事,成天瞎晃悠,有一天在垃圾堆里捡了把推子,用衣襟擦了擦,就揣回村走艺了。

要到懒球跟前剪头,得送烟,一包。烟的好坏决定着他剪头的用心程度。当然,麦村人,都是土里刨食吃的人,能抽起什么好烟,有个五六元的,过过嘴瘾就行了。所以,懒球剪头,也就很随意了,只要搞短点,凉快些,别整个跟老鼠啃过一样七上八下就行了。

懒球的烟,就这样靠麦村人供给着,基本不断档。但烟毕竟不能当饭吃,他还要养活一个老婆和四个姑娘。算上他,这六张嘴,连一起,能把一头猪娃吞下去。要填饱肚子,就不是个容易的事。何况作为一个超生户,他还背着一屁股债。这些年,光那些罚款,他东挪西借,就让他差点疯魔了。好在虱多不痒,他也是懒得操心的人,日子,也就这么迷迷糊糊、乱乱糟糟过了。反正这光阴,他是寡妇死了儿——没指望。至于地里的活,他也懒得干。他家的几亩地,正好在山上,地陡,能翻了牛,还没路走。种点东西,就要背。他才舍不得花力气呢。所以,每年春天,他就有心无心地撒点籽,秋天,漫不经心地收几袋。就这,还是他老婆成天咒骂着干的。如果没人催,他恨不得成天像一摊泥一样,窝在沙发上。起初几年,老婆还算勤快,这两年,学他的样子,也懒得要命了。好在还不至于挨饿，因为隔三岔五，老婆会带着一窝娃娃去转娘家。娘家，人家家底殷实，不怕吃。

除了剪头，懒球还有所长，就是叫魂、擦冲气。

村里有些人迷信。家里有人在外面受了惊吓，会请懒球来叫魂。或者有人生病，久治不愈，只能请懒球去擦冲气。

叫魂，其实自家人也可以，但有时候叫不来，再说懒球老婆养的一只三年的大红公鸡也很厉害，周围几里路上的鬼都怕。所以，懒球出山，理所当然。来人可以不带烟。进门，懒球没看电视，睡觉。炕上堆满了被褥，像个坟堆，只能听见懒球的呼噜声，看不见人。在被褥里翻找半天，终于找见了懒球。来人摇，懒球，有个事，得麻烦你一下。没反应，再摇，还是和死猪一样。最后死缠烂打，硬是把他搞醒了。来人说明来意，懒球一连打了十来个哈欠，才从炕上爬下来。

懒球从鸡圈里抱出公鸡，顶着一头鸡毛，跟人去了。到那人家，带上表情木讷、目光呆滞、行动迟缓的病人，拿上香蜡、冥票，去丢魂的地方——红泥湾，一个森林蔽日、野草没膝、红泥遍地的水沟。村里人常在这里丢魂，尤其大中午或者暮色初降的时分。人们经过这里，经常看到一个白胡子老汉，穿着一身白，背着一个背笼，在前面走，脚不挨地，走着走着便不见了。过路人一开始还是清醒的，但没走出这段路，就昏昏沉沉了。一回家，双腿发软，脸色蜡黄，浑身无力，躺在炕上难以动弹。家人一看，又是冷敷，又是大补，又是吃药，又是打针，又是吊水，三五天过去了，不见好转。一想进门前经过的地方，是魂丢了。于是请懒球，叫魂走。

到红泥湾,大家跪倒,烧了香蜡纸票。大红公鸡站一边,眼珠血红,哆嗦着脑袋,羽毛直立,微微抖动。懒球叫着病人的名字,喊道:魂来了!病人应声道:来了。然后回家,一路上,都这么一叫一答着。遇见其他人叫病人名字,病人千万不能答应,不然,游鬼借他人之口又会把魂叫走。到家,病人睡一觉,便完好如初了。

叫来魂,懒球脱了鞋,盘腿坐在炕中间,眼前摆上炕桌。在往常,以贫富论人的麦村人,是看不起懒球的。他一没钱,二不是干部,三又没什么富亲贵友,再加上人又懒。大家遇着他,总是把他调侃半天,或者讽刺几句。好在懒球猫头鹰报喜——臭名在外,也无所谓。但现在不一样,他是被人请去帮忙的,而且是大忙,不比出力气,一般人根本干不了。所以他有资本,端坐炕上,一本正经,在主人的伺候下,先喝一罐茶,咬几口馍,然后等饭熟。饭是鸡蛋糊糊,层层油饼。这是麦村人招待客人最好的吃食。懒球喝了三大碗糊糊,吃了七八个牙饼子,直吃得往外冒。

临走,主人家会塞二十元给懒球。这是行情,一村人都知道。懒球推托几句,顺手装进裤兜。用懒球的话说,他叫一次魂,十五元,加上大公鸡出一次台,五元,就是二十元,这还是看在一个村里人的份上,优惠价。

当然,在麦村,能叫魂的机会并不多,一年也就五六次。如果光指望这百把元,那就跟喝西北风没啥区别。在平时,懒球还负责着给一村人擦冲气的事。冲气,麦村人认为是恶鬼、游魂、邪气等。人一旦沾染,或被附体,就会病倒。这时,就

273

该请懒球了。

懒球背搭着手,在村里瞎转悠,眼看着人家的玉米在地里长到一扎长了,他的还在地膜里困着,没放出来,时间一长,地膜内温度太高,全烧死了。懒球宁可瞎溜达,跟人抬一阵冷杠,坐在土堆上发一阵呆,也懒得去地里拾掇一下。四个姑娘,都齐刷刷跟半截葵花杆一样高了,也没个像样的衣服穿,他也懒得出门去打工。但有人叫他去擦冲气,他倒是很乐意。因为有钱挣,一次十五元,够买两三包烟。

懒球擦冲气,先找两只碗,三根筷子。一碗装清水,点上冥票,放水上,待冥票烧化。一碗空着,碗沿横放一根筷子,然后在碗里两侧各立一根筷子,顶端挨住。这样,立着的筷子,稳稳站着,不会倒下。一般人没这手艺,两根筷子立不住。然后,他便念一串咒语,叽里咕噜像老母鸡孵小鸡时护崽一般。听懒球说,如果筷子立住,冲气算是听到他的话了,然后过了筷子搭的桥,自己会走了。最后,病人喝下那碗漂浮着纸灰的水,就成了。

擦完冲气,懒球接过十五元,回家了。这事,他一般是不吃饭的。

懒球的这两样本事,都是从他爷爷手里学来的。他是唯一的孙子,被老人宠爱过头。老人去叫魂,或者擦冲气,都会抱上孙子懒球,因为知道去了主人家有吃喝,还少不了几个买糖钱。这样跟的时间一长,潜移默化,懒球也慢慢学会了。别看他懒得狗都不闻,但脑瓜子灵活着呢。

懒球爷爷一死,村里便没人会这手艺了。懒球接过爷爷的班，像模像样地干了起来，一干就是半辈子。

不过，这几年过来，情况发生了变化。以前人穷，也迷信，得个病，舍不得去医院，再加上路远，交通不便，最多叫一下大夫赵善财过来把个脉，打个针，开几顿药，就了事了。有时候，头疼脑热，看好了。有时候，看不好，人们就寄希望于懒球。人们只有通过迷信，才能换得一份安心，这是人们换取平安健康最高也是最后的手段。当然，有时，懒球出马，就好了。有时，没好，人死了，也不关懒球啥事。毕竟人的命，天注定。

现在不行了。这些年，麦村拓宽了通村路，还水泥硬化了，出门坐车方便多了。人们手头也宽裕了，平常人家，出门打工，家里积攒，多多少少有个三五万的积蓄，得个病，好歹能进城看一趟。最关键的是，人们不怎么迷信了。

懒球成天在巷道里瞎晃悠，有时碰见赵闰生，两个人坐一起，互相发根烟，点着，开始骂社会。说，什么狗屁世道，连老祖宗留下来的传统都忘了。懒球所谓的传统，就是叫魂、擦冲气。现在没人叫他了，他再也不能神气十足地坐在炕上，吃馍喝汤；再也不能抱着公鸡不可一世地朝红泥湾走去；再也不能靠手艺挣钱。他当然生气呢。

姑娘们一个个都在长大，花销也多了，一伸手就要钱，老婆李杏儿就让找他要。他两手掉在胯子上，哪有什么钱。可看着一双双伸出的手，一对对黑漆漆的眼珠，一个个衣衫破旧、面黄肌瘦的样子，他就头疼。为什么当初逞一时之快，又为什么偏要拼命搞个带把的，才生了一堆姑娘。这真是一群讨债的催命鬼啊，上辈子不知欠了啥情，这辈子来讨要了。他恨不得冲上去，一个个抽一顿，可一看那可怜样，一想到都是自己的种，纵有万千郁闷，也只剩下一声叹息了。

没有收入，庄农又懒得作务，孩子们的花销日渐增多，老婆成天唠叨不止。这日子，就像麦村人说的，三十晚上盼月亮——没指望，但现实依然是赶着绵羊过火焰山——往死里逼。

去年，村里的小学没有了。一开始，村里还有十来个学生，这两年，进城的进城，转学的转学，村小里只剩下他家四个孩子，民办教师赵文革没法带，学校被撤销了。当四个姑娘背着书包哭着回家，说了情况后，他瘫在沙发上，不知所措，一颗鼻屎还在两指间搓揉，最后忘了弹出去。

孩子没学上，这让他头疼。去打工，都太小，没地方要，也不放心。家里待着，也不是个事，谁家把孩子留在屋子里，跟养老一样。所以还得上学。可到哪上呢？这真是个难事。

眼看着四个姑娘成天在屋里丧魂落魄地待着，他觉得对不起她们。

好在天无绝人之路。

离麦村十里外的川道里，有几间曾经种过菜的旧砖房。种菜的人，亏了本，再没种过。那房子，一直闲置着。懒球托在城里农业局上班的姐夫租了那房，把老婆娃娃带下山，住了进去。家里的家当全部搬下山，塞了进去。一家人，十来天时间，就从山上人变成川里人了。麦村人没听说懒球要走的消息，直到偶尔有一天，人们去找他剪发，打了半天门，没开，人们才隐约听说懒球走了，去川里安家了。人们站在他家门口，骂道：这狗日的懒球，不言传一声，就偷偷摸摸走了。

搬到川道，最关键的是离镇子上近，四个姑娘上学方便。同样关键的还有，懒球再也不用种地了。他怕种地怕到骨髓疼的程度，现在，他终于可以丢下犁把子，消消停停当个懒人了。当然，还有关键的是，川道里新开了一家养鸡场，通过姐夫的门路，懒球谋了个门卫工作，老婆讨了个打扫鸡舍的活。这样，两个人，一月两千元，完全靠工资生活了。

有一次，我去养鸡场办事，在门房，遇见了懒球。他瘫在一个假皮沙发上，瘫得那个彻底，那么随心所欲，甚至都快瘫成另一具假皮沙发了。他盯着电脑屏幕上的监控在发呆，两指间的烟，忘了弹，积了半寸长的烟灰。那烟，看样子，差不多一包十元。

他看见我，眼皮也没抬，光伸了伸下巴，示意我坐，他已经懒成精了。

猫儿念经

猫儿念经
念到三更
三更讨卦
讨个勺把
勺把舀水
舀个精鬼
精鬼掏泉
掏出张镰
张镰赶车
赶出爷爷
爷爷坐堂
坐出妒羊
妒羊打头
打出马猴
马猴踢箭脚
踢他娘娘两个青眼窝
青眼窝

——儿歌

这首儿歌是民办教师赵文革教给我们的。

当我再次唱起这首儿歌时，已经过了二十年。二十年，就像一场风，在麦村的山梁上，刮过，便销声匿迹了。当四月的某一个黄昏，我和一群猫头鹰，蹲在树杈上，望着暮色，像一根针，把天地缝合时，便想起了赵文革。

三年前，也是一个四月。杏花刚落，梨花初绽。旧燕衔着新泥，在人烟日渐稀少的屋檐下，垒着巢。赵文革从玉米地回来，趴在水龙头上灌了一肚子凉水。五分地的玉米苗他放了三个钟头，活不重，但蹲得腰疼，尤其是白花花的地膜晃得他眼花缭乱。他把下巴上的水用袖子揩掉。推开厢房门，懒球家的四个姑娘一溜子趴在炕上写生字。

这是他最后的学生了。

村学离他家远，要翻过一道梁，走十来分钟。去学校，再没别的学生。要么转学去了镇子上，要么跟父母进了城。一村人，只有懒球还让孩子在村小上学。赵文革捏了盒粉笔，提了只小黑板，给懒球媳妇说了一声，让四个孩子直接去他家里上课。他把厢房腾出来，在窗台支上黑板，吃饭桌搬上炕，摆上课本，便教起了学生。

每天一大早，他先去地里干一阵活，然后回来，上课。他盘腿坐在炕上，侧着身，在黑板上写字，一只手捏一根歪筷子，在黑板上戳来戳去。一瓷缸鸡蛋汤，放在炕桌上，已经凉透。四个孩子，直愣愣坐在炕上，面对他，听着课。讲一阵，嘴皮子乏了，就让趴下写作业。他端起鸡蛋汤，咕噜噜灌进肚，凉得牙疼。

懒球的四个姑娘，按道理，一个一年级，两个二年级，一个四年级。但老师就赵文革一人，语文、英语、数学，得各上一遍。别看学生少，可麻雀虽小五脏俱全，上课的内容和几十人没啥区别。但老这么上，一来人吃力，二来费事，还耽误地里的活。他就把老大留了一级，老二、老三提一级，这样下来，三个都是三年级，凑一块，一遍就过了。一年级的单独再上一遍。

写一阵作业，他便打发四个孩子到院子里活动一阵，顺便给他养的老母鸡拌点食。孩子们从门口的地埂上，揪一堆灰菜，进院子，在一块破门板上剁碎，装进脸盆，倒水，拌上玉米面，端到鸡圈里。有时候，他也打发孩子们给他扫扫院子、擦擦桌子。

下午，还是老样子，两点半上课，四点半放学。春末，白昼渐长。四点多，天色尚早，把学生一打发，提上锄头，出门到地里干一阵零碎活，完全来得及。

赵文革是村里唯一的一名老师。以前叫社办老师，后来叫民办教师，再后来，叫代课教师。但终归还是招聘来的，当了几十年老师，都没转正。也不是没机会，早些年，有转正的文件，但他一来找不见初中毕业证，二来正好晚上从廊檐下摔了，把脚崴了，走不了路，便这么错过了。后来，有考试，他考了好几年，每次的成绩，用老话说，真是送饭罐罐打了耳朵——不能提。再后来，就没有考试了。他一辈子就好比死羊的眼——定了。

我上小学时，村里有三个老师。一个老赵老师，本村人。原先在学区教学，后来有了年龄，主动申请回到麦村。教了有十年，退休了。另一个姓马，教了几年，调走了。调到哪里，我们还小，不知道。他们都是正式的。还有一个，就是赵文革，我们那时叫他小赵老师。

老赵老师常年一身藏蓝衣裳，戴一顶老式藏蓝帽子。人很精神，走路脚底轻。数学教得好。偶尔打学生，一根竹棍提在手里，背在身后。不注意，就在手背上抽一下。马老师大分头，脸白，一件咖啡色西装，教我们唱歌，踢足球。相比之下，小赵老师赵文革就比他们差半截子。他矮、粗，满脸胡子茬，常刮，还好些，三五天不清理，就跟张飞一样。衣襟经常敞开，撅起的肚皮上绷着一条白背心，落着几滴辣椒油和垢甲。说话粗声大嗓，走路踢踢踏踏。

他是个脾气暴躁的人，几乎他带过的每个学生，都多多少少挨过他的打。

他的讲桌里常年放着一条板凳腿。课间时，我们会掏出来打仗。铃一响，赶紧塞回原地。他一进门，先掏出板凳腿，在课桌上敲几下，然后，说，听写词语。我们一听，浑身都麻了，只差尿一裤裆。中午贪玩，压根就没学生词。他端着书，用方言读着词语，我们合上书，趴在课桌上，大脑空白，两眼冒花，不知道该往本子上写什么。听完了，本子上像被牛啃过，只有稀稀拉拉几个常写的词语。他收了本子，很快就批了下来。随后他叫名字，一个个到讲桌跟前，把手伸过去，手掌摊开。少一个字，错写一个字，都要挨一板凳腿。按理说，板凳腿厚、宽，应该没竹棍钻心，可我们敬爱的赵老师赵文革他下手狠啊。他一板凳腿抽下去，我们两腿一哆嗦，杀猪般一声惨叫，手掌心立马疼开了花，一道红印子在手心扩散开来，直到半条胳膊都麻了，整只手抖着，像筛子一样，控制不住。第二次抽下去，我们直接两腿一软，蹲在地上，抱着手，眼泪珠子瞬间夺眶而出，哭叫起来。第三下，第四下……他每抽一下，都要问，还要不要？我们求饶道，不要了，老师。还学不学？学哩。学你妈的辣椒籽籽哩，上一次你就说学哩，学了个屁，再挨一下。啪，又是一声。我们的鼻涕和眼泪滚滚而下，又被双双吸进了嘴。还没被叫上去的学生，心也随着抽打声，一起一落，砸得胸腔疼。最后，整个人都被吓软在桌子上。

记得有一次，他在操场的围墙上发现有人刻着一行字：赵文革，狗日的。他怒火中烧，杀气腾腾，冲进教室，把所有男生叫出来，问是谁写的，但没有人承认。当然，谁也不敢承认，如果认了，免不了一顿暴揍。大家都低着头，好像都是罪魁祸首，又好像谁也不是。赵文革用巴掌拍打着讲桌，拍得桌子心惊肉跳，两腿颤抖。过了将近一个小时，他软硬兼施，坑蒙拐骗，都没有找出真凶。最后，他点了一根烟，在教室里走了几个来回，脑子突然一转：对笔迹。他给每人发了一根粉笔，让我们五人一组，轮番在黑板上写下"赵文革，狗日的"几个字，几轮之后，所有人都写了，黑板上挤满了密密麻麻的"赵文革，狗日的"，我们都想笑，但终究憋了回去。

他把围墙上的字瞅了半天，然后进教室，咬着牙，把所有"赵文革，狗日的"过了一遍，然后把自己认为笔迹不像的，擦掉，让写字的学生回座位。回去的男生，如获大赦，站着的人，两腿打战。如此反复几轮，黑板上最后只留下了三行字，这三行字,都和墙上的字特别相似。但谁也没有站出来承认,在赵文革的反复逼问下,还是毫无结果。最后,他一巴掌拍在讲桌上,把桌子上的一盒粉笔震落在地,摔成了截。他说,既然你们三个没人站出来认罪,那就是你们三个人一起写的。他冷笑了一声,用食指勾了一下,说,跟我来。

他们被赵文革领着去了学校后院,我们吓得不敢乱跑,坐在座位上,交头接耳。我们不知道赵文革是怎么拾掇他们的,但从轰隆的击打声和啊啊的惨叫声中,我们就知道,这一次,赵文革下了狠手。十几分钟后,他进教室,让去六个男生,把那挨打的三个抬回来。

究竟是谁写的骂赵文革的话,没有人知道,三个挨打的男生一直都没有承认。过了好久好久,我们才听说,写这些字的人,是村里三年前就毕业的一个少年,趁着周末,他来学校打乒乓球,顺手写的。而他在上村小时,就挨过赵文革赵老师不少打。

当然,有时候赵文革也不打人。他不打人的时候,就会带我们去给他干活。这可让人有种笼鸟归林、信马由缰的感觉。他在代课的同时,还种着地,小麦、油菜,样样有。社办老师都这样,边代课边种地,光靠一点工资是养活不了一家人的。到了秋天,开学不久,我们全校学生去给他家拔胡麻。那可热闹了,几十个人撒在胡麻地,像棋盘上的豆子。我们比赛拔,生怕拔得少了。一大坨金灿灿的胡麻,很快就拔完了,扎成捆,站在初秋的田野上,好看极了。没有胡麻的土地,连根拔起的泥土,闪耀着黑褐色的光芒,狗尾草、苍耳、苦苣菜在赤裸的

283

地上，用它们碧绿的舌头舔舐着秋天的风。黄昏来临，我们唱着歌，每人背着两捆胡麻，回了学校。

　　有时候我们也去给他抬水。那时候，没有井水、自来水，吃水要到下庄的泉里去抬。他家没水了，他有事，顾不上去担，就会说，谁想抬水去。我们一拥而上，争先恐后，叫嚷道，老师，我去。最后他点了四个人，没被点上的，满脸失落，各自玩耍去了。去抬水，先到他家里，提上水桶，拿上一个木棒，再去泉里。抬水，倒不是多轻松的活。最关键的是，可以不用上课。我们一路上打闹着，到了泉边，把水舀满，然后，到涝坝里捞一阵癞蛤蟆。春天，癞蛤蟆耍流氓，一只爬到另一只背上，蹲在水边上，一动不动。旱了太久，涝坝里的水，只遮住了坝底。水里，泛着一层浑浊的绿。粉条一样的蛤蟆卵，一根根在水里相互交错着，摇曳着。我们用长木棍把耍流氓的癞蛤蟆费劲地拨过来，把一只从另一只背上扯掉，然后把上面的一只，像踢皮球一样，一脚踢飞。下面的，找一根麦秆来，塞进肛门，往肚子里吹气。最后，癞蛤蟆的肚子像气球一样，一点点鼓了起来，用树棍一敲，嘣嘣作响。我们要把它的肚子吹爆，但从没有成功过，之后提着它的后腿，抡圆，丢尽涝坝里。然后我们举着葵花杆，捞一阵蛤蟆卵，捞面一样，边捞边转圈，最后缠在一起，看它们粉条一样断掉，落进水里。

　　最后，我们估计着第四节课上了，便抬上水，互相踢打着，抬回了赵文革家里。然后去学校。我们喊：报告。赵文革说：进来。我们揩着额头上细密的汗珠，坐在板凳上，不到十分钟，放学铃响了。

赵文革能当上民办老师，主要还是靠他哥赵世杰。赵世杰是麦村唯一一个教授，也是唯一一个在西安有正式工作的人。他和我们这里的学区校长是初中同学，通过这层关系，赵文革被聘请成了民办老师。别看是个民办的，但至少有口轻松饭吃，麦村好多人巴望不得呢。当然，赵文革其实很不屑于当个民办老师，他常说，我拼死拼活在学校一个月挣几十块钱，一天才挣两元五，连城里的一碗炒面都吃不起。那是二十世纪九十年代中期，我们十岁过点，没有进过城，不知道所谓炒面。但听口气，他确实挣得少，大意是政府亏了他，我们也对不起他。有时候上课，他裤腿子还挽在腿腕上，穿着烂生鞋，踏着两脚泥，干了一早上活，他喘着气，把屁股丢在板凳上，就开始给我们唠叨自己的怨气和不公。大多都是嫌弃工资太低，如果不是自己挤时间种点庄农，他们家就是麦村饿死的第一户。

赵文革也真的做过辞职的打算。但后来，长得一表人才的马老师调走了。老赵老师也退休了，村小就只剩下他一个人，他去交辞职信。学区没有批，说给他每月再涨十元钱。赵文革又蹬着烂加重自行车回来了，又开始上课、种地、打人、唠叨的日子。

我印象中，刚上学那会，学校有四个年级，附带一个学前班，全校加起来有二十来个学生。因为人数少，都是复式班。一间教室是一、三年级，一间是二、四年级。还有一间堆放杂物，里面装着学前班的几个。当时，赵文革教一、三年级，语文数学他全部负责。二、四年级，老赵老师带。其余的副课，马老师带。在复式班，老师先给低年级上，高年级写作业。然后换过来，给高年级上，低年级写作业。但是大多数时候，老师给三年级上的时候，一年级的学生在听。给一年级上的时候，三年级的也听。二、四年级，亦是如此。所以我们小时候，才上一、二年级，但三、四年级的课文已经滚瓜烂熟。

后来，2000年左右，因计划生育，村里的出生率下降很大。这个和全国所有村庄一样。一家人，由原先的三四个甚至五六个孩子，减少到户均两个。最初二十来人的学校，变成了十来个。由于人数实在太少。学区把三、四年级撤销，合并到另一个大村去了。这时，马老师已调，老赵老师已歇。学校只剩下赵文革老师，代课很吃力，但没有其他老师愿意到山大沟深、交通不便的麦村来。学区一直答应再安排一个，但都是空头支票，连个鬼影都没派来。好在学生人数少了，赵文革勉强凑合着。每次考试，不前不后，也能交差。

再后来，大多数在外务工的村里人把留守儿童带离了麦村，到城里寻求更好的教育资源去了。一般情况下，男人在零工市场干活，女人接送孩子。慢慢的，十来个学生的学校，人数又开始减少。就像一只老母鸡带领的鸡娃，越来越少。直到最后，所有的学生都转学转光了。只剩下懒球的几个姑娘，没地方去，还在学校。赵文革就成了四个娃娃的头。

赵文革，一家四口人。儿子，和我同岁，借他大爸赵世杰的本事，在西安开了家广告公司，也没啥大业务，就做一做海报、展板、喷绘之类，生意还算可以。女儿已经嫁人几年了。老婆前几年在家，后来儿子生下孩子，没人带，去给儿子带娃了。家里只剩下赵文革一人，成了留守中年，自己干活，自己做饭，自己洗衣裳，自己打发千篇一律的光阴，日子过得乱七八糟，也得过且过。反正咋搞都是一个人，凑合着，冷馍冷饭，能填饱肚子，破衣烂衫，能遮风挡雨，就行了。这些年过来，他的脾气好多了。曾经年轻时的暴躁、凶狠，被时间一一收敛，他变得涣散、温和，好多事都无所谓了。那根因打人磨光的板凳腿，被他带回家，烧了柴。他不再打学生，再说，也没什么学生可打了。

他躺在炕上，浑身酸痛，一个五十岁男人该有的病痛，已经自行上门，在他的骨肉里安家落户。儿子一直劝他不要种地，把几个娃娃哄好，一天吃着喝着转着，就行了。可他不同意，觉得作务几亩地，好歹有点收成，榨点油，磨点面，捎到西安，一家子就不用花钱买了。可儿子压根看不上他的一桶油、一袋面。他在炕上，春末的炕，不烧，还是有些凉，睡得久了，骨缝里就钻满了细密的潮气。手机响了。在枕头边丢着，抓起。是学区校长打来的，接通，他赶紧坐起来，毕恭毕敬地问候校长。校长早已经换了几茬，不再是赵世杰的同学。现在是一个年轻人，脾气躁得很，动不动嘴里就是他妈的，老子开了你。赵文革心里骂道，这狼吃的，毛都没长长，嘴里就没个分寸了。可嘴里还是一口一个张校长，对对对，好好好。

挂了电话。赵文革一口唾沫挂在嗓子眼，难以下咽，憋得差点断了气。他在炕上木了十分钟，怅然若失，像这个季节的风，在麦村的山梁上刮过，就毫无踪影，只留下独自摇摆的枝条。

学区要把这里的学校撤了。这就预示着麦村小学将从这片山川消失掉，成为历史和回忆。从上世纪五十年代开始，祖辈们建起的小学,教育和培养了几辈人的小学,盛放过麦村人童年的小学,装满了读书声、打闹声、锣鼓声的小学,把赵文革二十多年光阴打发掉的小学,在六十年后,垮掉了。

　　没有学生,就像一只鸟巢,没有鸟,最终,都会被风雨一点点撕扯掉,消失在树杈间。赵文革其实早就料到这一天,一个只有几个学生的学校,是没有出路的,迟早会被撤掉。只是当这一天在某个午后来临时,还是让他猝不及防,内心惆怅。他在炕上躺着,看黑云从屋顶掠过来,遮住窗口,一些旧燕在屋檐下,扑棱着翅膀,钻了窝。而他,却在大雨将来的时刻,要离开"窝"。他躺了很久,浑身的疼痛并没有因歇缓而有所缓解。

　　雨终究没有落下,刮了一场风,沙尘暴席卷山河,天昏地暗。他带着钥匙,去了学校。锁上落了厚厚的土,开门,门漆剥落,吱呦声依然。一切都是熟悉的,窄小的办公室,墙上挂着从未用过的黄色三夹板,玻璃破了,没有换过新的。两排教室,共四间。教室里摆着歪歪斜斜的桌椅,落着土,灰白的墙皮,被学生抠了又抠,坑洼不平。桌子上刻画着三八线、早字、各种图案和人名。教室后面,是学习园地,"海滩拾贝"四个油漆字依然鲜红,可上面贴的作文,已破烂不堪。他折身,回到讲台,黑板泛白,讲桌僵硬。半辈子的光阴像黑白电影一样,在大脑里演过。他依旧能听见孩子们的读书声,能听见他的呵斥声,能听见板凳腿落在手掌心的击打声。可他什么也没有听见,只有风,把院子钻天的几棵白杨刮得哗啦啦响。他早已想不起自己教过多少学生,写光了多少粉笔,翻破了多少课本,打了多少学生，发了多少牢骚。可现在，教室里空空荡荡，没有一个学生。这么多年过去了，他似乎把自己搞丢了，丢在了另外一个世界，似乎就不曾当过老师，似乎过去就不曾存在过。一切恍惚不堪，难以厘清。

他捡起半截粉笔，在黑板上写下了"旧梦"。他就随手写出了这两个字，没有原因。他是麦村最后一个乡村教师，也是乡村教育凋敝的见证者和亲历者。

锁了门。离开学校，他给懒球打了电话，让孩子再不用到他家了，转学去吧。

雨，还是淅淅沥沥落了下来。

猫儿念经，念到三更……

这首儿歌是民办老师赵文革教给我们的。当我再次唱起这首儿歌时，赵文革或许正在学区的大灶上，给十来个老师做饭。米汤、洋芋丝、白菜粉条、馒头。学校撤销后，学区要辞退他，可他不答应。虽然曾经总是嫌弃民办老师这个身份，也嫌弃那点工资，可最后统统放弃，还是心有不甘。再说，当了半辈子老师，也别无他长。何况被辞退，总是一件脸上挂不住的事。所以，他坐在学区校长办公室，烟也不吸，水也不喝，干坐着，不走。最后，校长答应让他到学区的灶上给老师做饭，工资照发。校长也知道，学区中心小学也没多少学生，说不定，三五年后，也是麦村小学的下场。赵文革同意了，反正这几年，老婆不在，吃喝自己倒腾，做点饭应该还是可以的。他也寻思着，再干几年，实在不行了，就去西安，老脸贴在儿子家，凑合着推日子就行了。

云朝西

　　云朝西，泡死鸡

　　云朝南，冻翻船

　　云朝东，一场空

　　　　　　　　——农谚

　　五月，百花褪尽，草木浓绿。天旱，水萝卜在地里长虚了心，长老了皮。三月天孵出的鸡娃，线团大，现在绒毛掉光，灰不溜秋。老猪婆卧在圈里，吃怕了苦苣、灰菜，不和玉米面，不下嘴。屋里钻进来的绿头苍蝇，嗡嗡叫了两天，最后在玻璃上撞死了。

　　再过十来天，就该割菜籽了。

　　赵贵子坐在门口的廊檐下，掏出老年机，拨了一串号码。语音提示：您拨打的电话已关机。这已经是赵贵子无数次拨打这个号码了。关机，像一扇门，紧闭着，将他拒之在外。他捏着手机，满心茫然和不安。

　　号码是儿子赵天的。已经关机将近三年。

　　他想着儿子春节会回来，给他养的老猪婆已经两年了，肉厚膘肥，再不下刀，就老了。但儿子没有回来。他想着清明前后会回来，他种的水萝卜那时正嫩，红根绿缨，白肉薄皮，削了，倒上炝过的浆水，滴上熟油，撒上盐，真好吃。但儿子没有回来。他想着五月，过端午，会回来，炒一盘土鸡蛋，金黄油亮，清香扑鼻，比城里的鸡蛋好多了。但儿子还是没有回来。

他不知道儿子究竟发生了什么。这样毫无音讯的日子，把他的每一根神经都绷得很紧，紧到不小心，就会断掉。他和儿子唯一的联系，就是一串已经失效的数字，对这串数字，他倒背如流，但无济于事。以他大半辈子的风水经验，他隐约感觉到了事情不好，至于啥事，他不知道，毕竟他还不是神机妙算的人。

出门，门楣十天前插上的柳梢，干了，叶子发灰，风一吹，唰啦啦响。赵贵子穿过巷道，巷道里寂寂无人。冷清，空旷，如同一件破汗衫，罩在麦村上空。三十户人的村子，所剩无几。平日，找一个说话的人，也难。晚上，更是寂静，寂静得可怕，可怕得发狂。当他一一走过那些门口时，门上，没有柳梢，只有铁锁沉沉。几十年了，他清楚地记得这一户户人家，是怎么一点点从麦村消失的。他们不在了，除了回忆，他们带走了一切，包括故事、手艺、爱恨、血汗。如果有一天，连回忆也没有了，这些人，就真的从地球上消失了，或者说，就压根没有来过。赵贵子这么想的时候，满心难过，他不知道自己将会在什么时候离开麦村。或许还早，或许，也快了。

出巷道，沿着出山的路，再走，有一个土山包。山包上，长着一棵核桃树。没有人能说清这树的年岁，传说，这棵树和村庄同龄，也仅仅是传说罢了。它一直那么长着，两人才能合围的树干，铺天盖地的枝叶，似乎向大地昭示着什么。有人说，这棵树，他很小的时候，就这么大，后来，说的人老死了。再后来，还是有人说，这棵树，他很小的时候，就这么大，再后来，说的人也死了。赵贵子也曾给儿子说过这样的话。他知道，没有一个人能活过这棵树，在麦村，甚至在所有的地方。

他蹲在核桃树下。五月的核桃树，叶片油光，呈椭圆状，核桃挂在枝头，纽扣大小。核桃树散发着一种苦涩的味道，他熟悉这味道，就如同熟悉每个七月，割完麦子，坐在麦场砸核桃的情景。他砸，儿子在一边吃，白嫩的核桃仁在白嫩的牙齿间散发着清香。他舍不得让儿子动手，核桃皮上的汁液会将手指染黄，变黑，难以洗净。在核桃树下，远眺，是一条通往山外的路。细瘦的路，盘绕在山背上，曲曲折折。下了山，是通向城市的公路。

以前，核桃树下，总会蹲着人，像望乡台。冬天，子女们打工回来过年，扛着大包小包，在白雪覆盖的路上，缓慢移动。核桃树下的人，远远看见，溜下山包，去接人了。春天，大人们去赶集，下午两三点，孩子们像一群猴子，爬在树上，守着山下的路口。大人们背着背篓，提着化肥袋，摇摇晃晃上山了。孩子们一奔而下，一股风一样，跑到父母跟前，从背篓里掏出一根水萝卜，一边啃着，一边扛起了化肥袋。秋天，农闲了，该出去打工了，父母把孩子、女人把男人送到路口，出远门的人，背着圆滚滚的被褥，一步三回头，说，回去吧，回去。送行的人，眼泪巴巴，叮嘱道，吃饱，穿暖，天冷了，就回来。知道了，回去吧。出门的人，扭过头，忍住胸口的酸涩，踩着黄土，走了。送行的人，没有回家，爬上了山包，站在核桃树下，目送着亲人，一寸寸，消失在了草木背后。

多年以后，当赵贵子蹲在核桃树下，把一条日渐荒芜的山路反复翻检、搜寻，但依旧空空荡荡的时候，他依然记得多年以前的那个正午。

那一年，儿子赵天十六岁，初三毕业。儿子赵天要上高中，但赵贵子坚决反对，他要求儿子上师范。以当时赵天的中考成绩，上师范刚够线，但上最好的高中，还差几分，要上二流的高中，成绩绰绰有余。赵贵子认为，上师范，四年，都是免费的，这样他们就要少支出一大笔钱，这笔钱完全可以用来治疗他女人的肝病。况且，师范毕业，包分配，一上班，就能领工资，吃公家饭。但上高中，未必能上考上大学，即便考上，四年的学费，能要了他的命，毕业后，就业还是问题。作为在村上一个老想出人头地、指手画脚的人，他自以为是地认为，他已经为儿子规划了大半个人生。当然，这些并不重要，重要的是，他掰着指头掐掐算算了十天半月，认为儿子性格忠厚老实，处事踏实勤恳，早年运势平顺，学业事业均有所成，中年运势亨通，财运水涨船高，老年更是运势强盛，福荫庇佑子孙。最关键的是，他重新堪舆了自家祖坟，发现脉气正旺，在他的儿子辈最少要出一名县级干部。他对自己的掐算和堪舆深信不疑。

甚至为了让儿子赵天飞黄腾达，光宗耀祖，他还对家里的大门重新进行了翻修。他深知大门对一个家庭从风水学上的重要意义。他曾私下里对懒球说，入门宜三见：见红喜庆、见绿舒适、见画有涵养。入门三不宜：开门见灶——火气冲人；开门见厕——秽气袭人；开门见镜——镜子反射，好坏均反。大门两大忌：横梁压门——压抑，不安全。拱形门——私墓碑，类阴宅。大门正对走廊或通道，不好，穿心剑；大门对流体不好，流财。当懒球请他喝了三顿酒之后，他建议懒球按照他的指拨，重新翻修他家大门，但懒球太懒了，嫌麻烦。

  最后，胳膊拧不过大腿。儿子赵天依了赵贵子的意愿，上师范。但二十天后，其他同学的师范录取通知书都陆续收到了，唯独没有赵天的。正当他们疑虑不决时，一纸通知寄到家中，说是赵天经体检查出患有黄疸肝炎，不适合上师范。赵贵子捏着纸，手抖得哗啦啦响，他想不通自己活蹦乱跳的儿子竟然有肝炎，平时也没征兆啊。当然，既然是体检的结果，无法更改，他也知道黄疸肝炎会传染，上师范是不可能了。对于儿子，这可能是他第一次伤神。最后，儿子师范没有上成，高中也没有上成。仲夏，打碾麦子，他担心儿子的病，抽空从麦场回来，披着两肩麦衣，带着儿子去乡镇卫生院检查，结果没有肝炎。这让他很吃惊，很纳闷。反复确认之后，他知道儿子并没有所谓的肝炎。多年后，赵贵子才参透这里的问题。他儿子的成绩被别人顶替了，所谓肝炎，只是一种借口。那时候，他在麦村自以为聪明绝顶，但殊不知，城里的套路，才是要命的。

  秋天，刚拔过胡麻。金黄的胡麻，头顶滚圆的铃铛，在蔚蓝色的风里，摇响。拔掉的胡麻，束成捆，驮回麦场，摞成小摞子。等再过一段时间，天稍凉，人手头一空闲，就该打碾了。吃了第一顿新胡麻油煎的油饼之后，儿子赵天出去打工了。赵贵子本不想让儿子出远门，一是不放心，二是想让儿子留下学点他的手艺。但儿子赵天这一次再不听他的话了。他像所有叛逆少年一样，凡事开始跟赵贵子对着干，尤其把没上成学的责任全归于赵贵子一人。况且，他也知道当父亲的赵贵子，那半斤八两的风水水平，糊弄一下村里不懂的人，勉强凑合，但大多时候，都是信口雌黄，半瓶水。关于这一点，他比麦村任何人都了解。

赵天走的时候，是个初秋的日子。拔过了胡麻的地长满了灰菜、芨芨草、大蓟、马齿苋等，耕地的人，吆喝着牲口，一犁过去，泥土翻滚，露出潮湿黝黑的"血肉"，杂草躺倒，白色的根须裸在光天化日之下，没几天，就干枯了。赵贵子把一亩胡麻地耕完后，吆着牲口，扛着步犁，回到家时，赵天已经走了。他从屋里找了一圈，没人，只有炕上放着几件儿子的旧衣服。他出门去寻，没走多远，他母亲拄着拐棍，背后跟着他女人，一起摇摇晃晃地来了。他问，干啥去了？送天娃。天娃干啥去了？走了，我们拦不住。赵贵子头里轰一声，血液倒流，他隐约听儿子给他妈说有个同学的哥哥在深圳开洗车店，缺人，他准备联系好之后过去打工。当然，自从收到肝炎通知的那一天起，赵天就跟赵贵子再没有说过一句话。儿子认为老子自私、狭隘、偏执，毁了他的人生。如果按照自己的想法，上高中，就不是今天这样的状况。以前，赵贵子吃饭，儿子端碗。赵贵子喝茶，儿子添水。赵贵子撒尿，儿子倒尿盆。很听话，很孝顺。但现在不是这样，他再也不会和赵贵子说一句了，他的话只说给母亲和祖母。

当赵贵子带着一串咳嗽跑到路口时,已经看不到儿子的踪影。他爬上土山包,核桃树浓密的阴影裹住他的全身,他左手遮眉,皱眼远眺,隐约看到一个身影,穿着蓝色衣服,在草木深处,一晃,又一晃,不见了。赵贵子一屁股坐在地上,他知道,儿子大了,翅膀硬了,管不住了,况且,儿子恨他了,这恨,就像一道门槛,立在了那里,要砍掉,就不容易了。核桃树的叶子渐渐发黄,风吹,如诉,似水。多年以后,他依然清晰地记得这个中午,他的儿子怀着怨恨,第一次离开了麦村。这一次的离开,如同他们人生的分水岭。

儿子赵天走后,便很少和家里联系。那时候,村里还没手机,只有村长赵世平家有一部黑红色座机。座机在面柜上架着,盖一张绿头巾。有电话打来,赵世平接电话,问清找谁后,让那头先挂了,过二十分钟以后,再打过来。赵世平从门背后摸下蓝布帽,小跑着叫人去了。一般,接一次电话,收费两元,含跑路费。打一次,一分钟五毛,赵世平掐表。后来有一次,赵贵子说赵世平赵主任,你说你真是一根肠子通屁眼。赵世平拍打着帽子上的驴粪渣,说,你狗嘴里吐不出象牙。赵贵子说,我给你出个主意,以后有人打电话过来,你就再不用跑路叫人了。那咋弄?你把你的大喇叭用上啊,那是你的一点权利,你不用谁用?人家打过来电话,你喇叭上一通知,人家清清楚楚就能听见,一来你再不用跑路,二来不用担心找不见人。赵世平手一拍,对啊,我咋没想到。你要是能想到,就不当干部了。当晚,赵世平请赵贵子喝了一顿酒,把招待乡长吃剩的半只鸡解决了。从那以后,麦村的喇叭里就时常响起:赵虎,你哥给来电话，问你大（爸爸）身体咋样，赶紧来接。赵望祖，你媳妇粉香打来电话，说要离婚，赶紧过来。赵虎皮，你的女亲朋打电话过来了，叫你城里浪一圈。赵翠叶，马猴的电话，问你啥时候走兰州……从那以后，麦村谁家啥人来了电话，啥事情，大家都一清二楚，私事家事通过大喇叭，都成了众人事公开事。一开始，人们还有点难为情，后来，也就习以为常了。电话里的事，也成了大家茶余饭后的谈资，在劳苦闭塞的麦村，这无疑像一把盐，让日子有了些味道。

当然，喇叭里也偶尔响起：赵贵子，你儿子赵天电话，说了啥，我没听清，赶紧来接。赵贵子在村口的地里撒粪，一听电话，铁锨一丢，跑到赵世平家。电话再次打来，赵贵子趴在面柜上，接起，刚说了句天娃，好着没？赵天一听声音，立马挂了。这样几次以后，赵贵子不好接电话了，电话打来，只能让女人和母亲去接。村里人都知道，赵天恨老子，不跟他说一句话。

赵天在深圳打了十多年工，只回来过两次，一次是他母亲去世时，回来了一趟。回来，木愣愣、冷冰冰的，不哭，不说，也不跟别人搭话，跟赵贵子更是一言未发。出门几年，人咋就变了个样，赵贵子实在想不通。复三结束后的晚上，赵贵子提着半斤酒，去厢房找儿子。他倒了两杯，一杯递给儿子，儿子没接，他放窗台。另一杯，一仰头，他自己灌了。他说，你妈的病，我知道，看不好，肝癌，谁能看得了，迟早的事，你妈一辈子命苦，年轻的时候跟上我受罪，没穿过一件像样的衣裳，没吃过一顿好饭,后来,害病,罪受了一茬又一茬,走的时候,头发掉光了,人瘦得跟玉米秆一样。赵贵子抹了一把眼泪,长长出了一口气。儿子躺着,面无表情,眼瞅屋顶,屋顶的椽,被烟熏得乌黑。过了半天,冷幽幽来了一句,你没好好看,我寄回来的钱,都干啥了?他确实没怎么好好看过女人的病,他知道看不好,看也是早晚的事,不看,也是早晚的事,那些花钱透析、化疗的人,还不是一个个殁了?与其如此,还不如省点钱给活人用,他也不知道儿子寄来的钱,都被他干啥用了。他想解释,儿子咳嗽了一声,他把半肚子话憋了回去。他又灌了一口。沉默,寂静,甚至能听见蜡烛在堂屋的跳动声,甚至能听见香烟在屋里弥漫的声响,甚至能听见一个人殁了后留下的悲伤气息。赵贵子咽了一口唾沫,念书的事,都怪我,当初,哎,怪我……话还是没有说完,被儿子截掉了,你把自己过好,对我婆(祖母)好点。说完,翻了个身,卷着被子,睡了。

  后来,赵贵子对自家的祖坟又重新进行了堪舆,发现一里地外,是麦村的一座老庙,庙塌了,扔着些残砖断瓦。赵贵子深知,地有十不葬,一不葬粗顽块石,二不葬急水滩头,三不葬沟源绝境,四不葬孤独山头,五不葬神前庙后,六不葬左右囚龙,七不葬山岗缭乱,八不葬风水悲愁,九不葬坐下低小,十不葬龙虎尖头。他家的祖坟,前面就是庙。他认为,家里不顺当,儿子和他关系冷漠,正是祖坟的原因。但要迁坟,已经不可能了,因为祖宗八代都埋在这里,没法迁,迁了,伤了根基,更麻烦。只能补,所谓补,就是在坟前面栽一排树,树是一面墙,一座山,能把庙遮住。

儿子第二次回来，一是给他母亲过三年，二是看看他祖母。

四月天，天气温和，草木渐稠，麦村一派生机。而这生机，是在人口逐渐消失后，动植物肆意营造的。赵贵子的胡麻地，草盛胡麻稀。这些年，种地的人少了，赵贵子也就没有心思种了。加之山里野猪、野鸡、野兔这些野物多了起来，种点地，全被它们填了肚子。况且，家里就他和一个八十岁的老母，吃不了多少。但不种点不行，农村人，说得天东地西，种地是老本行，不能闲着，人闲，就像地荒。另外，他思谋着儿子回来，有吃有喝，都是纯天然，无公害，比大城市的吃食好多了。万一，万一儿子不想打工了，回来还有几亩熟地可以种，也算是个退路。

赵贵子懒得给胡麻拔草。儿子赵天回来的时候，已是晚上，还领着一个女人。在朦胧的灯下，赵贵子看着又白又胖的儿子，看着他油亮的头顶挂着几根稀疏的头发，看着他滚圆的下巴长着一簇浓密的胡子。赵贵子竟然对他如此陌生，陌生到不可思议。他一度怀疑这是自己的儿子吗？是不是认错人了？或者走错门了？时间究竟在他们之间掳走了什么，让一个人变成了这般模样？但他依然从对方的水泡眼上确认了这个人，就是他儿子。对，就是水泡眼。他们父子都有，鼓胀的眼袋，总是雾蒙蒙的眼珠，倒三角的眉梢，这些都是他们共有的。

这几年，儿子给家里打电话的次数寥寥可数，每一次打来，就是给他祖母的。赵贵子扶着颤巍巍即将倒塌的母亲，去赵世平家接电话。母亲接，他蹲在一边听，顺便插一句，让母亲问。比如有没对象，那边热不热，啥时候回家？赵世平家的电话这个月要拿去修,就不要打了,等等。母亲捉着话筒,咿咿呀呀半天,也没说清,耳朵更是背得厉害。虽然儿子对他态度冷漠,但毕竟是自己的骨血,不问寒问暖,怎么行。况且,儿子一个人在外面,这么多年,咋能不让人操心。

儿子回来的当晚,他祖母拄着拐棍,在厨房炒了两碗鸡蛋,给孙子吃。她的眼睛不行了,看啥都是雾,吹不开,擦不净。吃毕,儿子和那女人到厢房,去睡了。赵贵子还正为这个女人在哪睡犯愁呢。人家明目张胆、顺其自然地就一起睡了。这让赵贵子怪不好意思。

第二天,三年,忙忙乱乱,吵吵嚷嚷。

第三天,消停了,赵贵子才有精力想想别的事。他从其他人嘴里听说,这个女人,是赵天的对象。今年三十五岁,比赵天大十岁。这让赵贵子心里窝着一疙瘩。三十五,一个半老女人了,竟然挂着他二十多的儿子,这简直,这简直是羞辱。他还听别人说,这女人是湖北人。天上九头鸟,地上湖北佬。他没接触过湖北人,但钉在脑子里的这句话他记得一清二楚,也因着这句话,他似乎对湖北人总是没好感,觉得儿子上当受骗了。这些还不算啥,最让他难以接受的是,赵天给人家当了上门女婿。他赵家就这么一个儿子,他跑去上门,这不明摆着让他赵贵子这一门断茬吗?再说,天下女人一层又一层,你不找哪一个,偏偏找个能当小姨的,还要跑去给人家上门,你这是有多贱?有多贱?这两年,你不回麦村也就罢了,原来一直都在湖北女方家待着,给人家挣钱,给人家干活,你这是旋风钻进裤裆里——鬼迷心窍了吧。当然,这些还不算啥,最最要命的是，这个女人是离过婚的，湖北那边有一个儿子，据说，现在女的已经结扎，不能再生了。这犹如晴天霹雳，让赵贵子措手不及。他万万没想到，自己的儿子，会跟一个离过婚、有孩子、不生育的女人搅和在了一起，这真的是让他赵贵子断子绝孙啊。这在麦村简直是奇耻大辱，还让他赵贵子怎么见人，怎么说话。这真是吃了包子开面钱——混账。

他坐在厨房门后，脚下堆着碗碟，借别人家的，干事上用过，准备要还。但现在一头稀泥，痛苦不堪。儿子和那女人在厢房，叽叽咕咕说着什么，他一句听不懂。

他隐隐中感觉到了一种不祥的预兆，他知道完了，一切都完了。他曾经处心积虑地看风水，把女人埋进新坟，他早不指望他们家出县级干部，只求家和万事兴，顺风顺水，就好了。而那块新坟，他死了，他的儿子死了，都要埋到那里。那里确实是个好地方，下一辈人就能翻身。但他再一次错了，他看了大半辈子风水，给人家看院廓、看坟地，到头来，一事无成，甚至败在了自己手上。

他在门口坐了一个上午，儿子没出来跟他搭一句话。儿子对他依旧冷漠，这两天，加起来，跟他说了不到十句。他不知道十年前栽下的孽，十年后，竟然还这么牢不可破。他不知道儿子在想什么，他不知道儿子现在是个什么样的人了。毕竟这么多年，他们没有沟通过，没有彼此亮过底，甚至连基本的一点亲情都没有。冷漠和隔阂，像一条河流，把两个人的心床冲刷得越来越宽阔，越来越坚硬，直到彼此遥不可及。

晚饭，是赵天和女人在厨房自己倒腾的，赵贵子没有吃，他窝着一肚子气,胀得胃疼。

晚上十点,夜色漆黑,青蟒岭上的布谷鸟一声接着一声,一声紧似一声,要把嗓子喊破一般。桌上摆着一碟干事上剩下的胡萝卜丝,一瓶酒。赵贵子敲开厢房门,女人坐在炕上,穿着吊带,硕大的奶子松垮垮挂在腰眼,白花花的胸口,在灯光下,显得刺目。那一刻,即将花甲之年的赵贵子,隐约在这个女人身上感受到了什么。儿子赵天十多岁出门,还是一个半大孩子,这么多年,孤身在外,他缺乏一种安全感,一种依靠,而这个能当他小姨的女人,在某种程度上,给了他母爱,这种母爱,让他获得了安全感和归属感。所以,当所有人都对这种感情不可思议之时,赵贵子在某一刻隐约意识到了什么。但是,即便意识到了,他也无法接受,真的无法接受。

他想和儿子谈谈,喝着酒,推心置腹地谈。

当儿子把第一杯酒咽下去的时候,他灰白的脸上立马酱红如漆,甚至脖子和手臂上,也都泛起了红色颗粒。儿子不胜酒力,他更像一个南方人。在麦村,没有不喝酒的男人,没有不能喝酒的男人。都是半斤不醉,八两不倒。人们在苍茫的光阴里,用辛烈的酒消除着抵挡着困苦、疲惫和无聊。

最后,半斤酒还是被赵贵子闷着头喝了。

啥时候走?赵贵子摸了一把嘴上的酒水。

后天吧。

啥打算?

没啥打算。

还是去湖北那女人家里?

不然呢？

一股气卡在了赵贵子脖子眼，难以下咽。他对儿子如此的答复，莫名冒火。但他还是压住了，一团唾沫把那口气塞回了胸膛。

我的意思，你就别出门了，家里的几亩地，咱俩务上，再不行，你到近处打打工，日子还是能过，金窝银窝，不如自家的穷窝，跑那么远，我们也不放心，再说，我们有个头疼脑热，也没人管。赵贵子带着一丝祈求的口吻。他想换个方式，试探一下，他知道，霸王硬上弓，在儿子跟前已经不起作用。

留在麦村，有出路吗？我还没活人哩。儿子说话时，有电话打来，他掏出，压了。是那女人从隔壁打的，叫他睡觉。

你婆年龄大了，腿又不好，我也上了年龄，干不动了，你这一走，我们咋办……

你不是很会安排吗，还问我？十年前你就给我安排了，现在，你问你自己吧。

沉默，黑漆漆的沉默，在屋子像一群鸟，翻腾着翅膀。儿子的话已经说绝，没有回旋的余地。窗外的布谷鸟，停止了啼叫，山河一片沉寂。只有供桌上的香灰，一截一截坠落，坠落。

电话第二遍打来的时候，儿子接上，换了一种极为温顺的口气，说，就过来，你先睡。

儿子走了，赵贵子老鼠钻进烟洞里——两眼墨黑，他拉了灯，靠在窗沿边，把自己淹进了黑暗里。他看到黑色的河流，在他和儿子之间流淌，冲刷，逝去，他们之间再也无法逾越这宽阔而绝望的河流，踏上对方的堤岸，并肩站在一起了。河流滚滚而去，带走的是光阴，是感情，是对活着的期望，可现在，一切河水逝去，一切荡然无存。即便在赵贵子消失之前，他也没有搞清，他们父子之间究竟发生了什么，这一切问题的症结难道仅仅是初三那年的一次志愿填报？怕不全是。

　　赵贵子出门的时候，母亲坐在门槛上，拐棍倒在眼前，儿子和女人已经走了。他没有机会再去核桃树下送儿子一程了。

　　儿子走后，音讯全无。一年后，赵贵子母亲过世。过世前，她想孙子，每天哭，最后哭瞎了眼睛。过世时，她念念不忘的依然还是孙子，她叫着：天娃……天娃……但天娃不知人在何处。最后，她嘴里含着那个没有叫完的名字，咽气了。

　　母亲过世后，家里就留下了赵贵子孤身一人。这几年，自从到董村给人看风水失手后，他几乎不再走艺，一是西秦岭的人都不再相信他的水平，二是他连自家的风水都看不准，还给别人咋看，三是儿子的事，让他身心疲惫，也在麦村抬不起头。他是村里不多的几户种地的人，每样只种了三五分。他种地，一是消磨时间，毕竟在地里腌酱了一辈子，不干活，闲着跟行尸走肉一般，不是他的做派；二是等儿子，虽然这么些年没有跟儿子一起生活，但他依然知道他喜欢吃什么，馋什么，因为一个人的口味是小时候养成的，而关于儿子的小时候，他了如指掌。

　　儿子走后，再没有回来，就连他婆过世也没有来。儿子走时，留下的号码，没过多久，就停机再也打不通了。赵贵子从别处打听来的号码，一开始，还通，但没人接，后来，就关机了。是人家故意不接关机,还是号码错误。他搞不清楚。

这串从来没有接通过的号码成了他和儿子这三年唯一的联系。这十一个数字,他滚瓜烂熟,甚至把每一个字都念瘦了一圈又一圈。

赵贵子成了世上最孤独的人。

他总是想起二十年前,母亲尚在,女人健壮,儿子还小,一家人,其乐融融。春天,母亲下地,掐荠荠菜、挑苦苣、剜首蓿芽。他和女人往地里送粪,儿子跟在架子车边,空车子回去时,总要坐在车框里。车框脏,不让坐,就哭。他把儿子架在脖子上,拉着车走,女人怪怨,你好好惯,以后就惯得没样子了。他回道,你不懂,儿子越养越亲。那时候,花白的鸽子掠过头顶,柳树在枝头噘着嘴,蒲公英在路边,开出了金灿灿的花。夏天,驮麦子,母亲做饭,然后去麦场晒麦子。他在地里捆麦垛子,女人赶着毛驴从地里往麦场驮,儿子也会赶一头驴驮麦子了。一天下来,小脚板磨起了明晃晃的水泡。饭前,吃西瓜,瓜在水窖里,提出来,上桌,一刀杀下去,呀,凉,凉气升腾,凉气漫过眼睛,眼珠子都是冰冰的。当然儿子要吃最大的一牙。秋天,荞熟了。母亲在地头,看着两头驴吃草。女人和他进了地,割荞,攒到一腰粗,就可以束成一捆。女人总是笑话他,手底下慢。他说,慢工出细活,你那,跟老牛吃草一样。儿子在他们身后,捉了一只油绿的螳螂,用半截狗尾巴草逗着。他一伸腰,腰好酸,天好蓝,荞叶暗红如铜,风一吹,唰啦啦的响声,漫过了田野。割新荞,吃凉粉。冬天,大雪如被,盖了麦村。母亲怕冷,缩在织满补丁的被窝,不出门。

女人在厨房，撒糁饭，大木勺在锅里轰隆隆不停搅，白花花的雾气从窗口往外涌。他出堂屋，隔着门说，你要把锅底捣烂啊。女人从雾气里伸出蓬乱的头，嚷道，饭熟了，又跑到哪里去？一天跟游鬼一样，不消停。我去找天娃，提着《寒假作业》去同学家写了，到现在没回来。他猛嘬一口，把烟把丢进雪里，白雪被烫出了一个黄洞。

但这都是往事了。所有的人，都会败给时间。时间是往事的罪魁祸首。

现在，他只能通过拨打那串号码，只能在土台上的核桃树下守望，只能在几亩地里用自己的老骨架种植期盼。村里的人，起初还同情着他的遭遇，后来，人们疲于应付自己的光阴，也就无暇顾及了。他只有把自己的心事塞进自己胸腔，腌着，腌成了一腔辛酸。

后来，当赵贵子意识到这个号码永远不会开机不会被人接听时；当坐在核桃树下，在春去秋来、花开叶落里把那条小路上翻寻不出什么时；当他种的东西一天天发霉变质，养的东西一天天老化干涩时；他彻底败退了下来。有人建议他出门找找，他拒绝了，他年轻时，曾出过远门，贩过东西，知道中国之大，大到无边，要找到一个人，比登天还难。有人建议他到派出所报案，他也拒绝了，他知道这样也是徒劳，况且派出所大多时候是个摆设，办个户口都那么难，别说找人了。没有人给他建议了，人们看着一天天瘦成葵花杆的赵贵子，抓破脑袋，也想不出该给他什么建议。

赵贵子也不要建议了。他似乎听说了几种关于儿子的下落。

第一种，很传奇。说是跟上湖北人，去了非洲，在那里掏金矿，发了。湖北的那个女人，不要了。找了一个非洲黑妞，浑身上下，黑得跟锅底一样，只有两排牙是白的。据说还在非洲的海边买了一栋别墅，房顶带着一个打麦场一样大的游泳池。这么一说，赵天可能是麦村第一个出国的人，也是第一个娶外国女人的人。了不得。但他也已经晒成了煤球，跟那黑妞，用那么大一个泳池，再洗，也黑不溜秋，洗不白了。他即便回来，赵贵子也不认识他了。但是，赵天最后死了。因为他得罪了当地的地头蛇，被偷偷枪打了。赵贵子在新闻上看到，在非洲，死一个人，跟喝一碗拌汤一样平常。赵天死了，他的财产也被抢劫一空，那个黑妞，跟了别人。

第二种，说是赵天还留在湖北，但那女人跟另一个男人钻在一起胡搞，被他发现了。赵天打了那女人，那女人回家告状，她的兄弟不依不饶，说你一个上门鬼，还由你了，把赵天暴打一顿，赵天一怒之下，提着菜刀，把人家那女人弟弟的一只手剁了。赵天被抓了起来，判了刑。据说那边找了人，判得很重。那女人带着赵天多年积攒的一点家业，和勾搭在一起的男人，离开了湖北。

第三种，似乎不太靠谱，但也有人这么说。说是赵天在湖北，一天不干活，买了一堆书，把自己锁在屋里，开始学习，考自考，先考了大专，后考了本科。据说本科考上后，他又开始考研究生，研究生不好考，他连续考了好多年，都没考上。而他报考的正是初中时理想中的大学——中国人民大学。有一年，成绩出来，他还是名落孙山。他在屋里把一堆复习资料一把火烧了，火势太大，把屋子都点着了。女人喊来人救火。人们隐约在烟中看到赵天披头散发、魂不守舍，从屋子里走出来，消失在了暮色里。人们忙着救火，没有人注意他去了哪里。人们只知道，赵天被书念疯了。没多久，那女人，因病，也死了。

当赵贵子听说了一连串关于儿子的死讯后，他确认他的儿子真的死了。至于如何死的，他把那电话塞进炕洞，烧了，觉得已经无所谓了。

人们已经好长时间没有见到赵贵子了。家门锁着。地荒芜着。核桃树下，也无身影。

有人说，赵贵子离家出走了。在某个清晨，他背着自己的罗盘，踩着一地白霜，在那条落满过他的目光的路上，走向了远方。他究竟去了哪里？没有人说得清。

但很快，有人推翻了这种说法。他说，赵贵子把自己埋了。夏天的时候，他看到赵贵子在他女人的坟地用罗盘测定着方位，测定完毕之后，就开始挖坑。他挖得很慢，很慢，从夏天葵花盛开，一直挖到秋天，葵花杆干枯。他挖了两个坑，一个在女人的左手，一个在他们脚下。这两个坑，一个是给他的，一个是给他儿子的。秋天，浓霜落满了西秦岭，草木骨肉冰凉，大地昏沉。赵贵子把儿子所有的东西，埋进了坑。这是他儿子的坟。最后，他把自己埋了。人们不太相信这样的说法，一个人是如何埋掉自己的，寥寥无几的麦村人，难以想象，但人们在他女人的坟地确实看到了两个新的坟头。

最后，赵世平又给大家提供了一种说法。他说，那天中午，他背着背篓去拾粪。村里都没有几头牲口了，况且还拴在槽头。哪里有什么粪可拾，他不过出门散散心罢了，他觉得自己活不了几年了，再不多看几眼这生过长过老过最后死掉的地方，再不多看几眼这熟悉到骨子里的山川河流，再不多看几眼这盛放着麦村祖祖辈辈命运和魂魄的地方，再不多看几眼这平静过疯狂过干旱过洪涝过沉寂过激情过兴旺过但最终衰败掉的故土，这爱到骨髓也恨到血液时刻想逃离却时刻想归来，活着时深陷泥土死了后深埋黄土的家园，这孽，这福，这债，这情，这狗日的麦村，这狗日的西秦岭，这狗日的西部，这狗日的大地，就再也没有机会了。他都是往黄泉路上赶的人了，多看一眼是一眼。当他这么想的时候，他走到了土山包下。他抬头，落光叶子的核桃树，干硬而冷峻地立在天地之间，让人心惊。当他觉得人他妈的一辈子不过是一片核桃树叶绿了黄了凋了时，他在树底下看到了盘腿而坐的赵贵子，他刚要喊他的名字时，赵贵子像一件黑衣裳，轻飘飘，轻飘飘，飘了起来，飘过核桃树，飘过他的头顶，飘过麦村的上空，越来越远，从一只乌鸦大小变成一粒墨点，最后不见了。他惊呆了，提着拾粪篓和豁口镰刀，在土山包下站了半个钟头。当他清醒过来后，他被赵贵子飘走的事吓坏了，背着空背篓，摔着两条老腿，跑回了村。后来，他把自己亲眼所见赵贵子飘走的事告诉了所有人，大家都不相信，觉得不可能。但他真的看到了。他说，我不哄大家，我一个人快死的人了，哄人，死了阎王爷割舌头，我真的看到赵贵子在核桃树下飘起来，飘着飘着，消失了，你

309

们还不信,我以马克思的名义保证,绝无半点虚言。

当他这么笃定地赌咒发誓时,一些青灰的云,划过麦村的额头,朝东而去。麦村有谚云:云朝东,一场空。

拍花花手， 卖凉酒

拍花花手，卖凉酒，
凉酒高，闪闪腰，
腰里别了个黄镰刀，
砍黄草，喂黄马，
黄马喂得饱饱的，
老娘骑上告状去。
告了个啥，告了个扁担，
扁担不会担水，
一担一个鸡嘴，
鸡嘴不会剜拉拉，
剜上拉拉喂妈妈。
妈妈不会生娃，
一生一个秃大大。

——儿歌

麦村人，把面统称饭。饭分长饭、一锅子，也分浆水的、醋的。

浆水饭，上顿不离下顿。只要有一缸酸菜，就能天天吃。醋饭，做起来费事点。得炒臊子，没几样菜，这臊子，是炒不出来的，但关键还是要有醋。

姜老汉，是村里酿醋的，也是西秦岭不多的几个酿醋的人中的一个。我们叫他醋客，叫他们家姜家。

姜老汉酿了半辈子醋，浑身上下，浸透了一股酸劲儿，像在他的醋缸里泡了三天捞出来一般。其实，他在醋里，泡了不止三天，而是半辈子。他酿醋的手艺，是老伴姜婆婆结婚时带来的。至于姜婆婆怎么会的，说不清，反正所有人只记得，打小就吃姜家的醋。他家酿的醋，除了色泽浓一点，吃着香一点，味道酸一点，似乎再没有什么别的可说。开门过日子，油盐酱醋，油盐酱没了，赶集时买，不逢集时，向邻居借。没醋了，去姜老汉家灌就行了。

村里好多人，吃了半辈子姜老汉的醋，吃惯了，觉得平淡无奇。但多年以后，当姜老汉不再酿醋，人们才从饭碗里突兀地吃出了一种寡淡无味，这种寡淡无味让人烦躁、郁闷、无所适从，甚至难以下咽，即便咽下去，也胃里不踏实，心上不舒坦。人们才发现，人的嘴，还是刁，吃惯了啥，就记住了啥，再换，就不合适了。嘴，是有记性的。

姜老汉，不姓姜，姓赵。他老伴姓姜。但人们不知怎么搞的，把他叫成了姜老汉。他又没当上门客，又不是怕老婆，也没有改名换姓。反正，在村里，总有一些不可思议的事。

头伏天，忙完地里的活，姜老汉就开始酿醋了。屋檐下，燕子衔来新泥，垒着巢。院里的韭菜，开了白花，四个瓣。灰毛驴站在树荫里，摔打着尾巴。姜老汉把前两天到镇子上磨坊里磨碎的玉米和麦子按比例倒进大锅，开始蒸煮。煮玉米和麦子，得用硬柴，慢火细煮，不可心急。不能用麦草，一来没劲，二来费草。不能用煤，当然也没有煤。这是个费事活，姜老汉穿着破背心，钻进厨房，一煮就是一天。从厨房出来，背心挂在脖子上当毛巾，浑身冒着汗，稀稀疏疏的头发水淋淋的，眼窝子被柴火熏得黑乎乎的。老伴活着时常说，只要酿起醋，你就没命了。

煮好的玉米和小麦，几大锅，倒在偏房铺开的单子上晾着。晾到一定温度，撒上大䉺，搅拌均匀。啥温度合适呢？用姜老汉的话说，屁温，就合适了。屁温，有多温？大家还摸不来。

把晾好的玉米小麦装进几口大缸，再加入一些特殊原料。敞口缸，一个人抱不住，是祖上留下来的，用的年成久了，磨得油光铮亮，甚至那些黑釉的光芒里能照见人影，能看见岁月的手指反复摩挲过的痕迹。大缸，稳稳妥妥蹲在墙根，一排，跟一群老头一样，温润，敦实，宁静。至于添加的原料，是没有人知道的。这是姜家的醋吃起来霸外香的秘诀所在，这也是姜家的醋和别家不一样的地方，这更是他们祖祖辈辈秘而不宣的良方，只有他们心知肚明，别人无从知晓。

装好缸，就等着发酵了。这一切，都要留给时间。反正时间多的是。屋檐下的燕子，生了雏燕，四五只，伸着鹅黄的嘴，叽叽喳喳，抢食吃。韭花早掐了，开花的杆子，还嫩，一道也掐。用猪肉，炒一道韭黄小炒肉，好吃极了。灰毛驴开始换毛，旧毛如破毡一样，一块一块掉，新毛一层层长，没几天，毛换完，灰毛驴就精精神神了。

发酵一月。流光一月。这一月，用来割麦。

一月后，发酵完的小麦玉米就成了"醋头"。远闻，已有一股淡淡的酸味，在偏房里悠悠缭绕。这种酸，是轻的，薄的，是时间的锤子还没有完全把味道锻打出火花。随后，找个消停日子，比如，麦子全部进场，摞子已经摞好，青草割了一堆，大雨刚刚过夜，起个大早，把"醋头"挖出来，倒进醋槽，加入麦麸，不停搅拌，直到两者完全搅和均匀。醋槽有三个，并排，摆在门后，不占地方，也通风。醋槽是纯木头打的，长方形，形如棺材。醋槽用得一久，加之长期浸染，原先的白木板，慢慢变黄变褐，最后变黑，被手指反复摩挲，被汗水包浆，变得油光闪亮。搅拌"醋头"跟麦麸，是一件吃力活，用锨搅不匀，用杈搅不开，只能用手。一槽料，细细搅一遍，浑身要出一身汗，两根胳膊酸胀到抬不起。三个槽，全搅一遍，胳膊疼得碗都端不住。

半月以后，"醋头"和麦麸进一步发酵，酸味开始浓起来。这时候的酸，开始厚实，开始黏稠，开始像铁锤下的火花，能够把舌尖上的道路照出印痕，但这印痕，毕竟缺点什么，毕竟不是最完美的味道。这时候，经过发酵后的原料就成了醋坯。把醋坯装入缸中，放置一段时间，然后加水，最好是山泉水。没有泉水，就只能是窖水、自来水了。水将醋坯浸泡一夜之后，拔开缸底下的淋嘴。淋嘴，一拃长，用竹竿削成。淋嘴下面，放着盆子。淋嘴拔开，醋便一滴一滴又一滴地沥了下来。四口缸，一字排开，醋滴在淋嘴上，不紧不慢地聚成"珠子"，掉下去，落进盆，滴答一声，碎在了盆里，把盆中的醋，砸出了一圈圈细波纹。

沥醋,是缓慢的。这一切,要完全交给时间。每一滴醋从淋嘴里跌落的瞬间,跟时间的脚步轻轻合拍了。醋坯在水和微生物,甚至空气、温度的作用下,被时间的铁锤再次不紧不慢地敲打着。这时候,火花彻底亮了,那金黄的光芒,温暖,醇厚,酸香,以及贴心,悠长,把舌尖上路,统统照亮了,顺着舌苔,那些含苞的味蕾,一颗颗开始绽放,由舌到喉,再到胃,步步为营,步步生香。

对了,就是这个味。它不是酸,它是酸香,是让人欲罢不能的香,是游子归乡心生安稳的香,是栽下根留下种即便现代化的醋酸勾兑品反复洗涤之后依然顽强不屈的香,是活着的香,是行走的香,是梦里的香。

盛夏,总是很忙的。麦子在场,摞成麦垛子。这样既可防止雨水灌进麦捆受潮发芽,也能利用西秦岭的山风彻底把麦子吹干。以前,麦垛子要在场里摞小半年,立冬了,才打碾,叫碾冬场。后来,人们慢慢耐不住性子,麦垛子摞个把月,就开始碾了,叫碾夏场。谁家碾场,一村人相帮。姜老汉家,只有他跟老伴,儿子和女儿都在城里。碾场相帮的活,就成了姜老汉的。谁家先碾,谁家后碾,一村人,凑一起,抓阄,很公平。按着抓阄的顺序,大家把日子排好,碾就行了。一村人,从头到尾,碾结束,要一个月,还得老天争气,不能下雨。碾场是个吃力活,也是个熬人活。从摊场、抖场,到反复翻两三遍,再到起场,摞麦草,扬场,拉运,整整一天。姜老汉是扬场的好把式。他戴着没有帽檐的破草帽,扎稳马步,站在风口,弓着腰，一锨下去，麦子混合着麦衣，扬起来，像一道彩虹，挂在夏天蔚蓝的傍晚，借着风，麦粒和麦衣在落下的时候，分开来，麦是麦，麦衣是麦衣，界限分明，扫麦衣的扫麦衣，掠麦子上的杂物的掠杂物，装袋的装袋，分工明确，有条不紊。

在姜老汉相帮碾场的日子，醋就交给了老伴管，每天淋好的醋，倒进墙角的另几口大缸。这是醋缸。敦厚的缸，黑釉白边，上敞下收。缸沿早已被醋酱成了深褐色，还积淀着一些发黑的醋渣，时间一久，成了缸的一部分，再也擦洗不掉了。酿醋的偏房，坐西朝东。外面即便再燥热不堪，偏房里依然清凉如秋，穿太单，还会感冒。而这种温度，正好适合酿醋。人们也搞不清楚，这间偏房，为什么会冬暖夏凉，或许就连姜老汉也搞不清楚。这时候，满屋子都是醋香，像丝绸一般，在浮游着。甚至浮游出了屋子，在院落，在门口，在洋槐树下，在燕窝里，在一株荨麻的绒刺上，在一根遗落在墙角的麦穗中，甚至在每一个苦日子的缝隙，都黏满了。

每一次路过姜老汉家，我们都会伸长鼻孔，狼狗一般，使劲吸着，一边闻着醋香，一边咽着唾沫，说，姜老汉家的醋酿出来了。

立秋了，天凉了，白露挂在草叶上，像黑夜遗落的手串。

碾完场，打毕籽种，耕完地，拔了胡麻，就是一段农闲时间。收葵花、刨洋芋、掰玉米，这些活尚早。一早，姜老汉牵出毛驴，搭好鞍子，把两个醋桶一边一个架在驴背上。醋桶，是祖上传下来的，不是铁的，不是塑料的，是梨木的。铁、塑料之类，醋酸会腐蚀。木头不会。醋桶椭圆形，微扁，这样是为了方便驮。醋桶上面，有个小碗口大的盖子，别着木塞，这是装醋舀醋的口。装好醋，提一根化肥袋，挂上醋提子和漏斗，就该出村去灌醋了。

毛驴踩着小碎步，把青白的路面，踩出了窝。它的铜铃铛，叮叮当当响着，在秋天静谧的田野里溅起了清脆的回应。它的身后，是一串黑皮黄心的驴粪蛋，还冒着热乎乎的气。姜老汉背搭着手，跟在驴屁股后面，哼着秦腔：

  前边儿走的是高文举
  后边儿紧随张梅英
  高文举偷眼把她看
  张梅英后面观貌容
  观丫鬟好像梅英姐
  观状元好像高学生
  ……

农闲的人，开始吃干粮。家家户户屋顶挂着一根青灰的炊烟，像一把把梯子，搭在瓦蓝的天空。进了村，姜老汉扯开嗓子喊——灌醋来——灌醋来——他灌了多少年醋了，怕有四五十年了。十来岁时，他父亲瘫痪以后，他接过父亲的手艺，接过晨曦收敛后的吆喝，接过生活的醋提子，走上了一条千篇一律的路。他偶尔回想，一辈子，除了酿醋，灌醋，似乎啥事也没干，想想都觉得感慨，觉得惋惜，觉得人生太单调，单调到只有一个味儿。但回头又一想，不这么活，还能咋活？他走遍了西秦岭每个村庄，甚至一年去好几趟，他几乎认识这四里八乡的所有人，那些谁也不服的，倔劲十足的，不甘平庸的，到头来，还不是被生活打压得服服帖帖，在黄土上迷迷糊糊混日子了，况且像他这样甘于平淡、与世无争的人呢。他唯一值得骄傲的，就是两个孩子，大女儿有正式工作，儿子在一家企业当中层领导。

大女儿喜梅，从小学习好，一直是班上第一名，光学校发的奖状，贴满了一面墙，金灿灿一片。这是姜老汉感觉最体面的东西。有人去他家串门，看着快没地贴的奖状，说，喜梅，以后考状元啊。姜老汉谦虚地说，八字还没有一撇呢。话虽如此，但他心里美滋滋的，偷着高兴。初三那年，喜梅报了两个志愿，一个高中，一个中专。姜老汉盘算了一天一夜，还是觉得上中专好些，就业早，包分配，又学的电力，专业也不错，以后世道再变，这碗饭是能端稳的，反正家家户户用电是少不了的。后来，喜梅上了中专。她上学的所有费用，都是靠着姜老汉酿醋挣来的。那每一块钱，都是起早贪睡，跋山涉水，用粮食的心血熬成的。姜老汉总是用酿醋的不易，教育喜梅，让她好好念书。毕业后，喜梅分到了兰州一个供电所，在那里成家落户，现在，都是两个孩子的妈了。

关于喜梅，姜老汉觉得没有任何亏欠。作为父亲，他应尽的责任，尽到了。至于儿子喜刚，说来话长。

姜老汉把毛驴拴在村子里敞亮的地方，从衣兜里摸出烟叶。烟叶包在一张猪尿脬里。猪尿脬是谁家猪的，忘了，哪一年的，也记不清了，反正割掉之后，他吹胀，反复在泥土中搓揉，最后风干，剪掉嘴，裁成四四方方一块，形如手帕。肉色的猪尿脖早已泛白，布满细密的裂纹，但很结实，也很柔软。把烟叶夹在膝盖间，摘掉帽子，从里面取一张纸，撕一溜。纸是喜刚姐弟俩的作业本。纸撕成两指宽，把烟叶均匀洒在上面，卷起来，伸着舌尖，把边缝舔一遍，用唾沫糊住，一支烟就算做成了。姜老汉把纸烟吸完，一抹嘴，又开始喊了——灌醋来——灌醋来——他的嗓音，清澈，洪亮，甚至带点尖细。这音色里，似乎能闻到醋味在飘浮着。来灌醋的人，胳膊窝里夹着输过盐水的空瓶子，一路说着闲话，过来了。姜老汉接过醋瓶，一边和来人说话，一边把漏斗塞进瓶嘴，伸着提子，从桶里提上来一口醋，顺漏斗，倒进瓶子，摇晃着用醋涮一下，倒掉，最后才灌醋。油黑发亮的醋，冒着酸香，在提子里晃悠着，来灌醋的人，压着舌头底下冒出的口水，实在压不住，偷偷吞进了肚子里。顺着漏斗，把醋灌进瓶子，点滴不洒，这是姜老汉年复一年练出来的。一提子醋，刚好一斤，醋到瓶子嘴，不多不少。来灌醋的人，从贴身的衣兜里，摸出几张皱巴巴的零钱，数够五毛，递给姜老汉。

那时候，一斤醋，五毛。最贵的时候，也就八毛。

半个上午，两桶醋卖完了。有些人，掏不出钱，要灌醋，提着麦麸来了。姜老汉偶尔也收，反正麦麸是酿醋要用的。

五九六九，冻烂石头。

小雪花扑簌簌落着，粉末一般。落着落着，就成了大雪片，鹅毛一样，从很高很高的地方掉下来，在半空，风一吹，飞舞着，浮动着，乱了阵脚。远处的槐树，白了。山尖也白了。近处的草垛子，白了。屋顶也白了。院子里，花斑鸡挤在屋檐下，支着一条腿，眼睛半闭，丢着盹。擦过冲气（一种祛病的民间巫术）的空碗，倒扣在门外，碗背上，盖着雪。那些烧过的纸灰、香蜡，被雪埋没了。天地间，白茫茫一片，除了一两声驴叫。麦村，安静了。整个西秦岭，也安静了。

姜老汉从偏房出来，进了厨房。老伴从三月里开始，就感到胸口疼，吃了药，不起作用，请赵贵子看了几次，抓了中药，也无济于事。喜梅带到兰州大医院，检查了一遍，也没个结果。到冬天，疼痛加剧，彻夜难眠。姜老汉也束手无策，他摸着老伴日渐消瘦下去的两只手，某种不祥的预感掠过心头。他学着别人的样子，让老伴躺下，找来冥票、空碗、筷子，嘴里念叨着，擦了一遍冲气。他不太相信迷信，可没办法，不信也得信一信。他期望着，他的说辞，以及那些冥票，还有家神、山神，能驱掉晦气，让老伴早点好起来。

他坐在炕上，看着窗外的雪，越下越紧，越下越密，幕布一般，把天地遮蔽了。

偏房里，码着麦麸，醋槽里，空着，淋醋的缸，也空着。冬天，是不好酿醋的。只有那装醋的几口缸，立在门口，里面装满了醋，敞着口，在挨冻。第二天，醋缸里结了冰，捞掉。再结冰，再捞，直到缸里不再结冰，这就成了冻醋。冻醋，不管放多久，都不会变质，也不会变味。甚至时间越长，味道越醇厚。

大人打发我们去姜老汉家灌醋，早去早回。

我们穿着棉袄，臃肿不堪，衣襟上的破洞里，撅着几缕旧棉花。我们抱着醋瓶,一边用袖子揩着鼻涕,一边踩着积雪,朝姜老汉家走去。我们的袖口上,经常揩鼻涕,粘上灰土,结成了垢甲板板,一捏,都是硬邦邦的。

姜老汉给我们灌了醋。我们问姜婆婆呢?姜老汉伸了伸下巴,指着堂屋,说,躺着。他挂着满脸愁容,也没有多余的话。要是平时,他总是摸着我们的脑瓜,笑着问,是不是你妈又给你做醋饭了?我们嗯嗯点头。他说,越长越像你老子了。我们嘻嘻笑着,抱着瓶子,回家了。这一次,我们出门时,听到了姜婆婆的喘息声,颤抖着,从窗口飘出来,落在了厚厚的雪里。

我们一路上都在想着姜婆婆的事,想着赶快回去告诉大人。走在半路,伙伴们正在半坡上溜滑,我们把醋瓶栽进雪里,加入到了溜滑的队伍。我们找来瓦片,坐上去,从上头,一直滑下来。有人没刹住,翻下坡,一头插进雪里,雪下面,是别人家的猪粪堆。我们稀里哗啦笑着,忘了姜婆婆的事,也忘了大人的话。那一刻,大雪轰鸣,覆盖了西秦岭,也覆盖了我们的身影。

我们在明光闪亮的冰面上滑下去,滑下去,太快了,快到眼睛都花了,快到耳朵里灌满了风声,快到两只手无处可抓了,快到一场雪都追不上了,快到一些惊叫撒满了地,快到一不小心,就冲进了来年的春天。

春天了。

花骨朵开了一嘟噜又一嘟噜。桃花粉,杏花白,梨花开成了山头的一片云。

姜婆婆过世了。

那是一个晴朗的日子，蒲公英打着小黄伞走过田野，苜蓿芽亮出了柔软的手掌，从冬天飞来的花喜鹊，在河坝里淘洗着蓝手帕。我们刚刚端起一碗饭，调上醋时，听到了鞭炮声在麦村上空炸裂，随后，喜梅的哭声，像一条解冻的河流，稀里哗啦漫过了村庄，漫过了高山，漫过了无边无际的悲伤的悬崖。我们知道，姜婆婆过世了。她胸口的疼痛，并没有在三番五次的治疗中有所好转，也并没有因为又一个三月的到来而有所减轻。最后，她在绵绵无期的疼痛中走完了这一生。麦村人把死说成是下场了。人活一世，不过是走了个过场。我们第一次在姜老汉的醋里吃出了苦涩，吃出了忧伤。我们隐约感觉姜婆婆下场了，就像一口缸碎了。

大人们都去姜家帮忙了。提水，劈柴，制作棺木，打坟，迎客。村子本来很小，一家有事，家家帮忙。小小的院落，塞满了人。好多非亲非故的人，都来给姜婆婆烧纸了。有些，是一直欠着醋钱的，有些，是用麦麸换过醋的，也有些，是觉得醋香的。他们在灵堂烧完纸，磕完头，坐在院子的席上，一边说着姜婆婆活着时的种种，一边念叨着姜家的醋，而一想到以后，可能再也吃不到姜家的醋了，一想到以后，自己也有下场的一天，悲从中来，不能自抑，在唢呐声里，红了眼眶。

家里没有大人，我们只好去姜婆婆的丧事上蹭饭吃。我们是不能上席面的，大人们端来粉汤菜，一人一碗，塞来蒸馍，一人一个。我们抹上辣椒油，调上醋，在不碍事的屋檐下，蹲成一溜子，哼哧哼哧吃了起来。吃毕，把碗一放，抹掉嘴上的油。我们百无聊赖，钻进了姜老汉的偏房，就是酿醋的那间房。在屋里，我们再一次见到了那些大缸、醋槽、木盆，甚至马勺、木锨、簸箕、麻袋，此刻它们沉默着，被醋液酱成了一样的面色。醋槽里是空的，木盆是空的，我们爬在缸沿上，把脑袋伸进缸里，借着昏暗的光，我们在缸底看到了醋，也就几马勺的样子。黑褐色的醋，落着我们模糊的面孔，闪着光亮，晃来荡去。扑鼻的醋香依然让人口舌生津，我们嗫着嘴，生怕不小心，把涎水掉进去，那多恶心。

我们坐在口袋上，抓着两把生了虫的麦麸。屋里残存的醋味，让人恍惚，似乎某个春天的正午，在纷纷攘攘的花朵里，和此刻正在重叠，两个老人，脱掉藏蓝的粗布棉袄，朝明晃晃的阳光里一步步走去。屋子外面，是嘈杂的人群，是炸裂的鞭炮，是唢呐的呜咽，是白孝布铺成的悲伤，是哭泣声打湿的山川草木。我们只知道姜婆婆走了，但她去了哪里啊？

她去了哪里啊？她是去了又一个夏天了吗？

又一个夏天来了。

人们吃腻了浆水饭，想改个顿，吃一碗醋饭。当端起碗，提起瓶子时，才想起瓶子空了，本欲打发孩子去姜家灌醋时，才想起姜老汉不在了。人们满心失落，端着碗，撒了盐，抹了辣椒，勉强吃着。可没有醋的饭还叫醋饭吗？人们从饭碗里吃出了一种寡淡无味，这种寡淡无味让人烦躁、郁闷、无所适从，甚至有些悲伤。有些人，吃了一辈子姜家的醋，突然没有了，就像有人突然剪断了那种早已根植于血液里的味觉印记，人们伸着空荡荡的舌头，不知怎么安慰内心庞大而无助的空虚。

立夏的时候，姜老汉的儿子喜刚把他接进了城。

喜刚小时候不爱学习，上课不捣乱，也不听课，总是神游八荒。他唯一的爱好就是养鸟。一开始养鸽子，养了十多只，灰的、白的，甚至有一只是红色的。他的鸽子成天在麦村上空嗡嗡飞着，一圈圈画着漂亮的弧线。不过最后，他的鸽子都被人一只只偷去，熬了鸽子汤了。后来，他还养过黄鹂、白脸媳妇、猫头鹰、火火燕这些野鸟，都是从树杈上、山洞里、屋檐下、墙缝里掏的。这些鸟，刚掏来的时候，站不稳，毛都没长满，他每天从饭碗里夹出几筷子喂养它们。有些最终死了，有些被狗吃了，有些自己长大飞走了。直到有一次，他去掏一窝布谷鸟，费了好大劲，爬上山崖，站稳脚，一手抓着树梢，一手伸进洞，往出来掏鸟。洞太深，他摸索了半天，才从里面提起一团软绵绵的东西，提出来一看，是一条蛇，拇指粗，半米长，吐着蛇信子，脑袋摆来摆去。喜刚当时就吓傻了，手一松，腿一软，从崖山翻下来，把左胳膊摔骨折了。

从那以后，喜刚洗了养鸟的手，准备学习，但已经迟了，马上是中考，他什么也没考上，就去打工了。这让姜老汉很无奈，他还指望儿子跟女儿一样有点出息呢。况且以他酿醋换来的积攒，供给他上个大学，应该没有问题。但儿子不争气，朽木不可雕，他满心不甘，终究放弃了。在工地，喜刚年龄小，干不了重活，帮着看仓库，人轻松，就是钱少。看了两年，有了点力气，他改搬砖了，挣的钱多点。有一天，工地的老板娘把钥匙锁到了办公室，取不出来，又没其他钥匙，急得不行，正好碰上吃过午饭的喜刚，让喜刚帮忙。喜刚把窗户捣弄了半天，也没打开，没办法，只好找了梯子，把门上头的玻璃卸掉，从里面爬进去，取钥匙。当他取了钥匙，打开门时，老板来了。老板娘把喜刚取钥匙的事说了，老板满脸不屑，啥话没说。喜刚拍打着身上的土，离开时，老板娘说谢谢啊小伙子。老板拉着脸，弹着烟灰，说，给个民工说啥谢谢哩，真是掉价。这句话被喜刚听到了。那一天，他没有吃饭，晚上，也没睡。他的心被深深扎疼了。第二天，他讨了工钱，卷了铺盖，回家了。

回家后，他买了教材，开始自考，利用三年时间，他考过了中专、大专、本科。最后，进了一家电子厂，在厂里，又考了研究生，几年后，他成了公司的中层领导，一个月八九千元工资，管着四五百人。

儿子出息了，姜老汉心里高兴，好在他不是那种狗肚子贴不住三钱油的人，他一直保持着低调的秉性，逢人说起，也多是数落儿子的不是，说他小时候的坏毛病。好多年了，姜老汉还是酿着他的醋，夏天酿，秋天卖，冬天做冻醋，来年的春天，备新料。一个轮回，又一个轮回。直到某个轮回里，姜婆婆过世了，他的醋也就酿不下去了。最后，他卖了驴，关了门，跟着儿子进城了。

麦村的人们，依旧端碗吃饭，过着小日子，依旧在浆水饭和醋饭里努力寻找着生活的味道。但很难了，人们从集上买来袋装醋，调了两勺，都不酸。再调，最后酸了，却是一种让舌头麻木的涩味。至于香醇，就不用提了。

人们蹲在门槛上，吸溜着索然无味的面条，再次说起姜老汉的醋时，是三伏天。紫燕衔泥，韭菜开花，一些云来了，一些云，又走了。

打灯蛾儿打黄灯

打灯蛾儿打黄灯，都是咱爹娘坏良心。

咱俩本是一条心，棒打鸳鸯不成亲。

——山歌

当赵虎想起多年以前的某个黄昏，在富裕路一家火锅店，他和黑娃、赵阳刚围着一个牛油锅，在解决了三瓶牛二，没有尽兴，又要了一个小二两，黑娃和赵阳刚为一个"四红喜"的拳争执不下时，无意间，他的眼睛掠过锅里翻滚升腾的雾气，看到火锅店的玻璃墙外，一张苍老的面孔，紧紧贴着玻璃，呆呆地瞅着他们红油晃荡的火锅和锅里已经煮成老柴的牛肉。

赵虎在雾气里，隐约看见那个人浑身漆黑，一手扶着玻璃，一手提着什么。但他还是努力地看清了那张脸，那张因为贴得太紧而挤压变形的脸，以及那微微张开的嘴和上下起伏的硕大干硬的喉结。那一刻，他想说什么，可店内喧嚣震耳，黑娃和赵阳刚争执的嘶吼也没有停止。他咽了咽唾沫。把要说的话也咽了下去。他到底要说什么？事后，当他再次回忆当时的情景，竟然忘了自己要说什么。他唯一记得的是他起身，穿过雾蒙蒙的大厅，像一只破饮料瓶一样，在醉生梦死的声浪里摇摇晃晃游出门时，那个人已经消失不见了。

那个人真的消失不见了。他是个影子。

那个人是否真的存在过？还是自始至终就是一种传说？赵虎难以说清。同样难以说清的，还有随着父亲赵拜生的过世，留下的巨大的难以厘清的谜团。

那个人，好像叫赵拜天。说是生下来爱哭。有时哭开，能哭一夜，差点要哭断气。有人说赶紧认个拜大（西秦岭一部分人把父亲叫大，拜大类似认干爹），娃就不哭了。但认拜大，得请人看生辰八字，得提上礼当去请贵人当拜大，得挑一个吉利日子，得摆一桌席放一串鞭炮，得举行一个认拜大的仪式。可那时候，一家人穷得要死，哪有余粮和闲钱搞这些花里胡哨的形式。若有点粮钱，得先把命保住。可娃哭得不行，该咋办？有人出了个主意，也是老办法。找来麻纸，裁成碗口大，上面写：天皇皇，地皇皇，我家有个夜哭郎。行人路过念三遍，一夜睡到大天亮。写好后，贴到村里的墙角、树上，路人看见，顺口一念，就能起到护佑作用。真有作用吗？好像有。要说真有，也不完全是。含含糊糊，对这样的事，大家也就信以为真，即便不真，也要假装是真。如此，心里才安稳。

娃是哭得少了，但毕竟不是长久之计，要是再犯呢？况且，请人写字，也是麻烦事，很看脸色。不如找个拜大，从根子上把问题治住。可拜谁呢？拜人是不现实的，太穷。只好拜个石头啊树木啊山啊之类的，也有拜村里山神的。拜这些为大，麦村也不是没有过。那拜啥呢？拜石头，命太硬。拜树，树一辈子挪不了一步，一挪死。拜山，山是穷山。拜个山神吧，也不妥，神仙连自己都管不好，还能管别人，你看庙里的香案上，一年四季没点供果之类。那究竟拜啥？有人说，拜天吧。听天由命，人的命，天注定，生死有命，富贵在天，天命有归……多厉害多嚣张的人，都逃不过头顶的一层天。给天当儿子，天一高兴，还会安排个好命，说不准，一辈子做官为宦，富贵显赫呢。况且，拜天又没有多少讲究，又不花费，只要香蜡冥票即可，这样省事，节约。

那就拜天为大吧。起名：赵拜天。给天当拜儿子（干儿子），以前麦村有过没有，不得而知，在老人们的记忆里，赵拜天还是第一个。

有了赵拜天，后面，又生了赵拜生。赵拜生没有拜给什么，只是随便起了个顺口的名。

在父亲赵拜生过世之前，赵虎曾向他问过一些关于大爸（伯父）的事，试图核实村里人的一些说法。但父亲对此置之不理，始终保持着某种怪异的沉默。问急了，会说，你有个屁的大爸，我一辈，就我一个，哪有哥哥？你成天听谁瞎说？赵虎挠着头，对父亲的矢口否认有一些莫名。赶紧拾粪去。父亲打发他去拾粪，他背上背篓，提着拾粪罩，出大门时，依然迷惑不解，为什么父亲说自己没有兄弟呢？那赵拜天这个人是不是真的存在呢？

在他幼小的记忆里，曾有一个黑漆漆的模糊身影，冒着月光，在黑漆漆的院子、屋子、驴圈出没，无声无息。说是身影，似乎不准确，应该是个影子。单薄，昏暗，恍惚，毫无声响，又那么易逝。

那时候，他三岁，或者四岁。而当他到了真正能记事的年岁，那个影子，不见了。

在村里人零零碎碎的讲述里，赵虎努力拼凑着一段模棱两可的往事。

赵拜天父母活着时，一家六口，上有老，下有小，日子过得异常艰辛，六口人，挤在两间土坯房里，屋檐下，支着锅灶，茅草棚里，圈着牲口，鸡啊猪啊，没有窝，在墙角的柴草堆里卧着。屋里，除了两张破棉絮，两身缀满补丁的衣裳，再没有其他东西了，真是家徒四壁。赵拜天和弟弟一人一件用破布改拆过来的上衣，没裤子，成天精球当啷，在泥里土里，风里雨里，野草一般长着。后来，两个老人相继过世。没有棺板，写了借条，借了别人家准备盖房子用的几块板，才勉强让老人入土为安。

赵拜天二十二岁那年，冬天，大雪节气，没有落雪，没有刮风，但奇冷，冷得把土皮冻起了拳头大的泡，冷得把干木头冻裂了缝，冷得把村里好几头羊的毛冻掉，羊死了。牛娃爷在外面拉野屎（牛娃爷每天早上有到村西边杏树下拉野屎的习惯），刚出来的热乎乎的屎一下子被冻住，栽在屁眼里，像一根拴驴橛，掰不断，扯不出，最后没办法，提着裤子，撅着光屁股，回到家，让家里人生了一盆火，屁股搭在柴上，才烤化，弄掉。从那以后，牛娃爷拉屎——冷棒，成了麦村人自创的一句歇后语。冷棒，是指大脑不清整、很二的人。

那天，赵拜天家的洋芋窖也被冻塌了。

一家四口，挤在炕上，挤麻子一样，盖着薄被子，冻得牙花子当当当掸着,身子像竹箩一样筛着。他们听到轰隆一声,四个人都嫌冷,不愿下炕看个究竟。最后,赵拜天缩成一团下了炕,因为他是儿子,又是哥哥。赵拜天在房后一看,窖塌了。一家人没办法,只得缩成团,提着镢头铁锨,来到房后。他们都知道,半窖洋芋是命根子,洋芋冻坏,这个冬天就熬不过去了。他们一边把埋到窖里的洋芋往外掏,一边挖新的窖。挖了两天,土冻得跟石头一样,实在挖不动。挖到第三天,他们决定就此罢休,把洋芋装进去,上面盖上树叶、土、破地膜、胡麻丝给洋芋保暖。赵拜天父亲的镢头"当"一声,挖在了更坚硬的东西上,他以为是石头,又挖了一镢头,一块黑陶片被勾了出来。不对劲,他丢下陶片,又使劲挖了几下,一个陶罐,跟脑瓜一样,从土里冒了出来。他要来铲子,把罐子周围的土小心翼翼地铲开,刨出罐子。他突然乏极了,一屁股坐在土里,抱着陶罐,心扑哄哄乱跳。他不知道里面会有什么,但以他吃了五十年五谷的经验,觉得里面一定有什么。他倒掉陶罐里的土,从里面倒出来了一个布袋,布袋已经腐烂,一碰,成了碎片。布片里,哗啦啦淌出来了一堆白花花的东西。真的白花花的,在昏暗的光线里,依然泛着光泽。他抓一个,举在眼前,眼珠子都快掉下来了。是银圆。麦村人叫的袁大头。他又抓起一个,两个一碰,叮——清脆的撞击声在耳边犹如水花一般溅开来。是真的。他无论如何也按捺不住内心的狂喜,像一头叫驴,在窖里嗷嗷大叫着,打着转。站在窖外面提土的赵拜天听见叫声,以为父亲冻疯了,他爬在窖口朝里喊:大,大,你咋回事?赵拜天父亲摸了一把额头上的汗,舔了舔干硬的嘴皮,骂道，狗日的吵啥哩，赶紧把我弄上去。赵拜天把父亲从窖里拖上来，父亲一脱烂棉袄，把陶罐一包，露着驴脊背一样瘦削的后背，跑进了屋子。赵拜天真的以为父亲疯了。

　　人们说，赵拜天家的日子好过起来，就是从这一罐银圆开始的。赵拜天父亲最先揣着几枚银圆，摸清了门路，试探了行情后，慢慢开始三枚、五枚地出手。他用卖来的钱给家里人每人扯了两身衣裳，换了一堆白面大米，还了棺板钱。他们开始过上了吃穿不愁的日子。随后的时间，赵拜天父亲请来匠人，买来木材青砖，盖起了一面马鞍架房。三间房，一间堂屋，一间两个儿子住，一间厨房。赵拜天家突然发家，让麦村人措手不及，他们端着豁口的碗，站在赵拜天家院子里，看木匠把松木皮劈掉后，提着推刨一来一去。呲一声，推刨嘴里吐出长长的刨花，打着卷，滚到了地上。院子里弥漫着松脂的味道和木头的味道。人们一边吃着馓饭，一边发出了羡慕不已的啧啧声。在人们的羡慕里，赵拜天父亲又盖起了两间厦房。一间他们老两口住，一间驴住。而堂屋留出来，他准备给赵拜天娶个媳妇，让小两口住。

　　赵拜天的媳妇已经有了眉目，山那边的一户人家，很穷，听说赵拜天家莫名发财了，极力想把女儿嫁给赵拜天。赵拜天父亲看过那家女儿之后，除了眼睛里有个黄豆大的白花儿，其他都满意。

　　正当赵拜天父亲看定日子，准备提亲前的两天，他突然死了。真的是突然死了。

　　那天早上，赵拜天父亲喝了一碗白面拌汤，准备九点一过去赶集。提亲的四色礼，烟酒茶备齐了，还缺两斤糖，要去称。赵拜天父亲换了赶集穿的新衣裳，时间还早，去了厕所拉屎，免得到集上找地方解决水火。他进厕所时，还给老伴说，我拉个屎，就走了。他进了厕所，半个钟头，没出来。牛娃爷也要去赶集，来找他，一起搭伴走。他坐在炕沿等了大概四十来分钟，没等住，心想可能是赵拜天父亲故意拖延不跟他一起走，心里骂道：人都说我拉屎是冷棒，我看你才是冷棒。气呼呼地走了。赵拜天母亲也有点来气，打发赵拜天去厕所看看：你看一下，进厕所一个钟头了，到现在没出来，是不是掉池子里淹死了。赵拜天蔫兮兮地嗯了一声，钻进厕所，一看，父亲蹲在坑子上，脑袋歪在一边，别在衣领里，像只鹅把头塞在翅膀下。裤子落在脚跟上，露着黑溜溜的屁股。赵拜天叫，大，大——父亲没应声，他进去一拉，人已经凉了。他哇一声哭起来，折回去，叫着，妈，妈，你来看，我大死了——

父亲死了以后，赵拜天的婚事推迟了半年。麦村有人说，赵拜天父亲的死，是必然的，他们家发了横财，还花得那么明目张胆，横财一般人招架不住，命硬的，能撑些年成，命贱的，就一两年。也有人说，赵拜天父亲其实已经意识到了要死，他要赶在自己死之前，先给大儿子把婚结了，也算是完了一桩心愿，至于赵拜生，他真是顾不上了。但他还是没有赶在黑白无常前头，就被勾了魂。他说我拉个屎，就走了。其实是给赵拜天母亲告别，把肚子腾空，要到另外一个世界去了。但她没有理解他的意思。

麦村人一边为赵拜天父亲的早逝感到惋惜，又一边为他这些年的发迹浑身不爽。人们拍打着赵拜天父亲给自己三年前就准备好的棺材,沉甸甸的松木,坚硬的木质,光滑的青漆,让大家唏嘘不已,都说:走得太早了。

半年以后,那个眼睛里飘着萝卜花的女人成了赵拜生的媳妇,也就是赵虎的母亲。

好多年前,父亲赵拜生还活着时,赵虎曾问过他关于那一罐银圆的事。当然,他是关心银圆究竟还有没有了。如果有,他也试图搞几个,倒出去,换几个钱花。父亲狠狠剜了一眼他,骂道,你缺胳膊还是断腿了,不自己挣钱,就想着吃神仙饭?赵虎挠着一头油腻的长发,把驴赶出驴圈,顺手狠狠抽了两鞭子。

赵虎坐在草坡上,看着两头黑毛驴,站在酸刺林边,用嘴皮摘着嫩叶子吃,吃饱了,面对面站着,一个给一个啃脖子。这是驴互相配合挠痒痒的一种方式,也是互相表示亲昵的一种方式。看着没有血缘关系的两头驴互啃脖子,他想起了自己和哥哥赵龙,也想起了父亲赵拜生和大爸赵拜天。

赵拜天,在村里人的讲述里,他是存在的,而在父亲赵拜生嘴里,他是不存在的。这里面到底暗藏着什么秘密?就像当年母亲无故消失究竟暗藏着什么秘密?

一个人的存在与否,赵虎模棱两可。而需要证明这一切的唯有记忆,但记忆早已模糊,甚至消失,就像一把镰刃,磨着磨着,就磨光了,只有铁屑,散落在时间的缝隙里。赵虎就是那个捡拾铁屑的人。这些往事,早已不再重要,甚至那个人到底存在与否，都不再重要，但那张贴在玻璃上的面孔，幽灵一般地出现，让赵虎开始难以安宁了。它就像一根刺，别在肉里，虽然疼痛早已弥散，但终究还是有种不自然的感觉。

他努力捡拾着这些铁屑，努力拼凑着，希望看到一把镰刀的轮廓。

赵拜天父亲死后，赵拜天一家的生活开始日渐下滑。有人说，赵拜天父亲死得太突然，剩余的银圆没有来得及给家人说埋藏的地方。也有人说，赵拜天父亲已经预感到了自己的死期，但他不能把剩余的银圆告诉家人，他知道得财折子，财是横财，子是子女，他已经给儿子顶命了，再花横财，后果不堪设想。也有人说，村里人知道他们家挖出了一罐银圆的事，给公社报了案，赵拜天父亲怕挨批斗，把剩余的银圆偷偷上交了。至于哪种说法是确切的，大家不得而知，但他们开始走下坡路，是大家知道的。

赵拜生结婚以后，母亲一直想给赵拜天娶个媳妇，这是她最后的心病，但家道已经不允许她再拿出余钱筹划这门婚事了。以前，他们一家靠着银圆，过上了相对体面的光景，然而一家人并没有什么投资、技术、产业、手艺之类的东西，作为来钱的门路。随着父亲的死亡和银圆的不知所终，一家人断了财路，犹如釜底抽薪。曾经有钱的年月养成的懒惰习性和对农事的生疏，让他们在随后的日子尝尽了苦头。

赵拜天母亲带着不甘离开了人世。

她死的时候，是个冬天，跟挖出银圆的那一年一样，天气异常寒冷,把炕沿下的酸菜缸都冻烂了。不过那一天,下着棉絮一样的雪,一大片一大片落着,落在了麦村的头顶、肩上。母亲躺在厦房的炕上,气息微弱,她拉着两个儿子的手说,弟兄两个,要相互帮衬,拜天,你是哥,要多担责任,多出一把力,拜生,你是弟,你有家有室,要给你哥把吃穿管上,你还欠你哥一门婚事……说话至此,母亲已咳嗽不止,难以言语。他们守着瘦如麦秆的母亲,直到第二天凌晨,赵拜天听见屋檐上的一片瓦,断了,掉在石台阶上,啪一声碎了。一只山鸟头顶大雪,哇哇叫了两声,消失了。赵拜天知道母亲走了。她的魂,从窗口出来,被守在墙根的黑白无常牵上,踏上瓦檐,骑着青鸟,去了远方。

隆冬时节,暗夜无边,大雪茫茫,洗刷了一个人六十余年的喜乐和哀伤。

赵拜天爬在炕头,连叫几声妈,没有应答,他伸手试鼻息,已然没有了。他知道母亲死了,他没有哭,他听见大雪轰隆隆落下的声音,像一辆拖拉机碾压过一个人稀薄的一生。他听见赵拜生在雪夜里点燃的鞭炮,发出了沉闷的声响,那金黄的火光照亮了雪花的脸庞,照亮了野鸟的翅尖。

人死如灯灭。油熬光了,灯盏就灭了。有的人,油多,活得长;有的人,油少,活得短;也有的人,油多,但被打翻了,有的人油少,但被续了油。赵拜天想起母亲曾这样说过。不论油多油少,所有的灯盏都会灭掉,人世间,没有长明的灯。

母亲的灯盏灭了。他的灯盏呢?

这些事情，都是赵虎没有经见的。他只能凭借村里人的言语，来一一拼凑。他的记忆里，只有一个断断续续的影子。在哥哥赵龙还活着时，他曾问过他，是不是小时候家里有个影子一样的人？赵龙年长他三岁，已经记事。他们端着碗，蹲在门口，喝着清汤，远处，是层层叠叠的群山，包裹着麦村。他们在酸涩的汤水里，隐约尝出了此生的无望。群山紧裹，不见出路，他们将一辈子守在这山岊上，在黄土里熬尽一生，最后熬干了油，熬灭了灯。这让他们绝望，而这种绝望，赵龙似乎更强烈些。他起身，叹了一口气，拍打着屁股上的土，说，那不是影子，那是我们大爸——赵拜天。

母亲死后，赵拜天从堂屋里搬出来。堂屋本来是留给他结婚用的，屋里收拾过，用报纸糊了墙裙，贴了年画，还有一个大相框。相框空着，准备以后放他们的结婚照。几年下来，堂屋早已落满灰尘，报纸被炕沿熏黄，年画卷皱在一起，相框架子松散了，丢在面柜上。一切还是父母活着时精心收拾的样子，一切却早已物是人非不堪回忆了。

赵拜天搬房并非自己的本意，他还想着，两三年，或者三五年，他会找一个媳妇，在这间房子结婚的。虽然家道衰落，他又上无父母，再无院落，或许没有姑娘会愿意下嫁，但他还给自己憋着一股子劲。他自始至终是个沉默寡言的人，他把什么都装在心里自己藏着。在赵虎的记忆里，这个影子似乎没有张开嘴说过一句话。赵拜生找他的时候，他坐在炕上，用母亲留下的篦子，刮着头发上的虮子。有些虮子死了，或者长成了虱，只留一张干皮。有些还活着，圆鼓鼓的，白兮兮的，指甲盖一摁，发出细微的声响，一些透明的液体沾在指甲上。赵拜生说，我屋有洗衣粉，你洗一下，虱啊虮子啊，就都被毒死了。赵拜天没言语，用手把蓬乱的头发梳了梳。赵拜生又说，哥，说个事……是这样，我跟草红挤在厢房，太小了，两个人，胳膊都伸不开，草红也有了……赵拜天已明白他的意思，让他搬离堂屋，人家两口子住。赵拜天哦了一声。他心有不甘，原本给我的媳妇，我看家道不行了，作为当哥的，为你着想，把媳妇让给了你，心胸也够宽了吧，这房，是父母给我留下结婚的，你现在要，于情于理，都说不过去。赵拜生似乎看出了当哥的心思，忙说，不是要占，就是先住着，等草红把娃生了，就挪出来，你继续住，以后实在挪不出来，咱们弟兄给你再盖一面，你说咋样？你的衣裳要洗要补，以前妈活着，有人管，现在妈走了，就让草红给你拾掇，你说咋样？赵拜天没有言语，从衣兜里摸烟，只摸出了火柴盒。

第二天，他卷着铺盖，来到了父母曾经住过的厦房里。赵拜生两口子挪进了堂屋。

搬房，或许在赵拜天的生命里，是一个标志。从那一天起，他的命运已经开始拐向了另外一条道。这些，赵拜天没有意识到。他还给自己憋着一股子气，要娶媳妇，要住堂屋，要把日子过好，过成那段家里有银圆的日子。

虽然父母都死了，但家里的地，兄弟二人一直没有分，合种着。秋天，白露前后，先种油菜，后种小麦。赵拜天赶着驴，驴拖着籽种和化肥，在前面走。赵拜生和草红一个扛犁，一人背耱，跟在后面。中间总是保持着十来步的距离。进了地，赵拜天架驴耕地，赵拜生扬粪，撒籽。草红提着锄头满地打土疙瘩。最后，赵拜天蹲在地头，捏一撮烟丝，卷烟吃。赵拜生和草红，一人牵驴，一人站在耱上，平整耱地。三个人，似乎分工很明确。但赵拜天心里清楚，重活、累活是自己的，心里的苦乐，也是自己的，人家是两口子一家人。

回到家，草红做饭，饭好了，赵拜生隔着门喊，拜天，饭熟了。赵拜生从不把赵拜天叫哥，他们一家人嘴都硬。赵拜天从厦房出来，到堂屋去吃饭。时间久了，他总是感觉自己在别人家吃饭。人家嘴上不说啥，也没给脸色，可他总觉得那是别人家，心里不自然。父母活着时，他坐着吃，站着吃，蹲着吃，有时爬在炕上吃，由着自己；油少了，盐多了，饭酸了，他发几句牢骚，也挑三拣四；不爱吃了，碗推开，自己钻进厨房倒弄。现在不行了，人家做啥吃啥，好歹不能言语。以前，衣服破了，脏了，母亲会从他身上剥下来，颤巍巍地坐在石条上搓洗缝补，干净了，缝好了，他只是等着穿。感觉是天经地义的事。母亲不在后，衣服破了脏了，起初赵拜生会说让草红洗或者补，后来也很少说了，他也不好意思再给人家拿去，毕竟不是自己的媳妇。慢慢的，他感觉自己真的是另外一家人了，人家是两口子，他，是孤家寡人。母亲在时，他从来没有这种感觉，就算两兄弟为了啥事吵几句，他也觉得是一家人。现在，这种隔膜，犹如瓦罐上的缝隙，越裂越大，最后，都能跑过一匹光阴的灰马了。

饭是不好做的，一来没地方，二来自己做，会让别人笑话，三来自己也实在懒得爬锅爬灶。在麦村，做饭是女人的事，男

339

人，宁可饿死，也不会钻进烟熏火燎的厨房。所以，吃饭，到堂屋，只能勉强着吃，也不管吃啥，把肚子填饱就行。

洗衣缝补，他再不想拿给人家了。他向来是个不喜欢麻烦别人的人，心里总是过意不去。有些衣裳，脏了，他忍一忍又穿上，反正成天干活，干净衣服也穿不了一阵。有时，赵拜生说，把你衣裳洗一下，脏的，你看都成铁板了。他搪塞，算了吧，穿不干净。有时，实在脏得不能搭眼，他剥下来，趁着晚上，在屋里囫囵搓洗一下，搭在外面，第二天赶早取进来，免得被人家两口子看见，心生嫌隙。至于缝缝补补，他是个手笨的人，到了晚上，借着昏黄的灯泡，穿好线，潦潦草草别几针，只要能连着就行了。

种地耕作，起初，他决定哪块地种啥，第二天干啥农活。即便他没定，赵拜生还要到厦房来跟他商量，听他的意见。慢慢的，就由赵拜生做主了。一早，人家两口子提着镰刀出门，隔窗口喊一声，拜天，厨房有馍，我们先到红湾割麦去了，你后面把驴吆来。他蹲在炕沿上，抓着满是油腻的头发，刷刷刷的脚步声，落在了他耳底。去红湾，割麦。赵拜生没有和他商量今早要干的活，看来，人家已经事先安排好了，只是告知一声。吆驴来。已经有点安顿的意思了。赵拜天跳下炕，抓起旧衬衣，出了屋。

日子久了，赵拜天也就懒得操心家里的事了，你赵拜生叫干啥，就干啥，不说，就歇着，反正主你做着。他躺在脏乱的被褥里，枕头沾满油垢，头发蓬乱，胡子浓密，跟阴坡的蒿草一样。窗户虚掩着，窗棂上的旧报纸，被炕烟熏得黄兮兮的，有几处破了,没有糊,细细的风钻进来,吹出了细细的冷。他喜欢这样关着窗户,有种把自己藏起来的感觉,让人踏实、安心。他怕被赵拜生两口子看见,怕被村里人看见,甚至开始怕声音,怕光。他缩在被洞里,像一只老鼠,颤抖着,捂着脑袋,只把瘦长的尾巴露出来,搭在焦黑的破席子上。

渐渐的,他成了一个邋遢的人,一个自闭的人。

有一天,他还发现自己是个寄人篱下的人。当他有这种想法的时候,头皮都麻了。这个院子是我的,我是长子,有继承权,退一步,至少一半是我的啊,堂屋,还是父母给我修起结婚的啊,草红,按理说是我的女人啊,怎么慢慢的,这个院子除了这间破厦房,全成了你赵拜生的,不对劲啊。他开始胡思乱想,想着想着,头昏眼花,那毡毛一样的头发,也一块一块地掉了,甚至头皮也一块一块地掉了。他只好安慰自己:算了吧,该是咋样,就咋样吧,谁让自己是个当哥的呢。

有好多次,赵虎躺在厦房的炕上,都梦见一个瘦高个子的人,踩着月光,挑着一副担子,穿着黑衣裳,头发散乱,眼皮低垂,进了院门。进院后,把担子放在廊檐下。那是一副货郎担,两只木箱子,上面有玻璃罩子,透过玻璃,他看到了红丝线,绣鞋垫的红丝线。各种红,梅红、水红、朱砂红、粉红、浅红、枣红、品红、胭脂红、酡红……还有叫不出名的红,在玻璃下面,一股股整齐地摆着,散发着红色的光泽。这光,溢出玻璃,流满了院子。

瘦高个的人坐在扁担上,抽了一根卷烟。在月光下,烟头一亮，又一亮，却怎么也照不清他的脸庞。他究竟长什么样，在很多次的梦境中，赵虎依然是模糊的。他甚至怀疑，自己看见的就是个影子。漆黑的影子，在月光下，闷着头，留着巨大的黑背影，裹着黏稠的灰白色烟尘。

那个人抽完烟，起身，来到堂屋窗户前，脸贴到玻璃上，朝里面瞅了半天。夜色深沉，月光清朗。屋里定是黑透的，他会看到什么呢？他那庞大而松散的背影，像一件破衣裳，搭在窗户上，风一吹，都会摇摆。

随后他又折身，来到厢房，让人不可思议的是，他行走时，竟然没有一丝声音，甚至脚板没有挨在地上，像一团烟雾，悬浮着，走了进来。他站在厢房里，四周看看，又陷入短暂的沉思。最后来到炕头。炕上，睡着赵虎和哥哥赵龙。他们长到十多岁的时候，就开始睡在厢房了。（几年后，父亲赵拜生挪到了厢房，把堂屋留出来，准备给大儿子赵龙找媳妇结婚用。赵虎总是想，哥哥要结婚，要住进堂屋，他和哥哥在一个被窝滚的日子不多了）那个人站在炕头，伸出葵花叶大的手，在赵龙的头上摸了摸，又低下头，用他麦茬样的胡子在赵龙脸蛋上亲了亲。

赵龙醒来了，叫了声大爸。那个人摇着头，说，叫爸。赵龙翻身爬起，叫了声爸。

有好多次，当赵虎神魂颠倒地把梦里的事情告诉赵龙，并表示某种恐惧时，赵龙骑在驴背上，吆喝着驴，大声说，是真事儿，不是梦。赵虎还想问什么，小毛驴撒着溜圆的黑粪蛋，蹄子下扬着灰尘，一路小跑，走远了。

五年，八年，或许没这么久。赵拜天曾奢望着尽快找个媳妇，成个家。也有亲戚、邻居给赵拜天介绍过。但人家一听说赵拜生上无父母，也没房院，住着一间烂厦房，还跟弟弟弟媳生活在一起，不管女方能对上眼不，大人先不同意了。认为自己姑娘嫁过去，以赵拜天的生活境况，肯定是吃苦受罪。这样的婚事，介绍了几门，人家都嫌弃，没成一件。亲戚邻居失望了，也就不再打算给赵拜天撺掇了。赵拜天知道问题的症结，他连一个像样的房都没有。他憋着一肚子气，叫来赵拜生，摊着手，向他讨要堂屋，并把自己娶不下媳妇眼看着就要打光棍的处境，开诚布公地讲了出来。他想赵拜生好歹也是自己的亲弟弟，不能眼睁睁看着当哥的孤老终生吧。赵拜生揩着因感冒引起的鼻涕，犹豫了半天，说，你看，草红刚生了娃，其他房，不是小，就是没法住，只有堂屋，我们一家三口挤一起，还能凑合，当然，这堂屋，本来是给你准备的，你也有一份，但现实情况你也看到。他长长出了一口气，无奈地摇着头，又说，这样吧，等你真的有媳妇了，我们就立马搬，搬出来，给你再拾掇拾掇，咋样？赵拜天没回复，他突然不知道该怎么说，但他知道，也只能这样再等等了。

又过了好几年，赵拜天三十冒头了。这样的年龄，在麦村是打定光棍了。人一世，草一生。人跟草一样，一茬是一茬，过了这一茬，就没有合适的茬口了。长夜漫漫，赵拜天躺在被窝里，从脖子下扯出枕头，夹在两腿中间，他把村里的年轻女人齐齐想了一遍，甚至也想到了草红。对，草红。

他也只能想想村里的女人了。三十年，他像一棵草，把根扎在了黄天厚土里，没离开过麦村一步。当他想了一遍的时候，发现村里的年轻女人并不多，真正有姿色的也没几个，拨拉来拨拉去，似乎只有草红还受看些。他把枕头又夹紧了些，下半身，不由得往上抵。他的坚硬之物，要在荞皮枕头里，寻找出路。那该是一条细水叮咚、碧草起伏的道路，那该是一条软语湿了衣衫、汗液独自翻腾的道路，那是一条粉色的、蓝色的、黑色的，最后是雾蒙蒙一片，灰色的道路。他在荞皮里，摸索，探寻，撞击，挣扎，紧缩，最后，白色的液体，流了出来，湿漉漉一片，漫过枯草。天地昏沉，长夜寂寥。他把被子卷成棒状，抱进怀里，带着一种如释重负，一种一败涂地，一种空荡无望，睡着了。

赵拜天需要一个女人了。

赵拜天终究还是没有女人。西秦岭一带似乎没有他的茬口了，即便有，也未必能给他当女人。赵拜天的婚姻就这样一天天耽误了，至于谁耽误的，谁也难以说清。麦村人看着他日渐破旧的弯曲的背影，像一个句号，成天挂在毛驴背后，拖着鞋，沉默着，顶着一头烟雾，不声不响，消失在了草丛深处，无限惆怅。人们知道，一个人已经被光阴毁了，一个光棍已经立在了村庄的窗口。

不知从什么时候起，赵拜天开始往厦房里贴喜字了。赵拜生进厦房取麻袋的时候，在墙上第一次看到了红艳艳的喜字，在昏暗、陈旧的屋里，异常刺目，甚至突兀。那是一张用红纸剪的喜字，中间腰部差点剪断。从炕上遗落的纸屑，他断定是赵拜天剪的。中午吃饭时,他问把脑袋伸进大老碗的赵拜天,为啥贴上了喜字?赵拜天没抬头,一边吸溜汤,一边说,没事干,消磨时间。他沉闷的回答,从碗里溢出来,让赵拜生无法相信。

赵拜天每个月的初一、十五,各在屋里贴一张喜字。红纸剪成的喜字,大小不一,样子不一。有的精心细致,有的潦草不堪,有的虔诚谨慎,有的绝望悲恸。每一张喜字,都代表着赵拜天的心情。他从赵平的小杂货店买来红纸,抽出一张,对折,再对折,裁成一尺见方,用铅笔在纸上勾出喜字的轮廓,然后拿起母亲活着时用过的剪刀,一寸一寸剪着。每一次,他只剪一张,从不多剪。他只剪单个的喜字,这个"囍",太复杂,他弄不来。他提着剪刀,似乎摸到了母亲手上的温度,似乎摸到了温度里包裹的心跳,似乎摸到了心跳里父亲的咳嗽。

小时候,母亲坐在炕上,提着这把剪刀,借着窗口漏进的光,在一张旧报纸上剪着鞋样,一丝不苟。父亲盘腿坐在炕边,熬着罐罐茶,炉火通红,酽茶翻滚。窗外,大雪纷飞,一些树,顶着厚重的白雪,袖手行走在西秦岭的群山深处。赵拜天依在枕头上,瞅着母亲剪鞋样的双手,痴痴呆呆。等母亲放下剪刀,捡拾腿上的纸屑时,他赶忙拿起剪刀,在一角废纸上也学着剪起了鞋样。母亲笑着,说,你要是个姑娘,就好了。

一年过去了,赵拜天的整面墙上,贴满了喜字。这些喜字,整齐地排列着,像一个个顶着红盖头的新娘,满含羞涩,却喜气逼人地站在他眼前,等着他一一认领。在灯光下,这些喜字,泛着细密的光芒,把整个厦房都映衬得亮堂了起来,似乎不小心,月光就会揭开门帘,走进来。赵拜天瞅着喜字,双眼明亮,欢欣,跳跃,如同两只打灯蛾,扑棱着翅膀,在喜字盛开的花瓣上,缠绕着,留恋着。他似乎听到了唢呐声,锣鼓声,人们的喧闹声和一个细瘦女人脚蹬花鞋在驴背上的喘息声,沿着山梁逶迤而来,最后进了村,离他的厢房越来越近,越来越近,一个声音喊着:新郎官,出门迎亲——

人们都说赵拜天想女人想疯了。人们去看赵拜天满屋子的喜字,他们活了半辈子,还没见过这么多的喜字,从四面扑来,像湖水一般,红光晃荡,让人眩晕激动,让人神魂颠倒,让人忘了尘世的一切苦难,想起洞房初见,红晕低悬,煤油灯的灯芯,开成了大丽花的模样。

人们断定赵拜天真的疯了。

赵虎已记不清满屋子的喜字了。当他睡进厢房的时候,墙上只留下一些面然(面粉调成的糨糊)干掉后留下的疤痕。

好多年以后,当哥哥赵龙因车祸死掉之后,他离开麦村,进城顶替哥哥,和嫂子刘兰兰生活在一起时,他通过刘兰兰的讲述,弥补了一些记忆中严重的空缺。而这些,都是赵龙死之前,躺在床上,给她一一道来的。

赵龙说,他四五岁时,曾听父亲赵拜生给赵拜天说,如果以后,你要是真的娶不下媳妇,打了光棍,我就把赵龙过继给你,给你当儿子,你老了,也有个人伺候,死了,也没有绝后,逢年过节,也有个人烧纸磕头。他们两兄弟,坐在某个黄昏的石头上,背后是高高堆起的青草。他们已经好久没有坐在一起这么推心置腹地说过话了。赵拜生俨然已经成了一家之主,安顿着赵拜天的日常。而赵拜天真的沦落到了寄人篱下的程度,一副凡事不再过问,混口饭吃,听天由命的态度。他甚至都可怜起自己了,他渐渐给别人默默无闻地当牛做马了。赵拜生答应给他腾房的事,不了了之,他也无所谓了。

等以后,龙娃大些了,有个合适的日子,咱俩到庙里,给山神烧个香蜡,就把龙娃给你过继过去,龙娃大,懂事,你好拉扯,虎娃还小,你拉扯不前。赵拜生递来一根纸烟。

赵拜天接过,别在耳朵上,抽起了自己的卷烟,问,龙娃不知道能改过嘴不?

可以的。

哦,但愿吧,后天逢集,我先把龙娃领上,扯一身衣裳,也算我的心意。赵拜天吧嗒吸了一口烟,眯缝着眼说。他现在唯一的寄托似乎只有一个即将过继过来的孩子了。他们一直坐着,直到月亮从西南边升起来,一点点,浇湿他们的脊梁骨。野鸟叫了几遍,他们依旧没有动身。

但最后,赵龙并没有过继给赵拜天。至于原因,有人说他们属相不合不能过继,有人说赵拜生一直没有找到合适的日子,也有人说那只是赵拜生哄骗赵拜天的权宜之计。不管人们怎么说,赵拜天都没有得到一个儿子。他暗自伤神,一想起老了终将无依无靠,死了也没有人给他烧纸磕头,阎王爷问起有无亲人也不知该如何作答,阴曹地府的小鬼们欺负他时也没人给他出气。他活着是孤独一人,看来死了以后,还是一只孤独无依的鬼。想到这些,他就一把一把地揪着杂草般的乱发。

即便如此，赵拜天还是迷迷糊糊地和赵拜生一家生活在一起，他在他的厦房里浑浑噩噩地打发着无望的光阴。

赵虎难以想到的是，记忆中那个黑漆漆的模糊影子，无声无息的影子，冒着月光，在黑漆漆的院子、屋子、驴圈出没了许久之后，为什么突然就不见了。

他还是从曾经的嫂子现在的妻子刘兰兰那里断断续续听出了一个让人发疯的消息。

那一年，具体是哪一年，谁也说不清了。父亲赵拜生过世了。哥哥赵龙也死了。母亲草红，在他们幼小的时候，突然失踪，是死是活，再也没有了下文。这些和事件有关的人，早已零落成泥，他无从打问更多的细节。但细节，让人触目惊心，不堪回首。

那一年的某个腊月，依旧天寒地冻，早上从炕上下来，开门出屋，冷得浑身筛筛子，嘴里呼出的气，跟烟管一样粗，墙角的残雪，冻成了冰碴，还罩着一层粗霜。人们端着尿盆，暗黄的尿液，带着浓稠的骚味，还没进厕所，上面已结了一层浮冰。

这天，正好逢集，早上吃过馓饭，赵拜生摸着胡子上沾满的面糊，说要去赶集，打问一下猪肉和豆腐的行情，顺便买一张新席子。旧竹席，有天晚上，炕烧得太热，点着了，烧了几个大窟窿。一开始用破褥子盖住，勉强能睡，但炕不敢再烧得太热，怕全点着了。有一次，半夜冷，赵拜生把脚往褥子下面伸，结果一根牙签一样粗的席篾扎进了他的脚后跟，足足扎了五厘米。赵拜生疼得嗷嗷直叫，咒骂着草红，让她端好灯盏，自己抱着脚，用针一点点往出来挑刺，血淌了一膝盖。

赵拜生走了后，赵龙领着赵虎跑出去溜滑了，屋里只留下草红。灰驴再有十来天就要下驴娃了。草红在厨房，烧了一锅开水，往锅里一手撒玉米面，一手提着擀面杖搅拌。她要烧成稀稠均匀的汤，给灰驴喝，提前补补身子。在麦村，驴下驴娃，跟女人生娃一样，是大事，得好好伺候一阵。灶膛里架着硬柴，火焰喧嚣。锅里的水，翻着大白花，水汽升腾，白蒙蒙裹住了厨房，只能看到草红模糊的身影在晃动，只能听到擀面杖碰撞锅底的沉闷响声。

这些年，草红是寡言的，甚至一直是沉默的，像一口缸，敦厚、朴素、笨拙，悄无声息。人们不知道她紧紧裹住的缸里，藏着什么心思。

面柜里空了，草红提着面盆从厨房出来，太冷，打了个激灵，她钻进厦房。厦房里赵拜天前几天刚磨了一袋新玉米面。赵拜天斜歪在炕上，炕太烙，把两条腿搭在脏兮兮的被子上。他把自己封闭了起来，整天囚在厦房里，他不想见人，不想跟人说话，不想看人家两口子出出进进。整个冬天，除了剪喜字，更多的时候，他都沉迷在往事的回忆中。他把自己的一生，反复梳理，像篦子梳头发一样，耐心、细致，但每一次，他梳出的都是失败，甚至绝望。

草红弯着腰，从墙角的袋子里挖玉米面。棉袄太短，绷了上去。棉裤又太重，往下拖。她的腰里露出了一巴掌宽的肉，随着腰身的起弯，不停闪现。赵拜天一侧头，看到了那坨白花花的东西，在出现，在隐没。那真的是一坨肉，雪白的，白里透红的，光滑的，绵软的，他甚至闻到了一股一辈子都在祈求的肉香，对，女人的肉香，解馋的，填饿的，抚慰伤口的，点燃心火的。他一骨碌爬起来，他听到身体里"嘭"一声巨响，他的脑袋热乎乎的晕乎乎的，他的下面高举着一根直挺挺的锹把，他胸口的火焰往上攒动着要从嘴里喷出来了。他太饿了。他饿了三十多年了。

赵拜天从炕上跳下去，光脚片，两步冲到草红身后，一把拦腰抱住，像抱一只口袋一样，紧紧扎住，把草红放到了炕上，顺手别上了厦房的门。草红惊叫着，喊道，拜天，你疯了，啊——你疯了吗——放开我。火焰已经从嘴里喷了出来，他开始燃烧，浑身噼里啪啦爆炸着。他跳上炕，像一面土墙一般，轰隆一声，压在了草红身上，把草红的喊叫压了下去。他抖着手摸进草红的肚子，寻找裤带头，慌乱中，摸到了，但越拉越紧，他弓起腰，一头抵在肚子上，用牙撕咬着。草红又是撕扯他的头，又是拨打他的手，喘着粗气，声音低暗，带着哭腔，说，拜天——不要啊——拜天——赵拜天早已听不见了，他只听见自己身体里的火花声。裤带被他咬断了，他一把撕开棉裤，扯到腿弯处。她看到巨大的白，铺天盖地的白，大雪飞扬的白，死去活来的白。他颤抖着，撕掉自己的破裤子，顶了上去……

他像一头猛兽伏在大地的陷阱里，耸背撅臀把自己送了出去。三十多年了，他一直渴求着一个把自己最坚硬最柔软的部位送出去的地方。但没有，一直没有。他辗转反侧，他寝食难安，他日思夜想。他已干旱至极，开始龟裂，再忍一些时日，就会化成灰尘，随风而散。他找到了，他找到了那个巨大的陷阱，深邃，幽暗，潮湿，撕心裂肺，甚至有汹涌的狂风，揪着他的根，往进去倒吸。起初，他试图撤回，但他还是放弃了，顺从了，沿着暗流的漩涡，咬牙切齿地向前奔跑而去……当他越走越深的时候，他感觉到了巨大的疼痛，在耳朵上瞬间炸开，一股热辣辣的液体顺着耳根流到脖子，滴到了炕上。草红脸色惨白，双目圆睁，嘴上叼着赵拜天酱红的耳垂，嘴巴上糊满了血。

疼痛终于弥漫了赵拜天的全身，他腾出手，一摸耳朵，耳垂没有了，手上抓满了黏糊糊的血，浓烈的腥味在手掌上蒸发着。他顺势举起手，朝草红的脸上抽了下去，一而再再而三地抽了下去。他开始咒骂：你他妈是我的女人，你咬啊，你咬死老子算了，咬啊……他咆哮着，嘶吼着：你是我的，你知道不知道，是狗日的赵拜生抢走了，我他妈才是你的男人，你为啥不让我动……草红不再反抗了，目光呆滞，眼睛里的白花开成了红花，眼角挂着眼泪，脸颊被反复抽打加之沾上血迹后，红得似乎要破裂了。她死一般躺着，耳垂跌落在炕上。赵拜天咒骂着，无限的愤怒，无限的疼痛，无限的悲哀，像波浪一样撞击着胸口，他停止了咒骂，再一次顶了上去，他要用愤怒、仇恨、悲哀把身子底下的女人顶成肉泥，要把这三十多年的旱情顶成一堆灰，要把寄人篱下浑浑噩噩的日子顶成粉末，要把夺人所爱毁人一生的赵拜生顶成驴粪渣子……

当赵虎想起多年以后的某个黄昏，他回到麦村，来到北坡的祖坟时，盛大的落日，如同一面烧红的铜锣，挂在山顶，秋风把落日反复敲打着,他听到了大地上荡开的嗡嗡之音,像千千万万个死掉的麦村先祖站在群山之巅,一齐喊叫他的名字。

他在荒草深处找到了自家的坟地。他始终没有想到,多年以后的麦村,会彻底从大地上消失。他也没有想到,多年以后,曾经熟烂于心的祖坟会埋没在草里而难以找寻。在坟地,所有坟头长满了杂草,甚至野树,想必不用几年,坟地塌陷,草木肆虐,会把这里的一些重新篡改,没有人会知道这里是坟地了。

在祖坟的最上头,是两个坟头,听父亲赵拜生说是他的祖父母。下一排,应该就是父亲赵拜生的父母他的祖父母。再下面,只有一个坟堆,靠着右面。这是他父亲赵拜生的。按理,他的左面,空着的这坨地方,就是赵拜天的。左大右小。虽然至今在赵虎的记忆里,那个虚薄的影子没有下落。但他还是在这里拥有一片属于自己的归宿,没有人再去争抢。它一直空着,平整,长满一种虚哄哄的瘦弱野草,它在等着它的主人。在赵拜生右面,也空着一坨地方,是给母亲草红的。自从那个大雨飘摇的日子母亲消失掉之后,就再也不知死活了。

母亲会去哪里?二十年过去了,他依然不知道母亲去了哪里。但他相信,不管母亲去了哪里,走得多远,她都会死掉的。她死了,就跟父亲赵拜生、那个影子一样的赵拜天又团聚了。

最下面,只有一个坟头,是哥哥赵龙的。哥哥因车祸死亡,埋进了祖坟。如今,他继承了哥哥的一切,车、房、存款,包括女人和孩子。他有时想,他仅仅是在替哥哥活着罢了。就如同他的父亲赵拜生,替哥哥赵拜天活着一样。

哥哥的右边,也就是父亲脚下,将是他的归宿。他也犹豫过，死了，要不要回来。如果一把火烧了，埋进城里的公墓，挤挤攘攘，热闹点。回到麦村，你看这落日如血，天地空旷，四野无人，长风呼啸，一切自生自灭，做个鬼，也是孤独极了。

他来到属于自己的地皮上，把杂草踩平，躺了下去。草是绵软的，让人舒适。天那么蓝，蓝得发紫，蓝得如同湖水一样，在晃动，在起伏。天成了一口锅，倒扣下来，他像一只蝗虫，隐身在草丛里。万一有一天，这天又倒过去，大地上的一切，掉进天空这口锅里，是不是就淹死了？他把胡思乱想的思绪扯了回来。他静静地躺着，听到了心跳声，听到了虫鸣，听到了风声。他在大地上唯一属于自己长久休息的地方躺着。此刻，他似乎终于回到了亲人中间，这让他踏实、安稳。

他想起赵拜天和母亲草红，现在，只有他们没有回到亲人中间。这世上，没有回到亲人中间的人，都是悲伤的。

赵拜天的耳垂被草红咬掉之后，他成了麦村人嘴里的秃耳。人们喊秃耳秃耳，赶集去，秃耳秃耳，山里抓野兔子去。赵拜天躺在厦房，没有回答，他摸着自己光秃秃的已经结痂的耳朵，心里五味杂陈。他不敢再见草红，饭熟了，赵拜生喊他吃饭，他说你们先吃。他随后独自钻进厨房，挖了一碗，端到厦房，一个人吃了。但他还是要装作若无其事的样子，不能被赵拜生看穿什么。赵拜生问他耳朵咋了？他说早上给灰驴添草，他的草还没填进槽，灰驴就伸头过来吃，他一伸手，打在了驴肚子上，灰驴怀着驴娃，可能护犊，一伸嘴，把他的耳垂咬掉了。赵拜天哦了一声，说，牲口跟人一样，都护犊，你得小心。

赵拜生不知道他们的事，草红也闭口未提。

半年以后，赵拜生赶着老母猪到邻村配种去了。赵拜天割了一背篓草，背回来，放在屋檐下，等着晚上铡。他坐在背篓上，用镰刀刮着脚板底下的泥垢。草红抱着一盆衣裳，进了院子，朝屋子走去。赵拜天扔掉镰刀，跟随而去。他想给草红说点什么。平时总没机会，要么草红跟他一句不说。他跟进堂屋，嘴皮不由得抖了起来，他磕磕绊绊地说，草红……我……我想……想。他没说完，草红把盆子往椅子上一扔，黑着脸说，你想咋……人你也要了……你还想咋……赵拜天满脸通红，右耳朵也红成了猪血色，他看到了草红眼睛里的白花要开出眼眶了，他想解释，但草红狠狠地甩了话：你出去，滚得越远越好，我不想见你，滚啊——

几天以后，赵拜天就从麦村消失了，他什么也没有带走，只是把厦房的喜字撕了，撕得一干二净，片纸不留。没有人知道赵拜天去了哪里。

多年后，有人说在西藏见到了赵拜天，挑着担子，成了一个货郎，到处流浪，卖着各种红色的丝线。他戴着大帽子，把脑袋和耳朵藏了起来。如果不是那吆喝声里的乡音，那人已经认不出赵拜天了。他满脸黑红，嘴唇干裂，人越发地瘦了，只有几根骨架子撑着厚重的衣裳，挑着担子，在雪山起伏的路上，独自前行。

最后，赵拜生还是知道了赵拜天搞了草红的事。他是怎么知道的呢？草红只字未提过。难道是那头被栽赃的驴告密的？可驴会说人话吗？赵贵子说，他小时候经常听见村里的驴在槽头说人话，啥话都会说，啥话也敢说。

赵拜生把草红打了几次以后，就彻底停手了。从那以后，赵拜生变成了另一个赵拜天，开始沉默、孤僻，不再伸直腰杆出出进进无所事事，不再蹲在牙叉骨台上和村里人吹牛抬杠，每天都在地里折磨着时间，或者蹲在驴圈，跟驴絮絮叨叨，或者出门，去北坡的祖坟坐着，一坐，就是很久。

落日渐沉，山林肃穆，群鸟斜飞。几十年过去了，赵虎看到的落日和父亲赵拜生看到的落日还是同一个落日吗？他们看着澎湃的黄金涂抹在群山的额头上，他们看着大地上的事物屏住呼吸和心跳，他们看到时间的旧褥子被一寸寸抽去，他们看到衣衫崭新的祖先闭上嘴巴逐渐暗淡，他们看到自己的影子站起来朝祖先的方向走去。走去时，一边从地上捡拾着落日熔化的黄金颗粒，一边脱掉生活苦涩的外衣扔掉了。

赵虎听到了风把野草摇响，也摇响了草叶上所剩无几的落日的光亮，叮叮当当，风铃一样。他还听到了他的头顶，有一串咳嗽声传来。

一盏灯什么灯

一盏灯什么灯，鸳鸯楼上吕洞宾，
洞宾想吃仙味酒，众八仙吃得醉醺醺。
二盏灯什么灯，二郎爷爷在天空，
肩担明山太阳压，才是二郎显神通。
三盏灯什么灯，弟兄三人哭紫金，
三人哭活紫金树，紫金开花叶叶青。
四盏灯什么灯，桃园结义四弟兄，
要知弟兄名和姓，刘备关张赵子龙。
五盏灯什么灯，瓦岗寨的程咬金，
奇龙双锏秦叔宝，登州城里拜弟兄。
六盏灯什么灯，唐僧西天要取经，
沙僧挑担八戒跟，每路降妖孙悟空。
七盏灯什么灯，杨七郎打虎在山中，
锦鸡兔子穿林过，七郎马上撒掉弓。
八盏灯什么灯，杨八郎打扮见母亲，
打打扮扮见了母，吓得小姐战兢兢。
九盏灯什么灯，大战天门的穆桂英，
阵上生下杨文广，穿林箭射坏叶三春。
十盏灯什么灯，王母娘娘在天宫，

玉帝说他本领大，打发下凡降妖精。
……
一只孔雀一盏灯，二龙戏珠两盏灯，
三仙请寿三盏灯，四马拴槽四盏灯，
五虎群羊五盏灯，南斗六郎六盏灯，
北斗七星七盏灯，八大金刚八盏灯，
九天仙女九盏灯，十殿阎君十盏灯。
众位大家你是听，我来唱个倒栽葱，
十殿阎君灯十盏，九天仙女九盏灯，
八大金刚灯八盏，北斗七星七盏灯，
南斗六郎灯六盏，五虎群羊五盏灯，
四马拴槽灯四盏，三仙请寿三盏灯，
二龙戏珠灯两盏，一只孔雀一盏灯

——秧歌

　　那天。究竟是哪一年的那天，人们早已模糊。三月，落过春雨，黄昏，天晴了。院子的积水里，落满了橘黄色的云朵，锦缎一般。一些燕子衔着带雨的杏花，青白的腹部朝着天空，呼啦啦飞过了屋檐。一些黝黑的瓦片，吊着舌头，湿漉漉的，咳嗽着。这些事，人们还隐约记着。

　　赵平端着碗坐在院子的猪食槽上。天暗了下来。一些星星的灯芯，被春风的细手指拨亮。赵平的粗瓷大碗，碗底盛着月光，清汤一般，来回晃荡。当人们被一天的疲惫抽干，准备倒头而睡时，赵平举着碗，发出了一声细长的尖叫。他用筷子敲打着碗沿，巨大的撞击声，把人们从梦里揪起来，扔到了赵平家的院子。

　　赵平满脸因惊恐而扭曲成了一根绳子。他说，他看到一颗星星从天上掉下来，扯着长长的火红的尾巴掉下来，掠过他八岁就开始谢顶的光不溜秋的脑瓜掉下来，掉下来，掉下来，落到了他手端的碗里，不见了，真的不见了。他把脑瓜塞进碗里，吸干那碗底的月光，依然没有找到那颗星星，哪怕是一粒芝麻大的渣滓也好。但没有。他把脑袋从碗里抽出来，才发现碗上多了一个黄豆大小的洞。带着黑边的洞，圆润，饱满，规则，穿过瓷碗，没有留下丝毫裂缝。

　　赵平把碗伸到人们眼前。人们确凿无疑地看到了那个黑乎乎的洞。甚至感到了那个洞里刮出的料峭春风。赵平反复讲述着星星掉落碗里的整个过程，说得惊心动魄。有人一开始怀疑那是赵平用烟头烫出的洞，但立马遭到了别人的反对。没有任何一根烟会把瓷器烫破。有人紧接着怀疑那是赵平用锤子凿出的洞，但同样遭到别人的反对。赵平连个一加一等于二都懒得算对的人是不会花心思去做这种无用功的。况且，他也别无所图。

　　人们摸着那个被星星穿出的洞，摸到了一只瓷碗十八年的心跳。

　　人们承认了赵平确实看到一颗星星掉进碗里，并把碗穿了一个洞。那星星又去了哪里？无人知晓，赵平也是一脸茫然。他把碗收回怀里，小心翼翼，用衣襟裹住，像一只母鸡护住了它的鸡蛋一般。

　　人们认为这不是一件吉祥的事。毕竟那颗星星从碗里穿出去，不见了。如果，那星星掉进碗里，一直都在，赵平可以用那半碗月光把那星星养着。像用清水养一条鱼一样。如果月光耗干了，把碗端到院子，再接半碗月光即可。那颗奄奄一息的星星，又会活蹦乱跳了。反正所有落到人间的星星是死不了的。即便它咽了气，见到月光，又会起死回生。比鱼好养多了。这是祖先们传下来的话。

接着，发生了两件事。

一件事，三天以后的那个黄昏，赵平父亲从杏树上跳下来时，摔死了。每到花开时间，赵平父亲总会选一棵树，爬上去，攀在树梢上，半蹲着，伸开手臂，从树上跳下来，像一只大灰鸟。他已经练习了七八年，每次都很成功，甚至连一根汗毛都没有折断。从梨树，到桃树，再到海棠树，每年他所选的树都不一样。但都会把那些花瓣撕下来，用唾沫粘在身上。他说那是羽毛。他还说，人死了，要过奈何桥，桥上鬼太多，太挤，不小心就会被挤下桥，桥下面，是蛇蝎，千千万万，鬼一跌落，便会被立马吃掉，吃掉了，鬼就没有魂了，没有魂，也就转世不成人了。他还想要下一辈子，所以他反复练习飞翔，他死了，可以像一只鸟一样，轻而易举地飞过奈何桥，免得被挤落。这一年，他选择了杏树。在杏花深处，他身披杏花，志在必得，深呼吸之后，发出了乌鸦般的三声鸣叫，然后纵身一跃，结果，跌落下来，磕在树下孩子们撒尿玩的石头上，摔死了。他的血流出来，渗进杏树。那雪白的、灿烂的、盛大的杏花，慢慢变成了黑色，风一吹，顺着燕群的灰白肚腹飘远了。

另一件事，赵平开始梦游了。

那一夜，许是盛夏时节，麦子杏黄，收成在望。傍晚过后，天气燥热，阴云开始聚拢，如同赶集一般，最后堆积成山，摇摇欲坠。风静了，人静了，虫鸣也静了。大地收敛呼吸，绷紧面庞，等待着某种可怕的事情出现。

或许暴雨即将来袭。这是极度糟糕的。冰雹会把麦子打翻在地，难以收割，轻则减产，重则绝收。赵喜根要去梁顶随时待命，第一声雷炸响的时候，他就要点燃土炮，用炮火巨大的冲击力把乌云轰散，减小降雨量。赵喜根捏着烟，连擦三根火柴，也没有点着烟。他坐在背篓上，里面装满了弹药。天黑如墨汁，黏稠不堪。有种把人淹死的感觉。赵喜根已经等了两个多钟头，依然没有等来第一声雷响。雷是雨的头。雷响雨至。或许太紧张，坐着坐着，他丢起了盹。他刚梦见厨房的擀面杖长出了十根手指，自己握着自己，在一块废弃的磨盘上擀面条。雷响了！炸裂一般。天空裂成了脆片，哗啦啦落了下来。他受到惊吓，皮肉差点起火。当他提着引火跑出防爆棚时，一道紫红的闪电割破天空。锋利的闪电，尖锐的闪电，炽热的闪电，把万物的脸庞一瞬间照得棱角分明。

借着闪电，他突然看见不远处的老梨树上，一个漆黑的身影两脚踩在树上，与树保持九十度角，僵硬地往上走去。在闪电的缝隙里，他看到了那个在树上直立行走的人是赵平。赵平那光秃秃的脑袋，把落在上面的闪电光反弹了出去。他以为是鬼。可鬼不敢在闪电中行走。恶鬼会被闪电割去脑袋。闪电将它们的脑袋穿在一起，挂在腰间。它收割多少鬼头，人间就有多少粮食。

赵喜根没有在闪电之后再次等到雷声。他点燃一根火把。借着火光，看见赵平从树上笔直地走下来，面带喜悦，嘴里嘟嘟囔囔，又直楞楞地走上了一根电线杆，两脚踩着杆子，如履平地。赵根喜喊叫赵平的名字，没有得到回应。赵喜根熄灭火把，浑身抖动，他怕赵平突然叫他的名字。老人说，雷雨之夜，群鬼藏匿，若有什么叫你的名，那你的大限就不远了。

那一夜，是赵喜根一生唯一没有等到暴雨的一夜。

赵平夜游的消息得到了懒球媳妇李杏儿的再次证实。

也是某个夜晚。李杏儿是被一泡尿憋醒的。醒来之前，她梦见自家的镰刀，挂在墙上，伸着长长的碧绿的舌头，舔着自己铁青的嘴唇。它舔一圈，嘴里发出了刺啦啦的叫声，绿舌头被一段段磨损，最后露出了稀稀拉拉的盛满蛆虫的牙齿，风一吹，零零碎碎，掉到地上，钻进了土里。很快，土地就开始喊疼，肿了起来，肿成了一个馒头大的包，一触即破。

李杏儿睡眼蒙眬，穿着裤衩，摸黑起来，光着上身，两颗奶子晃荡着。她来到院子时，月光清亮而透明，站在树上的黑乌鸦提着马勺，把月光一马勺一马勺从云团里舀出来，泼洒到了院子。她来到院子南侧的小菜园，脱掉裤衩，刚蹲下，一抬头，发现屋顶一个黑乎乎的影子走了过来。她一惊，浑身一紧，把一泡正撒得酣畅淋漓的尿硬生生夹断了，两颗耷拉着的奶子扑哧一声直楞楞立了起来，像两只受到惊吓的鸽子，要从她胸口挣脱飞走一般。

李杏儿以为遇见鬼了。恐惧让她嘴巴半张，没有来得及发

361

出尖叫。当黑乌鸦把满满一马勺月光泼到院子时，屋顶的黑影转过了头。借着月光，李杏儿看清了那张脸，鼻子下塌，额头和下巴前秃，像极了一只倭瓜。而在麦村，长这样一张脸的人，只有赵平。她隐约看见赵平从他那歪歪扭扭的脸上挤出了一丝愧疚的笑意，向她表示抱歉，然后一伸脚，大步流星地跨过屋脊，轻飘飘走向了远处。他的背后拖着长长的倒影，像一根尾巴，还带着火星。

那一夜，黑乌鸦舀了一晚上的月光。夜空太亮，有人把午夜错当为白天，耕了五六个钟头的地，才发现太阳从东边出来了。

事后，赵喜根和李杏儿坐在梨花树下，反复核实着各自的记忆，然后进行比对、讨论、分析。他们一致认为，赵平梦游了。他们扯来全村人的耳朵，把这个恐怖的消息灌了进去。人们缄默不语。是耳聋，是恐惧，是无所谓，是无话可说。但从那以后，赵根喜家的镰刀再也割不动麦子了。即便他打磨一夜，镰刃锋利无比，能吹毛断丝，但一提到麦田，镰刃刚搭到麦秆上，刃口就一块块脱落了。赵根喜提着秃刃的镰刀，坐在地埂上，大风一吹，他的头发长长一拃，大风再一吹，他的头发又长长一拃。从此以后，那把秃镰刀成了赵喜根削发专用的工具，随身携带，以防风吹发长。而他家的三亩麦子，是他花完了整个漫长的夏季，用剪刀一根根剪掉的。剪子挨到麦秆时，麦穗竟然发出了嬉笑声。李杏儿从那以后再也不能完整地撒尿了，她的一泡尿总是分成五六段，甚至更多，才能撒完。每段间隔几分钟，很有节奏和规律。李杏儿还隐约从她的尿声里听出了某种受到惊吓后的呜咽声，这让她担心她的尿会不会像她的经期一样断绝。而让她最郁闷的是她的两只奶子，原本一直耷拉着，从那一夜之后，稍微有点惊吓，都会一下支棱起来，要从衣服里钻出来跑掉。她从来不戴胸罩，她感觉勒得出不来气。但现在她不得不戴上，一来避免突如其来的支楞造成的尴尬，二来对其进行束缚，她真的担心有一天这对奶子从肉上扯断，跑掉了。因为她已经在奶子的周围看到因拉扯造成的血红印痕。

大家都知道赵平开始梦游了。

赵喜根和李杏儿去找赵平说理。他们一致认为这一切恶果都是赵平造成的。赵喜根要求给他赔偿高额的费用。一是理发费（赵喜根觉得说削发有点不妥当），二是因剪发造成的误工费。李杏儿要求带她去城里的医院看病，治疗她间断性撒尿和奶子要跑掉的病。

赵平坐在炕沿上，对他梦游的事一无所知。他一脸疑惑，像听别人离奇的故事一样。他又殷勤地给赵喜根发烟，给李杏儿倒水，表示这个钱不能赔，城里也不能去。因为他压根不知道这事，一点印象都没。赵根喜说，你当然不知道，你梦游，你能知道吗？你能知道那还叫梦游吗？李杏儿补充说，梦游是在梦里游逛，你懂不？

赵平擦了一把鼻涕，说，那既然是梦中的事，我是不能承担责任的，比如说，喜根叔，你昨晚梦见我把谁家的女人睡了，难道第二天他们也要找我负责任吗？比如说，杏儿，我梦见你把我们家鸡蛋偷了，我第二天还要找你还鸡蛋吗？所以说，梦里面的事，是假的，所以嘛，不要当真。

赵平似乎说得有理。赵喜根和李杏儿坐在椅子上，哑然不语，不知如何答复。

过了好久，李杏儿突然说，那既然梦里的事是假的，那行，我们哪天晚上把你捉住，杀了，拿你的命赔偿我们的损失，总该可以吧？反正你说不要当真，我们也不负责任。

轮到赵平哑然了，李杏儿说得也在理。他把额头上豆大的汗珠一颗颗摘下来，抖着手，揣进衣兜。

赵平的梦游症越来越严重了。

每当夜深人静，他直戳戳起来，满脸僵硬，眼睛呆滞，下炕，也不穿鞋，就去梦游了。起初，他女人玉珍半夜醒来，一摸，被洞里空空荡荡，以为他去解手了。

赵平常说自己便秘，装着一肚子大粪，就是出不来。这让他异常烦躁不安。有一天，不知他从哪里得来偏方，说站在晃动的秋千上，在月落时分，有利于排便。赵平在他家门口的斜坡上，找了两棵杏树，拴好绳子，并在绳子下端固定了一块木板。从那以后，每当星辰淡去，月亮西斜时，赵平总会从梦中抽身而出，去秋千上解手。他晃动秋千，纵身跃上木板，脱下裤子，两手抓绳，蹲下去，开始排空自己。他像一只黑蝙蝠一样，在逐渐模糊起来的夜色里来回晃荡，他的下方，落下了一溜羊粪蛋一样干硬而规则的粪便。他在秋千上晃来荡去，掠起的风，吹得半村人的窗户呼啦作响。起初大家以为要刮风下雨，后来才知是赵平在荡秋千解手。大家对此心照不宣，毕竟每个人都有难言之隐，笑话别人的隐痛，迟早会遭到别人的嘲笑。

玉珍对赵平的半夜消失一开始并不在意,她知道赵平在秋千上一蹲,短则半小时,长则一两个钟头,有时甚至会在秋千上睡着。但有一次,玉珍梦见自己去了山神庙,庙里的香案上摆着一把切刀,她隐约听见谁说她是观音菩萨菜园里的一根韭菜,要把她从人间割掉。她满心恐惧,从庙里撒腿而逃,山神圈养的狼虎二将吼叫着,追了出来,她拼命跑着,没有来得及看脚下,一头栽进了坑里,狼虎二将站在坑口,嚎叫不止,转着圈,下不来,最后悻悻而归。栽进坑时,玉珍不小心把自己的头折断了。头躺在草丛里,身首分离。她忍着疼痛,摸来头,安到脖子上,才醒了过来。

当她醒过来,睁开眼时,看见赵平从炕上爬起,下了炕,没有开门,直接从墙上出去了,像有穿墙术一样。她翻身而起,爬在窗口,透过玻璃,在清水月光的照耀下,清清楚楚看见赵平像一只壁虎,攀上墙,跨过屋檐,在瓦片如蝴蝶翅膀一样扇动的屋脊上,消失了。

玉珍咽下一口唾沫。她知道事情变得很糟糕,即便去山神庙烧一趟香,也无济于事了。她躺下来,听见自己的心跳,像一盆水,哗啦一声,泼到地上,一些心跳,如同鲤鱼一般,在地上跳跃、挣扎、摔打,最后张着嘴,奄奄一息。

赵平从自家院里出来,便去村里游荡了。

大多时候,他都去村里这些年一户户消失的人家里。比如他去找赵善财。赵善财那时得了病,进城去看病了。屋里空无一人,大门紧锁。但他还是从屋檐上下来,直接穿过墙,进了屋子。在屋里,他摸来电炉,插在炕沿边的插板上,茶缸里下茶，倒水，搭在炉子上，开始熬罐罐茶。对屋里的一切，他似乎比主人还熟悉。摸着黑，伸手便来。茶缸在炉上，浑身沾满茶垢。钨丝通亮，发着橘黄的光，把炕沿映亮了一坨。茶水半开，咕嘟响着。赵平用竹棍捣着即将溢出茶缸的茶叶，说着话。好像赵善财坐在炕上，正跟他闲聊呢。他们从秋后的一场雨说起，说到冬天的一只酸菜缸，又说到春天的一片铧，还说到了夏天的半亩麦子。最后，他们说到了赵善财的病情，然后满心惆怅和悲凉。比如，他还去马猴家。马猴已离开村庄多年，在兰州当起了包工头。他坐在马猴的破皮沙发上，跷着二郎腿，揪着鼻毛，和马猴闲聊，好像马猴就在他对面的另一只破沙发上坐着一样。很多时候，他都是听马猴说兰州的事。他没去过兰州。他一直想去兰州，看看白塔山，看看黄河，看看村里在那拉煤的人。他对大城市兰州充满了无限的想象。有一次，他企图踏着风，步行着，去一趟兰州。走了三十里，风太大，把他像一片树叶一样，又卷了回来。他放弃了去兰州的计划，只能通过马猴的讲述，想象自己的兰州。马猴讲着讲着，就瞌睡了，他拍一下桌子，惊醒马猴，重新提一个关于兰州的问题，请马猴给他讲解。就这样，拖拖拉拉，他们会聊很久。有时，马猴会翻出自己的好酒，和他喝几盅。他好酒，却不胜酒力。二两下肚，就晕晕乎乎。每次回去时，他都从瓦片上滑下来，掉进人家院子，磕得鼻青脸肿。比如，他有时候还去青蟒岭的窑洞，去找豹子。豹子已经被射兽村人打死好多年了，就连射兽村也已经从人间消失了。他钻进窑洞，嘿嘿笑着，骂道，你个家伙，最近没打架吧。他把自己丢在土堆上坐下，开始喋喋不休起来。好像豹子就坐在他旁边,一边抽烟,一边听他说。他一直欠豹子一顿酒,但那个给他开偏方的人说,他不能喝酒,白酒是火,进肚子,会燃烧起来。豹子非要他喝,他不喝,豹子不爽,也不喝。他有几次去青蟒岭都是提着酒瓶去的,结果总是没喝成。所以这情一直欠着。情还是几年前的情。那年,玉珍去赶集,回来时,遇到邻村一伙流氓,当着玉珍的面,不知羞耻,掏出家伙,像耍蛇一般,玩耍着,调戏玉珍。从那以后,玉珍开始噩梦连连。玉珍把这事告诉他,他觉得是奇耻大辱。他请豹子给他出面。那时候,豹子是方圆几十里的一霸,他答应赵平,看在远亲房的面上,免费帮他拾掇一下那帮杂毛。最后,豹子当着他的面,把那帮人揍得屁滚尿流,还抓住其中一个挑头的,逼着他自己掏出家伙,主动塞到赵平手里,让他处理。赵平本来想一把揪断,像拔一节树根一样。但当他听到断裂声时,手软了。在青蟒岭,除了说话,和试图喝那瓶总是没有打开的酒之外,他们还坐在洞口,倚着风吹草动,看月光下,黄土像一头破旧的绵羊,伸着黑嘴皮,把一村人的往事、回忆、旧梦等等,掠进嘴里,用大板牙咬断,吃进肚子。他第一次知道黄土也会饿,也会吃东西。他汗毛倒竖,一想到某一天,他也会被黄土吃掉,恐惧就像一只打气筒,快把他胀破了。可豹子没有恐惧,他哈哈笑着,笑他胆小如鼠,笑他怕死,他说,死了就死了,生和死都他妈一样,你死了,就是在另外一个世界活过来了,你现在活着,其实是在另外一个世界死了。他提酒瓶,丧魂落魄地回去了。

玉珍醒来时,赵平已经在炕上睡着。玉珍好像做梦,她摇

367

醒他，说他晚上梦游的事，他一脸茫然。他甚至显得烦躁，骂玉珍神经病。天亮了，他跟正常人一样，该干啥干啥，毫无异样，对脸上磕碰过的痕迹也满不在乎。只是偶尔，会莫名说一句，诸如善财叔活不久了。而那时赵善财还在城里看病，离死尚早。也会说，马猴啊，吃亏就吃亏到酒上了。那时候马猴的老板在兰州当得风生水起，离他后来喝醉在澡堂里淹死还有好些年呢。还会说，其实豹子没死，还活着。他说这些话时，都是自言自语。没有人听见，即便听见，也无人在意。人们不太关心一个梦游者的话。向来如此。

　　这些年，赵平已经把村里消失掉的人家一一走遍了。有些关系好的，甚至去了十遍八遍，就跟白天串门子一样。他跟那些或离世，或莫名消失，或远走他乡，或落脚城市的人，在他们废弃的堂屋里，屋檐前，厨房中，或喝茶，或抽烟，或喝酒，或闲聊，或抬杠，或发呆，或无所事事。而白天，当玉珍问起他晚上梦游时的见闻时，他眉头紧锁，满脸困惑，对一切毫不知情。玉珍想起赵平曾给她说过，他看见黄土正在慢慢吃人，除了吃人，还把人的梦啊往事啊这些全部吃掉了。照这么说，赵平对梦游的事一无所知，肯定是被黄土吃掉了。

　　时间久了，对于赵平的梦游，她和村里人一样，也便习以为常。只是赵喜根和李杏儿两人，和她家生了嫌隙。

　　有一天，具体是哪一年的有一天，人们难以分清。那些年，日子重复，千篇一律。除了年迈的鸽子站在屋脊，变换着羽毛的颜色玩着花样之外，一切毫无新意。赵贵子在玉米地里找见玉珍。

　　玉米青葱，齐膝之高。玉珍在行垄间，弯腰拔草。在草的缝隙里，一些蜗牛坐在土块上，伸着触角，打着口哨。悠长的口哨，如风掠过山坡，把草木摇出了声响。玉珍正惊讶于这些蜗牛的口哨时，赵贵子来到地埂边，喊她名字。

　　在地埂边，一棵野海棠开得正烈。白色的花瓣，火焰一般，在树梢上升腾，跳跃，要把深蓝的天空点燃。赵贵子站在海棠花下，给玉珍说，赵平的事，你得操心点。玉珍不解。赵贵子又说，梦游的事。玉珍捡起落在衣袖上的一片花瓣，若手慢点，就快把衣服点着了。赵贵子和玉珍是远亲戚。据说，赵贵子母亲的姐姐的儿子，娶的媳妇是玉珍姑父的哥哥的女儿。关系复杂，对于直脑筋的村里人，一时难以理清。但赵贵子还是认着这门亲戚，时不时去玉珍家游逛一圈，借着指导玉珍家事的名义，混一顿饭吃。他已经是个没落的阴阳。玉珍的层层油饼烙得好。饼子黄亮而焦脆，撒上透绿葱花，馋得半村人寝食不安。赵贵子坐在炕上，吃了一片，还要吃一片。赵平嫌他能吃，有些不愿意，又不好明说，阴着脸出了屋。

　　赵贵子见玉珍还不开窍，只好明示：以后，赵平梦游，你得注意点，他现在把村里不在的那些人家都走遍了，开始去远处，找另外一些消失在外面的村里人，可你知道，路一远，就有可能迷路，迷路了，回不来，黎明时分，鸡叫三遍，是阴间的法令，如果赵平还在梦游的路上，遇到赶往阴曹地府的鬼，会把赵平抓去交给阎王，那就麻烦了。

　　玉珍浑身发冷，对赵贵子的警告，她不得不信。

赵贵子点了一根烟，火星子跳出来，粘到花瓣上，把海棠花点燃了。白色的火焰，脱掉白袍子，摔打着，吼叫着，露出白色肉体，白色骨头，白色血液，在天空熊熊燃烧，火焰爆裂的声响，把蜗牛的口哨声盖过了。

赵贵子心惊肉跳，跑掉了，他屁股上的尾巴，拖在地上，扯起了一道长长的尘埃。

赵贵子警告之后，每到晚上，玉珍等赵平熟睡，便用绳子把他的脚牢牢捆住。她想，这样一捆，你下不了炕，钻不了墙，就不去梦游了吧。她暗自窃喜，深深睡去。午夜过后，她被一泡尿憋醒，一摸被洞，里面空空如也。她赶忙拉开灯，掀开被子。被子里的人，不知去向，只落着一段捆绑过腿的绳子，死蛇一样，堆在炕上。她伸头一看，炕沿下鞋子还在。如果赵平去院外秋千上解手，定会穿鞋。鞋在，必是又去梦游了。

玉珍满心失落，又带着恐慌。她怕万一赵平迷路了，回不来了，该咋办？

几天后，她提上层层油饼，专门去找赵贵子。她把事情原委一说，赵贵子嘿嘿一笑，说，梦游的人，是捆不住的。他梦游，是梦在控制他，不是他控制梦。这样吧，你回去，找一只碗，烧一张冥票，把灰铺在碗底，然后放五谷，各六十六颗，五谷一定不能瘪，再舀半碗清水，等有月亮的夜晚，在院子西南方向，舀半碗月光，跟碗沿齐平就行。等赵平睡了，你把碗放在他头顶，然后烧一炉香，插进碗里。最后，你把鞋穿在他脚上，切记，要左脚穿右鞋，右脚穿左鞋。丑时一过，把碗收了，鞋脱了。这样，连续三天，就能把赵平梦游的病治好。

接下来的几天，玉珍白天老催赵平下地干活，晚上还要逼着给她"交公粮"，这样便把赵平搞得筋疲力尽。玉珍按照赵贵子的点拨，摆了碗，舀了月光，烧了香，穿了鞋，连续两晚，真的相安无事，赵平一夜睡到天明。第三天晚上，没有出月光。玉珍一直熬到半夜，夜色昏暗不清，夜空堆着黑云层。正当她昏昏欲睡之时，从窗口的玻璃里，瞥见月亮从云层里探出了脑瓜。她慌乱起身，给赵平穿好鞋，下炕，端着碗，去盛月光。月光如水，滴滴答答，一不小心，似要干涸。盛了半天，好不容易才半满。她端进屋，小心翼翼摆在赵平头顶。钻进被窝，等着时辰，结果，等着等着，睡着了。

半夜惊醒时，她发现赵平不见了，又去梦游了。她浑身冰冷，犹如凉水泼身。她不知哪里出了差错，但她知道功亏一篑了。她想起惊醒之前，又梦见了山神。那雕刻在木板上的人，头戴钢盔，身着长袍，腰束飘带，脚蹬皂鞋，手提宝剑，一派威严之相。他红铜一般的脸上，怒目圆睁，红口白牙，胡髭挂满两腮，犹如刺猬，不怒自威。他的身前，蹲着狼虎二将，和他一样，在惨淡的香案前昏昏欲睡。

她起身穿衣，出门时扯了一条围巾，搭在了脖子上。屋外冷清，一片漆黑。黑乌鸦撕下一片云，在搓洗手上的白斑。她决定要去找赵平了。她一定要去找赵平。一定。有只无形的大手推着她，让她如同戏偶一样，出了门，一头扎进了黑夜的泥潭里。

她隐约感觉出了村，隐约感觉过了青蟒岭，但她依然没有发现赵平的踪影。她知道，夜色再黑，赵平梦游的身影比夜色还黑，所以举目望去，定能看见赵平。她不知走了多久。黑乌鸦洗黑了手，在路上捡食蜗牛的口哨。她真的不知道走了多久，也不知道走到了哪里。她只知道，一定要找回赵平，就在今晚，他极有可能迷路，极有可能被鬼抓走。她有预感。这预感，沉沉地压在她胸口，让她呼吸困难。她把手伸进衣服，极力把这份沉重挪了一点，呼吸才稍微顺畅了。

她走着走着，被一块石头绊了一下，石头一疼，嘴里嚷骂了一句，又接着睡去。而她因为脚下被绊，失去重心，向前趴倒。当她起身时，却发现眼前的一切变了。她看到的不再是一片漆黑，而是雾蒙蒙的幽蓝，幽蓝里，微微透着亮光，她隐约可以看清四周的一切。远处，好像是山，但山是倒立的，山尖挨着地面，山脚撑着天空。往近，该是树了，但又不像树，光秃秃的，扫帚一样，满地走来走去，如同散步。再往近，漂浮着一些衣服，花花绿绿，如同有人穿着行走，细瞅，衣服却是空的。而她脚下，是无数条路，通向了无数个远方。她站着，头脑发木，不知该逃跑，还是该喊叫。远处，出现了一个背影，长袍皂鞋，手握宝剑，朝更远处走去。这背影，像极了她梦中的山神，想必就是山神。她怀疑自己又开始做梦了。她必须跟上那个背影，否则她将困在原地，难以脱身。那背影走着走着，不见了。她隐约听见他说，这村里，人慢慢都没了，管那些妖魔鬼怪，有啥意思。说完，变成一抔扬尘，不见了。她随便选了一条路，继续走。她看见了十年前的玉米，伸着嘴啃自己身上的玉米粒。看见了八年前的杏花，用蜜蜂的刺，缝补着旧裙子。看见了七年前的赵善财，坐在路边，数自己两鬓斑白的头发。看见了五年前的田野，一群蝴蝶野马一般，四肢落地，奔跑过麦浪金黄的大地。看见了四年前的村庄，像一棵树，长在山梁，风吹来，挂在枝头的人，杏子一样，掉下来，钻进土里不见了，最后，整棵树上挂着的人，所剩无几。她还看见了两年前的自己，端着镜子，把眼角的皱纹一根根取下来，装进火柴盒，准备生火用。她唯独没有看见赵平。

她深入了巨大的雾蒙蒙的幽蓝里。她脚下道路万千，但她又无处可去。她吼叫无声，奔跑无力，哭泣无泪。不远处，狼虎二将拴在石头上，偶尔朝她吠叫一声。

她蹲下，脱掉自己的鞋，提在手里，她可以走动了，但头顶开始旋转，一群灰色的鸟也跟着转了起来，转着转着，变成了灰色的雪片落了下来。她刚才看到的一切，玉米、赵善财、田野、村庄，甚至自己，都不见了。四野空旷，毫无一物，只有惨淡的蓝、潮湿的蓝、起伏的蓝、颗粒状的蓝、停止呼吸的蓝，把她挟裹着，晕头转向，不知何去何从。

她迷路了。

赵贵子给赵平说，玉珍去找你，她不小心，钻进了山神的梦里，迷路了，再也出不来了。

赵贵子没有给赵平说，那天晚上，玉珍在匆忙之中，给他把鞋穿正了，他才又梦游去了。

赵贵子说，你得去找玉珍。

赵平坐在门槛上，丧魂落魄，懊恼不已。他恨自己梦游。不远处，年迈的鸽子死了，它的彩色羽毛还活着。只是在人口

373

寥落的村里，无人再去欣赏那些缤纷的色彩。不用多久，风一吹，它们就变成黑色，化成灰尘，满天飘散了。

赵平决定去找玉珍了。

赵平做出这个决定的时候，是午夜。

这两年，赵喜根搬到了镇子上不再种地，李杏儿跟着懒球去了川道。赵贵子的儿子多年没有回家，下落不明，赵贵子备受打击，据赵世平说，有一天赵贵子从核桃树下飘起来，黑塑料袋一样，飘着飘着，不见了。和他们一样，村里人死的死，搬的搬，走的走，村庄只留下一个外壳，空空如也，再不用多久，便被荒草浮尘吞没了。每当赵平在村庄上空梦游时，看着那一户户紧锁的门，一段段倒塌的墙，一间间空掉的屋子，一场场虚幻的往事，一瓣瓣无处凋零的喜怒哀乐，内心酸涩、苦楚，眼眶里，一场三月的雨，便无休无止地下了起来。

这几年，赵平梦游，已把家家户户反复走遍了。而远方，山高水长，他又去不了，也怕迷路。况且，他还要找玉珍呢。

那是一个落寞的午夜，村庄陷入巨大的沉寂。赵平从屋里出来时，天空只有星辰，大风伸着细长的手指，把缀在夜幕上的星辰摘下来，像掐苜蓿芽一样，揣进了布袋。赵平径直朝山神庙走去，轻车熟路。他推开庙门时，庙里隐约的唠叨和咳嗽戛然而止。似乎有人在里面闲聊，听见门响，瞬间逃跑了一般。庙里昏暗不清。赵平用火机点燃半截蜡烛，烛光把屋内照得影影绰绰，虚虚晃晃。香案上，落满灰尘和老鼠的爪印。香炉里别着几根残断的香，许是很久很久之前有人烧的。血红的蜡泪板结在案上，它早已把火焰放弃，以惨白之躯等尘土覆盖。几年前，庙里香火还算旺盛，逢年过节，香蜡纸票会点一堆，人出人进，青烟袅袅，烛光摇曳。如今，真是冷清了，无人再来清扫，再来烧香磕头，再来祈求安康或者向神灵问事。

香炉后面，是一块长方形的老梨木板，板子上雕刻着山神的画像。何人何时所雕，已无从考证，从赵平记事起，它就一直端坐香案之上，盖着尘土，享受人间香火。如今，村里渐渐无人。死掉的，再也无法顾忌山神。走掉的，带走一切能带走的，唯独放弃了山神。城市不再需要神灵看村守社，城市有监控，城市有警察。城市是物质的，是现实的，是活在当下和利益面前的。况且，人们在城市也过得并不如意，带着山神何处安放，又哪有精力供奉。人们没有错。

山神，是山野之神，就让他流落山野，四处晃荡去吧。

赵平不这么想，他在星辰被一一摘光，夜色露珠一般滴滴答答落下的时刻，借着烛光，取下山神，抱在怀里，把浮尘细细吹去，用袖子把画像擦拭了半天。画像上彩色的衣衫，山神圆睁的怒目，狼虎二将的身形，清晰了起来，明亮了起来，甚至带着光泽，在逼仄的庙里如水波一般，开始荡漾起来。赵平决定带走山神。他要带着他去找玉珍。玉珍是在山神的梦里迷路的，现在，谁也不知道玉珍迷路之后，去了哪里？

赵平只有走进山神的梦里，才有可能找见玉珍。而山神的梦，在很多时候，像一扇门，是紧锁的。几百年了，据说，走进山神梦里的人，也就三个。除了玉珍，其余两个人，早已不知所终，最后在人们的口耳相传里研磨成了灰烬。怎么才能走进山神的梦里,很难,很难。赵平也只能试图通过自己梦游误打误撞走进山神的梦里。但山神会不会梦见一个梦游者呢?

赵贵子已经杳无音讯了。赵平不知该去向谁请教,他只能靠自己了。

回到家之后,赵平从衣柜里翻出结婚时购买的新床单,这么多年,玉珍一直没舍得用。他用碎花棉麻的单子,把山神放进去,包好。然后从屋外的斜坡上,拆掉他便秘解手时用的秋千上的绳子,提回来,把山神绑好。他知道,一定要绑起来,这样山神才不至于自己逃离。他要和山神前胸贴着后背,某一天,才有可能进入他的梦里,就像燃灯寺里那棵国槐上长着的石头。长着长着,国槐就把石头包进了皮肉,现在只有拇指大一点的石头在外面,不用几年,石头就彻底进入了国槐的内心。那时候,一颗石头就可以自由地在大树的身体里歌唱、奔跑、翻看年轮,寻找风雨和阳光在木头里的血液。最后,他翻出那只被星星洞穿过的碗,找了半截绳子,从洞里穿进去,打一个扣,挂在了腰间。

赵平上路了。他背着山神,在三月的另一个午夜,出了家门。没有人知道他是醒着还是梦游。院子里的积水,落满了孤独的杏花盛开的声响,犹如檐水落缸,滴滴答答。紫燕未归,不知道它们去了哪里,旧年的巢,犹如一口碗,豁了边,旧年的叽叽喳喳在豁口处扑簌簌细细地流淌着。一些黝黑的瓦片,在更黑的黑暗里,咳嗽得更加厉害了,它们咳嗽,整个屋子都在喊疼。这些事,已经无人知晓。

好多年以后，也难以确定是哪一年。

我于百无聊赖之中，打开手机，浏览八卦新闻。基本都是一些明星的破烂事和让人作呕的"鸡汤"段子。刷了一圈，眼花缭乱，间或有几条狗咬人的事被媒体加红置顶，另一些短视频里搔首弄姿的女人点赞百万。一个光怪陆离的世界，一个不可思议的世界。

我准备关掉手机时，弹出了一条新闻。标题是：男子深夜行窃惊坏大妈，警方火速出动将其抓获。行窃之事，也属平常，没有什么大惊小怪的。本想关机，手一馋，又点开了。大致浏览了一下。大意是某天夜晚，一大妈同跳广场舞的男相好幽会，两人在公园内花好月圆，你侬我侬，直到午夜才藕断丝连分开回家。大妈刚进小区院子，还沉浸在欢喜当中，一抬头，模模糊糊，看见一个人从楼房墙上走了下来，身体与墙面平行，脚下闲庭信步。大妈以为遇见了鬼，惨叫一声昏迷过去。叫声惊动保安，保安赶来，将那人团团围住，报了警。警察拉响警报，火速赶来，将那个从墙上下来的人抓走了。

在文字下方，还有一小段视频，是小区院子的实时监控。我点开，监控显示时间是2025年3月9日凌晨1:30。因是夜间，监控内容模糊，靠着路灯渗过来的光，隐约可以看见人的身影。监控拍到的内容显示那个人已经从墙上下来，被一群人围着，旁边躺着一个人想必就是那个广场舞大妈。那个被围困在中间的人，呆呆站着，身体瘦长，一动不动，站了片刻，他一撩脚准备跨上围墙走掉。围着的保安迅速扑上去，饿虎扑食一般，把他扑倒在地。这时候，警察来了，掏出手铐，蹲到地上，和保安一起，给那人戴上了手铐。两个警察揪着他的肩膀，手被反剪在后，朝小区门口走去。刚到小区门口，路灯一下照亮了警察和那个被抓的人，借着光，我看到了一张熟悉的木讷的苍老的脸——赵平的脸。而这时，视频戛然而止。

是赵平的脸。我虽已离开故乡多年，也和故乡的人极少往来，但赵平的那张脸我还是认识。那是一张瘦长的脸，倭瓜一样，大鼻子，小眼睛，嘴角一颗黑痣，多年不变的秃顶。

赵平来城里梦游了。赵平找到玉珍了吗？

几天以后，我又看到了另一条新闻，说赵平在审讯过程中昏沉睡去，第二天醒来之后，对所犯之事坚决否认，还说毫不知晓，最后又说自己是在梦游。何其荒诞！同时，警察还在他的身上搜到一块木板，板上据说雕刻着古人画像。经有关专家鉴定，这块木板是陈年梨木所雕，雕工精湛，用色考究，人物生动，尤其是一个古人拔剑而立，四顾茫然，脚下一狗一虎，威风凛凛。作为一幅版画，具有极高的考古、研究、观赏、收藏价值。是一件不可多得的艺术珍品。而这件珍品，现在只能在博物馆见到，民间极为稀少。警察审问版画来历，赵平含含糊糊，说什么做梦、迷路、找人，简直不知所云，一派胡言。

最后，赵平被法院以盗窃文物罪判了刑。

在监狱，赵平总是端着一只碗，坐在窗口。他给别人说，他的碗以前能盛月光，月光像胡麻油一般，在碗里来回晃荡，闻起来，凉凉的，有股桂花的香味。只是有一天，一颗星星掉进碗里，把碗打了洞，就再也盛不住月光了，然后他就梦游了。

其他人认为赵平疯了。

半夜醒来，他们发现赵平像壁虎一样，爬在墙上，来来回回，试图挤出水泥墙逃跑掉。赵平被送到了精神病院，电击了几次以后，晚上再也没有异样了。只是偶尔嘴里还会说什么玉珍啊山神啊梦之类的胡话。人们觉得赵平的病越来越严重了。只有赵平知道他再也找不到玉珍了。

后记：去博物馆看故乡

正月里来是新年，娘家接我戏秋千。
上打一个龙摆尾，下打珍珠到卷帘。
二月里来龙抬头，王三姐梳妆上彩楼，
王孙公子有多少，绣球飘打平贵手。
三月里来三月三，十八姐儿巧打扮，
梳油头来搽粉面，偷个眼儿把人看。
四月里来四月八，娘娘庙里把香插，
儿子女子生一个，我给娘娘挂黄袍。
五月里来五端阳，雄黄药酒加艾香，
郎喝一杯雄黄酒，姐喝一杯闹人心。
六月里来热难当，磨坊受罪李三娘，
一日担水四十担，到晚生下小许郎。
七月里来七月七，天上牛郎配织女，
神仙都有团圆日，我和我妻两难分。
八月十五月儿圆，姜太公钓鱼江边前，
左钓一个周天子，右钓周朝八百年。
九月里来九重阳，黄菊花开在两路旁，
折上一朵头上戴，再折一朵怀里揣。
十月里来十月一，孟姜女儿送寒衣，

寒衣送在长城内，哭倒长城十万里。

——小曲

应该是很多年以后的事了。

具体哪一年，我也说不清。

去博物馆的路上，孩子一直询问什么是故乡。我给他解释了半天，他依然满脸茫然。而我的解释其实如同一锅糨糊，连我自己都不知所云。最后，我只能搪塞给他一个世故而含糊的答案：故乡，就是回不去的地方。

回不去的地方，就只能到博物馆里去看看了。

博物馆是赵世安的二儿子，我的小学同学赵家轩建的，在城郊一个工业园区里。

赵家轩初中毕业，上了一所职业学校，学的数控。我们上初中那会，数控专业很吃香，一些上不了师范和高中的学生，家里经济相对宽裕，父母还有望子成龙之心，最后大多上了职校的这个专业。赵世安虽然是村干部，但也是老农民出身，不懂什么数控、工业、WTO、装备制造啊这些乱七八糟的东西，他只对二亩地感兴趣。赵家轩的专业还是他大伯赵世杰给选的，他一口咬定，就选数控，他认为，以后工业发展的趋势就是由手工操作到数字操作，况且任何一个时代工人不会吃亏，不像农民，靠天吃饭，不像商人，大起大落。赵世安默默地问，要是下岗呢？赵世杰蒙了一会，很坚决地说，以后不会，那时候工人下岗是特殊年代。赵世安默默接受了兄长的意见。赵家轩学数控去了。

在学校的几年，赵家轩也没怎么好好念书，除了睡觉，就是惹事打架。我们都不理解，小时候，赵家轩是很乖的，一进城，咋就变形了？有一年，他去外面酒吧喝酒，带着姑娘，喝到得意忘形时，嫌邻桌小伙看了他带的姑娘，让他不爽。他骂了几句，对方怼了几句。他纵身起来，提着酒瓶朝邻桌砸去，以一斗三。最后，人都没事，把人家酒吧砸了个稀巴烂。酒吧老板报案，派出所的赶来，把他送到了看守所。对方找人托关系，把责任都推到了他身上。学校接到派出所反馈，把赵家轩开除了。赵家轩从家里要，从朋友处借，七拼八凑，给人家酒吧赔了钱。

那时候，赵家轩在熟人眼里名声变得很差，在村里人心中也成了走上邪路的榜样。

随后的几年，赵家轩去了南方，有人说深圳，有人说厦门，也有人说东莞，至于去干什么，也模棱两可，有说进了传销，有说进了工厂，也有说在夜总会当保安。总之，赵家轩近十年再没有回来过。

大家差点把他忘了时，他回来了。

他回来的时候，西装革履，红光满面，俨然一副暴发户的派头。他请我们几个老同学吃饭，席间，给大家频频发烟敬酒，说年轻时脑子犯浑，干了不少二球事，现在回来了，想安安分分干点实事，干点好事。但他始终没有提及去南方的这些年，究竟在干什么。借着酒意，我们还说了一堆杂七杂八的话，多是念及童年时期的贫苦、欢乐、自由，也说起牛羊遍野、麦穗金黄、葵花如同海浪、热炕暖身、浆水面养人，等等，都成了回不去的往事,让人无限唏嘘感慨,甚至泪眼蒙眬,说起村里那一个个或死或走的人,他们历历在目,似乎还活在昨天,可他们已经从那个不存在的村庄里消失掉好多年好多年了。他们不在了,就像有人提着锯子,把我们的回忆截断,一一扛走了,我们只剩下昏暗不明的前路,去浪荡。最后,我们都喝得一塌糊涂。我们成了没有故乡的人。

我们端着酒杯,满心忧伤。一个人没有了来路,他的前程,想必也会空空荡荡、茫茫然然吧。

最后一个离开麦村的人是赵世安。赵平背着山神莫名消失以后,村里只剩下赵世安一个人留守着。也不知道他留守什么,反正空落落的村子,就只有他一个人,或屋里闲坐,或去山野游逛,或蹲在自家地头抽烟,或在房前屋后刨一块地撒一把菠菜芫荽籽,或去村口的撂荒地种几窝玉米。

有时候,他背着手,捏着自己的旱烟锅,出大门,朝赵喜娃家走去,他就爱听喜娃的秧歌,唱得真好,走到门口,发现大门锁着,才想起喜娃上门好多年了。有时去找赵闯生,赵闯生爱吹牛,爱抬杠,村里人都骂他,但好歹是个热闹人,听他瞎诌,图个热闹,心里也快活,也是走到门口,才想起闯生到邻县开铺子,当城里人去了。也有时,突然想起赵善财,一村人的大夫和总管,似乎好久好久没见了,他有些想,想跟他喝一罐茶,或者喝一盅酒,絮叨絮叨,他走到赵善财家后院时,一抬头,看见塌了半面墙的房子,才猛然想起老伙计已经过世多年。

他怀疑自己糊涂了,甚至陷入莫名的幻觉里,难以脱身。明明记得这些人昨天都还在。有的蹲在门口晒太阳,有的在院子劈柴,有的和老伴嚷嘴,有的提着一包药进了厨房,有的挖着玉米茬,有的从集上背回来一只猪娃……可一出门去找,却发现物是人非。

他感叹着,伤心着,摸着干涩的眼睛,又回到了自己的院子,孤零零的。

他一个人在村里住了两三年,他也不是舍不得这片故土,也不是不习惯城里的生活,只是想在这里守着,至于守什么,又能守住什么,他也不知道。他只听到长风刮过村庄,鸡鸣狗叫声,喝酒划拳声,秦腔声,吵架声,娃娃的哭声,甚至蚂蚱的叫声,麦子的拔节声,洋槐花的盛开声,像春草一般,扑簌簌长满了村子的角角落落。

后来,他的大儿子赵国轩把他带到了城里,说带,也不准,几乎如同"绑架"。赵国轩怕父亲一个人在村里,万一过世了,十天半月的,都没人知道。进城后,大儿子给他找了活,打扫公厕。一大早,把厕所门打开。一天清扫几遍,便池要刷干净,镜子要擦得没有水渍,地面也要干燥。公厕呈凹字形,两侧是男女厕所,中间一间小房子,他住。

他也忙忙碌碌,不得消停,晚上十点一过,锁了门,才能睡。他也纳闷,这城里人,把个厕所搞得跟自家客厅一样干净,有必要吗?麦村的厕所,都是蹲坑子,粪坑满了,一拉屎,溅到屁股蛋上,才往地里担粪。还不是照样把尿撒了,屎拉了。听说过段时间,厕所要评级,好像数苍蝇数量,一平方米落几只苍蝇，有规定，要超过了，就是不合格，扣工资。他叹着气，心想，苍蝇会飞，爱到哪到哪，谁把那玩意能管得了。可又没办法，他只能看公厕，他的两个儿媳妇，都不是好果子，他去一次，给一次脸色。他是个犟人，好面子，去了人家不高兴，不如不去了。于是，老眼昏花的他，提着拍子，在男女厕所里来来回回，打苍蝇。

就这样，赵世安彻底离开了麦村。村庄一个人也没有了。

赵家轩的博物馆，在工业园区最后面。不太好找，绕来绕去，孩子嫌远，闹着要抱，只好抱着。

博物馆也不大，一个农家小院的规模。大门，还是老式的篱笆门，木头久远，被虫蛀满了洞。大门一边，挂着一块镀金的方铝牌子，上面写着"乡村博物馆"几个字。字歪来扭去，故作高深。金牌子挂在土墙上，显得刺眼，不伦不类，甚至反射着对面的写字楼和蓝色厂房顶子。

门敞着，进院子，有三面房，都是土坯夯成。青砖铺地，青瓦罩顶。一恍惚，还真以为进了哪个乡下人家的院子。竟有几分亲切，让人心生温暖。但细看，满院工整，干净，毫无烟火气味，也毫无一点生机，到处是人为摆设、雕琢和粉饰的痕迹。墙上的新泥，摸起来还算平整，干燥不久的墙面，散发着雨后黄土的气味。屋檐下，挂着几串辣椒、玉米和大蒜。细瞅，才发现是假的。院子中间，并排站着两头牛，雕塑，古铜色，拉着犁。后面一个人扶着犁把子，举着鞭子，似乎吆喝着赶牛前行。旁边立一块牌子，上面写着"父亲"二字。雕塑一边，是一辆用旧的架子车，车辖辘锈迹斑驳，车把折了半截，疲惫地趴在地上。

正要细细看，赵家轩一身奶白色棉麻衫，蹬着老布鞋，从屋子出来，喊着大作家，你来了也不提前说一声，我好恭迎大驾啊。我说今天正好有空，带着孩子闲溜达，不好打扰你啊，赵总。赵家轩呵呵笑着，带我们进屋。

堂屋两间，一间客厅，套着一间办公室。赵家轩边烧水沏茶，边说随便坐，随便坐。客厅也是以前富裕人家的摆设，老梨木供桌、八仙桌、扶手椅组成一套，摆在堂前，墙上挂着几幅古旧字画，难辨作者。我们坐在靠窗的一套木椅上，眼前摆着一副茶海，雕着"八仙过海"，倒有几分逼真。茶具是成套的紫砂，究竟好不好，我不懂。不过玻璃烧水壶就很现代化了。

我们喝茶，闲聊。

赵家轩说，你看到的这是前院，后面还有一个院子，前院里，这间屋子，是我的会客厅兼办公室，左右两间偏房，是体验馆。一间是厨房，用柴火做饭，现在的人，都用煤气、电器，已经没有人会用柴火做饭了。游客来，可以自己体验用柴火做饭的感觉，自己做，自己吃。另一间是卧室，屋里盘有炕，游客体验填炕，坐炕，睡炕。堂屋两边的厢房，一间柴房，一间粮房，基本都是按照农村人以前的格局设置的。后面院子，你可能没看见，有个侧门，进去之后，有几面房，算是陈列室了。最后面，有一小块边角料地，以前堆放建筑垃圾，我拾掇了一下，弄了几个小地块，可以体验耕地、播种这些。

我问，运营多久了？

差不多半年。

怎么想起建博物馆了？赵家轩从南方回来以后，据说手头宽绰，成立了拆迁公司，当起了老板。所有的城市，都在拆旧建新，千篇一律要弄成一个个光鲜靓丽、冠冕堂皇的城市。据说，城市发达与否的标准成了有多少栋摩天大楼和多少个奢华小区。趁着拆迁东风，赵家轩挣了不少钱。最近听说他又开始投资房地产行业，反正几十年了房地产一直是暴利，就没见着亏损过一家。我想，以他的争强好胜和处世态度，或许不用几年，就成这个城市的头面人物了。

赵家轩把紫砂壶嘴塞进牙缝，歪着头，喝了一口茶。那是他专用的壶，我用茶盅。他咂咂嘴说，说来话长，你知道，前些年，我父亲还没去世之前，我哥最早给他找了个看厕所的，他看了几年，还算顺当，结果有一次，他拖地时，不小心把拖把上的水溅到一个撒尿的人裤腿上，那人不依，说自己裤子八九百元，非要父亲赔一条新的给他，父亲哪有钱给人家赔，他自己半辈子估计一共也没穿过八九百元的衣服。最后那人咬牙切齿地走了，父亲想着这事也就过了，结果第二天人家环卫公司给他打电话，把他辞了，也没说原因。后来我们才知道那人是一个啥局的副局长。父亲没活干，失落了好长时间，身体也慢慢不行了。一有空，他就开始回老家。村里也没啥人，到处是野鸡、野猪、野兔，还有些从没见过的野物，进了村，钻进没人住的院子，安家落户了。他回去一个人待几天，我们打电话催他回来。他来了，不是带着一个背篓、一杆秤，就是扛着一把铁锹、背着一块案板，反正家里能拿动的，他都悉数搬进了城。他舍不得，还说只有看着这些物件，他才能睡着，要不然，跟丢了魂一样。他把那些物件拿来，我也不反对，但没地方放。你知道我哥那女人，霸道得很，我哥又是个没出息的，怕老婆。我父亲把物件拿去，放人家一间没人住的空卧室里，最后被那女人提出去扔了。我父亲气不过，就找了我。我让他搬过来，住我跟前。老家拿来的东西，我腾了一间房，让他放。结果没半年，房子里堆成了山，他把啥都拿来了，碗筷瓢盆、推耙扫帚、老缝纫机、鸡罩、锄头、捞饭篦，等等，乱七八糟，没一样能用的，丢了都没人捡，他只差把一院土房背回来了。后来，房子实在装不下了，可他还源源不断往来带。我一想这不是个办法啊。这样下去，客厅、厨房、卫生间，甚至其他两间卧室也怕就塞满了。我叫他不要往来带了。他不乐意，说我们两个儿子，没一个孝顺的，现在他老了，就把他当害，当多余。他还说，这些物件，都是他用一辈子的时间，一件件做的，都粘着他的汗和血，甚至念想，丢在那山里，一天天腐烂掉，他心里难受，跟割肉一样，舍不得。说完，父亲蹲在门口，哭了一场，说我们不理解他的心情。

后来，有一次吃饭，桌上坐着一个领导，闲聊时，听说文化项目国家扶持力度很大，主要是给钱，我突然想起有一年去南方耍，参观了那里一个尿壶博物馆，几千个形态各异、不同年代的尿壶，摆在一起，也他妈挺有气势，他们还说正在挖掘尿壶文化，打造国内最大的尿壶博览园。我一想，要不把我父亲拿来的老旧物件，也搞个博物馆放着，一来有个存放地，二来套一点项目，搞点钱。我当晚给那个领导连敬八圈酒，把那家伙敬高兴了,当场拍板,给我向省上争取一个。

赵家轩讲了一堆,我仔细听着。孩子在门口,把一个我们小时候剜菜时提的小竹篮当玩具,往里面塞着他背的布娃娃,塞不进去,又套在自己头上,喊着说,爸爸,你看,头盔,好看不?我说那不是头盔,是往里面装菜的篮子,爸爸小时候提着去剜野菜。孩子一脸茫然,他不知道这样一个物件的做工、用途和意义。他们没有故乡,没有乡愁,没有丝毫的乡村生活背景,没有一点乡土情结。他们没有院落、炊烟、牛羊、星辰、野菜、夏收、斧头、集市、土炕、牛鞭、溜滑,等等。他们拥有的是城市、高楼、手机、快餐、游戏、玩具、游乐场、补习班、拥挤、雾霾、喧哗、冷漠、保质期,等等。他们是和我们完全不一样的两代人。

我们曾经有过故乡,后来我们都竭尽全力从那里逃离出来。我们的故乡,从此消亡了。连同我们几千年农耕文明的根,也拔断,最后消亡了。当我们准备再回到那里时,那里早已成为荒草和废墟的家园。千百年的村子,就那样不见了。压根就像没有存在过一样。于是,我们只能到博物馆里来,看看我们的故乡。

我说,家轩,你这个创意好,建个博物馆,我们以后想家了,就能回来看看,孩子们也能知道他们的祖先,曾经是这样生活的。

赵家轩扯着自己棉麻衫上有点打皱的衣襟,笑了,摇着头,哈哈,大作家,我可没你那情怀,我就想通过这项目,挣点钱,门票我不收,国家有补助,大家进来体验,通票五十元,我就

389

爱钱，哈哈。

赵家轩陪我去后院看他的陈列室。他说后院才是重点。

从侧面进门，是一个不大的院落。盖着四面房，土墙，木椽，青瓦，和前院差不多的建筑。唯一不同是屋顶罩着彩钢板，蓝色的顶子和蓝色的天空重叠在一起，让人产生某种幻觉。

在房屋外墙上，挂满了各种农具。犁、耱、牛鞭、木锨、铁锨、刨子、粪斗、背篼、鞍子、铲子、簸箕，等等，几乎以前家家户户所用的农具都上墙了。这些农具，经了年岁，木头上落满虫洞，铁器上生着红锈。它们挂在墙上，风吹日晒，盖着尘土，像一段段时光遗弃的骨头，沉默、孤独、隐忍，把往事收敛于骨洞，再也不会示于世人。曾经使用过它们的人，如今都在哪里？知道它们用途的人，如今又在哪里？不用多久，到了我们的孩子这一代人，他们会彻底遗忘这些他们眼中的老古董，遗忘祖祖辈辈经历过的生活。他们注定会是另外一代人。而我们，不过是祖辈、父辈和儿孙之间的一道桥梁。

看着这满墙的农具，都是那么熟悉。它们就像我身上掉下的某个零件，它们带着我的血肉。只是如今，我已将它们抛弃。我们家祖上世代为农，我的父母也是农民。小时候，我们家种着二十亩山地，小麦、葵花、玉米、洋芋、油菜、胡麻、荞，样样都种。除了冬天，其他时间总有忙不完的活。我虽年幼，但也是家里的劳力。除了放牛，还帮父母割麦、挖洋芋、拔草，等等。我们一家四口，日子过得清贫而充实。日出而作，日落而息。风来关门，雨来闭窗。流萤落院，灯火可亲。后来，我上了学，进了城，只有假期帮父母干干零活，而父母也指望我出人头地，用土地上刨出的微薄收入供我读书。他们除了种地，开始外出打工，父亲到城里当建筑工，母亲去南方当保姆。家里的地，只种了近门处的几小块，其他都撂荒了。地里，种点洋芋、油菜，自己家够吃就行。小麦，不种了，面可以到集市上买袋装的。至于蓝格盈盈花的胡麻、漫山遍野的葵花、碧绿修长如青纱帐的玉米林，早已成了梦中景象。再后来，我毕业，工作，买房。父母彻底放弃了庄稼。家里的二十亩地，大半流转给了老板去种药材。其余的，全都荒芜。我们家，锁了门，全都流落在城市。父亲依旧在城里当民工，搬砖、和水泥、砌墙、打顶。母亲身体不好，失眠、头疼，难以治愈，即便如此，一想到我那压垮人的房贷，便火急火燎地打工挣钱去了。我们家和村里其他人一样，慢慢离开了村庄，只是把一段回忆安放在了那里。风不吹，那回忆，就如同树叶，寂静地躺在地上，慢慢腐烂。再后来，也就是现在，我住进了楼房，成了人模狗样的城里人。父母年事渐高，不能出去打工，在家里帮我看看孩子。日子，跟小时候比，彻底换个样，甚至颠倒过来。我不知道，是小时候好，还是现在好。

我摸着这些农具，就像摸到了我自己，摸到了麦村，摸到了那一户户记忆深处的人家，摸到了那一个个鲜活的远去的乡亲，摸到了西秦岭莽莽群山中的日出月落和炊烟鸡鸣。

孩子是不认识这些的。他问这问那，我告诉他用途。但他一片茫然，我给他耐心解释。我也只能给他解释。而我的解释于我而言，是一种经历，一种回望，一种疼痛。可孩子不，他不懂得这些，我越解释他越茫然。当然，他似乎也没必要懂得这些。

我们进了展厅。展厅分好几个部分。第一个部分，以生活起居为主，都是屋子里的用品。方桌、椅子、炕桌、脸盆、脸盆架、煤油灯盏、针线框、甚至梳子、顶针、别针、鞋样、鸡毛掸子等等，分着类，整齐地摆在展架上。旁边立着卡片，红纸黑字，印着这些物品的名字。有些字，明显错了，也没有改正。它就这样将错就错，一直错下去，让参观的人信错为对。第二部分，是厨房用品。各种各样的水缸、菜坛子、马勺、水桶、铁锅、漏马勺、菜刀、砧板、烧火棍、蒜罐、风箱、擀面杖等，摆的摆，立的立。这些生活用品，在追求精细化、美观化、智能化的今天，显得那样陈旧，落后，甚至笨拙，原始。可正是这些被遗弃的物品，养育了一代又一代人。它们的身躯上，沾满了使用者的血汗、心思和往事。它们曾在某个暗夜，照亮过一个母亲的心思。曾在某个清晨，温暖过一个父亲的胃。曾在某个正午，陪伴过一个孤独的少年。曾在某个黄昏，见证过祖父的收获。曾在某个凌晨，整理过姐姐的乌发。它们甚至，就是那些早已烟消云散的人们。如果，能拨开那些尘埃，走进那些记忆，在时光的漩涡里，我还能看见那些模糊的背影，能听到他们的嬉笑怒骂，能看到他们的悲欢离合。我还能挤进去，把自己活成它们的一部分。

可现在，我只能以一个游客的身份，看到我们暗淡的过往。

赵家轩给我指着这些农具，我们谈到了用途，也顺便说到了小时候。面对故乡，我们除了回忆，早已无从下手。

好些年前，当赵世安最后一次离开麦村，年迈多病的身体，和儿子不休的劝导，让他再也难以回去，那个小小的村落，便彻底没有一个人了。

一个没有人的村庄，如同一条河流，干枯了。只留下巨大而荒芜的河床，把沉积于心的背景和秘密，暴露于青天白日之下。不用多久，野草将会淹没河道，淹没流水冲刷过的痕迹，淹没一条鱼青灰的骨刺。

村庄陷入沉寂。

那些曾经耕种过的土地，流转出去，种上了药材。那密密实实的药材，如同森林一般，把骡马的蹄印、铿锵的吆喝、悠远的山歌、金黄的麦穗、虚暄的土壤、发酵的肥料、地头的汤罐，统统遮蔽了。那些曾经田野里、槽头上、犁沟前的牲口，牛、马、驴、骡子、羊，只有少数老死在了村里，大多，都卖给了牲口贩子，赶进屠宰场，在绝望中，倒下去，流着麦村青草味道的鲜血，摆在城市的餐桌上，成为一群刚在城市洗白农民身份的市民的口中菜。那些成天晃悠在村里的猪啊鸡啊鸭子啊鹅啊，人们在离开之前，早已蓄谋已久，卖的卖，杀的杀，一只不留。甚至那只四处流浪的狗，在人们的威逼利诱之下，也差点成了午夜的一顿狗肉。最后，它在与死神的抗争中，挣脱了那只扼住气管的手，带着刀疤，狼狈不堪地蹿下木板，消失在了黑夜。从此，它再也没有在麦村出现过，不知死活。那些曾经长在院角的梨树、杏树、葡萄、香椿，还有那花园里的韭菜、香菜、月季、指甲花、芍药花，依旧长着，该开的花，还在开，该结的果，还在结，只是果子熟了，落了满地，山鸟啄一口,又啄一口。那些草木,渐渐地,露出了长野的相貌,露出了落寞的心绪。那些曾经活生生的人,就不必再提了。就连那个活在木板上的山神,也不知去向了。只有那些院落、房子、生活用品,被遗弃在群山深处,等待着它们最后的宿命。

后来,镇上来了人,带着两台推土机。按照政策,长期无人居住的房屋,作为"空心房"要全部拆除,推平,进行复耕或绿化。一来节约土地资源,二来消除安全隐患,三来美化生态环境。

在村子即将拆掉之前,赵家轩租了一辆货车,赶到麦村,把家家户户早已废弃多年但还有点模样的东西,大到一个面柜,小到一把镰刀,挑拣一番,收集在一起,装进车里,拉进了城。这些东西,最后,摆满了他的乡村记忆博物馆。在拉走这些东西之前,赵家轩试图联系这一户户人家,告知一声,他知道这些东西早已没人要了,可出于礼节,还是联系一下为妥。但大多人家早已杳无音讯,而唯一能联络到的几家,也是无所谓的态度,甚至他们都忘了在遥远的麦村,还有他们曾经使用过的物品。

最后,那些倒塌的、即将倒塌的、不会倒塌的房子,在推土机的轰鸣中,不费吹灰之力,一天时间,统统倒塌了。那些曾经熬垮了一代人,甚至几代人,用命砌起的房子,在铁爪之下,异常脆弱。它们在轰隆声中,腾起巨大的土雾,便以黄土之躯,回到了黄土里。它们倒下去的那一刻,西秦岭的莽莽群山,听到了黄土的心脏在停止之前的最后一次跳动。在那些飘荡的尘土里,麦村所有的历史、所有的往事、所有的喧闹、所有的鸡毛蒜皮、所有的生死疲劳、所有的挣扎与颓败、所有的过往和未来，都弥散在了天空里。

再后来，镇上在推平的村庄地基上，栽了树，种了草。其实不用栽种，几年后，大自然自己会把这里揽入怀中，用荒草、丛林覆盖。

麦村就这样彻底在大地上死掉了，消失了。连一点踪影都没有。似乎它压根就不曾存在过一样，那几百年的历史，那祖祖辈辈繁衍下来成千上万的人，如同梦境一般，虚幻，缥缈。他们存在过。或许，他们就根本没有存在过。

只是我虚构了一个故乡，虚构了那些人，那些往事，那些疼痛和分崩离析。

在赵家轩的博物馆里，安放着我们死去的故乡的骨骼。

我依稀还能在那些物件上看到麦村的痕迹。

那个大铃铛，不就是赵耕田家的大骡马戴过的吗？如今，它已铜锈斑驳。

那副犁，不就是赵虎进城接过他哥赵龙的一摊子之前，耕地用的吗？如今，它的犁头破裂，犁把弯曲。

那个背篼，不正是贵禄老汉一年四季背在身上拾柴捡粪的吗？如今，它的背绳已断，有些竹篾也折了。

那根擀面杖，不正是赵望祖给孩子擀面条用的吗？它的上面还粘着无法剥落的面粉。

那对绣花鞋垫，不正是海明娃亲手绣给他的妹妹的吗？鞋垫上，五彩丝线，黯然失色，可紧凑的针脚，依然映衬着一个男人的良苦用心。

那个医药箱子，不正是赵善财给村里人看病时常背的吗？药箱子很旧了，如果不是外面的红十字，都难以分辨它曾经装过针管、药盒、糖丸，和一个人的面子。

那把推子，不正是懒球剪发用的吗？懒球真的太懒了，从不清理的推子，锈成了一个铁疙瘩，摆在那里，还夹着一根白发，不知是谁的。

那个簸箕，不正是赵翠叶站在打麦场，扯着嗓子，说着闲话，簸麦子用过的吗？它有好几处地方折了，被赵翠叶用布条缝了几番，又变得结实。只是曾经油黄的竹篾，现在发灰发黑，一副落魄的样子。

那一对醋桶，不正是姜老汉灌醋用的吗？醋桶已多年不用，但在那酱黑的桶里，依然可以闻见淡淡的醋香味，依然可以听见小毛驴走在路上踩出的踢踏声。

那个红檀木罗盘，不正是赵贵子堪舆风水，但从不示人的宝贝吗？如今，赵贵子的去向已经成谜，如同他的罗盘上那密密麻麻的刻度，展现给世人的也是谜。

那个老梨木方桌，不正是我们家的吗？小时候，我常常趴在上面，在白纸裁成的作业本上，歪歪扭扭写下了一行行字，父亲坐在对面，表情严肃，他刚狠狠纠正了我的一个错别字。

还有太多，我无法一一列举，可我能一一认出，它们是谁家的，谁用过的，可我只能自己给自己介绍，自己给自己交代，没有人愿意听那些陈年旧事。人们关心着票子、房子和各自的日子，谁听我神经质一般絮絮叨叨呢。我的孩子，我已经说过他是另外一代人了。

我们要离开了。

最后，我想把麦村那些我至亲至爱的人的名字，再叫一边：赵耕田、黑娃、白娃、赵拜生、赵虎、赵喜娃、赵闰生、赵贵禄、赵安、赵世杰、赵吉祥、牛锁花、赵望祖、牛娃、虎皮、赵康辉、杜萍萍、海明娃、懒球、李杏儿、赵文革、赵善财、赵喜根、马猴、赵翠叶、草婆婆、刘老三、豹子、赵阳刚、赵贵子、黑婆婆、黑爷爷、姜老汉、赵拜天、赵吉庆、张兰兰、赵平、玉珍、赵世安……

孩子问我，爸爸，你叫的都是谁呀？

爸爸叫的是他的亲人，也是你的亲人，他们都去了远方。

孩子又问，爸爸，我们以后还会来这里吗？

我告诉他，还会来的，只有在这里，爸爸才能看到故乡的样子，才能知道我们从哪里来，要到哪里去。

这是一个六月，梦里的麦子黄了，布谷鸟一声接着一声，窗外的花，开成了一团团回忆，从厨房出来的人，把新磨的镰刀挂成了月牙，等着收割这遍地麦穗的人间。

己亥年孟夏初稿
己亥年素秋二稿
庚子年冬月三稿